KB120166

특성 없는 남자 2

나남
nanam

한국연구재단 학술명저번역총서
서양편 425

특성 없는 남자 2

2022년 3월 5일 발행
2022년 3월 5일 1쇄

지은이   로베르트 무질
옮긴이   신지영
발행자   趙相浩
발행처   (주) 나남
주소   10881 경기도 파주시 회동길 193
전화   (031) 955-4601 (代)
FAX   (031) 955-4555
등록   제 1-71호 (1979. 5. 12)
홈페이지   http://www.nanam.net
전자우편   post@nanam.net
인쇄인   유성근 (삼화인쇄주식회사)

ISBN 978-89-300-4090-7
ISBN 978-89-300-8215-0 (세트)

책값은 뒤표지에 있습니다.

'한국연구재단 학술명저번역총서'는 우리 시대 기초학문의 부흥을 위해
한국연구재단과 (주)나남이 공동으로 펼치는 서양명저 번역간행사업입니다.

한국연구재단
학술명저번역총서
425

특성 없는 남자 2

로베르트 무질 장편소설

신지영 옮김

Der Mann ohne Eigenschaften

by

Robert Musil

영국

러시아

독일

프랑스

스위스

•빈
오스트리아-헝가리

루마니아

세르비아

몬테네그로

불가리아

이탈리아

알바니아

스페인

그리스

오스만 제국

소설의 배경인 1914년의 유럽 지도

차례

— 2 권 —

등장인물 소개

울리히	이 이야기의 주인공인 특성 없는 남자. 군인과 공학자를 거쳐 수학자가 되었다.
레오나	바리에테 가수이자 울리히의 연인.
보나데아	유명 법률가의 아내이자 두 아들의 어머니. 울리히의 연인.
발터	울리히의 학창 시절 친구.
클라리세	발터의 아내이자 울리히의 친구.
모스브루거	세간에 화제가 된 살인자.
울리히의 아버지	특성 있는 남자인 법학자.

라인스도르프	평행운동의 창시자. 현실정치가를 자처한다.
디오티마	평행운동을 이끄는 귀부인. 울리히의 사촌.
투치 국장	디오티마의 남편. 시민계급 출신의 외무부 국장.
슈툼 장군	국방부 군사 및 일반교육과 과장. 울리히가 소위였을 때 중대를 지휘했다.
아른하임	프로이센의 대부호이자 대저술가.
라헬	디오티마의 몸종.
졸리만	아른하임의 하인인 흑인 소년.

레오 피셸	로이드은행의 지점장 직무대행.
게르다 피셸	레오 피셸의 딸. 한스를 비롯한 청년 모임과 어울리며 아버지와 충돌한다.
한스 젭	반유대적인 청년 모임의 주된 인물.

아가테	울리히의 여동생.
하가우어	아가테의 두 번째 남편.
슈붕	법의 입안을 두고 울리히의 아버지와 대립했다.
포이어마울	인간은 선하다고 주장하는 시인.
지그문트	클라리세의 오빠이며 의사.
마인가스트	클라리세와 발터의 옛 지인인 예언자.
린트너	김나지움 교사.

45
두 산꼭대기의 말 없는 만남

회의가 끝나자 아른하임 박사는 눈에 띄지 않게 그가 마지막까지 남을 수 있도록 행동했다. 그렇게 하도록 제안한 사람은 디오티마였다. 투치 국장은 회의가 끝나기 전에는 분명 집에 돌아오지 않도록 충분한 유예시간을 두었다.

　손님들이 가고 뒷정리가 끝날 때까지 이 몇 분간 한 방에서 다른 방으로의 행보는 방해가 되는 작은 지시들, 숙고들, 멀어져 가는 위대한 사건이 남긴 소요로 중단되었지만 그 내내 아른하임은 미소를 머금고 눈으로 디오티마를 쫓았다. 디오티마는 그녀의 방이 떨리는 움직임 속에 있다고 느꼈다. 사건 때문에 제자리를 떠나야 했던 모든 것들이 이제 하나씩 원래 자리로 돌아갔다. 큰 파도가 수많은 작은 구덩이와 도랑에서 다시 모래 위로 흘러나오는 듯했다. 아른하임이 고상하게 침묵을 지키면서 그녀와 그녀를 둘러싼 이 움직임이 다시 진정되기를 기다리는 동안, 디오티마는 수많은 사람들이 벌써 이 집을 드나들었지만 투치 국장 말고는 아직 한 번도 어떤 남자가 그녀와 단둘이 집에 남아서 텅 빈 집의 말 없는 삶을 느낀 적은 없었음을 떠올렸다. 그리고 그녀의 순결은 갑자기 너무나 낯선 표상 때문에 혼란에 빠졌다. 남편도 없는 텅 빈 집은 아른하임이 급히 끼어 입은 바지처럼 느껴졌다. 순결한 인간에게 밤의 화신처럼 경험되는 그런 순간이 있다. 영혼과 육체가 완전히 하나가 되는, 멋진 사랑의 꿈이 디오티마의 내면에서 빛을 발했다.

아른하임은 이에 대해 아무것도 몰랐다. 그의 바지는 거울 같은 널마루바닥 위로 완전무결한 수직선을 그렸고 그의 모닝코트, 그의 넥타이, 가만히 미소를 머금은 그의 고상한 머리는 아무 말도 하지 않았다. 그것들은 너무나 완벽했다. 사실 그는 도착했을 때 발생한 돌발사건 때문에 디오티마를 나무라고 앞으로의 일에 대비할 작정이었다. 하지만 이 순간, 미국 억만장자들과 대등하게 교류하며 황제와 왕들의 영접을 받는 이 남자, 어떤 여자라도 그 몸무게만큼의 백금을 내놓고 살 수 있는 이 대부호로 하여금 그 대신 홀린 듯 디오티마를, 실은 에르멜린다 또는 그저 헤르미네 투치라는 이름을 가진 고위공무원의 부인을 응시하게 하는 무엇이 있었다. 이 무엇을 위해서 여기서 다시 한번 영혼이라는 단어를 사용하지 않을 수 없다.

이 단어는 정말 명백한 맥락에서는 아니었지만 이미 여러 번 등장했다. 예를 들어, 오늘날의 시대가 잃어버린 것이나 문명과는 합일되지 않는 것으로서. 육체적 충동이나 결혼의 습관과는 대립되는 것으로서. 살인자에 의해 쉽게 자극되는 것으로서. 평행운동을 통해 해방되어야 하는 것으로서. 라인스도르프에게서는 종교적 관찰 또는 *contemplatio in caligine divina*[1]로서. 많은 인간들에게서는 비유에 대한 사랑으로서 등. 하지만 영혼이라는 단어가 가진 온갖 특색 가운데 가장 독특한 것은 젊은 인간은 웃지 않고는 이를 발설할 수 없다는 것이다. 디오티마와 아른하임조차도 이를 어떤 것과 연결시키지 않고 사용하기를 꺼렸다. 위대한 영혼, 고귀한 영혼, 비겁한 영혼, 대담한

1 　신적인 어둠 속에서 관조하기. 이하 각주는 모두 역주이다.

영혼, 비천한 영혼을 가진다, 이렇게 주장할 수는 있지만 그냥 나의 영혼이라고 말하는 것, 이는 그 누구도 할 수가 없다. 이것은 나이 든 사람들을 위해 주조된 단어고, 이 사실은 우리가 살아가면서 어떤 것이 점점 더 확연히 느껴지고 이것을 위해 절박하게 이름이 필요하다고 가정한다고 이해될 수 있다. 그런데 이 이름은 발견되지 않고 그 대신에 결국 원래 물리친 이름을 거부감을 느끼며 사용해야 한다.

그럼 이것을 어떻게 서술해야 할까? 사람은 각자 원하는 대로, 서 있거나 걸어갈 수 있다. 본질적인 것은 각자가 의도하는 것, 보는 것, 듣는 것, 원하는 것, 공격하는 것, 극복하는 것이 아니다. 그것은 수평선으로서, 반원으로서 앞에 놓여 있다. 하지만 이 반원의 양 끝을 연결하는 것은 하나의 현(弦)이고 이 현의 평면은 세계 한가운데를 관통한다. 앞에서는 얼굴과 손이 이 평면 밖으로 내다보고 있고 느낌들과 노력들은 이 앞에서 달려 나오고 아무도 이때 자신이 행하는 것이 늘 이성적임을 또는 적어도 열정적임을 의심하지 않는다. 즉, 밖의 상황은 누구나 이해할 수 있는 방식으로 우리의 행동을 요구한다. 또는 우리가 열정에 사로잡혀 이해할 수 없는 일을 하면 결국 그것도 그 나름의 방식이 있다. 하지만 이때 모든 것이 이렇게 완전히 이해될 수 있고 완결되어 보인다 해도 그것은 반쪽일 뿐이라는 어두운 감정이 늘 따라다닌다. 균형이 조금 결핍되었고 그 인간은, 줄타기를 하는 사람들이 그렇듯, 흔들리지 않으려고 앞으로 나아간다. 그가 삶을 헤쳐 나가고 살아온 것을 뒤에 남겨 두므로 아직 살아야 할 것, 살아진 것은 하나의 벽을 이루고 결국 그의 길은 목재 속 벌레의 길과 유사하다. 벌레는 임의로 구불구불 돌고 심지어 뒤로 돌 수도 있지만 늘 텅 빈 공간을 뒤에 남긴다. 그리고 꽉 채워진 모든 공간 뒤에 텅 빈 단절된 공간이 있다는 이 끔찍한 감정에서, 모든 것이 이미 하나의 전체라 해도 늘 결핍된 이 반쪽에서 결국 우리는 영혼이라 부르는 것을 알아차리게 된다.

우리는 영혼을 늘 덧붙여서 생각하고 예감하고 느낀다. 아주 다양한 종류의 대체물로 그리고 기질에 따라서. 그것은 청소년 시절에는 행하는 모든 일에서 느껴지는 분명한 감정으로, 이 일이 옳은 일일까 하는 불확실성이다. 나이가 들면 그것은 원래 의도했던 것 가운데 얼마나 적게 해냈는지에 대한 놀라움이다. 그사이 시기에는, 행한 일이 개별적으로 다 정당화될 수는 없지만 그래도 저주받은 유능하고 성실한 놈이라는 위안이다. 또는 세상도 마땅히 그래야 하는 상태가 아니므로, 그르친 모든 일은 마지막에는 하나의 정당한 조정일 뿐이라는 위안이다. 결국 많은 사람들은 심지어 이 모든 것을 넘어, 그들에게 결핍된 그 조각을 주머니 속에 넣어 다니는 신을 생각한다. 이때 특별한 자리를 차지하는 것은 사랑뿐이다. 이 예외적 경우 두 번째 절반이 성장하니까. 연인은 평소에는 늘 뭔가가 결핍된 거기에 서 있는 듯 보인다. 영혼들은 이른바 등에 등을 맞대고 합일되고 그러면서 스스로를 여분으로 만든다. 따라서 대부분의 인간은 청소년 시절의 위대한 사랑이 지나가면 영혼의 결핍을 더 이상 느끼지 못하고 이른바 이 어리석음이 고마운 사회적 과제를 수행한다.

디오티마도, 아른하임도 사랑을 해보지 못했다. 우리는 디오티마에 관해서는 이 사실을 벌써 알고 있다. 하지만 이 위대한 재정가도 넓은 의미에서 순결한 영혼을 가지고 있었다. 그는 늘 자신이 여자들에게 불러일으키는 감정이 그 자신이 아니라 그의 돈에 해당될 것이라는 두려움이 있었고 그 때문에 그도 감정이 아니라 돈을 주는 여자와만 살았다. 이용당할까 두려워서 결코 친구도 가져 보지 못했고 사업상의 친구만 있었다. 물론 사업적 거래가 정신적 거래이긴 했지만. 운명이 그를 위해 정해 둔 디오티마를 만났을 때, 그는 살아오면서 많은 경험을 했지만 여전히 훼손되지 않았고 영원히 혼자라는 위험에 처해 있었다. 그들의 내면에 있는 신비로운 힘들이 충돌했다. 이는 무역풍의 스침, 멕시코 난류, 화산폭발로 인한 지각진동과만 비교될 수 있었다. 인간의 힘보다 엄청나게 우월한, 별들과 유사한 힘들이 하나하나 차례로 시간과 날의 한계를 넘어 움직이기 시작했다. 측량할 수 없는 흐름이었다. 이런 순간 무슨 말을 하느냐는 전혀 상관이 없다. 똑바로 선 바지주름에서 솟아오른 아른하임의 육체는 거대한 산의 신적 고독 속에 서 있는 듯 보였다. 다른 한편에는 당시 유행하는 드레스를 입은 디오티마가 계곡의 기복을 통해 그와 합일된 채 찬란한 고독 속에 서 있었다. 드레스는 팔 윗부분에 작은 퍼프가 달려 있었고 위장 위에서는 정교한 주름이 넓게 퍼져서 죄었던 가슴을 풀어놓았고 오금 아래로는 다시 장딴지에 붙었다. 문에 걸린 발의 유리 구슬들이 연못처럼 반짝였고 벽에 걸린 깃털 달린 창들과 화살들은 치명적 정열의 떨림을 멈추었고 탁자 위에 놓인 노란색 칼만 레비[2] 전집은 레몬나무 숲처럼 침묵했다. 처음에 그들이 주고받은 말은 경외의 표시로 건너뛰자.

___

2   파리 소재의 출판사이다.

46
이상과 도덕은 영혼이라 불리는
큰 구멍을 메우는 가장 좋은 수단이다

아른하임이 먼저 마법의 속박을 떨쳐 냈다. 이런 상태에 오래 머무르는 것은 그의 견해에 따르면 불가능했다. 불명확하고 내용 없는 고요한 숙고에 침잠하거나 아니면 이 삼매(三昧)에 이것과 더 이상 본질적으로 완전히 같지는 않은 사고와 확신의 단단한 뼈대를 밀어 넣어야 한다.

영혼을 죽이지만 흡사 작은 통조림으로 만들어 일반적으로 사용할 수 있게 보존하는 수단은 예로부터 영혼을 이성, 확신, 실용적 행위와 연결시키는 것이었다. 모든 도덕, 철학, 종교가 이를 성공적으로 수행했다. 이미 말했듯이, 영혼이 도대체 무엇인지는 신만이 아시니까! 영혼의 목소리만을 따르려는 열렬한 소망은 측량할 수 없이 넓은 활동 공간, 참된 무정부주의만을 남겨 둔다는 데는 의심의 여지가 없고 이른바 화학적으로 순수한 영혼이 곧바로 범죄를 저지른다는 것을 보여 주는 예들이 있다. 이와 반대로 영혼이 도덕, 종교, 철학, 심화된 시민적 교양, 의무와 미의 영역에서 이상을 가지게 되면, 영혼에는 규정, 조건, 실행규정의 체계가 주어지고, 영혼은 자신이 주목받을 만한 영혼이라는 생각을 하기도 전에 이를 실행해야 하고, 영혼의 잉걸불은 용광로의 불처럼 아름다운 장방형 모래함 속으로 유도된다. 그러면 근본적으로 어떤 행위가 이 계명에 해당하는지 저 계명에 해당하는지 하는 유의 해석의 논리적 질문만이 남게 되고 영혼은 패배한 전투 후의 전장처럼 가만히 한눈에 조망할 수 있게 된다. 죽은 자들은 가만히 누워 있고 어디에 한 조각 생명이 아직도 살아 신음하는지 금방 알 수 있다. 따라서 인간은 될 수 있는 한 빨리 이 강을 건넌다. 청소년 시절에 가끔 그렇듯이 신앙문제가 괴롭히면, 그는 곧장 이교도 박해로 넘어간다. 사랑이 그를 심란하게 하면, 사랑을 결혼으로 만든다. 어떤 다른 열광이 엄습하면, 이 불꽃을 위해 살기 시작함으로써 지속적으로 이 불꽃 속에서 사는 불가능성에서 벗어난다. 즉, 그는 하루의 수많은 순간들을, 매 순간은 내용과 추동력이 필요하므로, 그의 이상적 상태 대신에 이상적 상태를 위한 활동들로, 즉 목적을 위한 수많은 수단, 장애물, 돌발사건으로 채운다. 이것들은 그에게 이 목적을 결코 이룰 필요가 없음을 확실히 보증한다. 영혼으로 가득 찬 상태의 불꽃 속에서 지속적으로 버틸 수 있는 것은 바보, 정신병자, 고정된 이념을 가진 인간뿐이기 때문이다. 건강한 인간은 이 신비로운 한 조각 불똥 없이는 삶은 살 가치가 없다고 생각된다고 선언하는 것으로 만족해야 한다.

아른하임의 현존재는 활동으로 가득 차 있었다. 그는 현실의 남자였고 호의적인 미소를 머금고 옛 오스트리아인들의 좋은 사교자세에 대한 감각도 없지 않게, 그가 목격한 회의에서 나온 프란츠 요제프 황제 수프 급여소, 의무감과 군사행진 간의 관계에 관한 발언에 귀를 기울였다. 그는 울리히가 하듯 이를 조롱할 마음은 추호도 없었다. 위대한 생각을 쫓는 것보다, 심성은 좀 우습지만 평판이 좋은 이런 평범한 사람들 속에 이상주의의 감동적 핵심이 통용되게 하는 것이 훨씬 더 많은 용기와 우월함을 보여 준다고 확신했기 때문이었다.

하지만 그 한가운데서 디오티마가, 빈적인 것이 더해진 이 고대여인이 '세계 오스트리아'라는, 불꽃처럼 뜨겁고 거의 인간이 이해할 수 없는 단어를 발설했을 때, 바로 그때 어떤 것이 그를 사로잡았다.

아른하임에 관해 떠도는 이야기가 있었다. 그의 베를린 저택에는 바로크와 고딕 조각으로 가득 찬 홀이 있었다. 하지만 가톨릭교회는 (아른하임은 이에 큰 애정이 있었다) 성자들과 선(善)의 기수(旗手)들을 대개 아주 행복한 자세로, 정말 황홀경에 빠진 자세로 조각한다. 거기서 성자들은 온갖 포즈를 취하며 죽었고 영혼은 육체를 빨래에서 물기를 짤 때처럼 비틀었다. 군도(軍刀)처럼 교차된 팔과 상처 입은 목의 몸짓이 그 본래의 환경에서 놓여나 낯선 방 안에 모여 있으니 정신병원의 긴장병 환자 집합 같은 인상을 주었다. 이 수집품들은 매우 높이 평가되었고 많은 예술전공자들을 아른하임에게 데려왔으며 그는 이들과 교양 있는 대화를 나누었지만 또 가끔씩 혼자 외로이 홀에 앉아 있었다. 그러면 그는 완전히 다른 기분이었다. 반쯤 미친 세계를 눈앞에 둔 듯 내면에서 경악 같은 놀라움이 일었다. 그는 도덕 속에 원래 말할 수 없는 불꽃이 불타올랐음을 느꼈다. 이 광경에 아른하임 같은 정신조차도 다 타버린 숯을 응시하는 것 말고는 아무것도 할 수 없었다. 모든 종교와 신화가, 태초에 신이 인간에게 법칙을 선물했다는 이야기를 통해 표현하는 것의 이 어렴풋한 현상, 즉 썩 편안하지는 않지만 그래도 신들이 사랑했을 영혼의 초기상태에 대한 예감은 이후, 평소 자아도취적으로 퍼져 나가는 그의 사고에 불안이라는 기이한 테두리를 둘렀다. 아른하임은 정원사 조수를 한 명 데리고 있었고 그를 매우 소박한 사람이라고 불렀으며 자주 그와 꽃의 삶에 관해 이야기를 나누었다. 학자들보다 이런 사람에게 더 많은 것을 배울 수 있으니까. 어느 날 아른하임은 이 조수가 도둑질을 한다는 사실을 알았다. 소문에 따르면, 이 조수는 거의 필사적이라 할 만큼 손에 넣을 수 있는 것은 모조리 빼돌렸고 독립하기 위해 봉급을 저축했으며 그것만이 그를 밤낮으로 사로잡은 단 하나의 생각이었다. 어느 날 작은 조각상 하나도 사라졌고 도와주러 온 경찰이 진상을 밝혀냈다. 이 사실을 보고받은 날 저녁 아른하임은 이 남자를 불러오게 했고 밤새도록 그의 열정적 소유욕의 나쁜 길을 꾸짖었다. 이때 그 스스로 매우 흥분해 있었고 때때로 어두운 옆방에서 거의 울 뻔했다고 했다. 그는 스스로도 설명할 수 없는 이유로 이 남자를 부러워했던 것이다. 다음 날 아침 아른하임은 그를 경찰에 넘겼다.

　이 이야기가 사실임은 아른하임의 가까운 친구들이 확인해 주었고, 이번에 디오티마와 함께 한방에 서 있고 사방 벽 주위에서 세계가 소리 없이 불타오르는 느낌이 들었을 때, 그는 이와 비슷한 기분이었다.

47
분리된 모든 것이 아른하임이라는 인물 속에 있다

이후 몇 주 동안 디오티마의 살롱은 새로이 엄청난 약진을 했다. 사람들은 평행운동에 관한 최신 소식을 듣기 위해, 디오티마가 전념한다는 새 남자, 독일인 대부호, 부유한 유대인, 시를 쓰고 석탄 가격을 좌지우지하며 독일 황제의 개인적인 친구인 기인(奇人)을 보기 위해 거기에 갔다. 라인스도르프 백작 주변과 외교 분야의 신사숙녀들이 모습을 보였을 뿐만 아니라 경제 및 정신 분야에 종사하는 시민계급 출신 참석자도 증가했다. 이로써 전에는 서로에 관해 한마디도 들어본 적이 없던 에베어 (語)3 전문가가 작곡가를 만났고 직조 의자와 고해 의자가 만났으며, 코스라는 단어에서 경주코스, 증권코스, 수업코스를 생각하는 사람들이 만났다.

그때 지금까지 한 번도 없었던 일이 일어났다. 모든 사람들과 그들의 언어로 이야기할 수 있는 남자가 있었는데, 그가 아른하임이었다.

첫 회의 첫머리에 곤혹스런 인상을 받은 후로 그는 공식적 회의는 대체로 멀리했고 사교모임에도 늘 참석하지는 않았다. 빈에 없는 때가 많기 때문이었다. 비서직은 당연히 더 이상 거론되지 않았다. 그가 직접 디오티마에게 이 착상은 적절치 않다고, 그를 위해서도 아니라고 설명했고 디오티마는 울리히를 약탈자라는 느낌 없이는 볼 수 없었지만 아른하임의 판단에 따랐다. 그는 왔다가 갔다. 사흘이나 나흘이 아무것도 아닌 것처럼 지나는 동안 그는 파리, 로마, 베를린에서 돌아왔다. 디오티마 집에서 일어나는 일은 삶의 작은 편린일 뿐이었다. 하지만 그는 이 편린을 더 좋아했고 전 인격으로 이 속에 머물렀다.

그가 대 (大) 기업가들과는 산업에 관해, 은행가들과는 경제에 관해 이야기할 수 있다는 것은 당연했다. 하지만 마찬가지로 막힘없이 분자물리학, 신비주의, 비둘기사냥에 관해 수다를 떨 수 있었다. 그는 비상한 연설가였다. 한번 말을 시작하면 멈추지 않았다. 말하고자 하

---

3   가나 남부와 남부 토고에 거주하는 에베족의 언어이다.

는 것을 다 말하기 전에 책을 끝낼 수 없듯이. 하지만 말하는 방식은 고요하면서도 고상했고 물 흐르듯 했다. 양쪽 기슭이 어두운 덤불에 덮인 시냇물처럼 스스로에 대해 거의 슬퍼하는 말투였는데, 이는 그의 수다에 필연성 같은 것을 부여했다. 그의 다독과 기억력은 그 규모가 정말로 비상했다. 그는 전문가들에게 그들 학문영역의 가장 전문적인 핵심어들을 말할 수 있었고 마찬가지로 영국, 프랑스, 일본 귀족들 가운데 중요한 인물들을 다 알았고 유럽뿐 아니라 오스트레일리아, 미국에 있는 경마장과 골프장도 꿰고 있었다. 영양 사냥꾼, 말 조련사, 궁정극장의 지정 칸막이관람석 소유자가 이 부유한 유대인 미치광이를 (그들의 사투리로 하자면 '이런 쌔것도 한 번') 보기 위해 왔고 그들조차도 존경심에 설레설레 머리를 흔들며 디오티마의 집을 떠났다.

한번은 각하가 울리히를 한쪽으로 데려가더니 말했다. "이보게, 명문 귀족은 지난 100년 동안 가정교사 때문에 낭패를 당했네! 예전에 가정교사는 대부분 나중에 대화사전에 실린 사람들이었지. 이 가정교사들이 다시 음악선생과 그림선생을 데려왔고, 이들은 이에 대한 감사의 표시로 오늘날 우리의 유서 깊은 문화라고 불리는 일들을 했네. 하지만 새 학교와 일반학교가 생기고 내 계층의 사람들이, 미안하네, 박사학위를 따게 된 이후로 어째서인지 가정교사의 질이 떨어졌네. 청소년이 꿩과 멧돼지를 쏘고 말을 타고 예쁜 여자를 고르는 것은 괜찮네. 젊다면, 여기에 반대할 게 없네. 하지만 예전에는 다름 아닌 가정교사가 일부 이런 젊은 힘을 이끌어 꿩뿐 아니라 정신과 예술을 가슴에 품도록 했네. 그런데 오늘날에는 이것이 부족하네." 각하는 막 그런 생각이 들었고 가끔 이런 일들이 떠올랐다. 갑자기 그는 울리히에게로 완전히 몸을 돌리더니 이렇게 말을 맺었다. "이보게, 시민계급이 귀족에게서 분리되면서 양쪽에 다 해를 끼친 것이 그 불운의 1848년이네!" 그는 거기 모인 사람들을 걱정스럽게 바라보았다. 그는 국회의 야당연설에서 대변인이 시민문화를 과시하면 매번 화가 났고 참된 시민문화가 귀족에게서 발견되었더라면 더 좋았으리라. 하지만 가련한 귀족에게 시민문화는 없었고 문화는 귀족에게는 자신을 칠 수 있는 눈에 보이지 않는 무기였다. 귀족은 이 발전이 진행되는 와중에 차츰 권력을 잃었고 결국 디오티마 집에 와서 일들을 지켜보게 되었다. 라인스도르프 백작은 이 사업을 관찰할 때마다 가끔씩 근심어린 마음으로 이렇게 느꼈다. 그는 이 집에서 얻을 기회가 주어진 관직이 더 진지하게 여겨졌으면 하고 바랐으리라. "각하, 시민계급이 오늘날 지성인 때문에 겪고 있는 일은 당시 명문귀족이 가정교사 때문에 겪은 일과 똑같습니다!" 울리히가 그를 위로하려 했다. "저들은 아른하임을 모르는 사람들이네. 그런데 보시게, 모두들 이 아른하임 박사를 얼마나 놀란 눈으로 보고 있는지."

하지만 라인스도르프 백작은 그렇지 않아도 내내 아른하임만 건너다보고 있었다. "그런데 저건 벌써 더 이상 정신이 아닙니다." 울리히가 이 놀라움을 이렇게 설명했다. "저건 발을 붙잡을 수 있고 온전히 만질 수 있을 뿐 무지개와 같은 현상입니다. 그는 사랑과 경제, 화학과 카약 타기를 말합니다. 그는 학자고 농장소유주고 증권가죠. 한마디로, 우리 모두가 분리된 채 어떤 것인 것, 그것이 한 인물 속에 모인 것이 그지요. 우리는 그냥 그걸 놀라워하는 겁니다. 각하께서는 머리를 저으시는군요? 하지만 저는 이른바 '시대의 진보'라는, 아무도 들여다볼 수 없는 구름이 그를 우리의 무대 위에 세워놓았다고 확신합니다."

"자네를 두고 머리를 저은 게 아니네." 각하가 바로잡았다. "아른하임 박사를 생각했네. 어쨌거나 흥미로운 인물임은 인정해야 하네."

48
아른하임이 유명해진 세 가지 원인과 전체의 비밀

하지만 이 모든 것은 아른하임 박사라는 인물이 통상 불러일으키는 효과일 뿐이었다.

그는 그릇이 큰 남자였다.

그의 활동은 지구의 대륙들과 지식의 대륙들에 퍼져 있었다. 그는 철학자, 경제, 음악, 세계, 스포츠 등 모든 것을 알았다. 그는 다섯 개의 언어를 유창하게 구사했다. 세계에서 가장 유명한 예술가가 그의 친구였고 그는 내일의 예술을 아직 치솟지 않은 가격으로 입도선매(立稻先賣)했다. 그는 황궁을 드나들었고 노동자들과도 대화를 나누었다. 그는 동시대 모든 건축 잡지에 실린 현대적 양식의 대저택과 변경백(邊境伯)이 다스린 매우 황량한 어느 변경에 프로이센적 사고의 썩은 요람처럼 보이는 삐걱거리는 낡은 성을 소유하고 있었다.

이런 확장과 수용능력에 본인의 성과가 동반되는 경우는 드물다. 하지만 여기서도 아른하임은 예외였다. 그는 1년에 한두 번 시골영지에 칩거해 자신의 정신적 삶의 경험을 기록했다. 이미 상당한 편수가 된 이 책과 논문들은 아주 잘 팔렸고 높은 판수를 기록하며 수많은 언어로 번역되었다. 아무도 병든 의사는 신뢰하지 않지만 자기 자신을 건사할 줄 아는 사람이 말하는 것, 거기에는 여러 가지 참된 것이 분명 있을 테니까. 이것이 그의 유명세의 첫 번째 원인이었다.

두 번째 원인은 과학의 본질에 있었다. 과학은 우리나라에서는 명망이 매우 높은데, 또 마땅히 그래야 한다. 하지만 염통의 활동을 탐구하는 데 헌신하는 것이 분명 한 인간의 삶을 온전히 채우겠지만 그래도 이때 그로 하여금 염통과 국민 전체와의 연관성을 상기하지 않을 수 없게 하는 순간, 이른바 인문학적 순간이 있다. 그 때문에 독일에서는 괴테가 그렇게 많이 인용된다. 하지만 어떤 학자가 자신이 학식뿐 아니라 미래지향적이고 생동하는 정신을 소유하고 있음을 아주 특별히 보여 주려 하면, 그는 현재 주가가 오르고 있는 주식처럼 그것을 알고 있는 것이 명예로울 뿐 아니라 더욱더 많은 명예를 약속하는 그런 저술을 인용함으로써 자신을 가장 잘 드러낼 수 있다. 그리고 이런 경우에 파울 아른하임 인용문은 점점 더 많은 인기를 누렸다. 물론 아른하임이 자신의 보편적 견해를 뒷받침하기 위해 감행하는 과학영역으로의 소풍들은 아주 엄격한 요구사항들을 항상 만족시키지는 못했다. 이것들은 그가 엄청난 독서경험을 자유자재로 사용한다는 것을 보여 주었지만 전문가는 어쩔 수 없이 이 속에서 작은 오류와 오해를 발견했는데, 이것들을 보면 아마추어의 작업은 정확히 가려낼 수 있다. 바느질을 보면 벌써 집에서 만든 옷인지 정식 의상실에서 만든 옷인지 구별되듯이. 하지만 이것이 전문가들이 아른하임에게 감탄하는 것을 방해했다고 믿어서는 절대 안 된다. 그들은 자만하며 미소를 지었다. 매우 근세적인 어떤 것으로서, 모든 신문들이 '경제계의 왕'이라고 보고하는 남자로서 아른하임은 그들에게 강한 인상을 남겼다. 그의 업적은 옛 왕들의 정신적 업적과 비교했을 때 어쨌든 탁월했다. 그리고 그들은 자신의 분야에서는 그래도 여전히 자신이 아른하임과는 상당히 다른 존재라고 말할 수 있었기 때문에 그를 정신적 남자, 천재적 남자 또는 아주 간단히, 보편적 남자라고 부르면서 이에 감사를 표했다. 이는 전문가들 사이에서는 대충, 남자들이 자기들끼리 어떤 여자가 여자들의 취향에 맞는 미인이라고 선언하는 것과 같은 의미였다.

아른하임의 유명세의 세 번째 원인은 경제에 있었다. 그는 경제계의 늙은 베테랑 선장들과도 사이가 나쁘지 않았다. 이들과 큰 거래를 성사시켜야 하면 가장 약아빠진 이도 속였다. 그들은 그를 장사꾼으로서는 그리 높이 사지 않았지만 아버지와 구별해서 '황태자'라고 불렀다. 아버지의 짧고 두꺼운 혀는 유연하게 연설할 수는 없었지만 대신 아무리 넓은 곳에서도, 아무리 작은 표시에서도 무엇이 장사가 될 만한 것인지를 알아내는 미각이 있었다. 이 아버지를 그들은 두려워했고 존경했다. 하지만 황태자가 그들 계층에 철학적 요구를 내세우고 심지어 아주 실질적인 협상에도 끼워 넣는 것을 들으면 그들은 미소를 지었다. 그는 중역회의에서 시인들을 인용하고, 경제란 인간의 다른 활동과 분리될 수 없으며 민족적, 정신적, 심지어 가장 내면적 삶의 모든 질문들과의 큰 연관성 속에서 다루어야 하는 것이라고 주장하는 것으로 악명이 높았다. 이에 그들은 미소만 지었지만 그들도 아른하임 2세가 사업에 첨가한 바로 이 첨가물을 가지고 점점 더 많이 여론의 관심을 받는다는 것을 아주 간과할 수는 없었다. 모든 국가의 주요 신문들에, 때로는 경제면에, 때로는 정치면에, 때로는 문화면에 그에 관한 기사가 실렸는데, 그의 펜 끝에서 나온 작업에 대한 인정, 그가 어디선가 행한 주목할 만한 연설에 관한 보고, 그가 어떤 군주에게 또는 어떤 예술협회에서 영접을 받았다는 기사였다. 곧, 보통은 이중으로 닫힌 문 뒤에서 조용히 움직이는 대기업가 가운데 아른하임만큼 외부에서 그렇게 많이 거론되는 남자가 없게 되었다. 그리고 은행, 제철소, 콘체른, 광산, 해운회사 대표, 감사, 사장, 부장이 모두 내면적으로, 자주 그렇게 치부되지만, 악의적인 인간이라고 믿어서는 안 된다. 아주 잘 발달된 가족의식을 제외하면 그들 삶의 내적 이성은 돈의 이성인데, 이것은 아주 건강한 이빨과 단순한 위장을 가진 이성이다. 이들은 모두 세상을 전함, 총칼, 황제, 경제에는 문외한인 외교관 대신에 그냥 수요와 공급의 자유로운 게임에 맡겨 놓는다면 세상이 훨씬 더 나을 것이라고 확신했다. 단지 현재의 세계를 바꿀 수가 없고, 옛 선입견에 따르면, 우선 자신의 이익에 그리고 이를 통해서 비로소 보편적 이익에 이바지하는 삶이 기사도와 국가신조보다 질이 떨어진다고 평가되고 국가의 임무가 사적 임무보다 도덕적으로 훨씬 더 위에 있기 때문에 이들은 이것을 결코 도외시하지 않았고, 잘 알려져 있다시피, 무장을 하고 관세협상을 하거나 파업하는 자들에게 군대를 투입하는 것이 공공의 안녕에 가져오는 장점들을 최대한 이용했다. 하지만 이 도중에 사업은 철학에 이르게 된다. 오늘날 철학 없이 감히 다른 인간에게 해를 끼칠 엄두를 내는 사람은 범죄자뿐이니까. 그래서 그들은 아른하임 2세를 그들의 사안을 위한 일종의 바티칸적 사절로 보는 데 익숙해졌다. 그의 성향을 빈정대면서도 그들은 자신들이 원하는 바를 사회학자 대회에서와 마찬가지로 주교회의에서도 대변할 수 있는 남자를 가진 것이 편했다. 그래서 그는 결국 그들에게 아름답고 문예애호가인 아내가 남편에게 행사하는 것과 비슷한 영향력을 행사하게 되었다. 그녀는 영원한 영업소 근무를 업신여기지만 모든 사람들의 감탄을 자아냄으로써 사업에는 도움이 된다. 이제 여기에 덧붙여 마테를링크나 베르그송 철학의 영향을 석탄 가격과 카르텔화 정책에 관한 문제에 적용해서 상상해 보라. 그러면 때로는 파리, 때로는 페테르부르크, 때로는 케이프타운에서 젊은 아른하임이 아버지의 사절로 와서 처음부터 끝까지 말을 하면 기업가총회나 사장실에 얼마나 기를 죽이는 작용을 하는지 짐작할 수 있으리라. 사업에서의 성공은 신비롭고 또 중요했고, 이 모든 것에서, 잘 알려진 그 소문, 엄청나게 중요한 남자, 손대는 일마다 성공하는 남자에 관한 소문이 생겨났다.

이런 식으로 아른하임의 성공에 대해 더 많은 이야기를 할 수 있으리라. 외교관에 대해서는, 그들은 100퍼센트 믿을 수는 없는 코끼리를 보살피는 남자들처럼 자신들에게는 본질적으로 낯설지만 중요한 영역인 경제를 조심스럽게 다루는 반면 아른하임은 코끼리를 타고난 조련사처럼 태평스럽게 다룬다고. 예술가에 대해서는, 그들에게는 그가 별로 소용없지만 이와는 상관없이 그들은 그래도 예술후원자 한 명과 교류한다는 감정을 가진다고. 마지막으로 기자에 대해서는, 그들은 자신들이 아른하임에게 감탄함으로써 그를 비로소 위대한 남자로 만들었으므로 자신들이 제일 먼저 언급될 자격이 있다고, 뒤바뀐 연관성을 알아차리지도 못한 채 주장한다고 이야기할 수 있다. 누군가 그들의 귀에 대고 은밀히 뭐라고 속삭이면 그들은 이에 혹해서 시시각각 달라지는 시대의 소리를 듣는다고 믿었으니까. 그의 성공의 기본 형태는 어디서나 똑같았다. 부라는 마법지폐와 그의 중요성에 대한 소문에 둘러싸여 그는 늘 그들의 영역에서 그를 능가하는 사람들과만 교류해야 했지만 그들의 분야에 관한 놀랄 만한 지식을 가진 문외한으로서 그들의 마음에 들었고 그가 인물 자체로 그들의 세계가 그들이 모르는 다른 세계에 대해 가지는 관계를 나타내고 있음으로 해서 그들을 주눅 들게 했다. 그래서 어떤 전문가집단을 상대로 전체로서, 전인(全人)으로서 작용하는 것이 그의 본성이 되어 버렸다. 때때로 그에게는 산업과 상업의 바이마르 또는 플로렌스 시대 같은 것, 부를 증대시키는 강한 개인들의 지배가 아른거렸다. 이들은 기술, 과학, 예술의 개별업적들을 자신 속에서 통합하고 높은 관점에서 이끌어 갈 능력이 있어야 했다. 그는 이 능력을 자신 속에서 느꼈다. 그는 입증 가능한 것, 개별적인 것에서는 결코 우월하지 않았지만 유동적이며 매 순간 스스로 복원되는 균형을 통해 어떤 상황에서든 정상에 오를 수 있는 재능이 있었다. 사실 이것은 정치인의 기본능력이겠지만 아른하임은 또 이것이 깊은 비밀이라고 확신했다. 그는 이것을 '전체의 비밀'이라 불렀다. 한 인간의 아름다움도 개별적인 것이나 입증 가능한 것에 있지 않고 바로 그 마법 같은 뭔가에 있으니까. 이것은 작은 추함까지도 쓸모 있게 만든다. 한 존재의 깊은 선과 사랑, 품위와 위대함도 이와 꼭 같이 그 존재가 행하는 것과는 거의 상관이 없다. 사실 이들은 그 존재가 행하는 모든 것을 고상하게 만들 수 있다.

신비롭게도, 삶에서는 전체가 개별적인 것에 앞선다. 어쨌든 소인은 자신이 저지르는 미덕과 실수로 구성될 수 있겠지만 위대한 인간은 자신의 특성들에 비로소 그들의 등급을 부여한다. 그리고 그의 성공이 그의 공로나 그의 특성들로는 제대로 이해되지 않을 수 있다는 것이 그의 성공의 비밀이라면, 그렇다면 다름 아니라, 보이는 것 이상인 어떤 힘의 존재, 이것이 비밀이다. 그리고 삶에서 모든 위대한 것은 이것을 토대로 한다. 아른하임은 이를 그의 책 가운데 하나에서 서술했는데, 이를 적었을 때 그는 초현세적인 것의 외투주름을 붙잡았다고 믿을 정도였고 이 또한 글에 표현했다.

49
구 외교와 신 외교의 대립이 시작되다

특수분야가 태생귀족인 사람과의 교류에서도 예외는 없었다. 아른하임은 자신의 고귀함을 누그러뜨리고 너무나 겸손하게, 자신을 스스로의 장점과 한계를 아는 정신적 귀족에 국한함으로써 한참이 지난 후에는 명문귀족의 이름을 가진 사람이 그 옆에 있으면 마치 이 이름의 무게로 인해 굽은 노동자의 등을 가진 듯한 효과를 냈다. 이를 가장 예리하게 관찰한 사람이 디오티마였다. 그녀는 전체의 비밀을, 더할 나위 없는 방식으로 실현된 자신의 삶의 꿈을 바라보는 예술가의 오성(悟性)으로 알아보았다.

  그녀는 이제 다시 그녀의 살롱과 완전히 화해했다. 아른하임은 외적인 조직을 과대평가하지 말라고 경고했다. 조야한 물질적 관심이 순수한 의도를 장악할 것이라고. 그는 살롱에 더 많은 가치를 두었다.

　반대로 투치 국장은 이런 식으로는 말의 심연에서 빠져나오지 못할 것이라는 우려를 표했다.

　그는 다리를 꼬았고 힘줄이 불거지고 여윈 어두운 색의 손을 무릎 앞에서 깍지 끼었다. 짧은 수염과 남국적 눈을 가진 그는, 부드러운 소재로 된 나무랄 데 없는 양복을 입고 몸을 곧추세우고 앉아 있는 아른하임 옆에서는 브레멘의 대상인 옆에 앉은 레반테4 출신 소매치기처럼 보였다. 거기서 두 고상함이 충돌했고 오스트리아의 고상함은 여기저기서 끌어 모은 고상한 취향에 따라 살짝 소홀한 듯 보이기를 좋아했지만 결코 스스로가 덜 고상하다고 여기지는 않았다. 투치 국장은 평행운동의 진척에 관해, 자신의 집에서 일어난 일을 마치 스스로 직접 알아서는 안 된다는 투로 물어보는 친절한 방식을 갖고 있었다. 그는 "계획하고 있는 것이 무엇인지 조만간 알게 된다면 우리는 기쁘겠습니다만"이라고 말하면서 친절한 미소를 머금고 아내와 아른하임을 바라보았다. 이 미소는 '나는 이 운동에서 외부인입니다'라고 말하고 있었다. 그 후 그는 아내와 각하의 공동작품이 관청들에 벌써 큰 걱정거리가 되고 있다고 말했다. 지난번 황제께 보고하는 자리에서 장관은 기념해에 즈음해서 있을 외부를 향한 선언 가운데 어떤 것이 상황에 따라서 폐하의 승인을 기대해도 될지, 특히 시대의 흐름을 앞질러 국제적 평화운동의 진두에 서려는 계획이 폐하의 입장에서 어느 정도 마음에 드실지 넌지시 떠보았다. 각하께 떠오른 '세계 오스트

4　지중해 동부지방, 특히 터키를 일컫는다.

리아'라는 생각을 정치적으로 수용하려 한다면 이것이 유일한 가능성이기 때문이라고 투치가 설명했다. 하지만 폐하께서는 세계가 다 아는 당신의 양심과 신중함 때문에 즉각 "아, 나를 내세우고 싶지 않네!"라는 단호한 말로 이를 거부했다고 그는 계속 설명했다. 그리고 이 말이 폐하의 분명한 반대의지 표명인지 아닌지 지금은 알 수가 없다고.

　투치는 섬세한 방식으로 섬세하지 못하게 직업상의 작은 비밀들을 대했는데, 동시에 더 큰 비밀을 아주 잘 간수할 줄 아는 남자만이 그럴 수 있었다. 그는 자국 궁정의 분위기가 확실치 않고 그래도 어디선가 확고한 점은 얻어야 하므로 외국 주재 공관들이 이제 외국 궁정의 분위기를 파악해야 한다는 말로 끝을 맺었다. 결국 보편적 평화회의 소집에서 시작해서 20인 군주회동을 거쳐 헤이그 평화궁5을 오스트리아 화가들의 벽화로 채워 주거나 헤이그에 하인의 아이들과 고아들을 위한 재단을 설립하는 데 이르기까지 순전히 기술상으로는 너무나 많은 가능성이 있을 테니까. 그는 프로이센 궁정에서는 기념해를 어떻게 생각하느냐는 질문을 덧붙였다. 아른하임은 거기에 대해서는 아무것도 듣지 못했노라고 설명했다. 그는 오스트리아의 냉소주의에 비위가 상했다. 스스로 너무나 우아하게 수다를 떨 줄 아는 그도 투치 옆에서는, 국가사업이 화제가 되면 냉정하고 진지해져야 함을 강조하고 싶은 남자처럼 입이 꽉 다물어짐을 느꼈다. 이런 식으로 두 개의

5　1913년에 완성된 궁전으로 여기서 1899년과 1907년 두 번 헤이그 평화회의가 열렸다.

대립하는 고상함, 국가스타일, 생활양식이 연적의 의도가 아주 없지는 않게 디오티마 앞에서 모습을 드러냈다. 하지만 그레이하운드를 퍼그 옆에, 포플러나무 옆에 버드나무를, 막 쟁기질한 밭 위에 포도주 잔을, 또는 예술전시회장이 아니라 요트 위에 초상화를 세워 놓으면, 간단히 말해 두 개의 최고로 개량되고 특색 있는 삶의 형식을 나란히 두면, 둘 사이에는 공허함, 지양, 매우 악의적인 웃음거리가 밑도 끝도 없이 생겨난다. 디오티마는 이를 이해할 수는 없었지만 눈과 귀로 느꼈고 아연해서 방향전환을 꾀했으며 남편에게 아주 단호히 선언했다. 그녀는 평행운동으로 우선 정신적으로 위대한 것을 달성하려 하며 정말로 현대적인 인간들의 소망만을 평행운동의 지도층에 흘러들어오게 할 것이다!

아른하임은 사고가 품위를 되찾은 것에 감사를 느꼈다. 침몰의 순간들에 저항해야 했기 때문에 그는 자신이 디오티마와 함께 있는 것을 위대한 방식으로 정당화하는 사건을 가지고 농담을 하고 싶지 않았다. 물에 빠진 사람이 구명대를 가지고 장난할 수 없듯이. 하지만 스스로도 깜짝 놀란 바이지만, 그는 디오티마에게 회의적인 목소리로 물었다. 그럼 누구를 평행운동의 정신적 선두그룹에 선출하고 싶은가?

당연히 디오티마에게도 이는 아직 매우 불투명했다. 아른하임과 함께 보낸 날들이 너무나 많은 자극과 아이디어를 선사해서 그녀는 특정한 결과를 고를 수가 없었다. 아른하임은 그녀에게 몇 번인가 중요한 것은 위원회의 민주주의가 아니라 강력하고 모든 것을 포괄하는 개인이라고 거듭 말했지만, 그녀는 이때 그냥 '당신과 나'라는 느낌만

들었다. 물론 아직 아무 결정도 할 수 없었고 심지어 아무 통찰도 할 수 없었지만. 그런데 아른하임의 목소리에 담긴 비관주의를 통해 그녀가 막 상기한 것은 어쩌면 바로 이것이었을 것이다. 그녀가 이렇게 대답했으니까. "오늘날 대체 온 힘을 다해 실현시켜야 할 만큼 매우 중요하고 위대하다고 할 만한 것이 있나요?"

"건강한 시대가 가졌던 내적 확실성을 잃어버린 시대의 표시는", 아른하임이 대답했다. "이 시대에는 가장 위대한 것과 중요한 것이 생기기가 너무나 어렵다는 것입니다."

투치 국장은 바지 위 먼지 한 톨 위로 눈을 내리깔았는데, 그의 미소는 동의로 해석될 수 있었다.

"실제로 그것이 무엇일까요?" 아른하임은 점검을 해가며 계속했다. "종교일까요?"

투치 국장은 이제 미소를 위로 향하게 했다. 아른하임은 이 말을 각하가 옆에 있을 때처럼 그렇게 힘주어, 일말의 회의 없이 발설하지는 않았지만 어쨌든 호의적인 진지함이 있었다.

디오티마는 남편의 미소에 항의하며 반대했다. "왜 안 될까요? 종교도 그러하지요!"

"물론입니다. 하지만 우리는 실용적인 결정을 해야 합니다. 우리의 운동을 위해 시대에 적합한 목표를 찾아내 줄 사람으로 위원회에 주교를 선출한다는 생각을 한 번이라도 해본 적이 있습니까? 신은 가장 비현대적입니다. 우리는 연미복을 입고 깨끗하게 면도하고 가르마를 탄 신을 상상할 수가 없습니다. 족장의 모습에 따라 상상하지요. 그러면 종교 말고 뭐가 있나요? 민족? 국가?"

이 대목에서 디오티마는 기뻤다. 투치가 보통 국가를 여자들과는 이야기하지 않은 남자들만의 사안으로 취급했기 때문이었다. 하지만 지금 투치는 침묵했고 눈으로만, 거기에 대해서는 아직 몇 가지 더 할 말이 있다고 말하고 있었다.

"과학?" 아른하임이 계속해서 물었다. "문화? 예술이 남는군요. 정말이지 예술은 존재의 통일성과 내적 질서를 제일 먼저 반영하는 것이겠지요. 하지만 우리는 예술이 오늘날 제공하는 모습을 압니다. 보편적 분열, 연관성 없는 극단이지요. 기계적인 새 사회 및 감정생활에 대해서는 이미 초기에 스탕달, 발자크, 플로베르가 소설을 썼습니다. 하부층의 악마성은 도스토예프스키, 스트린드베리, 프로이트가 발견했지요. 오늘날을 사는 우리는 모든 것에서 더 이상 우리에게는 할 일이 남아 있지 않다는 깊은 감정만을 가집니다."

이 대목에서 투치 국장이 끼어들었다. 뭔가 순수한 것을 읽고 싶으면 호머를 읽는다고. 아니면 페터 로제거6나.

아른하임은 이 제안을 받았다. "성경도 추가하셔야 합니다! 성경, 호머, 로제거 또는 로이터7면 그럭저럭 됩니다! 이제 우리는 이 문제의 핵심구역에 들어섰습니다. 우리에게 새로운 호머가 나타났다고 가정해 봅시다. 정말 솔직하게 자문해 봅시다. 우리가 도대체 그의 말에 귀를 기울일 능력이 있을까요? 아니라고 해야 한다고 생각합니다.

---

6   페터 로제거(Peter Rosegger, 1843~1918) : 오스트리아 저술가이다.
7   파울 로이터(Paul Reuter, 1816~1899) : 독일 태생의 영국 기업가로 로이터통신 설립자이다.

우리는 호머가 필요 없기 때문에 호머가 없는 것입니다!"아른하임은 다시 안장 위에 앉았고 말을 달렸다. "필요하면 그를 가질 것입니다! 결국 세계사에서는 부정적인 것은 일어나지 않으니까요. 그럼 진정 위대한 것, 본질적인 것을 모두 과거에 옮겨 놓아야 한다는 것은 무엇을 의미할까요? 호머와 예수는 다시 도달될 수 없습니다. 능가한다는 것은 말할 것도 없지요. 아가(雅歌) 보다 더 아름다운 것은 없습니다. 고딕양식과 르네상스는 평야 초입의 산악지대처럼 근세 앞에 서 있습니다. 오늘날 위대한 군주형상은 어디에 있습니까?! 나폴레옹의 행위조차도 파라오의 행위에 비하면, 칸트의 작품은 부처의 작품에 비하면, 괴테의 작품은 호머의 작품에 비하면 얼마나 숨이 가빠 보이는지요! 하지만 결국 우리는 살고 있고 어떤 것을 위해 살아야 합니다. 그럼 여기서 어떤 결론을 내릴 수 있을까요? 다름이 아니라 … ."그렇지만 여기서 아른하임은 말을 중단했고 이 말을 발설하기가 망설여진다고 확언했다. 중요하다고 생각되고 위대하다고 여겨지는 모든 것은 우리 삶의 가장 내면적인 힘인 그것과는 상관이 없다는 결론만이 남을 것이므로.

"그것이란?" 투치 국장이 물었다. 대부분의 것이 너무나 중요하게 여겨진다는 데는 그도 별 이의가 없었다.

"오늘날 어떤 인간도 이를 말할 수 없습니다." 아른하임이 대답했다. "문명의 문제는 심장으로만 해결될 수 있습니다. 새로운 인물의 등장을 통해서요. 내면의 얼굴과 순수한 의지를 통해서요. 오성은 위대한 과거를 자유주의로까지 약화시킨 것 말고는 아무것도 해낸 것이 없습니다. 하지만 어쩌면 우리가 충분히 멀리 보지 못하고 너무 작은 단위로만 계산하고 있을지도 모릅니다. 매 순간이 세계종말의 순간일 수 있습니다!"

디오티마는 그럼 평행운동을 위해 더 이상 아무것도 남지 않는다고 이의를 제기하고 싶었다. 하지만 특이하게도 그녀는 아른하임의 어두운 얼굴에 마음을 빼앗겼다. '귀찮은 학습과제'의 잔여물이 그녀 속에 남아 있어, 최신 책을 읽거나 최신 그림에 대해 말해야 할 때면 늘 그녀를 힘들게 했을 것이다. 예술비관주의는 그녀를 근본적으로 마음에 들지 않았던 수많은 미(美)에서 해방시켰다. 과학비관주의는 문명, 지나치게 많은 알아야 할 것, 영향력 있는 것에 대한 그녀의 두려움을 덜어 주었다. 이렇게 시대에 대한 아른하임의 절망적인 판결은 그녀에게 유익했고 그녀는 단번에 이를 느꼈다. 그리고 아른하임의 멜랑콜리가 아무튼 그녀와 연관되어 있다는 생각이 그녀의 심장을 기분 좋게 관통했다.

50
이후의 전개.
투치 국장이 아른하임이라는 인물을 규명하기로 결심하다

디오티마의 추측이 맞았다. 영혼에 관한 자신의 책을 읽은 이 멋진 여자의 가슴이 그 누구도 오해할 수 없는 어떤 힘에 의해 고양되고 움직였다는 것을 알아차린 순간부터 아른하임은 겁을 먹었는데, 평소와는 다른 모습이었다. 간단히 그리고 그 자신의 인식에 따라 표현하자면, 그것은 단번에 그리고 뜻밖에 지상에서 하늘을 만난 도덕주의자의 겹이었다. 그의 이런 마음을 느껴 보려면 우리 주위가 온통 부드럽고 하얀 셔틀콕들이 떠다니는 그 잔잔하고 푸른 물웅덩이라고 상상해 보기만 하면 된다.

도덕 말고는 아무것도 자기 것이라고 부르지 못하는 저 굴종적인 가난뱅이들의 냄새가 알려 주듯, 도덕적 인간은 그 자체로 보면 우습고 불쾌하다. 도덕은 큰 과제들을 필요로 하고 이들로부터 그 의미를 부여받는다. 그래서 아른하임은 도덕으로 기우는 자신의 본성의 보완물을 늘 세계적 사건에서, 세계사에서, 자신의 활동에 이데올로기를 침투시키는 것에서 찾았다. 사고를 권력의 영역으로 나르는 것, 사업을 정신적 질문과 연관시켜서만 다루는 것, 이것이 그가 가장 좋아하는 생각이었다. 그는 자신에 대한 비교를 역사에서 취해서 새로운 삶으로 채우기를 좋아했다. 현재 그가 맡고 있는 자본가의 역할은 배후에서 영향력을 행사하며, 지배자의 권력과 교류할 때 완강하게 고분고분한 권력인 가톨릭교회의 역할과 비슷한 것으로 여겨졌고 가끔씩 자신이 그 활동으로 보면 추기경과 비슷하다고 생각했다. 하지만 이번에 그는 사실 기분에 따라 이 도시에 왔다. 기분에 따른 여행이라도 정말 아무 목적 없이 여행하는 경우는 없었지만 그는 이번 여행 계획이, 더구나 아주 중요한 계획이 원래 어떻게 그의 내면에 생겼는지 기억할 수가 없었다. 예기치 못한 영감, 갑작스런 출발결정 같은 것이 있었다. 그리고 지금 체류 중인 외딴 독일어권 대도시가 봄베이 휴가 여행도 주기 어려운 이국적인 인상을 그에게 주었다면 이는 아마 자유라는 이 조그만 부대 상황 때문이었을 것이다. 평행운동에서 어떤 역할을 하라고 초대되었다는, 프로이센에서는 전혀 불가능한 생각은 여기에 나머지 것을 첨가했고 꿈처럼 그를 비논리적 환상에 젖게 했다. 꿈의 불합리를 그의 실용적 영리함이 모르지는 않았다. 그래도 그는 동화적인 것의 매력을 떨쳐 버릴 수 없었으리라. 그는 여기에 오는 목적을 어쩌면 훨씬 더 쉽게, 더 단도직입적으로 이룰 수 있었으리라. 하지만 그는 늘 여기로 되돌아오는 것을 이성으로부터의 휴가처럼 생각했고 이러한 동화적 변신 때문에 자신의 사업정신으로부터 벌을 받았는데, 스스로에게 부과해야 했을 검은 도덕적 벌점을 문질러서 전체를 다 회색으로 만들어 버리게 되는 벌이었다.

투치가 같이 있었던 그때처럼 어둠 속에서 그렇게 광범위하게 숙고하는 일은 물론 두 번 다시 없었다. 투치 국장이 보통 아주 잠시만 모습을 나타냈기 때문이기도 했고, 아른하임이 자신의 말을 너무나 다양한 사람들에게 균등하게 배분해야 했기 때문이기도 했다. 그는 이 아름다운 나라에서는 사람들이 놀라운 수용능력을 갖고 있음을 발견했다. 그는 각하가 있는 데서는, 비판이란 생산력이 없으며 지금의 시대가 신에 대한 믿음을 잃었다고 말했고 동시에 인간은 마음을 통해서만 이런 부정적 실존에서 구원될 수 있음을 재차 암시했다. 디오티마를 위해서는, 문화로 가득 찬 독일의 남쪽만이 아직 독일인과 어쩌면 세계까지도 합리주의와 계산충동의 난동에서 해방시킬 수 있다는 주장을 덧붙였다. 귀부인들에 둘러싸이면, 인류를 군비증강과 영혼 없음에서 구하기 위해 내면의 다정함을 조직할 필연성에 대해 말했다. 직업에 종사하는 남자들 그룹에는, 독일에는 더 이상 인간은 없고 직업만 있다는 횔덜린의 말을 설명했다. "그리고 그 누구도 더 높은 통일성에 대한 느낌 없이는 자신의 직업에서 아무것도 이룰 수가 없습니다. 재정가가 제일 그렇습니다!"라는 말로 그는 설명을 끝냈다.

사람들은 기꺼이 그의 말에 귀를 기울였다. 그렇게 많은 사고를 가진 남자가 돈까지 있다는 것이 좋았기 때문이었다. 그리고 그와 대화한 사람은 누구나 평행운동 같은 사업은 매우 위험한 정신적 모순을 가진 너무나 의심스러운 사안이라는 인상을 받고 자리를 떴고 이 정황은 이 모험의 지도자가 되기에 그만큼 적합한 사람은 없다는 모두의 인상을 더 강화시켰다.

그러나 만약 투치 국장이 아른하임이 그의 집 곳곳에 같이 있음을 알아차리지 못했다면 그는 은연중 이 나라에서 손꼽히는 실세 외교관 가운데 한 명이 아니리라. 투치는 그냥 그것을 이해할 수 없었을 뿐이었다. 하지만 그는 이를 드러내지 않았다. 외교관은 결코 자신의 생각을 보여 주지 않으니까. 이 이방인은 그를 정말 불쾌하게 했다. 개인적으로도 하지만 이른바 원칙적으로도 그랬다. 아른하임이 아내의 살롱을 어떤 은밀한 목적을 위한 활동의 장으로 선택했다는 명백한 사실을 투치는 하나의 도전으로 느꼈다. 그는 이 대부호가 도나우강변의 황제도시를 그렇게 자주 방문하는 것은 그의 정신이 이 도시의 유서 깊은 문화 한가운데서 제일 편안함을 느끼기 때문이라는 디오티마의 확언을 한순간도 믿지 않았지만 우선은 해결의 단서가 없는 과제에 직면했는데, 이런 남자를 공적인 관계에서는 아직 한 번도 보지 못했기 때문이었다.

디오티마가 그에게 평행운동의 지도자 자리를 아른하임에게 주겠다는 계획을 털어놓고 각하의 반대에 불만을 표시한 이후로 투치는 진심으로 당황했다. 그는 평행운동도, 라인스도르프 백작도 중요하게 생각하지 않았지만 아내의 착상이 깜짝 놀랄 만큼 정치적 감각이 없다고 여겨졌고, 이 순간 그가 해냈다고 자부하던 수년간의 교육이 마치 카드로 만든 집처럼 붕괴되는 기분이었다. 투치 국장은 속으로 이 비유까지 사용했다. 물론 그는 평소에는 너무 문학적이고 사교적으로 나쁜 태도의 냄새가 난다는 이유로 결코 비유를 허용하지 않았다. 하지만 이번에 그는 심한 충격을 받았다.

물론 디오티마는 고집스럽게 차례차례 다시 자신의 입지를 개선했다. 그녀는 온화하게 무례해지더니 새로운 종류의 인간에 대해 말했다. 이들은 세계의 진행에 대한 정신적 책임을 더 이상 두 손 놓고 직업운전사들에게 맡겨 놓지 않을 거라고. 이어 그녀는 때로는 예언자의 능력일 수도 있고 매일의 직업보다 더 먼 미래로 시선을 유도할 수 있는 여성의 직감에 대해 이야기했다. 마지막으로 그녀는 아른하임은 유럽인, 전 유럽에 잘 알려진 정신이고 유럽에서 정치가 너무나 비유럽적으로, 너무나 비정신적으로 일어난다고 말했다. 그리고 유서 깊은 오스트리아 문화가 이 군주국의 영토 위의 살고 있는 다양한 언어민족들을 껴안듯이 세계 오스트리아적 정신이 전 세계에 불어닥치기 전까지 세계는 평화를 찾지 못할 것이라고. 그녀는 여태 한 번도 감히 그렇게 단호하게 남편의 우월함에 대적한 적이 없었다. 하지만 투치 국장은 이로 인해 일시적으로 다시 진정이 되었다. 그는 아내의 노력을 결코 재단사의 질문보다 중요하게 여기지 않았고 다른 사람들이 그녀를 보고 감탄하면 행복했으니까. 그리고 이제 그는 이 사안을 좀더 온화하게 그리고 대충 강렬한 색을 좋아하는 여자가 한 번 너무

알록달록한 리본을 고르기라도 한 것처럼 그렇게 관찰했다. 그는 그녀에게 모두가 보는 앞에서 프로이센인에게 오스트리아의 사안에 대한 결정권을 넘겨주는 것이 남자들의 세계에서는 있을 수 없는 일로 보이게 하는 이유를 다시 한번 진지하고 정중하게 설명하는 것으로 그쳤다. 하지만 덧붙여, 그토록 독특한 지위에 있는 남자와 교제하는 것이 이익이 될 거라고 인정했고 만약 디오티마가 그의 우려에서, 그가 너무 자주 그녀와 같이 있는 아른하임을 보아 불쾌할 것이라는 추론을 한다면 이는 오해라고 확언했다. 그는 이런 식으로 이 이방인에게 덫을 놓을 기회가 곧 있으리라 은근히 기대했다.

투치는 아른하임이 도처에서 성공을 거두는 것을 목격하지 않을 수 없게 되자 비로소 디오티마가 이 남자와 함께 너무 의욕적인 모습을 보인다는 데 다시 생각이 미쳤지만, 다시 한번 그녀가 평소와는 달리 그의 뜻을 존중하지 않고 그에게 반대하고 그의 걱정을 망상이라고 선언하는 것을 경험했다. 그는 남자로서 여자의 변증법에 대항해 싸우지 않기로, 자신의 예견이 저절로 승리하게 될 시간을 기다려 보기로 결심했다. 그런데 그때 그가 엄청난 추진력을 얻게 되는 일이 발생했다. 어느 날 밤 아득히 먼 울음소리처럼 여겨지는 것이 그를 불안하게 했다. 처음에는 거의 거슬리지 않았고 그는 그냥 그것을 이해할 수 없었다. 하지만 이따금 영혼 간의 거리가 성큼 좁혀졌고 단번에 위협적인 불안이 그의 귀에 바싹 다가와 있었다. 그는 너무나 갑작스럽게 잠에서 깨어났고 침대 속에서 벌떡 몸을 일으켰다. 디오티마는 그에게 등을 돌리고 모로 누워 있었고 아무 기척도 없었다. 하지만 그는 무엇인가에서 그녀가 깨어 있음을 느꼈다. 그는 조용히 그녀의 이름을 불렀고 한 번 반복했고 손가락으로 부드럽게 그녀의 하얀 어깨를 자기 쪽으로 돌리려고 해보았다. 하지만 어깨가 돌아가고 어둠 속에서 그녀의 얼굴이 어깨 너머로 보이기 시작했을 때, 그 얼굴은 화가 나서 그를 바라보았고 반항심을 드러냈는데, 운 얼굴이었다. 유감스럽게도 깊은 잠이 투치를 그사이 다시 반쯤 제압했고 뒤에서 완강하게 그를 베개로 끌어당겼다. 그리고 디오티마의 얼굴은 그냥 그가 더 이상 이해할 수 없는 고통스럽게 일그러진 표정으로 눈앞에서 아른거렸다. "왜 그래?" 그가 잠이 들어가는 낮은 목소리로 웅얼거리자, 명료하고 신경질적이고 불쾌한 대답이 귀에 와 박혔다. 이 대답은 그의 잠 속으로 떨어졌고 물속에서 반짝이는 동전처럼 거기에 그대로 남았다. "너무 뒤척이면서 자니까 당신 옆에서는 잠을 잘 수가 없어요!" 디오티마는 엄하고 분명히 말했다. 그의 귀는 이 말을 알아들었지만 이 말과 함께 이미 투치는 깨어 있는 상태와 작별했고 이 비난을 더 자세히 따질 수가 없었다.

그는 그냥 심히 부당한 일이 자신에게 일어났다고만 느꼈다. 조용히 잠을 자는 것은 그의 견해에 따르면, 외교관의 주요 덕목 가운데 하나였다. 이것은 모든 성공의 조건이었으니까. 아무도 이 점에서 그를 건드려서는 안 되었고 그는 디오티마의 언급을 통해서 스스로가 진지하게 문제시되고 있음을 느꼈다. 그는 그녀에게 변화가 일어났음을 알았다. 아내가 실체가 있는 부정을 저지르고 있다는 의심은 잠 속에서도 들지 않았지만 그럼에도 불구하고 그에게 가해진 개인적 불쾌감이 아른하임과 관련 있음은 한순간도 의심치 않았다. 그는 말하자면 분노한 채 다음날 아침까지 푹 잤고 이 거슬리는 인물을 규명해야겠다는 굳은 결심을 하면서 잠에서 깼다.

51
피셸의 집

로이드 은행의 피셸 지점장은 라인스도르프 백작의 초대에 답하는 것을 처음에는 이해할 수 없는 이유에서 잊어버렸고 이후로 다시 초대받지 못한 바로 그 은행지점장, 아니 정확히 말해 지점장 직함을 가진 직무대행이었다. 그가 처음에 초대를 받은 것도 오로지 아내 클레멘티네의 인맥 덕분이었다. 클레멘티네 피셸은 유서 깊은 공무원 가문 출신이었는데, 아버지는 고등회계감사원 원장이었고 할아버지는 재무협의회 회원이었고 오빠 셋은 여러 행정부서에서 고위직을 차지하고 있었다. 그녀는 24년 전 두 가지 이유에서 레오와 결혼했다. 첫째, 고위공무원 가정은 대개 재산보다 아이가 많아서였다. 둘째, 낭만 때문이었다. 곤혹스럽도록 절약하는 부모님 집의 옹색함과는 반대로 은행이라는 직업은 자유로운 정신의, 시대에 맞는 직업으로 보였고 19세기 교양인은 타인의 가치를 유대인인가 가톨릭교도인가에 따라 판단해서는 안 되기 때문이었다. 실제로 그녀는 당시 평범한 국민들이 갖고 있던 순진한 반유대적 선입견을 불식할 수 있음을 특별히 교양 있는 일이라고 느꼈다.

이 가여운 여자는 나중에 전 유럽에서 민족주의 정신이 대두하고 이와 더불어 유대인에 대한 공격의 파도가 높아져, 말하자면 그녀의 품 안에 든 남편을 존경받는 자유정신에서 타국 출신의 부식제로 변신시키는 것을 경험해야 했다. 처음에 그녀는 '크게 생각하는 마음'의 분노로 이에 반항했지만 점점 더 확산되는 잔인한 적대감에 한 해 한 해 녹초가 되었고 일반적인 선입견에 주눅이 들었다. 심지어 그녀는 자신과 남편 간의 대립이 점점 더 격렬하게 모습을 드러내면 — 그가 절대 제대로 알려주려 하지 않는 어떤 이유로 그가 직무대행 직책을 넘어서지 못했고 언젠가 진짜 지점장이 될 전망이 아예 없어졌을 때 — 자신에게 상처를 주는 많은 것들을 어깨를 으쓱이면서 아닌 게 아니라 레오의 성격이 그녀와는 인종적으로 다른 탓이라고 스스로에게 설명하는 자신을 체험해야 했다. 비록 외부 사람을 상대로는 젊은 시절의 원칙을 절대로 포기하지 않았지만.

물론 이 대립은 근본적으로는 일치의 결핍에 불과했다. 대부분의 결혼생활에서 이른바 자연스런 불행은 홀린 듯한 결혼의 행복이 끝나자마자 표면에 떠오른다. 레오의 경력이 증권지배인 자리에서 머뭇거리며 멈춘 이후 클레멘티네는 그의 몇몇 개성을 더 이상 그가 거울같이 조용한 옛 정부부서 사무실이 아니라 '윙윙거리는 시대의 직조기' 옆에 앉아 있다는 사실로 용서할 수 없었다. 누가 알겠는가, 그녀가 바로 이 괴테 인용구 때문에 그와 결혼하지 않았는지! 코 한가운데 자리 잡은 코안경과 함께 당시 그녀에게 구레나룻을 기른 영국 로드를 생각나게 했던 그의 잘 면도된 구레나룻은 이제 증권 중개인을 떠올리게 했고 그의 몇 가지 습관적 몸짓이나 말투가 정말 참을 수 없어지기 시작했다. 클레멘티네는 처음에는 남편을 바꿔 보려 했지만 이례적인 난관에 부딪혔다. 세계 어디에도 구레나룻이 영국 귀족을 생각나게 하는 것이 맞는지, 중개인을 생각나게 하는 것이 맞는지, 손

한번 까닥해서 열광 내지는 냉소를 표현하는 코안경이 코 위에 자리하는 것이 맞는지에 대한 척도가 없다는 것이 드러났기 때문이었다. 게다가 레오 피셸도 결코 자신을 바꾸도록 놔둘 남자가 아니었다. 그는 자신을 한 사무관의 기독교적이고 게르만적인 미의 이상으로 만들려는 이 트집을 사회적 난센스라고 선언했고 그녀의 설명은 이성적 남자에게 합당하지 않다며 물리쳤다. 아내가 더 많은 개별사항을 못마땅해 할수록 그는 이성의 큰 지침들을 더 많이 강조했으니까. 이 때문에 피셸의 집은 점차 두 세계관의 격전장으로 변했다.

로이드 은행의 피셸 지점장은 철학하기를 좋아했다. 물론 매일 10분만. 그는 인간 존재를 이성적으로 설명 가능한 것으로 인식하기를 좋아했고 인간의 정신적 채산성을 믿었다. 그는 이를 대은행의 잘 조직된 질서에 따라 상상했고 매일 새로운 진보에 관한 신문기사를 흡족해하며 읽었다. 이성과 진보라는 이 불변의 지침에 대한 믿음은 오랫동안 그로 하여금 아내의 비난을 어깨를 으쓱거리거나 딱 잘라 대답함으로써 흘려듣게 해주었다. 하지만 불행히도, 이 결혼이 지속되는 동안 시대의 분위기가 레오 피셸에게 유리한 자유주의 기본원칙들, 자유정신, 인간존엄, 자유무역이라는 위대한 이념에서 등을 돌리고 서구의 이성과 진보가 인종이론과 길거리 구호에 밀려나게 되자, 그도 영향을 받지 않을 수 없었다. 그는 처음에는 이 발전을 전적으로 부인했다. 라인스도르프 백작이 모종의 '공공의 본성의 달갑잖은 현상들'을 부인하곤 했듯이. 그는 이것들이 저절로 사라지기를 기다렸는데, 이 기다림은 삶이 반듯한 신조를 가진 인간에게 가할 수 있는 짜증나는 고문 가운데 아직 거의 느낄 수 없는 첫 번째 단계다. 두 번째 단계는 보통, 그리고 그 때문에 피셸의 집에서도, '독'이라고 불렸다. 독은 새로운 세계관이 도덕, 예술, 정치, 가족, 신문, 책, 교제 안으로 방울방울 떨어지는 것으로서 여기에는 벌써, 철회할 수 없다는 무기력한 감정, 현재 있는 것을 어느 정도 인정하지 않을 수 없는, 분노에 찬 부정이 동반된다. 하지만 피셸 지점장은 또 세 번째, 네 번째 단계도 모면할 수 없었다. 이 단계에서는 간헐적 소나기나 집중강우로 내리던 새로운 것이 장마로 발전한다. 그리고 시간이 흐르면서 이는 매일 10분만 철학할 시간이 있는 인간이 체험할 수 있는 가장 끔찍한 고문 중 하나가 된다.

레오는 얼마나 많은 것에서 인간이 서로 다른 의견을 가질 수 있는지 알게 되었다. '내가 옳다'라는 충동, 인간존엄과 거의 같은 의미인 이 욕구는 피셸의 집에서 난동을 부리기 시작했다. 이 충동은 수천 년 동안 수천 가지 감탄할 만한 철학, 예술작품, 책, 행위, 당파를 생겨나게 했고, 이 감탄할 만하지만 또 광신적이고 무시무시한, 인간의 본성에 타고난 충동이 10분간의 생철학 또는 원칙적인 가사문제에 대한 토론으로 만족해야 한다면, 어쩔 수 없이 이것은 한 방울의 달아오른 납처럼 수천 개의 날카로운 파편으로 파열되어 너무나 고통스런 상처를 입힌다. 이 충동은 하녀를 해고할지 말지, 이쑤시개가 식탁 위에 있어야 할 물건인가 아닌가 하는 질문에서 터져 나왔다. 하지만 무엇에 부딪혀 터져 나오든 이 충동은 곧 풍부한 개별사항을 가진 두 개의 세계관으로 재건되는 능력이 있었다.

낮에는 그럭저럭 견딜 만했다. 피셸 지점장이 사무실에 있었으니까. 하지만 밤에는 그도 인간이었다. 그리고 이것이 그와 클레멘티네의 관계를 몹시 악화시켰다. 모든 것이 복잡한 오늘날 근본적으로 인간은 한 분야에만 정통할 수 있고 피셀의 분야는 동산저당 대부업과 유가증권이었다. 따라서 그는 밤에는 약간 고분고분해지는 경향이 있었다. 이에 반해 클레멘티네는 여전히 신랄했고 굽힐 줄 몰랐다. 공무원 집안의 한결같은, 의무감이 투철한 분위기에서 자랐기 때문이었다. 게다가 그녀의 계급의식은 침실을 따로 쓰는 것을 용인하지 않았다. 안 그래도 좁은 집을 더 좁게 만들고 싶지 않았으니까. 하지만 같이 쓰는 침실은 불이 꺼지면 한 남자를 배우의 처지에 놓이게 하고 그는 눈에 보이지 않는 관람석 앞에서 성난 사자로 돌변하는 주인공 역을 해야 한다. 고마운 역할이지만 이미 너무 오래 해온 배역이다. 수년 전부터 레오의 어두운 관람석은 아주 낮은 박수소리도, 일말의 거부표시도 새어나오게 하지 않았고 이는 아무리 신경이 강한 사람도 흔들리게 했다고 말할 수 있다. 다음 날 아침 존경할 만한 관습에 따라 함께하는 아침식사 자리에서 클레멘티네는 얼어붙은 시체처럼 뻣뻣했고 레오는 예민하게 움찔거렸다. 딸 게르다조차도 매번 이를 조금 알아차렸고 두려움과 쓰디쓴 혐오감을 느끼며 부부생활은 밤마다 어둠 속에서 벌어지는 고양이들의 싸움이라고 상상했다.

게르다는 스물세 살이었고 그녀의 두 생산자가 선호하는 싸움대상이었다. 레오 피셀은 딸을 위해 괜찮은 혼처를 알아볼 때가 되었다고 생각했다. 게르다는 이에 반대하며 "아빠는 구식이야!"라고 말했고 기독교 게르만인 또래집단에서 친구를 사귀었다. 그들은 생계 면에서 전망이라고는 없었지만 대신에 자본을 경멸했고 유대인은 위대한 인류의 상징을 내놓을 능력을 아직 한 번도 입증하지 못했다고 주장했다. 레오 피셸은 이들을 반유대주의 무뢰한이라고 부르며 집에 드나드는 것을 금지하려 했지만 게르다는 이렇게 말했다. "아빠는 그걸 이해하지 못해. 그건 그냥 상징적인 거야!" 게르다는 신경질적이었고 창백했고 조심스럽게 다루지 않으면 곧 아주 심하게 흥분했다. 피셸은 옛날 오디세우스가 그의 집에서 페넬로페의 구혼자들을 용인했던 것처럼 이 교제를 용인했다. 게르다는 그의 삶에서 한 줄기 빛이었으니까. 하지만 그는 침묵하면서 용인하지는 않았다. 그것은 그의 천성이 아니었다. 그는 스스로 무엇이 도덕이고 위대한 이념인지 안다고 믿었고 게르다에게 좋은 영향을 미치려고 기회 있을 때마다 이를 말했다. 그리고 게르다는 매번 이렇게 대답했다. "응, 이 일을 아빠와는 근본적으로 다르게 보지 않는다면 아빠가 무조건 옳을 거야!" 게르다가 이렇게 말하면 클레멘티네는 무엇을 하는가? 아무것도 하지 않는다! 클레멘티네는 순종적인 얼굴로 침묵했지만 레오는 그녀가 그의 등 뒤에서 게르다의 뜻을 지지할 것이라고 확신할 수 있었다. **자기는** 상징이 무엇인지 안다는 듯이! 레오 피셸은 자신의 좋은 유대인 머리가 아내의 머리보다 우월하다고 가정할 이유가 늘 있었고 그녀가 게르다의 미친 짓에서 득을 보는 것을 보는 것이 무엇보다 화가 났다. 왜 갑자기 하필 그가 더 이상 현대적으로 사고할 수 없어야 하는가? 그것은 하나의 체계였다! 그러면 그는 밤에 대한 기억을 떠올렸다. 그것은 벌써 더 이상 명예훼손이 아니었다. 그것은 명예를 뿌리째 뽑아 버렸다! 밤에 인간은 잠옷 하나만 걸치고 있고 그 바로 아래에 성격이 있다. 어떤 전문지식이나 전문적 지혜도 그를 보호해 주지 못한다. 그는 자신의 전 인격을 투입한다. 그 밖에는 아무것도 투입하지 않는다. 그럼 기독교 게르만적 세계관이 거론되면 클레멘티네가 그가 미개인이라도 되는 듯한 얼굴을 한다는 것은 대체 무슨 뜻인가?

박엽지가 비를 참아내지 못하듯 인간은 중상(中傷)을 참지 못하는 존재다. 레오가 더 이상 멋지지 않다고 생각하게 된 이후 클레멘티네는 그를 참을 수 없다고 생각했고, 클레멘티네가 자신에 대해 회의를 품고 있다고 느끼게 된 이후로 레오는 계기가 있을 때마다, 자신의 집에서 벌어지는 음모를 염탐했다. 이때 클레멘티네와 레오는, 온 세계가 관습과 문학을 통해 믿게 된 것처럼, 정열, 성격, 운명, 행위를 통해 서로에게 의존해 있다는 선입견에 사로잡혔다. 하지만 사실 당연히 현존재는 그 절반 이상이 행위가 아니라 그가 수용한 논문의 견해, 반대 입장과 찬성 입장, 들어서 아는 비개인적 퇴적물로 이루어진다. 이 부부의 운명은 대부분 혼탁하고 집요하고 무질서한 사고의 퇴적층에 달려 있었다. 사고는 그들의 의견이 아니라 여론의 일부이며 여론 앞에서 보전되지 못하고 여론에 따라 변화했다. 이 의존성에 비해 서로에 대한 개인적 의존성은 너무나 적은 부분일 뿐이며 망상적으로 과대평가된 찌꺼기일 뿐이다. 그들이 사생활이 있다고 스스로를 속이고 서로의 성격과 의지를 의문시하는 동안 절망적 어려움은 이 싸움의 비현실성에 있었고 그들은 가능한 모든 짜증나는 일들을 동원하여 이 비현실성을 감춰 버렸다.

레오 피셸의 불행은 그가 카드놀이를 하지도 않았고 예쁜 아가씨와 외출하는 것에서 즐거움을 찾지도 못했고 근무에 지친 채 남다른 가족의식에 괴로워했던 반면 밤낮으로 가족의 품이 되는 것 말고는 아무 할일이 없는 아내는 더 이상 어떤 낭만적 표상을 통해서도 현혹되지 않았다는 것이었다. 가끔씩 질식할 듯한 감정이 레오 피셸을 엄습했는데, 이것은 어느 곳에서도 구체적이지 않았지만 사방에서 그를 향해 달려들었다. 그는 사회라는 육체의 한 작고 유능한 세포였고 이 세포는 성실하게 의무를 다했지만 얻는 것이라고는 어디서나 독기어린 즙뿐이었다. 그리고 철학에 대한 그의 욕구를 훨씬 넘어가는 것이기는 했지만, 반려자에 의해 방치된 그는 청소년 시절의 이성적인 유행을 버릴 하등의 이유가 없는 늙어 가는 인간으로서 영혼의 삶의 깊은 공허함을, 끊임없이 형상을 바꾸는 그것의 무형성을, 천천히 그러나 쉬지 않고 일어나는 변혁, 모든 것을 바꾸어 버리는 변혁을 예감하기 시작했다.

가족문제로 사고가 요구되던 그런 아침 피셸은 각하의 편지에 답하는 것을 잊어버렸고 그 다음 수많은 아침들에, 투치 국장 부인의 모임에서 진행되는 일에 관한 이야기를 들었다. 그 이야기들은 게르다를 위해 최고의 사교모임에 갈 수 있는 기회를 잡지 못한 것을 매우 한탄스럽게 했다. 그의 은행의 은행장과 오스트리아 은행 총재도 거기에 갔으므로 피셸 자신도 전혀 양심에 걸리지 않는 것은 아니었지만, 잘 알려진 대로, 스스로 죄와 무죄 사이에서 심하게 고민하면 할수록 더 격렬히 비난을 물리치는 법이다. 하지만 피셸이 직업에 종사하는 남자의 우월감을 가지고 이 애국적 사안을 조롱하려 시도할 때마다, 파울 아른하임과 같이 시대의 정상에 서 있는 재정가는 벌써 다르게 생각한다는 설명이 날아왔다. 클레멘티네와 게르다가 — 평소에는 엄마의 소망에 당연히 반대하지만 — 이 남자에 관해 얼마나 많이 알고 있는지 놀라울 정도였다. 그리고 증권시장에서도 그에 대해 온갖 감탄이 무성했으므로 피셸은 수세에 몰렸다고 느꼈다. 그냥 동조할 수도 없었고 그런 사업관계를 가진 남자를 진지하게 여겨서는 안 된다고 주장할 수도 없었으니까.

하지만 피셸이 수세에 몰렸다고 느꼈다면 이는 약세측[8]이라는 타당한 형식을 띠었다. 즉, 그는 가능하면 속을 볼 수 없도록 투치 집, 아른하임, 평행운동, 그 자신의 실수와 관련된 모든 암시에 침묵했고 아른하임의 체류를 조회했고, 이 모든 것의 내적 공허함을 단번에 폭로하고 이 사안이 가족 내에서 누리는 상승세를 박살내 버릴 사건을 은밀히 기다렸다.

52
투치 국장이 외무부 업무의 빈틈을 확인하다

아른하임 박사라는 인물을 규명하겠다는 결심을 한 후 곧 투치 국장은 그의 소관인 황실 외무부의 구조에 근본적 빈틈이 있음을 발견하고는 만족했다. 외무부는 아른하임과 같은 인물을 목표로 삼지 않았다. 투치 자신은 문예애호적인 책들 가운데 회고록을 제외하고는 성경, 호머, 로제거만 읽었고 이는 그가 분열되지 않도록 해주었기 때문에 이로써 자신에게 도움이 되는 일을 했다. 하지만 그는 외무부를 통틀어 아른하임의 책을 읽은 사람이 한 명도 없다는 것은 실수라고 보았다.

---

8   영어로는 'bear'라고 하는 증권용어로, 주가하락을 예상하여 투기하는 사람이나 그룹을 말한다.

투치 국장은 나머지 간부들을 소환할 수 있는 권한이 있었지만 아내의 울음 탓에 불안했던 밤이 지난 다음 날 아침 직접 홍보국장에게 갔다. 그가 의논하러 가게 한 사안에 아직까지는 완전한 관청급 무게를 인정할 수 없다는 감정이 들었기 때문이었다. 홍보국장은 투치 국장이 아른하임의 세세한 개인사를 너무나 많이 알고 있는 데 감탄했고 개인적으로 이 이름을 이미 여러 번 들었다고 시인했지만 이 남자가 그의 부서에 서류상으로 등장하리라는 추측은 당장 부인했다. 그의 기억으로는 아른하임이 관청의 보고대상이 된 적이 없으며 신문기사 처리는 당연히 사적 개인의 삶의 발언까지 포함하지는 않는다고. 투치는 다른 것을 기대한 것은 결코 아니라고 인정했지만 오늘날 개인과 현상의 공적 의미와 사적 의미 사이의 경계를 늘 분명히 정할 수는 없다고 말했다. 홍보국장은 아주 예리한 관찰이라고 말했고 이어 두 국장은 이것이 시스템의 아주 흥미로운 결점이라는 데 의견의 일치를 보았다.

그날 오전은 유럽이 약간 평온했음이 분명했다. 두 국장은 사무부장을 소환해서 아른하임, 박사, 파울이라는 제목의 서류철을 만들게 했다. 물론 잠정적으로는 아직 비어 있었지만. 사무부장에 이어 서류보관실과 신문자료실 책임자들이 왔다. 그들은 기억만으로 즉각 그들의 색인에는 아른하임이 등장하지 않는다고 말하는 유능함을 과시했다. 마지막으로 매일 신문들을 처리하고 국장들에게 발췌문을 제출해야 하는 관청기자들도 불려왔다. 아른하임에 관한 질문을 받자 이들은 모두 의미심장한 표정을 지었고 그가 신문에서 매우 자주 그리고 호의적으로 언급된다고 보증했지만 글의 내용에 대해서는 아무것도 알려 줄 수 없었다. 그들은 아른하임의 활동이 공적 보고의 업무 범위에 포함되지 않기 때문이라고 바로 답했다. 버튼 하나를 누르기만 하면 외무부의 기계가 나무랄 데 없이 작동한다는 것이 입증되었다. 그리고 모든 공무원은 자신들의 신뢰성을 잘 부각시켰다는 감정을 갖고 방을 나갔다. "제가 말씀드린 대로지요." 홍보국장은 만족해하며 투치에게 말했다. "뭔가 알고 있는 사람이 아무도 없어요."

　두 국장은 품위 있게 미소를 지으며 보고를 들었고 — 호박(琥珀) 속 파리처럼 주변 환경 속에 영원히 박제된 듯 — 화려한 가죽의자에 앉아 있었다. 바닥에는 부드러운 붉은색 양탄자가 깔려 있었고 마리아 테레지아 시대에 만들어진 흰색과 황금색 방의 높은 창문에는 검붉은 커튼이 쳐져 있었다. 그들은 시스템의 빈틈을 이제 적어도 발견하긴 했지만 이 빈틈을 메우기가 쉽지 않을 것임을 알았다. "저희 부서에서는", 홍보국장이 자랑했다. "공적 발언은 모두 처리가 됩니다. 하지만 공적이라는 개념에 어떤 경계를 두어야 합니다. 올해 어떤 주(州) 회의에서 어떤 주(州) 의원이 어떤 야유를 했는지는 10분 안에 우리 문서보관실에서 찾을 수 있다고 장담할 수 있습니다. 그리고 외교에 관련된 것이면 지난 10년간의 야유도 길어야 30분 안에 찾을 수 있습니다. 모든 정치적 신문기사도 마찬가지입니다. 제 부하들은 양심적으로 일합니다. 하지만 이것들은 확고한 상황, 권력, 개념과 관련 있는 구체적이고 이른바 책임질 수 있는 발언들입니다. 그리고 순전히 직업적으로 자문해 보겠습니다. 발췌문과 카탈로그를 만드는 공무원이 누군가의 에세이를 어떤 핵심어 아래에 등록해야 할까요, 그가 그냥 개인적으로만 … . 자, 누구를 말해 볼까요?"

투치는 디오티마의 살롱에 출입하는 젊은 예술가 한 명의 이름을 말하며 거들었다.

홍보국장은 가는귀먹은 듯 불안하게 그를 쳐다보았다. "자, 그 사람을 봅시다. 하지만 유의해야 하는 것과 지나쳐야 하는 것 사이의 경계를 어디서 그어야 합니까? 심지어 정치적인 시도 있으니까요. 그러면 모든 시인들을 … ? 아니면 부르크테아터 작가들만 … ?"

두 신사는 웃었다.

"이런 사람들의 뜻을 대체 어떻게 정확하게 알아내겠습니까? 그들이 실러고 괴테라면? 당연히 거기에는 보다 높은 의미가 항상 있습니다만 실용적 목적을 위해서는 그들의 한 마디 한 마디가 모순입니다."

그사이 이 두 신사에게는 그들이 어떤 '불가능한 일'을 위해 수고할 위험에 처해 있음이 명백해졌다. 이 단어를 사교계의 웃음거리라는, 외교관들이 너무나 민감하게 반응하는 그런 어감으로만 받아들이더라도 그랬다. "외무부에 도서 및 연극비평을 전담하는 스태프를 따로 둘 수는 없지요." 투치는 웃으며 확인했다. "하지만 다른 한편, 한번 여기에 주목하게 되면, 이런 사람들이 세상을 지배하는 세계관의 형성에 영향을 끼치지 않는 것은 아니고 이런 식으로 정치에도 영향을 끼친다는 것은 부인할 수 없습니다."

"세상의 어느 외무부에서도 그런 일을 하지 않습니다." 홍보국장이 거들었다.

"물론이지요. 하지만 물 한 방울 한 방울이 바위에 구멍을 뚫습니다." 투치는 이 인용이 일정한 위험을 아주 잘 표현한다고 생각했다. "뭔가 조직적인 것을 시도해 보아야 하지 않을까요?"

"모르겠습니다. 저는 거부감이 듭니다." 다른 국장이 말했다.

"저도 당연히 그렇습니다!" 투치는 덧붙였다. 그는 이 대화가 끝나갈 무렵에는 설태가 낀 것처럼 난처한 느낌이었고 자신이 말한 것이 허튼소리인지 아니면 결국 자신의 유명한 명민함의 결과로 판명이 날지 제대로 구별할 수 없었다. 홍보국장도 이를 구별할 수가 없었다. 그래서 두 신사는 이 문제를 나중에 다시 한번 이야기하자고 서로 다짐했다.

홍보국장은 아른하임의 작품 전부를 외무부 도서관에 주문하라는 지시를 내려 이 일이 일정한 결말을 갖게 했고 투치 국장은 정치부로 가서 베를린의 대사관에 아른하임이라는 인물에 관해 상세한 보고서를 작성하게 하라고 부탁했다. 이것이 그 순간 그가 할 수 있는 유일한 일이었고 보고서가 도착하기 전까지 아른하임에 대해 그에게 보고할 수 있는 유일한 사람은 아내였는데, 이는 그에게는 정말 불쾌한 일이 되었다. 그는 '인간은 자신의 생각을 숨기기 위해서만 말을 사용하고, 자신의 부당함을 정당화하기 위해서만 사고를 이용한다'는 볼테르의 말을 떠올렸다. 분명 외교는 늘 그랬다. 하지만 아른하임 같은 인간이 자신의 진짜 의도를 말 뒤에 숨기기 위해 그렇게 많이 말하고 많이 쓴다는 것이 그를 불안하게 했다. 이것이 그가 알아내야 할 새로운 것이었다.

53
모스브루거가 새 감옥으로 이송되다

창녀 살해자 크리스티안 모스브루거는 그를 상대로 진행된 재판에 관한 기사들이 신문에 실리기를 멈춘 후 며칠이 지나자 잊혔고 세간의 관심은 다른 대상들에게 향했다. 몇몇 전문가만이 계속해서 그에게 전념했다. 그의 변호인은 재심을 청구했고 다시 한번 정신감정을 요구했으며 그 외에도 몇 가지 일을 더 했고 처형은 무기한 연기되었고 모스브루거는 다른 감옥으로 이송되었다.

이때 취해진 안전조치들은 그를 우쭐하게 했다. 무기가 장전되었고 많은 인원이 동원되었으며 팔과 다리에는 수갑이 채워졌다. 사람들은 그에게 주의를 기울였고 그를 두려워했다. 그리고 모스브루거는 이를 좋아했다. 호송차에 올라탔을 때, 그는 감탄하는 사람이 없나 내다보았고 지나가는 사람들의 놀란 시선에 눈길을 주었다. 거리를 따라 불어오는 차가운 바람이 그의 고수머리를 헤집었고 공기는 그의 기력을 소진시켰다. 2초 동안이었다. 그 후 법원 군인이 엉덩이를 떠밀어 그를 차 안으로 들어가게 했다.

모스브루거는 허영심이 있었다. 그는 이렇게 떠밀리는 것을 좋아하지 않았다. 그는 보초가 밀치거나 고함을 지르거나 조롱할까 두려웠다. 결박당한 거인은 감히 호송관들을 바라볼 수 없었고 자진해서 차의 앞쪽 벽까지 들어갔다.

하지만 그는 죽음은 두려워하지 않았다. 살면서 교수형보다 분명 더 아픈 것을 많이 견뎌 내야 하고 몇 년 더 사느냐 덜 사느냐 하는 것은 전혀 중요하지 않다. 많이 갇혀 있어 본 남자의 수동적 자부심은 그가 벌을 두려워하는 것을 금했다. 그는 안 그래도 삶에 대한 애착이 없었다. 삶에서 무엇을 좋아해야 했을까? 봄바람이나 넓은 국도나 태양은 아니지 않을까? 그건 그냥 지치게 하고 덥고 먼지만 뒤집어쓰게 한다. 그것을 정말로 아는 사람은 아무도 좋아하지 않는다. '이야기할 수 있는 것은', 모스브루거는 생각했다. '어제 내가 거기 술집 한 귀퉁이에 앉아서 정말 맛있는 돼지구이를 먹었다는 거야!' 그건 조금 괜찮았다. 하지만 그것도 포기할 수 있었다. 늘 불쾌한 모욕만 당했던 그의 명예심을 만족시키는 일이 있었다면 그는 기뻤으리라. 어지러운 덜컹거림이 바퀴에서 의자를 통해 몸으로 올라왔다. 문에 달린 쇠창살 너머로는 포석들이 뒤로 달려갔고 짐마차들도 뒤로 처졌으며 가끔씩 남자들, 여자들, 아이들이 창살을 가로질러 비틀비틀 걸어갔다. 멀리 뒤쪽에서 영업용 마차가 이쪽으로 끼어들어 점점 커지더니 바싹 다가왔고 모루가 불통을 튀겨내듯이 사방으로 삶을 뿜어내기 시작했다. 말의 머리들이 문에 와 부딪히려는 듯 보였다. 그 후 말발굽이 달그락거리는 소리와 부드러운 고무바퀴 소리는 벽 뒤로 사라졌다. 모스브루거는 천천히 머리를 돌려 다시 천장을 바라보았다. 그의 앞에서 천장이 측면의 벽과 맞닿은 부분이었다. 바깥의 소음은 쏴쏴 소리를 냈고 크게 울려 퍼졌다. 보자기처럼 펼쳐진 그것 위 여기저기서 어떤 사건의 그림자가 휙 지나갔다. 모스브루거는 이 이송을 그 내용에 전혀 개의치 않고 기분전환으로 느꼈다. 두 개의 어둡고 조용한 수감시간 사이 불투명한 하얀 거품이 이는 15분의 시간이 쏜살같이 달려간다. 그는 자신의 자유도 항상 이렇게 느꼈다. 그 자체로 아름답지는 않았다. '마지막 식사', 그는 생각했다. '교도소 성직자, 사형 집행인, 모든 것이 끝날 때까지 15분에 관한 이야기도 크게 다르지 않을 거야. 그 이야기도 그 바퀴 위에서 춤추며 앞으로 나아가고, 난 앞으로도 지금처럼 차가 덜컹거릴 때 의자에서 미끄러지지 않으려고만 할 거야. 그리고 많이 보거나 듣지도 못할 거야. 한 사람 주위에 너무 많은 사람들이 뛰어다니니까. 마침내 이 모든 것에서 벗어난다면 그게 가장 영리한 일일 거야!'

살겠다는 소망에서 해방된 남자가 가지는 우월함은 아주 컸다. 모스브루거는 경찰서에서 그를 처음으로 심문했던 경감을 떠올렸다. 낮은 소리로 말하는 아주 고상한 남자였다. "이거 보세요, 모스브루거 씨!", 그가 말했다. "그냥 당신께 애원합니다. 제게 성공을 베풀어 주십시오!" 그리고 모스브루거는 대답했다. "좋아요. 당신이 성공을 원한다면, 지금 조서를 씁시다." 나중에 판사는 이 말을 믿으려 하지 않았지만 경감은 법정에서 이를 사실로 확인했다. "당신이 자발적으로 당신의 양심을 가볍게 하지 않으려 한다면, 저를 위해 그렇게 한다는 개인적 만족감을 제게 선사해 주십시오." 경감은 이 말을 법정에서 모두가 보는 앞에서 다시 한번 했고 심지어 재판장도 싱긋 웃었다. 그리고 모스브루거가 일어섰다. "경감님의 진술에 진심으로 경의를 표합니다!" 그는 큰 소리로 이렇게 선언했고 우아하게 절을 하며 덧붙였다. "경감님께서 마지막에 제게 '우리는 아마 다시 만나지 못할 겁니다'라고 하셨지만 저는 오늘 경감님을 다시 뵙는 영광과 만족을 누립니다."

자기 자신과 동의한다는 미소가 모스브루거의 얼굴을 환하게 바꾸었고, 그는 맞은편에 앉아 차가 덜컹거리면 그와 마찬가지로 이리저리 쏠리는 군인들도 잊었다.

54
울리히가 발터와 클라리세와의 대화에서 반동적인 모습을 보이다

클라리세가 울리히에게 말했다. "모스브루거를 위해 뭔가를 해야 해. 이 살인자는 음악적이야!"

울리히는 마침내 어느 할 일 없는 오후에, 그가 체포됨으로 인해 일어난 너무나 큰 파장 때문에 성사되지 못했던 방문을 만회했다.

클라리세는 그의 외투자락을 가슴높이에서 움켜잡았다. 발터는 그 옆에 서 있었는데, 아주 솔직한 얼굴은 아니었다.

"무슨 말이야, 음악적이라니?" 울리히가 미소를 지으며 물었다.

클라리세는 익살스럽게 부끄러운 얼굴을 했다. 자기도 모르게. 부끄러움이 어떤 표정에서도 밀고 나오므로 이를 억누르기 위해 얼굴을 익살스럽게 긴장시켜야 한다는 듯이. 그녀는 그를 놓아 주었다. "말한 대로야." 그녀가 말했다. "너는 지금 영향력 있는 남자가 되었더군!" 그녀의 말을 항상 이해할 수 있는 것은 아니었다.

겨울은 벌써 한번 시작되었지만 그 후 다시 멈추었다. 여기, 도시 바깥에서는 아직 눈이 있었다. 하얀 밭들 그리고 그 사이사이에 어두운 물 같은 검은 흙. 태양은 모든 것 위에 고루 쏟아졌다. 클라리세는 오렌지색 재킷을 입었고 푸른 털모자를 쓰고 있었다. 그들은 셋이서 산책을 갔고 울리히는 황량하게 펼쳐진 자연 한가운데서 그녀에게 아른하임의 저서들을 설명해야 했다. 여기서는 대수학의 수열이 거론되었고 벤젠고리, 유물론적 역사관과 우주론적 역사관, 교각, 음악의 발달, 자동차의 정신, 하타 606,9 상대성이론, 보어의 원자학, 가스용접, 히말라야의 식물, 정신분석, 개인심리학, 실험심리학, 생리학적 심리학, 사회심리학, 그리고 성과로 넘쳐 나는 시대로 하여금 선하고 전인적이며 통일체인 인간을 만들어 내는 것을 방해하는 다른 모든 성과들이 거론되었다. 하지만 아른하임의 저서들에서 이 모든 것들은 아주 안심시키는 방식으로 등장했다. 그는 우리가 이해할 수 없는 모든 것은 그저 비생산적인 오성의 힘의 방종인 반면 참된 것은 늘 단순한 것, 인간적 품위, 초인적 지혜에 대한 본능이며 이 본능은 소박하게 생활하고 별들과 동맹하면 누구나 얻을 수 있다고 보증했기 때문이었다. "오늘날 많은 사람들이 비슷한 것을 주장해." 울리히가 설명했다. "하지만 아른하임이 말하면, 그 말을 믿어. 그를 본인이 말하는 모든 것을 분명 정확히 알고 있고 직접 히말라야에도 갔고 자동차를 소유하고 있고 원하는 만큼 벤젠고리를 찰 수 있는 위대하고 부유한 남자로 상상해도 되기 때문이지."

클라리세는 벤젠고리가 어떤 모양인지 알고 싶어 했다. 홍옥수(紅玉髓) 반지에 대한 어렴풋한 기억에 이끌렸던 것이다.

"넌 그래도 매력적이야, 클라리세!" 울리히가 말했다.

"맙소사, 그녀는 화학적 허튼소리를 모두 이해할 필요가 없어!" 발

---

9 유전성 매독 치료제이다.

터가 그녀를 방어했다. 하지만 이어 그는 자신이 읽은 아른하임의 저서들을 방어하기 시작했다. 아른하임을 상상할 수 있는 최상이라고 말하고 싶지는 않다. 하지만 어쨌든 그는 현재가 만들어 낸 최상이다. 그것은 새로운 정신이다! 학문적으로도 나무랄 데 없지만 동시에 지식을 넘어선다! 이렇게 산책은 끝이 났다. 모두에게 최종 결과는 젖은 발, 겨울 태양 속에서 빛나는 벌거숭이 여윈 나무줄기들이 조각조각 망막 속에 박힌 듯 흥분된 뇌, 뜨거운 커피에 대한 다 같은 소망, 인간적 고독의 감정이었다.

눈은 신발 밑에서 녹아서 올라왔고 클라리세는 방이 더러워질 것을 기뻐했다. 발터는 싸움거리를 찾고 있었으므로 내내 자신의 여성스럽게 두툼한 입술을 비죽거렸다. 울리히는 평행운동에 대해 이야기했다. 대화 주제가 아른하임에게 이르자, 그들은 다시 다투었다.

"내가 왜 그를 반대하는지 말할게." 울리히가 되풀이해서 말했다.

"학문적 인간은 오늘날 정말 피할 수 없는 일이야. 알려고 하지 않을 수는 없으니까! 그리고 어떤 시대에도 전문가와 문외한의 경험의 간극이 지금만큼 컸던 적은 없었어. 마사지사나 피아노연주자의 실력을 보면 누구나 이걸 알아볼 수 있어. 오늘날 더 이상 말 한 마리도 특별한 준비 없이는 경주장에 내보내지 않아. 하지만 인간존재에 대한 질문에서는 아직도 모두 각자 결정할 사명을 받았다고 생각하고, 우리는 인간으로 태어나서 죽는다는 선입견을 내세우지! 하지만 난 5천 년 전 여자들이 글자 하나 다르지 않게 오늘날과 똑같은 편지를 연인에게 썼다는 걸 알아. 그런 편지를 읽을 때마다 나는 한 번쯤 달리 되어야 하지 않을까 자문하지 않을 수 없어!"

클라리세는 동의하는 듯했다. 이에 반해 발터는 모자 장식 핀이 뺨을 뚫고 들어와도 눈썹 하나 까딱하지 않는 마술사처럼 미소 짓고 있었다.

"그 말은 네가 계속 인간이기를 거부한다는 뜻일 뿐이야!" 그가 반대했다.

"대충 그래. 거기에는 딜레탕티슴에 대한 불쾌한 감정이 들러붙어 있어!"

"하지만 난 또 뭔가 아주 다른 것을 네게 시인해야겠어." 조금 숙고한 후 울리히가 계속했다. "전문가들은 결코 끝을 몰라. 오늘날만 그런 게 아니야. 그들은 자신들의 활동이 완료된다는 것을 전혀 상상할 수 없어. 어쩌면 그걸 바랄 수도 없을 거야. 예를 들어, 영혼을 생물학적으로, 심리학적으로 완전히 이해하고 다루기를 배운 후에도 인간이 여전히 영혼이 있다고 상상할 수 있을까? 그런데도 우리는 이 상태를 추구하지! 바로 그거야. 지식은 하나의 태도고 열정이야. 근본적으로 금지된 태도지. 알코올 중독, 섹스 중독, 폭력 중독처럼, 알아야 한다는 강박이 균형 없는 한 인격을 만들어 내니까. 연구자가 진리를 쫓는다는 건 전혀 옳지 않아. 진리가 그를 쫓지. 그는 진리를 괴로워하지. 참된 것은 참이고 사실은 사실이고 그에게는 전혀 신경을 쓰지 않아. 그는 거기에 대한 열정, 사실에 대한 중독이 있을 뿐이고 그게 그의 인격의 특징이야. 그는 자신의 발견에서 전체, 인간적인 것, 완전한 것이 생겨나는지 또는 대체 무엇이 생겨나는지 전혀 신경을 쓰지 않아. 모순투성이며 괴로워하지만 동시에 어마어마하게 추진력 있는 존재지!"

"그래서?" 발터가 물었다.

"뭐가 그래서?"

"그대로 두어야 한다고 주장하려는 것은 아니지?"

"그대로 두고 싶어." 울리히가 가만히 말했다. "주변 환경에 대한 우리의 견해뿐만 아니라 우리 자신에 대한 견해조차도 매일 변해. 우리는 과도기에 살고 있어. 우리가 우리에게 주어진 가장 심오한 과제들을 지금까지보다 더 잘 다루지 않으면 이 시기는 아마 지구가 끝날 때까지 지속될 거야. 그럼에도 불구하고, 어둠 속에 세워지면 아이처럼 무서워서 노래를 부르기 시작해서는 안 돼. 무서워서 노래하기는 지상에서 어떻게 행동해야 하는지 아는 척하는 것이거든. 이때 너는 목이 터져라 울부짖을 수 있지만 그건 두려움일 뿐이야! 게다가 나는 우리가 전속력으로 말을 달리고 있다고 확신해! 우리는 아직 목적지에서 아주 멀리 떨어져 있어. 목적지는 가까워지지 않아. 우리는 목적지를 전혀 보지 못해. 우리는 자주 길을 잘못 들기도 하고 말을 갈아타야 하겠지. 하지만 어느 날엔가 — 모레일 수도 있고 2천 년 후일 수도 있어 — 수평선이 흐르기 시작하고 쏴하면서 우리에게 달려들 거야!"

날이 어둑어둑해졌다. '아무도 내 얼굴을 볼 수 없어.' 울리히는 생각했다. '내가 거짓말을 하는지 나 스스로도 모르겠는 걸.' 그는 스스로 확실하지도 않은 순간에 수십 년간의 확실성의 결과를 요약하듯 말했다. 하지만 그는 발터에게 들려주는 이 청소년 시절의 꿈이 오래전에 속이 텅 비어 버렸음을 상기했다. 그는 더 이상 이야기하고 싶지 않았다.

"그리고 우리는", 발터가 날카롭게 대답했다. "삶의 의미를 모두 포기해야 한다고?!"

울리히는 도대체 왜 의미가 필요하냐고 물었다. 그냥 이렇게 살아도 되지 않으냐고 그는 말했다.

클라리세가 킥킥거렸다. 나쁜 뜻은 없었고 그 질문이 너무나 재미있게 들렸기 때문이었다.

발터는 불을 켰다. 울리히가 클라리세 앞에서 어두운 남자의 장점을 이용할 필요가 없는 것으로 보였으므로. 불쾌한 눈부심이 세 사람을 덮쳤다.

울리히는 완고하게 설명했다. "삶에서 필요한 것은 이웃의 사업보다 내 사업이 더 잘된다는 확신뿐이야. 즉, 너의 그림들, 나의 수학, 누군가의 아이들과 아내, 이 모든 것은 한 인간에게 그가 비범한 사람은 결코 아니지만 결코 비범한 사람이 아님으로 해서 역시 비슷한 사람을 찾기가 쉽지 않다고 보증해 주지!"

발터는 여전히 자리에 다시 앉지 않았다. 내면이 불안했다. 승리. 그가 외쳤다. "네가 무슨 말을 하는지 알아? 구태의연하게 계속하기! 너는 그냥 오스트리아인일 뿐이야. 너는 구태의연하게 계속하기라는 오스트리아의 국가철학을 가르치고 있어!"

"그건 네가 생각하듯 그렇게 나쁜 게 아닐지도 몰라." 울리히가 대답했다. "예리함과 정확성 또는 아름다움에 대한 열정적인 욕구에서 새로운 정신으로 온갖 노력을 하는 것보다 구태의연하게 계속하기가 더 마음에 들 수도 있어! 네가 오스트리아의 세계적 사명을 발견한 걸 축하해!"

발터는 대답하려 했다. 하지만 그를 높이 들어 올린 감정은 승리일 뿐만 아니라 — 이걸 뭐라고 부르지? — 잠시 밖으로 나가고 싶은 소망이었음이 드러났다. 그는 두 소망 사이에서 동요했다. 하지만 이 둘은 합쳐질 수 없었고 문으로 걸어가면서 그의 시선은 울리히의 눈에서 미끄러졌다.

둘만 남게 되자 클라리세가 말했다. "이 살인자는 음악적이야. 그 말은 … ." 그녀는 말을 멈추었고 이어 비밀스럽게 계속했다. "우린 아무 말도 할 수 없어. 하지만 너는 그를 위해 뭔가를 해야 해."

"대체 뭘 하란 말이야?"

"그를 풀어 줘."

"꿈꾸는 거지?"

"네가 발터에게 말한 게 진심은 아니지?!" 클라리세가 물었다. 그녀의 눈은 그가 짐작할 수 없는 내용의 어떤 대답으로 그를 내모는 듯했다.

"네가 뭘 원하는지 모르겠어." 울리히가 말했다.

클라리세는 고집스럽게 그의 입술을 쳐다보았다. 이어 그녀는 되풀이했다. "그럼에도 불구하고 넌 내가 말한 것을 해야 해. 너는 변화될 거야."

울리히는 그녀를 관찰했다. 그는 제대로 이해할 수가 없었다. 그가 뭔가를 듣지 못했음이 틀림없었다. 그녀의 말에 의미를 줄 수 있는 어떤 비교 아니면 어떤 가정을. 그녀가 이런 의미도 없이 마치 그녀가 겪은 평범한 경험을 이야기하듯 그렇게 자연스럽게 이야기하는 것을 듣는 것은 매우 특이했다.

하지만 그때 발터가 돌아왔다. "네게 인정할 수 있는 것은…." 그가 시작했다. 휴식 후 대화의 톤은 누그러져 있었다.

그는 다시 피아노 옆 작은 의자에 앉았고 흙이 묻은 구두를 만족스럽게 바라보았다. 그는 생각했다. '왜 울리히의 신발에는 흙이 묻어 있지 않지? 흙은 유럽인의 마지막 구원이다.'

하지만 울리히는 발터의 신발 위 다리를 보고 있었다. 다리는 검은 면양말 안에 꽂혀 있었는데, 연약한 소녀의 추한 다리였다. "오늘날 어떤 남자가 아직도 전체이고자 노력한다면 그걸 높이 평가해야 해." 발터가 말했다.

"그건 더 이상 안 돼." 울리히가 말했다. "그냥 신문을 한번 들여다봐. 엄청난 불투명성으로 가득 차 있지. 너무나 많은 것이 거론되고 있어서 라이프니츠의 사고능력을 넘어설 정도야. 하지만 우린 그걸 알아차리지도 못해. 사람이 달라졌거든. 더 이상 한 인간 전체가 한 세계 전체를 마주하는 일은 없고 인간적인 어떤 것이 보편적 배양액 속에서 움직이지."

"맞아." 발터가 곧장 말했다. "괴테적 의미의 전인(全人) 교육은 더 이상 없어. 하지만 그 때문에 오늘날 모든 사고마다 반대사고가 있고 모든 성향에는 동시에 반대성향이 있어. 모든 행위와 그 반대행위는 오늘날 지성 속에서 그 행위를 방어할 수도 있고 심판할 수도 있는 가장 명민한 근거들을 발견하지. 어떻게 네가 그걸 옹호할 수 있는지 난 모르겠어!"

울리히는 어깨를 으쓱했다.

"우리는 아주 뒤로 물러나야 해." 발터가 낮은 목소리로 말했다.

"그래도 되지." 친구가 대답했다. "아마 우리는 개미국가나 어떤 다른 비기독교적 업무분담으로 가는 도중일 거야." 울리히는 서로 다투는 것과 꼭 마찬가지로 서로에게 동의할 수도 있음을 자신에게서 알아차렸다. 공손함에는 경멸이 고기 젤리 속 진미(眞味)처럼 그렇게 투명하게 들어 있다. 그는 자신의 마지막 말도 발터를 화나게 했음을 알았지만 그 후 자신이 완전히 동의할 수 있는 인간과 한 번 대화해보기를 동경하기 시작했다. 한때는 그와 발터 사이에도 그런 대화가 오갔다. 그때는 말들이 신비로운 힘에 이끌려 가슴에서 나왔고 한마디도 그 목표를 놓치지 않았다. 반대로 거부감을 가지고 대화하면 말들은 얼음표면에서 안개처럼 피어오른다. 그는 원한 없이 발터를 쳐다보았다. 발터도 이 대화를 통해서, 대화가 진행되면 될수록 점점 더 그의 내면의 견해를 왜곡한다는 감정을 느끼지만 그 책임을 자신에게 돌린다고 울리히는 확신했다. '우리가 생각하는 모든 것은 애착이거나 혐오야!' 울리히는 생각했다. 이 순간 이는 너무나 생생하게 옳다고 생각되어, 나란히 묶여 있는 인간들이 서로 닿으면서 흔들리는 것과 비슷하게 육체적 강요로 느껴질 정도였다. 그는 두리번거리며 클라리세를 찾았다.

하지만 클라리세는 이미 한참 전부터 더 이상 듣고 있지 않는 듯 보였다. 그녀는 언제인지 그녀 앞 탁자 위에 놓인 신문을 집어 들었다. 이어 그녀는 왜 그것이 그녀에게 그토록 깊은 만족감을 주는지 자신의 내면을 탐구했다. 그녀는 울리히가 말한 엄청난 불투명성을 눈앞에서 느꼈고 두 손 사이에서 신문을 느꼈다. 팔은 어둠을 펼쳐 놓았고 스스로 열렸다. 두 팔은 육체 줄기와 함께 두 개의 십자들보를 만들었고 그 사이에 신문이 매달려 있었다. 그것이 만족감이었지만 클라리세에게는 이를 서술해야 할 말들이 떠오르지 않았다. 그녀는 자신이 신문을 읽지 않고 바라보고 있다는 것, 울리히에게는 야만적으로 신비로운 것이, 그녀 자신과 유사한 힘이 들어 있다는 것만 알았다. 이에 대해 더 정확한 것은 떠오르지 않았다. 그녀의 입술은 미소를 지으려는 듯 열려 있었지만 이는 의식 없이 그냥 느슨하게 경직된 긴장 속에서 일어났다.

발터는 낮은 목소리로 계속했다. "오늘날 어떤 것도 더 이상 진지하지 않고 지적이지 않고 꿰뚫어 볼 수도 없다고 말한다면 네 말이 맞아. 하지만 왜 너는 바로 전체를 오염시키는 그 상승하는 이성에 책임이 있음을 이해하려 하지 않지. 모든 뇌에는 점점 더 이성적이고 싶고 지금보다 더 많이 삶을 합리화하고 전문화하고 싶은 욕구가 들어 있는 동시에, 모든 것을 인식하고 나누고 전형화하고 기계로 바꾸고 표준화하면 우리가 무엇이 될지 생각할 수 없는 무능력이 들어 있지. 이렇게 계속할 수는 없어."

"맙소사", 울리히가 무관심하게 대답했다. "수도승 시대의 기독교도는 구름과 하프뿐인 재미없는 하늘만 상상할 수 있었지만 그래도 경건해야 했어. 우리는 학창 시절의 줄자, 직선 걸상, 분필로 그린 도형을 떠오르게 하는 이성의 하늘을 두려워하지."

"나는 고삐 풀린 환상의 방종이 그 결과일 거라는 느낌이야!" 발터가 생각에 잠긴 채 덧붙였다. 이 말 속에는 약간의 비겁함과 간계(奸計)가 들어 있었다. 그는 클라리세의 내면에 있는 불가사의한 반(反)이성을 생각했고 탈선을 몰고 올 이성에 대해 말하는 동안은 울리히를 생각했다. 두 사람은 이를 알아차리지 못했고 이는 이해받지 못한 자의 고통과 승리를 그에게 안겨 주었다. 그는 울리히에게 이 도시에 체류하는 동안 자신의 집에 더 이상 발을 들여놓지 말라고 부탁하고 싶었으리라. 클라리세의 저항을 불러일으키지 않고 이것이 가능했다면.

이렇게 두 남자는 침묵하면서 클라리세를 쳐다보았다.

갑자기 클라리세는 그들이 더 이상 다투지 않음을 알아차렸고 눈을 비볐으며 울리히와 발터에게 친절하게 눈을 깜박였는데, 둘은 노란색 불빛을 받은 채 밤의 푸른 유리창 앞에서 유리찬장 안에 든 듯 앉아 있었다.

55
졸리만과 아른하임

소녀 살해자 크리스티안 모스브루거에게는 두 번째 여자 친구가 있었다. 그의 죄와 병에 대한 질문은 몇 주 전부터 다른 많은 사람들의 심장과 함께 그녀의 심장을 너무나 활발히 사로잡았고 그녀는 사건에 대해 법정과는 약간 다른 견해를 가지고 있었다. 그녀는 크리스티안 모스브루거라는 이름이 마음에 들었고 이 이름에서 훌쩍 키가 큰 고독한 남자를 상상했는데, 그는 이끼 덮인[10] 물레방아에 기대앉아 천둥치는 물소리에 귀를 기울이고 있었다. 그녀는 그에게 씌워진 혐의가 예기치 못한 방식으로 풀릴 것이라고 단단히 확신했다. 부엌이나

---

10 독일어의 '모스'(*Moos*)는 '이끼'라는 뜻이다.

식당에서 바느질을 하고 앉아 있으면, 쇠사슬을 떨쳐 버린 모스브루거가 그녀 옆에 다가오는 듯 여겨졌고 이어 온갖 환상이 난무했다. 이 환상 속에서 크리스티안이 그녀, 라헬을 제때에 알게 되었더라면 소녀 살해자의 경력을 버리고 전도양양한 도적 떼의 우두머리라는 정체를 드러냈으리라는 것도 결코 배제할 수 없었다.

감옥에 갇힌 이 불쌍한 남자는 디오티마의 옷가지를 수선하면서 그를 위해 뛰고 있는 이 심장을 알지 못했다. 투치 국장의 집에서 법원까지는 하나도 멀지 않았다. 독수리라면 날갯짓 몇 번으로 한 지붕에서 다른 지붕으로 건너갈 수 있을 터였다. 하지만 대양과 대륙을 가볍게 건너가는 현대의 영혼에게 모퉁이를 돌면 살고 있는 영혼들과 연결되는 것보다 더 불가능한 일은 없다.

이렇게 해서 자기장의 흐름은 다시 끊어졌고 라헬은 얼마 전부터 모스브루거 대신 평행운동을 사랑했다. 거기 방 안에서는 기대만큼 일이 진척되지는 않았다고 해도 대기실에서는 엄청나게 많은 일이 일어났다. 이전에는 늘 주인에게서 부엌으로 건너온 신문을 읽을 여유가 있었던 라헬은 아침 일찍부터 밤늦게까지 평행운동에 보초를 서게 된 이후로는 그럴 시간이 없었다. 그녀는 디오티마, 투치 국장, 라인스도르프 백작 각하, 대부호를 사랑했고, 울리히가 이 집에서 어떤 역할을 하기 시작한다는 것을 알아차린 이후로는 울리히도 사랑했다. 개는 이렇게 주인집의 친구들을 한 가지 감정으로, 그렇지만 자극적인 기분전환을 의미하는 다양한 냄새들로 사랑한다. 하지만 라헬은 영리했다. 예를 들어, 그녀는 울리히가 다른 사람들에게 늘 약간 반대한다는 것을 알아맞혔고 그녀의 환상은 그에게 평행운동에서 아직 분명히 밝혀지지 않은 특별한 역할을 부여하기 시작했다. 그는 늘 그녀를 친절하게 바라보았고 작은 라헬은 그가 그녀가 보지 않는다고 믿을 때면 특히 오래 그녀를 관찰한다는 것을 알아차렸다. 그녀는 그가 자신에게 뭔가를 원하는 것이 확실하다고 생각했다. 그런 일이 일어나기만 하라. 그녀의 하얀 피부가죽은 기대에 부풀어 팽팽해졌고 아름답고 검은 눈에서는 가끔씩 아주 작은 황금색 창이 그를 향해 날아갔다! 그녀가 화려한 가구와 방문자 사이를 이리저리 돌아다니는 동안 울리히는 경위는 알 수 없었지만 이 작은 인물의 바스락거림을 느꼈고 약간 기분전환이 되었다.

그가 라헬의 주목을 받게 된 것은 적잖이, 아른하임의 주도적 입지를 흔들리게 만든 대기실에서의 은밀한 대화 덕분이었다. 이 빛나는 남자에게는, 그 자신은 몰랐지만, 울리히와 투치 이외에 또 한 명의 제3의 적이 있었으니까. 그의 작은 하인 졸리만이었다. 이 흑인소년은 평행운동이 라헬의 허리에 둘러 준 황금허리띠에 붙은 버클이었다. 동화의 나라에서 주인을 따라 라헬이 일하는 거리로 온 우스꽝스런 꼬마인 그를 라헬은 그냥 동화 속에서 딱 그녀를 위해 마련된 부분으로 여겨 차지해 버렸다. 사회적으로 그렇게 정해져 있었다. 대부호는 태양이었고 디오티마의 것이었고, 졸리만은 라헬의 것이었고 그녀가 주운, 태양빛에 황홀하게 반짝이는 알록달록한 유리조각이었다. 하지만 소년의 의견은 꼭 이렇지는 않았다. 몸집은 작았지만 그는 벌써 열여섯 살과 열일곱 살 사이였고 낭만, 악의, 개인적 요구로 가득 찬 존재였다. 아른하임은 그를 언젠가 남부 이탈리아에서 춤꾼 패거리에서 빼내 데려왔다. 멜랑콜리한 원숭이 눈을 한 특이하게 출싹대는 이 소년은 그의 가슴에 와 닿았고 이 부유한 남자는 그에게 보다 고상한 삶을 열어 주겠다고 결심했다. 이는 친밀하고 충실한 동반자를 향한 동경이었고 고독한 자를 드물지 않게 사로잡는 약점이었는데, 보통 그는 이를 증가된 활동 뒤에 숨겨 놓았다. 그는 졸리만이 열네 살이 될 때까지, 예전에 부잣집에서 아이들의 젖형제를 키우듯이 대충 그렇게 아무 생각 없이 동등하게 대했다. 이들은 엄마 젖이 유모 젖보다 더 적은 양으로 아이의 배를 채운다는 사실이 드러나는 순간이 올 때까지 모든 놀이나 오락을 같이 해도 된다. 졸리만은 밤낮으로 책상 옆에, 유명한 방문자들과의 몇 시간에 걸친 대화 동안에는 발치에, 등 뒤에, 주인의 무릎 위에 웅크리고 앉아 있었다. 마침 스콧, 셰익스피어, 뒤마가 책상 위에 널려 있으면 스콧, 셰익스피어, 뒤마를 읽었고 인문학 소사전을 보고 철자법을 배웠다. 그는 주인의 사탕을 먹었고 아무도 보지 않으면 일치감치 주인의 담배도 피우기 시작했다. 가정교사가 와서 그에게 — 잦은 여행 탓에 좀 불규칙했지만 — 기초교육을 시켰다. 이 모든 것에도 불구하고 졸리만은 끔찍하게 지루해했고, 그가 관여할 수 있었던 일 중 하인의 업무를 가장 좋아했는데, 그것이 그의 행동욕구를 만족시키는 실제적인 어른의 일이었기 때문이었다. 하지만 어느 날 — 그리 오래 전은 아니었다 — 주인은 그를 불러 자신은 그와 관련해서 자신과 약속한 바를 다 지키지 못했고 그는 이제 더 이상 아이가 아니고 주인 아른하임은 작은 하인 졸리만을 제대로 된 인간으로 만들 책임이 있다고 친절하게 설명했다. 그래서 자신은 이제부터 그를 정확히 그가 장차 되어야 할 그것으로 다루기로 결심했다고. 그가 그래도 제때 그 일에 익숙해질 수 있게 하려는 거다. 성공한 많은 남자들은 ─ 아른하임은 이렇게 덧붙였다 ─ 신발닦이나 접시닦이로 시작했고 바로 여기에 그들의 힘이 있다. 맨 처음부터 모든 것을 다 해보는 것이 가장 중요한 것이니까.

불특정한 사치품에서 무료숙식과 적은 봉급을 받는 하인으로 승진된 이 시간은, 아른하임은 몰랐지만, 졸리만의 가슴을 폐허로 만들었다. 졸리만은 아른하임이 그에게 한 고백을 전혀 이해하지 못했지만 감정으로 짐작했고 그에게 일어난 이 변화 이후로 주인을 증오했다. 그는 그 후로도 결코 책, 사탕, 담배를 포기하지 않았지만 이전에는 좋아하는 것을 그냥 가졌다면 이제는 완전히 의식적으로 아른하임의 물건을 훔쳤고 이 복수에도 만족할 수가 없어 가끔씩 그냥 물건들을 부수고 감추고 버렸고, 아른하임은 어렴풋이 기억난다고 생각되는 물건들이 결코 다시 나타나지 않는 데 놀랐다. 졸리만은 이런 식으로 요괴처럼 복수했지만 업무상 의무를 수행하거나 친절한 태도를 보여야 할 때는 정신을 바짝 차렸다. 그는 예나 지금이나 모든 여자요리사, 몸종, 호텔종업원, 여자 방문객에게는 화젯거리였고 그들의 시선과 미소로 인해 버릇이 없어졌고 불량소년들에게 조롱당하며 구경거리가 되었고 억압을 받긴 하지만 스스로를 매력적이고 중요한 인물로 느끼는 데는 여전히 익숙했다. 주인조차도 여전히 가끔씩 만족스럽고 흡족한 눈길을 보내거나 친절하고 현명한 말을 건넸다. 사람들은 보통 그를 재치 있고 호감 가는 소년이라고 칭찬했고, 바로 직전에 특히 비난받을 만한 짓을 해서 양심의 가책을 느끼는 상황이면 졸리만은 싹싹한 태도로 히죽거리면서, 꿀꺽 삼켜 버린 불타는 차가운 얼음 덩어리처럼 자신의 우월감을 즐겼다.

라헬이 그녀의 집에서 전쟁준비가 진행되고 있는 것 같다고 알린 그 순간 그녀는 이 소년의 신뢰를 얻게 되었고 그 이후로 그녀의 우상 아른하임에 대해 아주 추악한 폭로들을 들어야 했다. 거만한 태도에도 불구하고 졸리만의 환상은 장검(長劍)과 단도(短刀)가 잔뜩 꽂힌 바늘꽂이처럼 보였고 그가 아른하임에 관해 라헬에게 들려주는 모든 이야기에서는 말발굽 소리가 천지를 진동했고 햇불과 줄사다리가 흔들거렸다. 그는 그녀에게 자신의 이름이 졸리만이 아니라고 털어놓았고 특이하게 들리는 긴 이름을 말했는데, 말이 너무 빨라 그녀는 이 이름을 기억할 수 없었다. 나중에 그는 자신이 흑인영주의 아들이며 수많은 전사, 소, 노예, 보석을 가진 아버지에게서 아이였을 때 유괴되었다는 비밀을 덧붙였다. 아른하임은 장차 그를 무지하게 비싼 값으로 영주에게 되팔기 위해서 샀지만 그는 도망갈 것이며 지금까지는 그냥 아버지가 너무나 먼 곳에 살고 있기 때문에 이를 행할 수가 없었다고.

라헬은 이 이야기를 믿을 만큼 어리석지 않았지만 이 이야기를 믿었는데, 평행운동에서는 어떤 일도 황당무계하게 여겨지지 않았기 때문이었다. 그녀는 졸리만이 아른하임에 대해 그런 식으로 이야기하지 못하도록 금지하고도 싶었으리라. 하지만 그녀는 그의 불손에 전율 섞인 불신을 보이는 것에 그쳐야 했다. 어째서인지 그녀는 그의 주인을 믿지 말라는 주장을 온갖 의구심에도 불구하고 평행운동에 임박한 흥미진진한 갈등으로 느꼈으니까.

그것은 천둥번개를 머금은 구름이었고 이끼 덮인 물레방앗간의 키큰 남자는 그 뒤로 사라졌고 희미한 빛이 졸리만의 작은 원숭이 얼굴의 찌푸린 주름 속으로 모여들었다.

56
평행운동 위원회들의 활발한 업무.
클라리세는 각하께 편지를 써서 '니체의 해'를 제안하다

이 무렵 울리히는 매주 두세 번 각하를 방문해야 했다. 그는 천장이 높은 직사각형의, 공간 그 자체로도 매력적인 방을 제공받았다. 창가에는 커다란 마리아 테레지아 시대 책상이 놓여 있었다. 벽에는 붉은색, 푸른색, 노란색 물감이 절제된 빛을 발하는 어두운 그림 하나가 걸려 있었는데, 말을 탄 기사들이 넘어진 다른 기사들의 복부를 창으로 찌르는 것을 묘사한 그림이었다. 맞은편 벽에는 귀부인이 한 명 외로이 걸려 있었고 그녀의 복부는 황금색 실로 수놓인 말벌코르셋으로 세심하게 보호되고 있었다. 왜 그녀 혼자 이 벽으로 추방되었는지 알수 없었다. 그녀는 분명 라인스도르프 가문의 일원이었고 분을 바른 젊은 얼굴은, 마른 눈 속의 발자국이 젖은 진흙 속의 발자국과 비슷하듯, 백작의 얼굴과 닮아 보였다. 그런데 울리히는 라인스도르프 백작의 얼굴을 자세히 살펴볼 기회가 별로 없었다. 평행운동의 외적 진행이 지난번 회의 이후 너무나 큰 약진을 보여 각하는 위대한 생각에 몰두할 시간이 없었고 청원서를 읽고 방문자를 만나고 협의를 하고 출장을 가는 것으로 시간을 보내야 했다. 그는 벌써 국무총리와 논의했고 대주교와 협의했고 궁정사무국에서 회의했고 몇 번인가 귀족원에서 명문귀족 의원들, 고급 부르주아들과 접촉했다. 울리히는 이 논의들에 불려가지 않았으므로, 각 진영이 반대진영의 강한 정치적 반발을 계산에 넣고 있다는 것, 그 때문에 모든 진영이 평행운동에서 그들이 덜 언급되면 될수록 더 강력하게 평행운동을 지원할 수 있다고 선언했다는 것, 잠정적으로는 위원회에 그들의 대표로 관찰자만을 보냈다는 것 정도만 알았다.

이 위원회들이 매주 큰 진전을 보인 것은 기쁜 일이었다. 그들은 창립회의에서 결의된 대로 세계를 종교, 교육, 상업, 농업 등 큰 관점에 따라 나누었고 각 위원회에는 벌써 이에 상응하는 행정부서의 대표가 앉아 있었고 모든 위원회가 이미 본연의 업무에 몰두했다. 즉 각 위원회는 다른 모든 위원회들과의 합의하에 관할단체 및 각 민족의 대표자를 기다렸는데, 그들의 소망, 제안, 청원을 파악하여 중앙위원회에 보고하기 위해서였다. 이런 식으로 나라의 '가장 중요한' 도덕적 힘들이 정리되고 요약되어 중앙위원회로 흘러들 것이 기대되었고 서류상의 왕래가 많아졌다는 것이 이미 만족스러웠다. 위원회들이 중앙위원회에 보내는 편지는 얼마 지나지 않아, 이미 중앙위원회에 보낸 다른 편지를 참고하라고 지시할 수 있었고 날로 중요성을 더해가는 한 문장으로 시작했는데, 이 문장은 다음과 같은 말로 시작했다. "참조, 해당 위원회 번호 몇 번, 내지는 번호 몇 번, 빗금 로마자 몇 번 …." 이어 다시 숫자 하나가 따라왔다. 그리고 이 모든 숫자들은 편지마다 커졌다. 이것은 그 자체로 벌써 건강한 성장과 비슷했으며 게다가 대사관들이 오스트리아의 애국심 과시가 외국에 주는 인상에 대해 반쯤 공식적인 경로로 보고하기 시작했다. 외국 대사들도 벌써 조심스럽게 정보를 캘 기회를 찾고 있었다. 주의를 기울이게 된 국회의원들은 의도가 무엇이냐고 물었다. 개인적 활동가들은, 제멋대로 제안을 확산시키거나 회사와 애국주의를 연결할 확실한 거점을 마런하려는 기업의 문의에 입을 열기 시작했다. 기구가 하나 있었고 있기 때문에 작동해야 했고 작동했기 때문에 굴러가기 시작했다. 자동차가 넓은 들판을 달리기 시작하면 아무도 핸들을 붙잡고 있지 않아도 일정한, 심지어 매우 인상 깊고 특별한 길을 달릴 것이다.

이런 식으로 강력한 추진력이 생겨났고 라인스도르프 백작은 이를 피부로 느꼈다. 그는 코안경을 걸치고 모든 편지를 매우 진지하게 처음부터 끝까지 읽었다. 이것들은 사안이 정상궤도에 진입하기 전이었던 초반에 넘쳐난 이름 없는 열정적 인물들의 제안이나 소망이 더 이상 아니었다. 이 청원이나 문의들은 백성의 품에서 나오기는 했지만 알프스동지회, 자유사상가연합, 처녀연합회, 제조업협회, 사교연합, 시민클럽 그리고 쓰레기뭉치가 회오리바람을 앞서 가듯 개인주의에서 집단주의로의 이행을 앞서 실행한 여타 엉성한 소모임 이사들의 서명이 들어 있었다. 각하는 모든 요구에 동의한 것은 아니었지만 그래도 전체적으로는 본질적인 진척을 확인했다. 그는 코안경을 내려놓았고 편지를 그것을 건네준 사무관이나 비서에게 돌려주었고 한마디 말도 없이 만족스럽게 고개를 끄덕였다. 그는 평행운동이 제대로 된 길을 잘 가고 있고 참된 길을 찾으리라는 느낌을 받았다.

편지를 넘겨받은 사무관은 보통 이를 다른 편지 더미 위에 올려놓았고 마지막 것이 맨 위에 놓여 있으면 그는 각하의 눈 속을 살폈다. 그러면 각하의 입은 이렇게 말하곤 했다. "이건 모두 출중해. 하지만 우리가 우리 목표의 중심에 대해 원칙적인 것을 알지 못하는 한, '예'라고도 '아니오'라고도 말할 수 없네!" 하지만 그것은 사무관이 이미 이전의 모든 편지들에서 각하의 눈에서 읽었던 것이었고 바로 사무관

본인의 의견이기도 했다. 그는 도금한 주머니연필로 벌써 모든 편지들 말미에 마법의 공식인 '보'(保)를 써넣었다. 카카니아의 관청들에서 사용되는 이 마법의 공식 '보'는 '보류'라는 말이었는데, 독일어로는 '나중에 결정하기 위해 보관해 둔다'라는 뜻이었고 어떤 것도 잃어버리지 않게 하고 아무것도 지나치게 서두르지 않는 조심성의 모범이었다. 보류된 것은 예를 들어, 아이가 커서 독립적으로 생계비를 벌수 있을 때까지 산모 특별지원금을 주자는 말단 공무원의 청원이었는데, 이 사안은 그때까지는 아마 법적으로 조정될 수 있을 것이고 상급자가 그 전에 이 청원을 거절하고 싶지 않았다는 이유에서였다. 또 보류된 것은 영향력 있는 인물이나 직책의 청이었다. 다른 영향력 있는 직책이 이 청원에 반대한다는 것을 알고 있었지만 거절함으로써 이들의 마음을 상하게 해서는 안 된다는 이유에서였다. 그리고 원칙적으로 관청에 처음 들어온 것은 모두, 그와 비슷한 경우가 선행되지 않은 한, 보류되었다.

하지만 관청의 이런 관행을 조롱하는 것은 큰 잘못이리라. 사무실 밖에서는 훨씬 더 많은 것이 보류되니까. 왕들의 즉위맹세에서 여전히 터키인이나 이교도를 무찌르겠다는 약속이 등장한다는 것은 너무나 사소하다. 인류의 역사에서 아직 한 번도 어떤 문장이 완전히 삭제되거나 완전히 끝까지 쓰인 적이 없다는 것을 생각하면 말이다. 이 사실에서 가끔씩 그 혼란스러운 진보의 속도가 생겨나는데, 이는 날개 달린 황소와 헷갈릴 정도로 비슷하다. 그래도 이때 관청에서는 적어도 몇 가지는 분실된다. 하지만 세상에서는 아무것도 없어지지 않는다. 이처럼 보류는 우리 삶의 건물의 기본공식 가운데 하나다. 각하에게 뭔가가 특히 시급해 보이면, 그는 다른 방법을 택해야 했다. 그러면 그는 우선 제안을, 그의 말대로 하자면, '잠정적으로 확정된' 것으로 보아도 되겠느냐는 질문과 함께 궁으로, 친구인 슈탈베르크 백작에게 보냈다. 몇 시간이 지나면 매번, 현재 이 사안에 대한 폐하의 의중을 알 수 없으며 오히려 우선 여론이 형성되도록 하고 그 제안이 여론에 어떻게 수용되는지에 따라서 그리고 그 밖에 밝혀져야 할 요건들에 따라서 추후에 다시 숙고하는 것이 바람직해 보인다는 답이 돌아왔다. 이렇게 해서 제안은 서류가 되었고 서류는 그 후 관할 행정부서로 보내졌고 이 관청에서는 단독결정의 권한이 없다고 사료된다는 비고와 함께 되돌아왔다. 이런 일이 일어나면 라인스도르프 백작은 다음번 중앙위원회 회의에서 정부부서를 넘나드는 하위위원회 하나를 이 사안 연구에 투입해 달라고 요청할 것이라고 메모해 두었다.

그가 가차 없이 단호했던 경우는 협회이사의 서명도, 국가에서 인정한 교회단체, 과학단체, 예술가단체의 서명도 없는 편지가 들어올 때뿐이었다. 이즈음 클라리세로부터 이런 편지 한 통이 왔는데, 편지에서 그녀는 울리히를 들먹였고 오스트리아의 '니체 해'를 만들자고, 그러면서 동시에 소녀 살해자 모스브루거를 위해 뭔가를 해야 한다고 제안했다. 그녀는 여자로서 이 제안을 할 부름을 받았다고 느낀다고 적었고 이어 니체가 정신병을 앓았다는 것과 모스브루거도 정신병을 앓고 있다는 데 존재하는 의미심장한 일치 때문이라고 적었다. 라인스도르프 백작이 이 편지를 울리히에게 보여 주었을 때, 울리히는 분노를 농담 아래 숨길 수가 없었다. 울리히는 두꺼운 선과 밑줄이 난무하는 독특하게 미숙한 필체에서 그것이 누구의 편지인지를 벌써 알아보았다. 하지만 라인스도르프 백작은 그의 당혹감을 알아차렸고 진지하고 너그럽게 말했다. "흥미롭지 않은 건 아니네. 이건 열성적이고 추진력이 있다고 말하고 싶네. 하지만 유감스럽게도 우리는 이런 개별 제안들을 모두 서류화할 수는 없네. 그랬다가는 절대로 목표에 이르지 못할 거네. 자네가 이 편지를 돌려주겠나, 이 편지를 쓴 부인을 개인적으로 알고 있는 듯하니. 자네 사촌인가?"

57
큰 약진.
디오티마는 위대한 이념의 본질에 대해 특이한 경험을 하다

울리히는 편지를 없애 버리기 위해 챙겼지만 디오티마와 이에 관해 이야기하는 것도 결코 쉽지는 않았으리라. '오스트리아의 해'에 관한 기사가 나간 후로 그녀는 아주 무질서한 약진에 휩쓸린 듯한 느낌이었다. 울리히가 라인스도르프 백작에게서 받은 서류들을 가능하면 읽지 않은 채로 모두 그녀에게 넘겨주었을 뿐만 아니라 우체부도 매일 몇 더미의 편지와 신문조각들을 가져왔고 서점들은 엄청난 양의 책을 살펴보라고 보냈으며, 그녀의 집에서의 왕래도 바람과 달이 힘을 합쳐 바닷물을 빨아들이면 바다가 부풀어 오르듯이 증가했고 전화도 한순간도 잠잠하지 않았다. 여주인이 끊임없이 수고할 수 없다는 것을 알아차린 작은 라헬이 대천사처럼 열성적으로 전화통 옆에 붙어 앉아 대부분의 정보를 직접 주지 않았더라면 디오티마는 일의 무게에 짓눌려 쓰러졌으리라.

한 번도 발병하지는 않았지만 늘 떨면서 육체 속에서 노크하는 이 신경쇠약은 이제 디오티마에게 여태껏 알지 못한 행복을 선사했다. 그것은 전율, 중요성에 흠뻑 젖음, 세계건물의 정수리에 앉은 갓돌 속 압력의 뽀드득거림과 같은 뽀드득거림, 모든 것 위로 우뚝 솟은 산 정상에 서 있을 때 느끼는 무(無)의 감정과 같은 짜릿함이었다. 한마디로, 그것은 수수한 중학교 교사의 딸이자 시민계급 출신의 부(副) 영사의 젊은 아내가 — 그녀는 신분상승에도 불구하고 그녀 본질의 가장 신선한 부분에서는 지금까지 여전히 그대로였다 — 갑자기 의식하게 된 지위의 감정이었다. 이런 지위의 감정은 우리가 지구의 자전을 알아차리지 못하거나 인지에 관여하는 개인적인 몫을 알아차리지 못하는 것처럼 알아차리지는 못하지만 존재의 가장 중요한 상태들 중 하나다. 인간은 대부분의 허영심을 가슴 속에 지니고 다녀서는 안 된다고 배웠기 때문에 위대한 조국, 종교 또는 소득세 구간의 토대 위에서 살아감으로써 그것을 발아래에 딛고 다니고, 이런 지위가 없는 경우 심지어 누구나 가질 수 있는 것, 무에서 솟아오른 시간기둥의 정점에 잠시 있다는 것, 즉 이전의 것은 모두 먼지가 되었고 나중의 것은 아직 존재하지 않는 바로 지금을 살고 있다는 것으로도 충분하다. 보통은 의식되지 않는 이 허영심이 어떤 이유에서인지 갑자기 발밑에서 머리 위로 솟아오르면 이는 가벼운 정신착란을 불러일으키는데, 세계구(球)를 잉태했다고 믿는 처녀의 정신착란과 비슷하다. 심지어 투치 국장도 이제 디오티마에게 일의 경과를 물어보고 가끔씩 이런저런 작은 부탁을 들어달라고 청함으로써 그녀에게 경의를 표했다. 이때 그녀의 살롱에 대해 이야기할 때 보통 그가 머금곤 하는 미소는 품위 있는 진지함에 자리를 내주었다. 예를 들면 황제폐하께서 국제적 평화선언의 정점에 당신을 내세우려는 계획을 어느 정도까지 승인할 것인지는 아직 아무도 몰랐지만 그는 이 가능성에 거듭, 사전에 그의 자문을 구하기 전에는 디오티마가 외교적 영역에 절대 관여해서는 안 된다는 청을 걱정스럽게 덧붙였다. 심지어 그는 즉석에서, 언젠가 국제적 평화운동 제안이 진지하게 나올 경우에는 즉시 여기서 정치적 갈등이 생기지 않도록 신경을 써야 한다는 충고도 했다. 그는 아내에게 이런 아름다운 이념을 결코 거부할 필요는 없다고, 이를 실현시킬 가능성이 있다 해도 그럴 필요는 없다고, 하지만 처음부터 모든 실행 및 후퇴가능성을 열어 놓는 것은 절대적으로 필요하다고 설명했다. 이어 그는 디오티마에게 무장해제, 평화회의, 군주회동, 이미 언급된, 헤이그 평화궁을 오스트리아 예술가들의 벽화로 단장하기 위한 재단에 이르기까지 그 차이점을 설명했는데, 그는 여태껏 아내와 이렇게 객관적으로 이야기해 본 적이 없었다. 심지어 그는 가끔씩 자신의 설명을 보충하기 위해 가죽서류철을 팔에 낀 채 다시 한번 침실로 돌아오기도 했는데, 가령 그가 그 개인적으로는, 위험하도록 예측불가능하다거나 그 비슷하게 여겨지지 않으려면 '세계 오스트리아'라는 이름과 연관된 모든 것을 당연히 평화주의적이거나 인도주의적인 사업과 연관해서만 가능하다고 간주한다는 것을 덧붙이기를 잊어버린 경우였다.

디오티마는 너그럽게 미소를 지으며 답했다. "당신의 소망을 고려하도록 애쓰겠어요. 하지만 당신도 우리에게 외교가 중요할 거라는 과장된 생각은 하지 말아요. 정말 구원하는 약진은 내면에 있고 이름

없는 백성들 한가운데서 오는 거예요. 얼마나 많은 청원과 제안이 매일 내게 넘쳐나는지 당신은 몰라요."

그녀는 감탄할 만했다. 표를 내지는 않았지만 엄청난 어려움과 싸워야 했으니까. 종교, 정의, 농업, 교육 등의 관점에 따라 구축된 큰 중앙위원회 회의에서 드높은 제안들은 모두 얼음같이 차갑고 소심한 신중함에 부딪혔는데, 이것은 디오티마가 남편이 아직 평행운동에 그렇게 주의를 기울이지 않았을 때, 그를 통해 익히 알던 것이었다. 그녀는 가끔씩 조바심으로 인해 아주 의기소침해짐을 느꼈고 나태한 세계의 이 저항을 부수기가 어려울 것임을 스스로에게 숨길 수 없었다. 그녀 자신에게는 '오스트리아의 해'가 '세계 오스트리아의 해'로 존재하고 오스트리아의 민족들이 세계 민족들의 모범이어야 함은 너무나 분명했다. 그러기 위해서는 정신의 참된 고향이 오스트리아임을 증명하는 것 말고는 사실 아무것도 필요 없었다. 이것이 둔한 자들의 머리를 위해 또 특별한 내용을 필요로 하고, 보편적이라기보다는 감각적인 성질 때문에 쉽게 이해될 수 있는 착상을 통해 보완되어야 한다는 것도 분명히 드러났다. 디오티마는 이를 할 수 있는 이념을 찾기 위해 몇 시간씩 많은 책을 공부했는데, 당연히 이것은 특별한 방식으로 또 상징적으로 오스트리아적 이념이어야 했다. 하지만 디오티마는 위대한 이념의 본질에 대해 독특한 경험을 하게 되었다.

그녀가 위대한 시대에 살고 있음이 드러났다. 시대는 위대한 이념으로 가득했다. 하지만 그중 가장 위대하고 중요한 이념을 실현시키기가 얼마나 어려운지 믿을 수 없을 정도였다. 거기에 필요한 모든 조건은 다 갖추어져 있었다. 단 하나, 무엇이 그런 이념인지만 빼고!

디오티마는 이런 이념을 거의 결정할 때마다 매번 그 반대를 실현시키는 것도 위대한 일임을 알아차려야 했다. 상황이 이러했으므로 그녀는 아무것도 할 수 없었다. 이상은 독특한 특성을 갖고 있는데, 정확히 따르려 하면 그 반대 의미로 변한다는 성질도 그중 하나다. 예를 들어, 톨스토이와 베르타 주트너[11]가 있었고 이들 두 저술가의 이념은 당시 대충 똑같이 많이 들렸지만 — 디오티마는 생각했다 — 인류가 폭력 없이 구운 닭고기라도 마련할 수 있을까? 이들이 요구하듯, 죽이지 않아야 한다면 군인들은 어떻게 하나? 생계수단을 잃어버리고 가난해질 것이다. 범죄자가 황금기를 누리게 될 것이다. 하지만 이런 신청서들이 들어와 있었고 서명을 모으고 있다는 소문도 들렸다. 디오티마는 영원한 진리가 없는 삶을 결코 상상할 수 없었을 테지만 이제 그녀는 모든 영원한 진리는 이중으로, 다중으로 존재한다는 사실을 알고는 놀랐다. 그래서 이성적 인간은 — 이 경우 그것은 투치 국장이었고 이를 통해 심지어 그의 명예가 약간 회복되었다 — 영원한 진리에 대해 뿌리 깊은 불신을 가진다. 그는 이것이 필수불가결함을 결코 부인하지는 않을 테지만 이것을 말 그대로 받아들이는 인간들은 미쳤다고 확신한다. 그의 통찰에 따르면 — 그는 이 통찰을 아내에게 도움이 되고자 제공했다 — 인간의 이상은 그 요구가 지나치므로 처음부터 너무 진지하게 여기면 변질된다. 투치는 이에 대한 가장 좋은 증거로 이상이나 영원한 진리 같은 단어들이 가장 진지한 일을

---

11 베르타 폰 주트너(Bertha von Suttner, 1843~1914): 오스트리아의 소설가로 급진적 평화주의자. 여성으로서는 처음으로 노벨평화상을 수상했다.

처리하는 사무실에서는 아예 등장하지 않는다는 사실을 들었다. 이 단어들을 서류에 사용하려는 착상을 한 보고자는 당장 관청의사에게 진찰을 받고 요양휴가를 신청하라는 조언을 받을 것이라고. 디오티마는 침통하게 그의 말에 귀를 기울이긴 했지만 결국 이런 나약한 시간에서 새로운 힘을 길어서 공부에 몰두했다.

마침내 시간을 내어 그녀와 상의하기 위해 나타난 라인스도르프 백작조차도 그녀의 정신적 에너지에 깜짝 놀랐다. 각하는 백성들 한가운데서 일어나는 선언을 원했다. 그는 백성의 뜻을 조사하고 조심스럽게 위에서 영향을 미쳐 이를 정화하기를 간절히 바랐다. 장차 이를 비잔틴주의의 재능이 아니라 민주주의의 소용돌이에 휩말린 민족들의 자성(自省)의 표시로서 폐하께 제시하려 했으니까. 디오티마는 각하가 여전히 '평화의 황제'라는 생각과 참된 오스트리아의 찬란한 선언을 고수하고 있음을 알았다. 물론 그는 '세계 오스트리아'라는 제안을, 만약 그 속에서 군주 주위에 모인 민족들의 가족이라는 감정이 제대로 표현되기만 한다면 원칙적으로 거절하지는 않았다. 하지만 각하는 이 가족에서 은밀히 암묵적으로 프로이센을 제외했다. 물론 아른하임 박사 개인에 대해서는 아무 이의도 제기하지 않았고 심지어 명시적으로 그를 흥미로운 사람이라고 칭했다. "우리는 분명 흔히 말하는 애국주의를 원하는 것은 아니오." 그는 이렇게 주의를 환기시켰다. "우리는 국가를, 세계를 흔들어 깨워야 해요. 나는 '오스트리아의 해'를 만들자는 의견은 정말 좋다고 생각하고 사실 나 스스로 기자들에게 대중의 환상을 이런 목표로 유도해야 한다고 말했어요. 하지만 '오스트리아의 해'를 고수한다면, 자, 이 해에 우리가 무엇을 해야 하는지 한 번 곰곰이 생각해 본 적이 있나요? 보시오, 바로 그거요! 그것도 알아야 해요. 이때 위에서 조금 도움을 줘야 해요. 그렇지 않으면 미성숙한 분자들이 우위를 점할 거요. 그런데 내게는 착상이 떠오를 시간이 정말 없소!"

디오티마는 각하가 근심에 차 있다고 생각했고 활기차게 대답했다. "우리의 운동은 하나의 위대한 표시에서 정점을 이루어야 하고 그 외에는 아무것도 안 됩니다! 이건 분명합니다. 운동은 세계의 마음을 사로잡아야 하지만 또 위에서 오는 영향도 필요합니다. 이건 논란의 여지가 없습니다. '오스트리아의 해'는 탁월한 제안이지만 제 의견으로는 '세계의 해'가 더 좋은 것 같습니다. '세계 오스트리아의 해'에 유럽의 정신은 오스트리아에서 자신의 참된 고향을 볼 수 있을 것입니다."

"조심! 조심!" 여자 친구의 정신적 대담함에 벌써 여러 번 경악한 라인스도르프 백작이 경고했다. "당신의 아이디어들은 늘 살짝 너무 클 거요, 디오티마! 당신은 이걸 이미 한 번 말했지만 아무리 조심해도 지나치지 않소! 자, 이 '세계의 해'에 우리가 무엇을 할지 생각해 낸 것이 있소?"

하지만 그의 사고를 너무나 특성 있게 만드는 그 직선적임에 이끌린 라인스도르프 백작은 이 질문으로 디오티마의 가장 아픈 곳을 정확히 건드렸다. "각하", 그녀는 약간 망설인 후에 말했다. "제게 답을 원하시는 그 질문은 세계에서 가장 어려운 질문입니다. 저는 가능한 한 빨리 작가, 사상가 등 일군의 중요한 남자들을 초대할 생각입니다. 제가 뭔가를 말하기 전에, 이 모임의 제안을 기다려 보려 합니다."

"좋소!" 기다리기에 당장 찬성하면서 각하가 외쳤다. "좋아요! 아무리 조심해도 지나치지 않아요! 내가 지금 매일 무슨 소리를 듣고 있는지 당신은 모를 거요!"

58
평행운동이 우려를 낳다.
하지만 인류의 역사에 자발적 회귀는 없다

한번은 각하가 울리히와 자세한 이야기를 할 시간이 있었다. "나는 이 아른하임 박사가 그다지 편하지 않네." 그는 울리히에게 털어놓았다. "물론 그는 너무나 정신적인 남자네. 자네 사촌이 그러는 것도 놀라운 일은 아니지. 하지만 결국 프로이센인이네. 그는 그냥 지켜보기만 하네. 이보게! 내가 조그만 소년이었을 때, 그러니까 1865년 나의 선친께서 흐루딤성에서 사냥손님 한 분을 맞았네. 그도 늘 그렇게 지켜보기만 했네. 그리고 1년 후에 대체 누가 그를 우리 집에 소개했는지 아무도 몰랐다는 것과 그가 프로이센의 참모부 소령이었다는 것이 드러났네! 물론 이 말로 뭔가를 단정 지으려는 것은 아니지만 아른하임이 우리에 대해 모든 것을 아는 게 불편하네!"

"각하!", 울리히가 말했다. "각하께서 제게 의견을 말할 기회를 주셔서 기쁩니다. 무슨 일이 일어나야 할 때입니다. 제가 경험하는 일들이 염려스럽고 또 외국인이 관찰하기에도 적절치 않습니다. 평행운동이 모든 사람들을 자극해서 행복하게 하는 것, 이것이 각하께서 원하시는 것이 아닙니까?"

"아, 그럼, 당연히!"

"하지만 그 반대의 일이 일어나고 있습니다!" 울리히가 외쳤다. "저는 평행운동이 교양 있는 사람 모두를 눈에 띄게 걱정스럽게 하고 슬프게 한다는 인상을 받습니다!"

각하는 머리를 가로저었고 엄지손가락 두 개를 서로 돌렸는데, 걱정으로 마음이 어두워지면 그는 늘 이렇게 했다. 실제로 그도 울리히가 지금 보고한 것과 비슷한 경험을 벌써 했다.

"제가 평행운동에 관여하고 있다는 사실이 알려진 이후로", 울리히가 이야기했다. "저와 조금 일반적인 이야기를 하려는 사람과 같이 있게 되면, 3분도 되지 않아 그는 이렇게 말합니다. '도대체 평행운동으로 무엇을 이루려는 겁니까? 오늘날 위대한 업적이나 위대한 남자는 더 이상 존재하지 않잖아요!'"

"맞아, 그 말로 그냥 그들 자신을 의미하지 않는다면 말이지!" 각하가 끼어들었다. "알고 있네. 나도 들어서 알고 있네. 대기업은 보호 관세를 충분히 낮추지 않는다고 정치인을 비난하지. 정치인은 기업이 선거자금을 너무 적게 내놓는다고 비난하지."

"맞습니다!" 울리히가 설명을 재개했다. "외과 의사는 분명 외과 의학이 빌로트12 시대 이후로 진보했다고 믿고 있을 겁니다. 하지만 그들은 그냥 그 외 의학과 전체 자연과학이 외과 의학에 별 도움이 안 된다고 말합니다. 저는 심지어, 죄송합니다, 각하. 이렇게 주장하고

---

12 테오도르 빌로트(Theodor Billroth, 1829~1894) : 프로이센 출신의 오스트리아 외과 의사로 근대 복부외과의 아버지로 통한다.

싶습니다. 신학자들도 신학이 오늘날 어찌된 영문인지 예수의 시대보다 더 진보했다고 확신한다고 … ."

라인스도르프 백작은 아량 있게 방어하면서 손을 들었다.

"제가 적절치 못한 것을 말했다면 용서하십시오. 꼭 그럴 필요는 없었습니다. 결론적으로 제가 말하려는 바는 이것이 매우 보편적인 것을 의미하는 듯 보인다는 것입니다. 말씀드렸듯이, 외과 의사는 자연과학이 요구사항을 완전히 이행하지 않는다고 주장합니다. 반대로 자연과학자와 현재에 대해 이야기해 보면, 일반적으로 시선을 약간 들어 올리고 싶어도 극장은 지루하고 즐거움이나 자극을 주는 소설은 찾을 수가 없다고 불평합니다. 작가와 이야기해 보면, 신앙이 없다고 말합니다. 신학자는 생략하겠습니다. 화가와 이야기해 보면, 문학과 철학이 너무나 형편없는 시대에는 최선을 다할 수 없다고 주장할 것임은 매우 확실합니다. 하나가 다른 하나에 책임을 전가하는 순서는 물론 늘 같지는 않지만 매번 이는 그 자체로, 각하께서 아실지 모르겠지만, 검은 페터놀이나13 집뺏기놀이와14 비슷합니다. 그리고 저는 그 바탕에 깔린 규칙이나 법칙을 알아낼 수가 없습니다! 염려스럽지

---

13 두 장씩 같은 카드 15쌍 내지는 18쌍과 한 장의 검은 페터로 하는 카드놀이로, 차례로 옆 사람의 카드에서 한 장씩 카드를 뽑고 같은 카드 두 장이 모이면 내놓는다. 카드를 가장 빨리 다 내놓은 사람이 이기고 마지막에 검은 페터를 가진 사람이 지는 놀이이다.

14 아이들이 하나씩 나무 뒤에 서고 술래가 한 아이에게 가서 "양복쟁이야, 가위 좀 빌려줘"라고 말하면 이 아이는 "옆집으로 가봐, 거기도 있어"라고 말한다. 술래가 옆의 나무로 간 사이 아이들이 서로 나무를 바꾸고 이때 술래가 빈 나무를 차지하는 놀이이다.

만 이렇게 말하지 않을 수 없습니다. 모든 인간은 개별적으로는 그리고 자기 자신과는 그런대로 만족하지만 일반적으로는 어떤 보편적 이유로 불쾌하고, 평행운동은 이를 만천하에 드러낼 운명인 듯 보인다고 말입니다."

"맙소사!", 각하는 이 설명에 대해, 무슨 뜻인지 스스로에게도 분명하지 않았지만 이렇게 대답했다. "배은망덕일 뿐이야!"

"게다가 저는", 울리히는 계속했다. "일반적인 성질의 신청으로 꽉 찬 서류철을 이미 두 개 가지고 있습니다. 각하께 돌려드릴 기회를 아직 발견하지 못한 것들입니다. 그 하나에 저는 '… 로의 회귀!'라는 제목을 달았습니다. 이상할 정도로 많은 사람들이 이전 시대의 세계가 지금보다 더 나았다고 우리에게 알려옵니다. 평행운동은 그냥 이 상태로 그들을 데려가기만 하면 됩니다. '믿음으로의 회귀'라는 자명한 요구를 제외해도 바로크로의 회귀, 고딕으로의 회귀, 자연상태로의 회귀, 괴테로의 회귀, 독일법으로의 회귀, 순결한 도덕으로의 회귀 등입니다."

"흠, 그렇지. 하지만 참된 사고가 그 가운데 있을지도 모르지. 그럼 그걸 좌절시켜서는 안 되지 않겠는가?" 라인스도르프 백작이 말했다.

"그럴 수도 있겠지요. 하지만 뭐라고 답을 해야 하겠습니까? 귀하의 몇 월 며칠 자 편지는 충분히 검토해 보았으나 현재로서는 시기가 아직 적절치 않다고 생각한다 …? 또는 관심 있게 읽었으니 세계를 바로크, 고딕 등으로 재정립하려는 귀하의 소망을 더 자세히 알려주시기 바란다?"

울리히는 미소 지었지만 라인스도르프 백작은 울리히가 이 순간 조금 너무 명랑하다고 생각했고 이를 물리치면서 더 힘차게 엄지손가락들을 서로 돌렸다. 팔자수염과 턱수염을 기른 그의 얼굴은 엄격한 표정 때문에 발렌슈타인 시대를 생각나게 했다. 이어 그는 아주 주목할 만한 발언을 했다. "이보게, 박사!", 그는 말했다. "인류의 역사에는 자발적 회귀란 없네!"

이 발언은 누구보다도 라인스도르프 백작 자신을 놀라게 했다. 사실 그는 아주 다른 것을 말하려 했으니까. 그는 보수적이었고 울리히에게 화가 나 있었고 시민계급이 가톨릭교회의 보편적 정신을 물리쳐서 이제 그 결과에 고통당하고 있다고 말하려 했다. 세계가 책임감 있는 인물들에 의해 통일된 관점들에 따라 통치되던 절대주의적 중앙집권시대를 찬양하는 것도 가능했으리라. 하지만 그가 여전히 말을 찾는 동안에 갑자기, 어느 날 아침 일어났을 때 따뜻한 목욕물과 철도가 없다면, 신문 대신에 그냥 황제의 보도원들이 말을 타고 거리를 달린다면 그는 정말 불쾌하게 깜짝 놀랄 것이라는 생각이 떠올랐다. 라인스도르프 백작은 생각했다. '한번 있었던 것은 절대 똑같은 방식으로 다시 존재할 수 없다.' 이렇게 생각하는 동안 그는 매우 놀랐다. 역사에 자발적 회귀가 없다고 가정하면, 인류는 섬뜩한 방랑충동에 앞으로 내몰리지만 되돌아갈 수도 없고 목표에 도달하지도 못하는 남자와 같으니까. 그리고 이것은 아주 주목할 만한 상태였다.

각하는 서로 모순되는 두 개의 생각을, 그것들이 그의 의식 속에서 결코 서로 만나지 않도록 본능적으로 따로따로 두는 비상한 능력을 소유하고 있었지만 자신의 모든 원칙에 반하는 이 생각을 물리쳐야 했으리라. 하지만 그는 울리히에게 일정한 호의를 품고 있었고, 일개 시민계급 출신으로서 정말 큰 질문들에서는 약간 동떨어진 곳에 있긴 했지만 정신적으로 활발하고 그에게 너무나 좋게 추천된 이 남자에게, 자신의 의무들이 그에게 시간을 허용하는 한, 정치적 대상들을 철저히 논리적으로 설명하는 데서 큰 만족을 느꼈다. 하지만 일단 논리로 시작하면 거기서는 하나의 사고가 저절로 그 전의 사고를 뒤따르기 때문에 결론적으로 그것이 어떻게 끝날지 결코 알 수가 없다. 그 때문에 라인스도르프 백작은 자신의 발언을 물리지 않았고 그냥 침묵하면서 울리히를 뚫어지게 바라보았다.

울리히는 두 번째 서류철도 손에 들었고 이 휴지기를 이용해 두 서류철을 각하에게 넘겨주었다. "두 번째에 저는 '… 를 향하여!'라는 제목을 달아야 했습니다"라고 그는 설명하기 시작했지만 각하는 갑자기 정신을 차렸고 그의 시간이 벌써 다 지났음을 알았다. 그는 다음번에, 숙고할 시간이 더 많을 때 계속하자고 간곡히 청했다. "게다가 자네 사촌은 일군의 가장 중요한 두뇌들을 이 목적을 위해 초대할 거네." 이미 선 채로 그가 설명했다. "거기에 참석하게나. 제발 꼭 가주게. 내가 참석해도 되는지는 모르겠네!"

울리히는 서류철을 도로 집어넣었고 라인스도르프 백작은 문틀의 어둠 속에서 다시 한번 몸을 돌렸다. "물론 큰 시도는 모든 사람들을 겁먹게 하네. 하지만 우리는 그들을 흔들어 깨울 것이네!" 그의 의무감은 울리히를 위로 없이 남겨 두는 것을 허락하지 않았다.

59
모스브루거가 숙고하다

그동안 모스브루거는 새 교도소에서 최선을 다해 적응했다. 문이 닫히자마자 고함이 떨어졌다. 반항하자 채찍으로 위협이 가해졌다. 그가 제대로 기억하는 한, 그랬다. 그는 독방에 수감되었다. 안뜰을 산책할 때는 손이 묶였고 교도관들은 그에게서 눈을 떼지 않았다. 그가 받은 판결이 아직 법적 효력이 없었는데도 그는 삭발을 당했는데, 몸의 치수를 재기 위해서라고 했다. 소독한다는 핑계로 그의 몸은 지독한 냄새가 나는 비누로 문질러졌다. 그는 오랜 여행자였고 이 모든 것이 금지되어 있음을 알았지만 철문 뒤에서 명예를 지키기는 간단치 않다. 그들은 원하는 대로 그를 다루었다. 그는 교도소 소장을 만나게 해달라고 해서 불평을 했다. 소장은 몇 가지가 규정에 어긋남을 인정하지 않을 수 없었지만 그건 벌이 아니라 조심이라고 말했다. 모스브루거는 교도소 성직자에게도 불만을 토로했다. 그는 마음씨 좋은 노인이었지만, 그의 친절한 목회는 성범죄 앞에서는 허탕이라는 오래된 약점이 있었다. 그는 성범죄 근처에도 가보지 못한 육체의 몰이해로 성범죄를 증오했고, 심지어 모스브루거가 정직한 외모로 그의 내면에 개인적 연민이라는 나약함을 불러일으킨 사실에 경악했다. 그는 모스브루거를 교도소 의사에게 넘겼고 그 자신은, 이런 경우 늘 그렇듯, 조물주에게 거창한 청원만 했다. 이 청원은 세부사항으로는 들어가지 않고 현세적인 것의 혼란에 대해 너무 일반적으로 말했으므로 기도의 순간에 모스브루거는 자유사상가와 무신론자와 함께 뭉뚱

그려 포함되었다. 하지만 교도소 의사는 모스브루거에게 그가 불평하는 모든 것이 그렇게 나쁜 것은 아니라고 말했고 유쾌하게 그를 툭 쳤고 그의 불만을 해소해 줄 마음은 추호도 없었다. 모스브루거가 제대로 이해했다면, 그가 병이 있느냐 아니면 그런 척하는 것뿐이냐 하는 질문에 의학부가 아무런 대답도 발견하지 못한 한, 조치를 취할 필요가 없다고 여기는 태도였다. 모스브루거는 그들 모두가 자기들 입맛대로 말하고 그들에게 그들이 원하는 대로 그를 다룰 힘을 주는 것이 이 말이라는 것을 예감했고 분노했다. 평범한 사람의 감정, 배운 놈들의 혀를 잘라 버려야 한다는 감정이 들었다. 그는 면도칼에 베인 자국이 있는 박사의 얼굴, 내면에서부터 바싹 말라 버린 성직자의 얼굴, 관리자의 너무나 깔끔한 사무직의 얼굴을 바라보았으며 그들이 각자 다른 방식으로 그의 얼굴을 바라보는 것을 보았다. 그리고 그가 달성할 수 없는 것, 하지만 그들 모두가 공통으로 가지고 있는 것이 이 얼굴들 안에 담겨 있었는데, 그것이 평생 그의 적이었다.

저기 바깥 세계에서는 나름의 자만심을 가진 인간을 힘겹게 모든 다른 육신들 사이로 밀어 넣는 그 응집력이 교도소 지붕 아래서는 온갖 규율에도 불구하고 약간 느슨해졌다. 이곳에서는 모든 것이 기다리면서 살았고 인간들 간의 생동하는 관계는 거칠고 격렬하긴 해도 비현실성의 그늘 때문에 속은 텅 비었다. 모스브루거는 재판이라는 싸움 이후의 긴장완화에 건장한 몸 전체로 반응했다. 그는 자신이 흔들리는 이(齒)처럼 여겨졌다. 피부가 가려웠다. 병에 감염된 듯 느껴졌고 비참했다. 그것은 가끔씩 그를 엄습하는, 엄살을 떠는 가볍게 신경질적인 과민증이었다. 땅 밑에 누워 있는 그 여자, 그를 곤경에 처하게 한 그 여자는 그 자신과 비교했을 때 '아이 대(對) 더럽고 사악한 계집'으로 보였다. 그럼에도 불구하고 모스브루거는 전체적으로는 불만스럽지 않았다. 그가 여기서 중요한 인물임을 많은 것에서 알아차릴 수 있었고 이것이 그를 우쭐하게 했다. 심지어 모든 죄수들에게 차별 없이 주어지는 보살핌조차도 만족감을 주었다. 국가는 그 전에는 아무것도 하지 않다가 그들이 죄를 저지른 후에는 그들을 먹이고 목욕시키고 입히고 그들의 일, 건강, 책, 노래에 신경을 써야 한다. 모스브루거는 이런 주의를, 그것이 엄격하긴 했지만, 즐겼다. 엄마로 하여금 분노에 차서 그를 돌보지 않을 수 없도록 하는 데 성공한 아이처럼. 하지만 그는 이것이 오래가기를 바라지는 않았다. 무기징역으로 감형되거나 다시 정신병원으로 이송될 거라는 생각은 그의 내면에 저항을 불러일으켰는데, 삶에서 벗어나려는 모든 노력이 우리를 늘 동일한, 증오하는 삶의 상황으로 도로 데려간다면 우리가 느낄 저항이었다. 그는 변호인이 항소심을 위해 애쓰고 있고 자신이 다시 한번 진찰을 받을 것임을 알았지만 제때 이에 반대입장을 표명하고 자신을 죽여 달라고 주장하리라 마음먹었다.

작별이 그의 품위에 어울려야 한다는 것은 확고했다. 그의 삶은 그의 권리를 위한 투쟁이었으니까. 독방에서 모스브루거는 자신의 권리가 무엇인지 생각해 보았다. 그는 그것이 무엇인지 말할 수 없었다. 하지만 그것은 평생 그에게 주어지지 않은 것이었다. 이 생각을 하는 순간 감정이 부풀어 올랐다. 혀는 둥글게 말렸고 스페인식 보조로 걷는 종마처럼 움직이기 시작했다. 혀는 이 단어를 매우 고상하게 강조하려 했다. "권리", 그는 이 개념을 규정하려고 특별히 천천히 생각했고 누군가와 이야기하듯 생각했다. "그건 부당하지 않게 행동하거나 뭐 그런 거야, 안 그래?" 그리고 갑자기 '권리는 법이다'라는 생각이 떠올랐다. 그랬다. 그의 권리는 그의 법이었다! 그는 그 위에 앉으려고 나무침상을 바라보았고 번거롭게 몸을 돌렸고 마룻바닥에 단단히 고정된 침상을 움직이려고 해보았으나 뜻대로 되지 않자 망설이며 앉았다. 그는 그의 법을 빼앗겼다! 열여섯 살에 섬겼던 여주인이 떠올랐다. 그는 뭔가 차가운 것이 자신의 배에 붙어오는 꿈을 꾸었다. 그 후 그것은 그의 몸속으로 사라졌다. 그는 소리를 질렀고 침대에서 떨어졌고 다음날 아침 온몸이 두들겨 맞은 느낌이었다. 그런데 다른 도제들이 그에게 한 번 이렇게 말했다. 엄지손가락이 중지와 검지 사이에서 약간 솟아오르도록 주먹을 쥐어 보이면 여자가 저항할 수 없다고. 그는 혼란스러운 기분이었다. 모두 그것을 시험해 보았다고 했지만 그 생각을 하면 바닥이 발아래서 사라지거나 머리가 익히 알던 것과는 달리 목 옆에 앉아 있기 시작했다. 간단히 말해, 그에게 무슨 일이 일어났는데, 이 일은 아주 조금 자연스러운 질서에서 벗어나 있었고 아주 확실하지가 않았다. "사모님", 그는 말했다. "당신에게 사랑스러운 일을 하고 싶어요 … ." 그들은 둘뿐이었다. 그의 눈을 들여다보았기 때문에 그녀는 그 속에서 뭔가를 읽었음이 틀림없었고 이렇게 대답했다. "부엌에서 꺼져!" 이 말에 그는 엄지손가락이 솟아오르게 주먹을 쥐어 그녀에게 들이댔다. 하지만 마법은 반만 작용했다. 여주인은 얼굴이 빨개지더니 손에 들고 있던 나무주걱으로 피할 겨를도 없이 재빨리 그의 얼굴을 내리쳤다. 피가 입술을 타고 흘러내리기 시작했을 때에야 그는 사태를 파악했다. 하지만 지금 그는 그 순간을 정확히 기억했다. 피가 순식간에 방향을 바꾸어 위로 흐르기 시작하고 눈 위로 치솟았으니까. 그는 자신을 그렇게 창피하게 모욕한 건장한 여자에게 덤벼들었고 주인이 달려왔다. 그때부터, 그가 다리를 휘청이며 거리에 서 있고 뒤따라 그의 물건들이 날아온 그 순간까지 일어난 모든 일은 마치 크고 붉은 천을 조각조각 찢는 것과 같았다. 이렇게 그의 법은 조롱당하고 두들겨 맞았고 그는 다시 방랑을 시작했다. 법을 거리에서 발견한다고? 여자들은 모두 벌써 누군가의 법이었고 사과와 잠자리도 전부 그랬다. 경찰관과 지역판사는 개보다 나빴다.

  하지만 늘 사람들이 그의 어디를 붙잡는 것인지, 무엇 때문에 그를 교도소와 정신병원에 집어넣는지, 그것이 대체 무엇인지 모스브루거는 결코 올바로 알아낼 수 없었다. 그는 한참이나 바닥을 응시했고 힘겹게 감방 모서리를 응시했다. 바닥에 열쇠를 떨어뜨린 사람 같은 기분이었다. 하지만 그는 열쇠를 찾을 수 없었다. 바닥과 모서리는 방금까지만 해도 말 한마디에 갑자기 사물과 사람이 자라나는 환상적인 토지였는데, 이제 다시 한낮의 회색이었고 말짱했다. 모스브루거는 그가 가진 논리를 총동원했다. 정확히 기억할 수 있는 것은 그것이 시작된 모든 장소들뿐이었다. 그는 이 장소들을 열거하고 서술할 수도 있었으리라. 한 번은 린츠였고 한 번은 브러일라였다. 그사이에는 수년의 시간이 있었다. 마지막으로는 여기 이 도시에서였다. 돌 하나하나까지 눈앞에 보였다. 전혀 평범한 돌이 아닌 듯 그렇게 선명했다. 그는 매번 동반된 나쁜 기분도 기억했다. 동맥 속에 피 대신 독이 든 듯했다거나, 뭐 그 비슷하게 말할 수 있었다. 예를 들어 그는 야외에서 일을 하고 있었고 여자들이 지나갔다. 그는 그들을 바라보기가 싫었다. 그들이 그를 방해했으니까. 하지만 계속해서 새 여자들이 지나갔다. 그러면 결국 그의 눈은 혐오로 가득 차서 그들을 뒤쫓았다. 그리고 다시 그랬다. 두 눈알이 안쪽에서 역청이나 굳어지는 시멘트를 휘젓듯이 천천히 이리저리 굴렀다. 이어 그는 사고가 어려워지기 시작함을 알아차렸다. 그는 안 그래도 천천히 생각했고 말은 그를 힘들게 했고 늘 말이 충분치 않았다. 가끔씩 누군가와 이야기하면, 그가 갑자기 모스브루거를 놀라서 바라보고 모스브루거가 천천히 내뱉은 단어 하나하나가 얼마나 많은 것을 말하는지 이해하지 못하는 일이 생겼다. 그는 청소년 시절에 벌써 쉽게 말하는 법을 배운 모든 인간들을 부러워했다. 말은 그가 그것을 가장 절실히 필요로 하는 바로 그 시간에 마치 껌처럼 반항적으로 그의 입천장에 들러붙었다. 그러면 대개 엄청난 시간이 흐른 후에야 그는 한 음절을 내뱉고 다시 앞으로 나아갈 수 있었다. 여기에 자연스러운 원인이 없다는 설명에도 반박할 수 없었다. 하지만 그가 법정에서, 이런 방식으로 그를 박해하는 것이 프리메이슨 단원이거나 예수회원이거나 사회주의자라고 말하면 아무도 그를 이해하지 못했다. 법률가들은 그보다 말을 잘할 수 있었고 온갖 반박을 했지만 실제 연관성에 대해서는 아무것도 몰랐다.

그리고 이 일이 한동안 계속되면 모스브루거는 무서웠다. 두 손이 묶인 채 길거리에 서서 사람들이 어떻게 행동하는지 기다려 보라! 혀나 그의 내부 훨씬 더 깊은 곳에 있는 어떤 것이 마치 아교로 붙여진 듯 묶여 있다는 의식은 그에게 비참한 불안을 안겨 주었고, 이를 숨기기 위해 그는 며칠이나 애를 써야 했다. 하지만 그 후 갑자기 날카로운, 거의 소리 없다고 할 한계가 왔다. 갑자기 차가운 입김이 거기 있었다. 또는 그의 코앞에 커다란 공이 나타나더니 가슴 안으로 날아들었다. 같은 순간, 그는 뭔가가 그의 옆에, 눈 속에, 입술 위에 또는 얼굴근육 속에 있음을 느꼈다. 주변 환경이 모두 없어지고 검어졌다. 그리고 집들이 나무 위로 올라가 앉는 동안 덤불 속에서 고양이 한 쌍이 훅 튀어나오더니 재빨리 달아났을 것이다. 그것은 딱 1초 걸렸고 이어 이 상태는 지나갔다.

　그런데 사실 이때 비로소 그들 모두가 항상 알고 싶어 하고 항상 이야기하는 그 시기가 시작되었다. 그들은 정말 쓸데없는 이의를 제기했고 유감스럽게도 그 자신도 그의 체험을 희미하게 그리고 의미에 따라서만 기억할 수 있었다. 이 시기는 전체가 의미였으니까! 이 시기는 가끔은 몇 분간 지속되었지만 또 가끔은 며칠간 계속되기도 했고 가끔은 차츰 다른 비슷한 시기로 넘어갔는데, 이는 몇 달간 지속될 수 있었다. 이 마지막 시기로 시작해 보자. 이 시기는 좀더 단순한 시기고, 모스브루거의 견해에 따르면, 판사도 이해할 수 있는 시기니까. 이 시기에 그는 목소리나 음악, 탄식과 흥얼거림, 솨솨거림과 바스락거림 또는 총소리, 천둥소리, 웃음소리, 부르는 소리, 말하는 소리, 속삭이는 소리도 들었다. 이것은 사방에서 왔다. 이것은 벽 속에, 공기 중에, 옷 속에, 그의 몸속에 앉아 있었다. 그는 이것이 침묵하는 동안에는 이것을 그의 몸속에 지니고 다닌다는 인상을 받았다. 그리고 이것은 밖으로 나오자마자 주변 환경 속에 몸을 숨겼지만 그에게서 아주 멀리 떨어져 있는 일은 없었다. 일을 할 때면 목소리들은 대개 아무 맥락도 없는 말들, 짧은 문장들을 속삭였고 그를 욕했고 비판했다. 그가 뭔가를 생각하면 그들은 그보다 먼저 그것을 발설하거나 그가 하려던 것과 반대되는 말을 악의적으로 했다. 모스브루거는 그 때문에 그가 아프다고 선언하려는 데 대해서는 웃을 수밖에 없었다. 그 자신은 이 목소리와 얼굴들을 그냥 원숭이처럼 다루었다. 그들이 하는 일을 보고 듣는 것이 즐거웠다. 그들은 그 자신이 했던 끈질기고 어려운 사고와는 비교할 수도 없이 아름다웠다. 하지만 그들이 그를 너무 화나게 하면 그는 분노에 사로잡혔는데, 이는 결국 자연스러운 일일 뿐이었다. 그에게 사용되는 온갖 말들을 항상 주의 깊게 들었으므로 모스브루거는 이것이 환각(幻覺)이라 불린다는 것을 알았고 그가 이 환각이라는 특성을 이를 하지 못하는 다른 사람들에 앞서 갖고 있다는 사실에 동의했다. 그는 다른 사람들이 보지 못하는 많은 것들, 아름다운 경치, 지옥 같은 동물들을 보았으니까. 하지만 그는 거기에 부여되는 중요성은 매우 과장되었다고 생각했고 정신병원 체류가 너무 불쾌해지면 당장 자신은 속임수를 쓰는 것뿐이라고 주장했다. 영리한 사람들은 그 소리가 얼마나 크냐고 물었다. 이 질문은 별로 조리가 없었다. 당연히 그가 듣는 소리는 가끔은 천둥처럼 컸고 가끔은 아주 낮은 속삭임이었다. 때때로 그를 괴롭히는 통증도 참을 수 없을 만큼 심할 수도 있었고 그냥 상상인 듯 가벼울 수도 있었다. 그것은 중요한 것이 아니었다. 그는 자신이 보고 듣고 느낀 것을 정확히 서술할 수 없었던 적이 많았으리라. 그럼에도 불구하고 그는 그것이 무엇인지 알았다. 그것은 대개는 아주 불분명했다. 얼굴들은 외부에서 왔지만 희미한 관찰의 빛은 또 그에게 이것들이 그럼에도 불구하고 그 자신에게서 온다고 말했다. 중요한 것은 어떤 것이 외부에 있는지 내부에 있는지는 전혀 중요한 것이 아니라는 점이었다. 그가 처한 상태에서 이는 투명한 유리벽의 양면에 있는 맑은 물과 같았다.

이 위대한 시기에 모스브루거는 목소리와 얼굴들에는 전혀 주의를 기울이지 않았다. 그는 사고했다. 그는 이것을 이렇게 불렀는데, 이 말이 늘 깊은 인상을 주었기 때문이었다. 그는 다른 사람들보다 더 잘 사고했다. 안팎으로 사고했으니까. 그의 의지에 반해 내면에서 사고가 이루어졌다. 그는 사고가 그에게 이루어진다고 말했다. 그는 남자답고 느린 신중함을 잃지 않았지만 아주 사소한 일에도, 젖꼭지에 젖이 맺힌 여자처럼 흥분했다. 그러면 그의 사고는 수백 개의 작은 실개천의 물을 마신 하천처럼 살찐 초원을 가로지르며 흘러갔다. 모스브루거는 이제 머리를 떨구었고 손가락 사이로 널빤지를 바라보았다. '여기서는 다람쥐를 떡갈나무고양이라고 부른다'는 생각이 떠올랐다. '하지만 그냥 누군가가 한번 정말 진지한 혀와 얼굴로 떡갈나무고양이라고 말해 봐야 해! 모두가 쳐다보겠지. 기동훈련 중 방귀 뀌듯 내뿜는 산병발사 한가운데 떨어진 치명적인 한 발의 저격처럼! 이와 반대로 헤센지방에서는 나무여우라고 말해. 멀리 방랑하는 사람은 그런 걸 알지.' 그런데 정신과 의사들은 모스브루거가 그들이 보여 준 다람쥐 그림을 보고 "이건 가끔은 여우거나 어쩌면 토끼일 거예요. 고양이나 뭐 그런 것일 수도 있어요"라고 대답하면 특히 궁금한 체했다. 이어 매번 그들은 정말 빨리 물었다. "14 더하기 14는 얼마지요?" 그러면 그는 아주 신중하게 대답했다. "대충 28에서 40 사이일 거요." 이 "대충"이라는 말은 그들을 곤란하게 했고 모스브루거는 이에 회심의 미소를 지었다. 그건 정말 간단했으니까. 그는 14에서 14를 더 가면 28에 도달한다는 것도 알았다. 하지만 도대체 누가 거기서 멈춰야 한다고 말하는가! 모스브루거의 시선은 조금 더 멀리 돌아다닌다. 하늘에 그려진 언덕능선에 도달했지만 이제 그 뒤에 비슷한 능선이 여러 개 더 있는 것을 본 사람처럼. 그리고 떡갈나무고양이가 고양이가 아니고 여우도 아니며 뿔 대신, 여우가 잡아먹는 토끼처럼 이빨을 가지고 있다면 이 물건을 너무 정확히 받아들일 필요가 없지만 이 물건은 어떤 방식으로인지 이 모든 것에서 짜깁기되었고 나무들 위로 달려간다. 모스브루거의 경험과 확신에 따르면, 어떤 것도 그것만 따로 끄집어내서는 안 된다. 하나는 다른 하나에 매달려 있기 때문이다. 그리고 살면서 그가 어떤 소녀에게 "네 입술은 사랑스런 장미 같아!" 라고 말하는 일도 있었지만 갑자기 말의 솔기가 느슨해졌고 아주 곤혹스러운 뭔가가 생겨났다. 즉, 얼굴은 안개 낀 땅처럼 회색이 되었고 긴 줄기 위에 장미꽃이 솟아 있었다. 그러면 칼을 꺼내서 꽃을 자르거나 꽃이 다시 얼굴 속으로 되돌아가도록 한 방 먹이고 싶은 유혹이 너무나 컸다. 물론 모스브루거가 늘 곧바로 칼을 꺼낸 것은 아니었다. 더 이상 달리 어쩔 도리가 없을 때만 그렇게 했다. 보통 그는, 이미 말했듯이, 그의 괴력을 전부 세계를 묶어 두는 데 사용했다.

기분이 좋을 때면 그는 한 남자의 얼굴을 바라볼 수 있었고 그 속에서 자신의 얼굴을 알아보았다. 그 얼굴은 얕은 시냇물 밖으로 작은 물고기들과 환한 돌들 사이로 그를 쳐다보았다. 하지만 기분이 나쁠 때면 한 남자의 얼굴을 흘낏 살펴보기만 해도 그가, 매번 아무리 다르게 변장해도, 어디서나 그와 다투는 바로 그 남자임을 알아보았다. 그에게 무슨 이의를 제기하겠는가?! 우리 모두가 거의 언제나 동일한 남자와 다투는데. 우리가 너무나 터무니없게도 매달려 있는 이 인간이 누구인지 조사해 보면 그가 열쇠수염을 가진 남자임이 드러나리라. 우리는 거기 딸린 자물통을 갖고 있다. 사랑에서는? 수많은 인간들이 매일 사랑하는 사람의 같은 얼굴을 들여다보지만 눈을 감으면, 그 얼굴이 어떻게 보이는지 말할 수가 없다. 또 사랑과 미움이 없이도 사물들은 끊임없이 습관, 기분, 입장에 따라 얼마나 많은 변화에 내맡겨져 있는지! 기쁨이 다 타고나면 파괴할 수 없는 슬픔의 알맹이가 드러나는 일이 얼마나 많은지?! 얼마나 자주 한 인간이 똑같은 감정으로 다른 인간을 때리기도 하고 가만히 둘 수도 있는지. 삶은 표면을 형성하고 이 표면은 지금 상태 그대로여야 하는 척하지만 그 표피 아래서는 사물들이 이리저리 떠다니고 몰려다닌다. 모스브루거는 늘 두 다리로 두 흙덩어리 위에 서 있으면서 사물들을 한데 붙잡아 두었고 자신을 혼란스럽게 할 수 있는 모든 것을 피하려고 현명하게 애를 썼다. 하지만 가끔씩 한마디 말이 그의 입속에서 터졌고 그러면 떡갈나무고 양이나 장미입술처럼 불꽃이 사라지고 차가워진 이중언어에서 사물들의 혁명과 꿈이 솟아올랐다!

거기 감방 안에서 침대이자 탁자인 벤치 위에 앉은 그는 자신의 경험들을 이에 걸맞게 표현하는 법을 가르쳐 주지 않은 교육을 한탄했다. 쥐의 눈을 한 작은 인간, 벌써 오래전부터 땅 밑에 누워 있지만 지금도 그에게 너무나 많은 불쾌한 일을 야기하는 이 인간에게 그는 화가 났다. 모두가 그녀 편이었다. 그는 침울하게 자리에서 일어났다. 숯이 돼버린 나무토막처럼 부스러질 것 같은 느낌이 들었다. 다시 배가 고팠다. 교도소 음식은 이 덩치 큰 남자에게는 너무 적었고 그는 식사를 개선할 돈이 없었다. 이런 상태에서는 그에 대해 알고 싶어 하는 모든 것을 다 기억해 내기란 불가능했다. 그냥 그렇게 변화가 왔다. 며칠 동안, 몇 주 동안, 3월이 오듯이 또는 4월이 오듯이. 이어 그 정점에서 그 사건이 일어났다. 그도 그 사건에 대해 경찰조서에 들어 있는 이상으로는 알지 못했고 그 사건이 어떻게 조서 속으로 들어갔는지조차 몰랐다. 그는 자신이 기억해 낸 원인, 숙고를 여하튼 이미 재판정에서 다 말했다. 하지만 실제로 일어난 일, 그것은 마치 그가 갑자기 뭔가를 유창한 외국어로 말한 듯 여겨졌고, 이는 그를 아주 행복하게 했지만 그는 더 이상 이를 반복할 수 없었다.

'이 모든 것은 가능하면 빨리 끝나야 해!' 모스브루거는 생각했다.

60
논리적, 윤리적 제국으로의 소풍

모스브루거에 대해 법적으로 말해야 하는 것, 그것은 한 문장으로 말할 수 있었으리라. 모스브루거는 법학이나 법의학에 문외한인 사람이라도 알 법한, '불완전한 책임능력을 가진 경우'라는 경계선상의 경우였다.

이 불행한 사람들의 특이점은 이들이 완전히 건강하지도, 완전히 아프지도 않다는 것이다. 자연은 이런 사람들을 대량으로 만들어 내는 특이한 취미가 있다. *Natura non facit saltus*, 자연은 도약하지 않는다. 자연은 중간단계들을 사랑하고 크게 보아 세계를 박약과 건강 사이의 이행상태 속에 붙잡아 둔다. 하지만 법학은 이에 주목하지 않는다. 법은 *non datur tertium sive medium inter duo contradictoria*라고 말한다. 독일어로 말하면, 인간은 불법적으로 행동할 능력이 있거나 없다. 두 대립 항 사이에 제3의 것이나 중간의 것은 없으니까. 이 능력 때문에 인간은 처벌가능하게 되고 처벌가능성이라는 이 특성을 통해 법적 개인이 된다. 그리고 법적 개인으로서 그는 법의 초개인적 선행에 관여한다. 선뜻 이해가 되지 않는 사람은 기병대를 생각해 보라. 말 한 마리가 그를 올라타려는 온갖 시도에도 불구하고 미친 듯이 행동하면 말은 특히 세심하게 진찰을 받고 아주 부드러운 붕대, 최고의 기수, 엄선된 여물, 진득한 치료를 받는다. 이와 반대로 기수가 죄를 지으면 그는 벼룩이 끓는 감방에 갇히고 식사도 주지 않으며 쇠수갑이 채워진다. 이 차이의 근거는 말은 동물적, 경험적 제국에 속할 뿐이지만, 기수는 논리적, 윤리적 제국에 관여한다는 것이다. 이런 의미에서 인간이 그의 지적이고 윤리적인 특성에 따라 위법하게 행동하거나 범죄를 저지를 수 있다는 사실이 인간을 동물보다 뛰어나게 하고, 덧붙여 말하자면, 정신병자보다 뛰어나게 한다. 그리고 이 처벌가능성이 인간을 윤리적 인간으로 끌어올리는 바로 그 특성이기 때문에 판사가 거기에 완강하게 매달리는 것은 이해가 된다.

유감스럽게도 처벌가능성을 높이는 것은 판사에 대항하도록 소환되는 법원 정신과 의사가 보통 직업상, 법률가보다 훨씬 겁이 많다는 것이다. 그들은 이런 인물에 대해 실제로 병이 있고 치유할 수 없다고만 선언한다. 물론 이는 과장된 겸손이다. 그들은 다른 사람들도 치유할 수 없으니까. 그들은 치유할 수 없는 정신병, 신의 도움으로 얼마간의 시간이 지난 후에 저절로 치유되는 정신병, 마지막으로 의사들이 치유할 수는 없지만 어쩌면 환자가, 물론 보다 높은 섭리를 통해서 올바른 영향과 숙고가 제때에 작용한다는 전제하에, 피할 수도 있는 정신병을 구별한다. 이 두 번째와 세 번째 그룹을 공급하는 것이 바로 그 불완전한 병자들인데, 의학의 천사는 이들이 그의 개인병원으로 찾아오면 이들을 환자로 대하지만, 재판정에서 마주치면 수줍게 법의 천사에게 맡긴다.

이런 경우가 모스브루거였다. 피에 취한 섬뜩한 범죄로 중단되는 성실한 삶 동안 그는 정신병원에서 풀려나기도 했고 또 그만큼 자주 감금되었다. 그는 마비 환자, 강박증 환자, 간질병 환자, 주기적 정신 착란자로 통했지만, 마침내 지난번 재판에서 특히 양심적인 두 법원의사가 그에게 건강을 돌려주었다. 물론 당시 사람들로 꽉 찬 큰 법정에서 모스브루거가 어떤 식으로든 병이 있다고 확신하지 않는 사람은 이 의사들을 포함하여 단 한 사람도 없었지만 그것은 법이 내세운 조건에 상응하는 방식이 아니었고 양심적인 두뇌가 인정할 수 있는 방식도 아니었다. 부분적으로 아프다는 것은 법학자의 견해에 따르면 또 부분적으로 건강하다는 것이니까. 부분적으로 건강하면 적어도 부분적으로 책임능력이 있다. 그리고 부분적으로 책임능력이 있으면 전적으로 책임능력이 있다. 그들의 말에 따르면, 책임능력은 인간이 그를 강요하는 모든 강제와 무관하게 스스로의 힘으로 특정한 목적을 위해서 스스로의 행동을 결정하는 힘을 소유한 상태이고 이런 힘을 소유하는 동시에 소유하지 않을 수는 없으니까.

물론 이 사실이 그들의 상태나 성향 탓에, 법률가들의 말로 하자면, '비도덕적인 충동'에 저항하고 '선을 향해 돌진'하기가 어려운 사람들이 있음을 배제하지는 않는다. 그리고 다른 사람이라면 아무렇지도 않을 환경에서 벌써 범죄행위를 '결심'하는 그런 사람들 중 하나가 모스브루거였다. 하지만 첫째, 법원의 견해에 따르면, 그의 정신력과 판단력은 범죄행위를 그만두게 하는 데 사용될 수 없을 만큼 손상되지는 않았다. 따라서 그를 책임이라는 윤리적 재산에서 제외시킬 이유가 없었다. 둘째, 알면서 의도적으로 행한 모든 범죄행위는 처벌받아야 한다는, 질서 있는 법집행이 요구된다. 셋째, 법률의 논리는 모든 정신병자들에게 — 7 곱하기 7이 얼마냐고 물으면 혀를 쑥 내밀거나 친애하는 황제폐하의 이름이 무엇이냐고 물으면 '나'라고 말하는 그런 아주 불행한 병자를 제외하고는 — 최소한의 구별능력과 자기규정능력이 여전히 존재하고, 지능과 의지력을 특별히 긴장시키기만 하면 행위의 범죄적 특성을 알아차리고 범죄적 충동에 저항할 수 있다고 가정한다. 아마 바로 이것이 그런 위험한 사람들에게 요구할 수 있는 최소한일 것이다!

법원은 선조들의 지혜가 병에 들어 있는 지하실과 비슷하다. 이 병들을 따면, 정확성을 향한 최고로 숙성된 인간의 노력은 그것이 완성되기 전에는 얼마나 맛이 없는지 울고 싶어진다. 그럼에도 불구하고 이 노력은 아직 단련되지 않은 사람들을 취하게 하는 듯하다. 이것이 바로 의학의 천사가 오랜 시간 법률가의 설명을 들은 후에 너무나 자주 자신의 사명을 잊어버린다는 그 유명한 현상이다. 그러면 그는 덜거덕 날개를 접고 법정에서 법의 예비천사인 듯 행동한다.

61
세 논문의 이상 또는 정확한 삶의 유토피아

이런 식으로 모스브루거는 사형판결을 받게 되었고, 라인스도르프 백작의 영향력과 울리히에 대한 백작의 호의 덕분에 다시 한번 정신 상태를 감정받을 수 있는 전망이 생겼다. 하지만 당시 울리히는 앞으로 전개될 모스브루거의 운명에도 신경을 쓸 뜻은 전혀 없었다. 잔인함과 고난의 절망적 혼합이 이런 인간의 본질인데, 이는 이들에게 내려지곤 하는 판결의 특징인 정확성과 소홀함의 혼합만큼이나 그를 불쾌하게 했다. 사건을 냉철하게 보면, 모스브루거를 어떻게 생각해야 하는지, 교도소에도 보낼 수 없고 석방할 수도 없고 그렇다고 정신병원에도 보낼 수 없는 이런 인간들에게 어떤 조치를 취해야 하는지 그는 정확히 알았다. 하지만 마찬가지로 분명했던 것은 수천 명의 다른 인간들도 이를 알았다는 것, 그들이 이 모든 질문들을 끊임없이 토론하고 그들이 특히 관심을 가진 측면에 따라 부각시킬 것이며, 결국에는 국가가 모스브루거를 죽일 거라는 사실이었다. 이런 미완성의 상태에서는 그것이 그냥 가장 명료하고 저렴하며 확실한 방법이니까. 이렇게 타협을 보는 것은 잔혹한 태도일지 모르지만 빠른 교통수단도 인도의 호랑이 희생자를 다 합친 것보다 많은 희생자를 낸다. 다른 한편 이때 감수하는 가차 없고 비양심적이고 태만한 의식이 우리를 아무도 뺏을 수 없는 성공으로 이끈다는 것은 공공연한 사실이다.

가까이 있는 것은 너무나 예리하게 보지만 전체는 보지 못하는 이 정신상태는 이상(理想)이라 부를 수 있는 필생의 작품에서 가장 의미

110

심장하게 표현되는데, 이 작품은 고작 세 개의 논문으로 이루어진다. 위대한 책이 아니라 소논문이 남자의 자랑거리가 되는 그런 정신적 활동이 있다. 예를 들어, 누군가가 돌이 지금까지 관찰된 적이 없는 환경에서 말을 할 수 있다는 사실을 발견했다고 해보자. 이토록 획기적인 현상을 묘사하고 설명하는 데는 기껏해야 몇 페이지만 있으면 되리라. 이에 반해 선한 신조에 관해서는 늘 책 한 권을 쓸 수 있고 이는 정말 단순히 학자의 일만은 아니다. 이는 가장 중요한 삶의 질문에 결코 명확한 답을 줄 수 없는 하나의 방법론을 의미하기 때문이다. 인간의 활동은 그 활동에 필요한 단어 수에 따라 분류될 수 있으리라. 단어 수가 많을수록 그 활동의 특성은 나쁘다. 우리 종족을 털가죽 옷에서 해방시켜 하늘을 날게 해준 인식들은 모두 그 증거들까지 다 합쳐도 완성된 상태로는 직접열람용 서가만 채울 뿐이리라. 이에 반해 그 밖의 모든 것을 다 담으려면, 펜뿐만 아니라 칼과 사슬로 행해진 광범위한 토론은 제외해도, 지구 둘레만큼 긴 서가도 한참이나 모자랄 것이다. 과학 분야는 모범을 보이며 앞서 갔다. 인간적인 사업을 할 때 그 방식을 따르지 않으면 비합리적이라고 생각하는 것도 당연하다.

이것이 실제로 한 시대의 — 햇수로 보면 10년도 채 안 되는 해들이다 — 분위기이자 자세였고 울리히도 이를 조금 체험했다. 당시 사람들은 — 여기서 '사람들'은 의도적으로 부정확한 진술이다. 누가, 얼마나 많은 사람이 그렇게 생각했는지는 말할 수 없으리라. 어쨌든 분위기가 그랬다 — 어쩌면 정확히 살 수 있으리라 생각했다. 오늘날 사람들은 물을 것이다. 그게 무슨 뜻이냐고. 대답은 '필생의 작품은 개인의 수행능력이 최고로 상승된 세 편의 시나 세 개의 행위, 또 세 개의 논문으로 이루어진다고 생각할 수 있다'이리라. 이는 대충, 할 말이 없으면 입을 다물라는 뜻이다. 특별히 수행할 일이 없으면 꼭 필요한 것만 하라. 가장 중요한 것은 양팔을 벌리고 창조의 파도에 들리는 그 설명할 수 없는 감정이 들지 않으면 감정 없이 있는 것이다! 그럼 영혼의 삶이 대부분 멈출 것이라고 누군가 말하겠지만 이는 사실 그리 고통스런 손해도 아니리라. 비누 판매량의 증가가 위생상태 향상을 증명한다는 명제가 도덕에서도 유효할 필요는 없다. 여기서는 현저한 세척강박이 그다지 깨끗하지 않은 내면상태를 암시한다는 최신 명제가 더 옳다. 모든 행위에 수반되는 도덕 소비를 (그것이 어떤 종류든) 한번 극도로 제한하고 반드시 그래야 하는 예외적 경우에만 도덕적으로 행동하는 것에 그치고 그 밖의 모든 경우에는 자신의 행위에 대해 연필이나 나사의 필수규격에 대해 생각하듯 그렇게 생각해보는 것은 유용한 시도이리라. 그러면 물론 좋은 일이 많이 일어나지는 않을 테지만 몇몇 더 나은 일이 일어나리라. 재능은 없어질 테지만 천재는 남으리라. 미덕과 희미하게 닮은 행위들에서 생겨난 빛바랜 판박이그림15은 삶의 그림에서 사라지고 대신 그 행위들의 황홀한 일체성이 성스럽게 나타나리라. 한마디로, 100킬로그램의 도덕마다 1천 분의 1그램의 에센스만 남고 그 100만 분의 1그램으로도 마법처럼 행복을 주리라.

---

15 열을 가하면 인쇄된 바탕 종이에서 분리되어 도자기나 유리 등 다른 대상에 찍히는 그림을 말한다.

누군가 이의를 제기할 것이다. 그건 유토피아라고! 물론 그렇다. 유토피아란 대충 가능성과 같은 뜻이다. 가능성이 현실이 아니라는 말은 그것이 현재 얽혀 있는 상황이 그것이 현실이 되지 못하도록 방해한다는 것을 표현할 뿐이다. 그렇지 않다면 그것은 그냥 불가능일 뿐이니까. 가능성을 한번 그 속박에서 풀어 주고 전개되게 하면 유토피아가 생긴다. 이는 과학자가 조합된 현상 안에서 한 요소가 어떻게 변화하는지 관찰하고 여기서 결론을 이끌어 내는 것과 비슷한 과정이다. 유토피아는 한 요소의 변화가능성과 이것이, 우리가 삶이라고 부르는 바로 그 조합된 현상 속에서 야기할 효과를 관찰하는 실험을 의미한다. 그런데 관찰요소가 정확성 자체면, 이것을 끄집어내어 전개시키고 이것을 사고습관과 삶의 자세로서 관찰하고 이것이 닿는 모든 것에 그 예시적인 힘을 작용하게 하면, 정확성과 불확정성이 역설적으로 연결된 인간이 나온다. 그는 정확성의 기질인 그 매수할 수 없는 의도적 냉혹함을 갖고 있다. 하지만 이 특성 너머 다른 것들은 전부 정해져 있지 않다. 도덕을 통해 보증된 확고한 내면의 상황은 이 남자에게는 별 가치가 없는데, 그의 상상력이 변화를 지향하기 때문이다. 그리고 결국 지적인 영역에서 가장 정확히, 가장 많이 달성되는 이 요구가 정열의 영역에 전이되면, 이미 암시한 것처럼, 정열은 사라지고 대신 선(善)의 불씨와 유사한 것이 모습을 드러낸다는 놀랄 만한 결과가 나온다. 이것이 정확성의 유토피아다. 이 인간이 어떻게 하루를 보내는지는 아무도 모를 것이다. 그가 늘 창조의 행위 속에서 부유할 수는 없고 제한된 느낌의 화롯불은 상상 속 큰 화재에 제물로 바쳤을 테니까? 하지만 이런 정확한 인간이 오늘날 존재한다! 그는 인간 속의 인간으로서 과학자뿐 아니라 상인, 조직자, 스포츠맨, 기술자 안에 살고 있다. 물론 그들이 삶이 아니라 직업이라고 부르는 업무시간에만 일시적으로. 모든 것을 너무나 철저하게 그리고 공평무사하게 대하는 그가 가장 혐오하는 것은 자기 자신을 아주 꼼꼼하게 대한다는 생각이기 때문이다. 그리고 유감스럽게도, 그가 자신의 유토피아를 진지하게 직업에 종사하는 사람에게 가해진 비윤리적 실험으로 볼 것임은 의심의 여지가 없다.

그래서 울리히는 내면의 성과의 가장 강력한 그룹에 나머지 그룹을 적응시켜야 할까 말까 하는 질문, 다른 말로 하면, 우리에게 일어나는 그리고 일어난 것의 목표와 의미를 찾을 수 있을까 하는 질문에서 평생 거의 혼자였다.

62
대지도, 하지만 특히 울리히가
에세이주의의 유토피아를 신봉하다

인간이 취하는 태도로서 정확성은 정확한 행동과 존재를 요구한다. 이는 최대한의 권리주장이라는 의미에서 행동할 것과 존재할 것을 요구한다. 하지만 여기서 구별되어야 할 것이 하나 있다.

현실에는 환상적 정확성뿐 아니라 (이는 현실에서는 아직 아예 존재하지 않는다) 옹졸한 정확성도 있고, 환상적 정확성이 사실에 매달리고 옹졸한 정확성이 환상의 산물에 매달린다는 점에서 이 둘은 서로 구별된다. 예를 들어, 모스브루거의 독특한 정신을 2천 년 된 법률개념의 체계 안으로 끌어들이는 데 사용된 정확성은 바보가 자유로이 날아다니는 새를 바늘로 찔러 고정시키려는 옹졸한 노력과 비슷하지만, 이 정확성은 사실에는 전혀 신경을 쓰지 않고 법적 보호대상이라는 환상적 개념에만 신경을 쓴다. 이에 반해 '모스브루거에게 사형판결을 내려도 될지 어떨지'라는 큰 문제에 직면하여 정신과 의사가 취하는 태도에서 보이는 정확성은 너무나 정확하다. 이들은 그의 병이 지금까지 관찰된 어떤 병과도 정확히 일치하지는 않는다고 말할 자신밖에 없고 그 이상의 결정은 법률가에게 맡기기 때문이다. 이 계기에 법정이 보여주는 것이 삶의 모습이다. 5년 이상 된 자동차를 타거나 10년 전 최상이었던 원칙에 따라 병을 치료하는 것이 불가능하다고 생각하고 게다가 늘 자발적 비자발성으로 이런 발명을 촉진하는 데 헌신하고 자신들의 분야에 속하는 모든 것을 합리화하는 데 열광하는 활기찬 삶의 인간들은 모두 미, 정의, 사랑, 믿음에 관한 질문, 간단히 말해, 인간성에 관한 모든 질문은, 직업적으로 관계가 없으면, 기꺼이 아내에게 떠넘기고 아내가 아직 거기에 완전히 적합하지 않으면 남자의 변종에게 떠넘긴다. 이 변종들이 천 년이나 된 상투적 어법으로 삶의 잔과 칼에 대해 이야기하면 그들은 경박하게, 짜증스럽게, 회의적으로 그 이야기를 듣기는 하지만 믿지는 않으며, 달리할 수도 있으리라는 가능성도 생각지 않는다. 그러니까 현실에는 두 개의 정신상태가 있는데, 이들은 서로 배척할 뿐만 아니라 보통 — 이것이 더 나쁜 것이다 — 각자의 위치에서 꼭 필요한 존재라고 서로에게 보증할 때 말고는 한마디 말도 주고받지 않고 나란히 존재한다. 하나는 정확하다는 것에 만족하며 사실에 매달린다. 다른 하나는 거기에 만족하지 않고 늘 전체를 보고 이른바 영원하고 위대한 진리에서 자신의 인식을 이끌어 낸다. 이때 전자는 성공을 거두고 후자는 광범위한 외연과 품위를 얻는다. 비관주의자는 전자의 결과물은 아무런 가치가 없고 후자의 결과물은 참이 아니라고 말할 것임은 분명하다. 최후의 심판에서 인간의 업적이 저울질될 때 개미산(酸)에 관한 세 개의 논문으로, 아니 그것이 서른 개라도, 무엇을 할 수 있겠는가! 다른 한편, 최후의 심판에 대해 우리가 무엇을 안단 말인가, 그때까지 개미산에서 무엇이 생겨날지조차 모르는데!

세상이 끝나는 날 그런 정신적 법정이 있을 것임을 인류가 처음 알게 된 이후 아직 2천 년은 아니라도 대충 1천 8백 년이 지났지만 발전은 이 양자부정의 양극 사이에서 진동했다. 이는 한 방향 후에는 늘 그 반대방향이 뒤따른다는 경험에도 부합한다. 비록 이런 선회가 한번 방향을 바꿀 때마다 더 높이 상승하는 나사의 움직임처럼 일어난다고 생각할 수도 있고 그러기를 바랄 수도 있지만 이때 발전이 아직 알려지지 않은 어떤 이유들로 인해 우회로와 파괴를 통해 잃은 것보다 더 많은 것을 얻는 일은 드물다. 파울 아른하임 박사가 정말 옳았다. 그는 울리히에게 세계사는 절대 부정적인 것을 허용하지 않는다고 말했다. 세계사는 낙관적이고, 늘 어떤 일에 열광적으로 찬성했다가 나중에서야 그 반대에 찬성한다! 이처럼 정확성의 첫 환상들에 결코 이를 실현하려는 시도가 뒤따르지 않았고 사람들은 이를 공학자나 학자의 날개 없는 사용에 내맡기고 자신들은 다시 품위 있고 광범위한 정신자세로 돌아갔다.

울리히는 불확실한 것이 어떻게 다시 명망을 얻게 되었는지 아직도 잘 기억할 수 있었다. 작가, 비평가, 여자들, 신세대의 직업에 종사하는 사람들 등 불확실한 분야에서 일하는 사람들의 한탄하는 발언이 점점 쌓여 갔다. 순수한 지식은 불행과 유사하고 인간의 고귀한 작품들을 모두 분해하지만 다시 조합할 수는 없다고. 이들은 새로운 인류의 믿음, 본연의 심성으로의 회귀, 정신적 약진, 이런 종류의 온갖 것들을 요구했다. 그는 처음에는 순진하게도, 이들이 너무 오래 말을 탔고 절뚝거리며 말에서 내려 영혼의 연고를 발라 달라고 외치는 사람들이라고 생각했다. 하지만 처음에 그렇게 우습게 들리던 그 외침이 반복을 통해 폭넓은 반향을 얻음을 그는 차츰 깨달아야 했다. 지식은 시대에 맞지 않는 것으로 보이기 시작했고 현재 지배권을 쥔 예리하지 못한 인간 타입이 자신들의 뜻을 관철시키기 시작했다.

울리히는 이를 진지하게 받아들이기를 거부했고 자신의 정신적 성향을 나름의 방식대로 계속 형성해 나갔다.

청소년의 첫 자의식이 생기던 초기, 나중에 자주 너무나 큰 감동과 충격을 느끼며 돌이켜보았던 그 시기에 형성되어 한때 사랑했던 표상들이 오늘날까지 여전히 그의 기억 속 도처에 존재했는데, 그 가운데 '가정적으로 살기'라는 말이 있었다. 이 말은 여전히 용기, 한걸음 한걸음이 경험 없는 도전인 삶에 대한 어쩔 수 없는 무지, 위대한 연관성을 향한 열망, 젊은 인간이 쭈뼛쭈뼛 삶에 들어서면서 느끼는 철회 가능성의 입김을 표현한다. 울리히는 이 가운데 사실 아무것도 취소할 것이 없다고 생각했다. 어떤 일을 위해 선택받았다는 긴장감 넘치는 감정은 아름다운 것이고 처음으로 세계를 살피는 사람의 시선 속에 들어 있는 단 하나 확실한 것이다. 자신의 느낌을 감시해 보면, 어떤 느낌에도 아무런 유보 없이 '예'라고 말할 수가 없다. 연인이 될 만한 사람을 찾지만 그 사람이 맞는 사람인지는 모른다. 그래야 한다는 확신 없이 살인할 수 있다. 자신을 발전시키려는 그의 천성의 의지는 완성된 것을 믿지 못하게 한다. 하지만 그가 마주치는 것은 모두 완성된 것인 척한다. 그는 이 질서가 스스로 자처하듯 그렇게 확고한 것이 아님을 예감한다. 어떤 물건, 어떤 자아, 어떤 형식, 어떤 원칙도 확실하지 않다. 모든 것은 눈에 보이지 않지만 결코 멈추지 않는 변화에 사로잡혀 있다. 확고한 것보다 아직 확고하지 않은 것 속에 더 많은 미래가 있고 현재는 아직 넘어서지 못한 가정에 불과하다. 그러니, 서둘러 믿으라고 유혹하는 사실들에 직면해서 연구자들이 취하는 올바른 태도로 세상과 거리를 두는 것보다 더 나은 것이 무엇이겠는가?! 그 때문에 그는 성격, 직업, 확고한 본성 등 뭔가가 되기를 망설였다. 그에게 이것들은 그에게서 마지막으로 남게 될 뼈대가 투사된 표상들이었다. 그는 자신을 달리 이해하려 했다. 도덕적으로 금지된 것이든, 지적으로 금지된 것이든 그의 내면을 풍부하게 해주는 모든 것을 향한 애호 때문에 그는 자신이 사방으로 자유로운, 그러나 균형을 잃지 않으려고 늘 앞으로 나아가는 발걸음처럼 느껴졌다. 올바른 착상을 가졌다는 생각이 들면 그는 뭐라 말할 수 없는 불꽃 한 방울이 세계에 떨어졌고 그 불빛이 대지를 달리 보이게 한다고 생각했다.

나중에 울리히의 지적 능력이 증대되었을 때 이는 하나의 표상이 되었는데, 그는 특정한 이유 때문에 이 생각을 불확실한 단어인 '가정'이 아니라 '에세이'라는 독특한 개념과 연결했다. 그는 에세이가 사물을 전체로 파악하지 않고 단락의 순서에 따라 여러 측면에서 보는 것처럼 — 전체로 파악된 사물은 단번에 그 규모를 상실하고 하나의 개념으로 용해되니까 — 대충 그렇게 세계와 자신의 삶을 가장 올바르게 보고 다룰 수 있다고 믿었다. 어떤 행위와 어떤 특성의 가치, 심지어 그 본질과 본성조차도 그에게는 그것들을 둘러싼 주변 환경, 그것들이 이바지하는 목적, 한마디로, 그것들이 속해 있는 때로는 이렇고 때로는 저런 전체에 달려 있는 듯 보였다. 게다가 이는 우리에게 살인이 범죄로 보이기도 하고 영웅적 행위로 보이기도 하고 사랑의 시간이 천사의 날개에서 떨어진 깃털로 보이기도 하고 거위의 날개에서 떨어진 깃털로 보이기도 한다는 사실을 간단히 서술한 것일 뿐이다. 하지만 울리히는 이를 일반화했다. 그러면 도덕적 사건들은 모두 힘의 장(場) 안에서 일어나고 이 장의 구도가 사건들에 의미를 부여하고 사건들은 마치 원자가 화학적 결합가능성을 담고 있듯 선과 악을 담고 있다. 사건들의 성격은 어느 정도는 나중에 정해졌다. 그리고 '단단하다'라는 단어가 사랑, 야만성, 열성, 엄격성의 강도와 연관되는지에 따라 네 개의 완전히 상이한 본질을 나타내는 것처럼, 그에게 모든 도덕적 사건의 의미는 다른 것들의 의존적 기능인 것으로 보였다. 이런 식으로 연관성의 무한한 체계가 생겨났고 이속에서는 평범한 삶이 첫눈에 어림잡아 행위와 특성에 부여하는 독립적 의미는 아예 더 이상 없었다. 이 속에서는 겉보기에 확고한 것은 다른 많은 의미에 대한 투명한 가림막이 되었고 일어난 일은 일어나지는 않았지만 내내 느꼈던 어떤 것에 대한 상징이 되었다. 그리고 인간은 자신의 가능성의 총체, 잠재적 인간, 아직 쓰이지 않은 자기 존재의 시로서, 기록, 현실, 성격으로서의 인간과 대립했다. 근본적으로 울리히는 이런 세계관에 따라 선한 일도, 나쁜 일도 할 수 있다고 느꼈다. 그리고 미덕과 악덕이 원만한 사회질서 내에서는 일반적으로, 비록 실토하지는 않지만, 똑같이 귀찮게 느껴진다는 사실은 그에게 바로 자연에서 도처에 일어나는 일, 즉 온갖 힘의 유희는 시간이 흐르면서 중간치와 중간상태, 평균과 경직을 향해 감을 입증해 주었다. 평범한 의미의 도덕은 울리히에게는 힘의 체계가 노화된 형식에 불과했는데, 이 체계는 그 윤리적 힘을 상실하지 않고는 이 형식과 혼동되지 않는다.

이런 세계관에서도 일정 정도 삶의 불확실성이 표현될 것이다. 그러나 불확실성은 때로는 그냥 평범한 확실성에 대한 불만에 다름 아니다. 게다가 수많은 경험을 쌓아온 인류라는 인격도 아주 비슷한 원칙에 따라 행동하는 듯 보인다는 것도 상기해야 할 것이다. 인류는 자신이 행한 모든 것을 끊임없이 철회하고 달리 해본다. 시간이 흐르면서 인류에게도 범죄는 미덕으로 바뀌고 또 그 반대로도 된다. 인류는 모든 사건들의 위대한 정신적 연관성을 정립하고 몇 세대가 지나면 다시 무너뜨린다. 이것은 단일한 삶의 감정 속에서 일어나지 않고 그냥 차례로 일어나며 인류의 연속된 시도에서는 어떤 상승도 보이지 않는다. 반면 의식적, 인간적 에세이주의는 대충 세계의 이 태만한 의식상태를 의지로 바꾸는 과제를 가지리라. 그리고 수많은 개별 발전노선들이 이 일이 곧 일어날 수 있음을 지시한다. 꽃잎처럼 새하얀 옷을 입고 하얀 도자기 그릇 안에 든 환자의 똥에 촉매제인 산(酸)을 넣어 보라색 샘플을 만들고 색이 제대로 나오도록 주의를 기울이는 병원의 간호보조원은 동일한 대상을 길거리에서 보면 몸서리를 치는 젊은 숙녀지만 자기도 모르게 지금 벌써 더 가변적인 세계 속에 들어와 있다. 행위의 도덕적 힘의 장에 들어선 범죄자는 수영하는 사람처럼—그는 거센 물살에 몸을 맡겨야 한다—움직일 뿐이다. 자식이 한 번 물살에 휩쓸려간 어머니는 모두 이를 안다. 이런 믿음을 위한 자리가 없었기 때문에 지금까지는 그녀의 말을 믿지 않았을 뿐이다. 정신병리학은 명랑함이 크면, 마치 그것이 명랑한 불쾌감인 듯, 명랑한 언짢음이라고 명명하고 모든 급격한 상승은 그것이 순결이든, 관능이든, 양심이든, 경솔이든, 잔인성이든, 동정심이든 병적인 것에 이른다는 것을 인식하게 한다. 두 과장 사이의 중간상태만이 목적이라면 건강한 삶이란 얼마나 하찮은 것인가! 삶의 이상이 실제로 그것의 과장을 부인하는 것에 불과하다면 이는 얼마나 초라한가!? 이런 인식은 도덕규범에서 더 이상 경직된 정관들의 정지상태를 볼 것이 아니라 매 순간 혁신을 위한 업적을 요구하는 유연한 균형을 보라고 한다. 우리는 본의 아니게 획득한 반복되는 성질을 한 인간에게 성격으로 부여하고 그 후 그의 성격에 반복의 책임을 지우는 것을 점점 더 갑갑하게 느끼기 시작한다. 우리는 내부와 외부의 상호작용을 인식하기를 배우고, 다름 아닌 인간의 비개인적인 것을 이해함으로써 개인적인 것, 몇몇 단순한 기본태도, 자아구축 충동도 새로이 발견하는데, 이는 새의 둥지 짓기 충동처럼 많은 종류의 재료를 이용하여 한 쌍의 처리방식에 따라 자아를 정립한다. 우리는 특정한 영향들을 통하여, 급류를 막듯, 온갖 변질된 상태들을 막기에 이르렀으므로 범죄자를 제때에 대천사로 만들지 않으면 거의 사회적 태만이나 서투름의 잔여물을 탓할 정도다. 이런 식으로, 여기저기 흩어져 있는 것, 아직 서로 가까이 가지 못한 것을 수없이 나열할 수 있고 이것들의 공동작용으로 인해 우리는, 보다 단순한 조건하에서 이것들을 사용하기 위해 생겨난 어림잡기에 싫증이 나고 차츰 2천 년에 걸쳐 변화한 취향에 조금씩 적응시키기만 하던 도덕의 기본형식을 바꾸고 유동적 사실들에 딱 들어맞는 다른 도덕과 바꿀 필요성을 체험하게 된다.

울리히의 확신에 따르면, 사실 여기에 빠진 것은 공식뿐이었다. 이것은 어떤 움직임이 아직 목표에 도달하기 전 어떤 행복한 순간에 발견해야 하는 바로 그 표현이다. 그래야 마지막 남은 길을 갈 수 있다. 그리고 이것은 언제나, 대담하고 사물의 현 상황에 따르면 아직 정당화되지 않은 표현, 정확한 것과 부정확한 것의 연결, 정확성과 열정의 연결이다. 하지만 그를 독려했어야 할 바로 그 여러 해에 그에게 이상한 일이 일어났다. 그는 철학자가 아니었다. 철학자는 동원할 군대가 없고 그 때문에 세계를 하나의 체계 안에 가둠으로써 정복하는 폭군이다. 아마 이 때문에 폭군들의 시대에 위대한 철학자들이 있었을 것이다. 반면에 문명과 민주주의가 발달한 시대에는 설득력 있는 철학이 생기지 않는다. 적어도 일반적으로 듣게 되는 한탄에 따라 판단하자면, 그렇다. 그 때문에 오늘날 소규모 철학이 경악하리만치 많이 성행하므로 세계관 없이도 뭔가를 살 수 있는 가게들만 즐비한 반면 대규모 철학에 대해서는 공공연한 불신이 판을 친다. 대규모 철학은 그냥 불가능하다고 간주된다. 그리고 울리히도 결코 여기서 자유로울 수 없었고 사실 과학을 경험한 이후 약간 비웃으면서 이것에 대해 생각했다. 이는 그의 태도의 방향을 결정했는데, 그는 항상 무엇을 보면 숙고하도록 자극을 받았지만 너무 많은 사고에 대해서는 일정한 혐오감을 갖게 되었다. 하지만 그의 태도를 최종적으로 결정한 것은 또 다른 것이었다. 울리히의 본성 속에 산만하고 마비시키고 무장해제하는 방식으로 논리적 분류, 명백한 의지, 목적 지향적 명예욕에 반해서 작용한 뭔가가 있었고 이것도 그가 당시 선택한 이름인 '에세이주의'와 연관되어 있었다. 물론 여기에는 시간이 흐르면서 그가 무의식적으로 세심하게 이 개념에서 제외시킨 요소들이 아직 들어 있었다. '에세이'라는 단어의 일반적 번역인 '시도'는 문학적 모범에 대한 가장 본질적 암시를 모호하게만 담고 있다. 에세이는, 상황이 나아지면 진실로 고양되기도 하지만 마찬가지로 오류로 인식될 수도 있는(학자들이 기껏해야 '작업장의 쓰레기'라고 말하는 소논문이나 논문이 이런 부류다) 확신의 잠정적이고 부수적인 표현이 아니기 때문이다. 에세이는 인간 내면의 삶을 결정적인 사고 속으로 받아들인 일회적이며 바꿀 수 없는 형상이다. '주관성'이라 불리는, 착상의 무책임함과 반쪽성보다 에세이에 더 낯선 것은 없다. 또 참과 거짓, 영리함과 어리석음도, 부드럽고 말로 표현할 수 없을 듯 보이지만 엄격한 법칙을 따르는 이런 사고에 사용될 수 있는 개념이 아니다. 이런 에세이스트들과 내적으로 부유하는 삶의 대가들이 적잖이 있었지만 이들의 이름을 나열하는 것은 소용이 없으리라. 이들의 제국은 종교와 지식, 예와 학설, 신에 대한 지적인 사랑16과 시 사이에 놓여 있고 이들은 종교가 있거나 없는 성자들이며 때로는 모험에서 길을 잃은 평범한 남자들이 기도 하다.

---

16 amor intellectualis dei: 스피노자 윤리학의 정점으로 최고의 미덕이자 인식이다.

게다가 이런 위대한 에세이스트들을 해석하고 그들의 삶의 지혜를 삶의 지식으로 바꾸고 감동받은 자의 감동에서 '내용'을 얻으려는 학문적이고 이성적인 시도를 하면서 겪는 뜻밖의 경험보다 더 독특한 것은 없다. 이 모든 것에서 남는 것은 대충 물에서 끌어내 모래 위에 놓은 해파리의 부드럽고 색채가 아름다운 몸통에 남은 것과 같다. 감동을 받은 자의 가르침은 감동받지 않은 자의 이성 속에서 먼지로, 모순으로, 허튼 소리로 분해되지만 그래도 이 가르침을 사실 연약하다, 삶을 버텨 내지 못한다고 말해서는 안 된다. 그렇지 않으면 코끼리도 코끼리의 삶의 필요에 부응하지 않는 진공 공간에서 버티기에는 너무 연약하다고 해야 할 테니까. 이런 설명이 비밀이라는 인상을 불러일으킨다거나 하프소리와 한숨소리 같은 활주음이 지배적인 음악이라는 인상만 불러일으킨다면, 이는 매우 한탄할 만한 일이리라. 그 반대가 맞다. 이 설명에 깔린 질문은 울리히에게 예감으로서 뿐만 아니라 다음과 같은 아주 객관적인 모습으로도 나타났다. 즉, 진리를 원하는 남자는 학자가 되고 주관성을 펼치기를 원하는 사람은 작가가 되겠지만 그 사이에 놓인 것을 원하는 사람은 무엇을 해야 하는가? 모든 도덕적 원칙이 '그 사이에' 놓인 예들을 제공한다. 가령, '살인하지 말라'는 잘 알려진 단순한 원칙이 그렇다. 이 원칙이 진리도 아니고 주관성도 아님은 첫눈에 알 수 있다. 알다시피, 우리는 대개의 경우 이 원칙을 엄격히 지키지만 다른 경우에는 일정한, 아주 많은 수는 아니지만 정확히 한정된 예외들을 허용한다. 하지만 수많은 제3의 경우에는, 즉 환상 속에서, 소망 속에서, 연극공연을 보거나 신문기사를 읽으면서 우리는 아무런 규칙 없이 혐오와 유혹 사이를 방황한다.

우리는 진리도 아니고 주관성도 아닌 것을 때때로 요구라고 부른다. 우리는 이 요구를 종교의 교리와 법의 교리에 붙들어 맸고 추론된 진리라는 성격을 부여했지만 소설가들은 우리에게 아브라함의 제물에서 시작하여 최근에는 연인을 쏘아 죽인 아름다운 부인에 이르기까지 수많은 예외를 이야기해 주며 이를 다시 주관성으로 해체한다. 그러니까 우리는 말뚝에 매달리거나 말뚝들 사이에서 거대한 파도에 이리저리 떠밀릴 수만 있을 뿐이다. 하지만 어떤 감정으로! 이런 원칙들에 대한 인간의 감정은 우둔한 복종과(이런 것은 생각조차 하지 않으려고 반항하지만 술이나 정열로 인해 약간 본연의 자리에서 밀려나면 당장 이를 생각하는 '건강한 천성'도 여기에 포함된다) 수많은 가능성의 파도 속에서 생각 없이 첨벙거림의 혼합이다. 이런 원칙들은 정말 이렇게만 이해되어야 하는가? 울리히는 온 영혼으로 뭔가를 하려는 남자는 이런 식으로, 그것을 해야 할지 그만두어야 할지 모르게 된다고 느꼈다. 하지만 그는 우리가 이를 우리의 전 존재를 바쳐 행하거나 행하지 않을 수 있음을 예감했다. 하나의 착상 또는 하나의 금지는 그에게 아무 의미도 없었다. 위를 향한 또는 내면을 향한 법칙에 연결하는 것이 그의 이성의 비판을 불러일으켰다. 아니 그 이상이었다. 자족적 순간을 그 기원을 통해 고상하게 하려는 이런 욕구 속에는 가치박탈도 들어 있었다. 이 모든 것에 대해 그의 가슴은 말이 없었고 머리만이 말했다. 하지만 그는 다른 방식으로 자신의 결정이 자신의 행복과 일치할 수 있으리라 느꼈다. 그는 살인하지 않아 행복할 수도 있고 살인해서 행복할 수도 있을 테지만 자신에게 제기된 요구를 무관심하게 행하는 사람은 결코 될 수 없었다. 그가 이 순간 느낀 것은 계명이 아니었다. 그것은 그가 들어선 한 영역이었다. 그는 이 영역 안에서는 모든 것이 이미 결정되어 있고 모유처럼 감각을 진정시킨다는 것을 이해했다. 하지만 그에게 이것을 말해 준 것은 사고가 아니었고 조각조각 깨어진 듯한 평범한 방식의 느낌도 아니었다. 그것은 '완전한 이해'였지만 또 멀리서 바람이 소식을 전해오는 것과도 같았고 이 소식은 참으로도, 거짓으로도, 이성적으로도, 비이성적으로도 여겨지지 않았으며 마치 그의 가슴 속에서 가만히 행복한 과장이 일어난 듯 그렇게 그를 사로잡았다.

에세이의 진짜 부분들에서 진리를 만들어 낼 수 없듯이, 이런 상태에서 확신을 얻을 수도 없다. 적어도, 사랑하는 자가 사랑을 서술하기 위해서 사랑을 떠나야 하는 것처럼 이 상태를 포기하지 않고서는 그럴 수가 없다. 때때로 울리히를 무위(無爲)로 이끈 그 무한한 감동은 한계와 형식을 얻으려는 그의 행위충동에 반하는 것이었다. 감정이 말하기 전에 먼저 알고자 하는 것은 어쩌면 옳고도 당연한 일일 것이다. 그리고 그는 자기도 모르게, 그가 한때 찾고자 했던 것은 비록 진리가 아니라 하더라도 진리 못지않게 확정적이리라 상상했다. 하지만 이로 인해, 특별한 케이스인 울리히는 장비를 챙기는 데 열중한 나머지 원래의 의도가 사라져 버린 남자와 흡사했다. 수학 논문이나 수학논리 논문을 쓸 때 또는 자연과학 작업을 할 때 누군가가 그에게 그 목적이 무엇이냐고 물었다면, 그는 한 가지 질문만이 정말 사고할 가치가 있고 그것은 바로 올바른 삶에 대한 질문이라고 대답했으리라. 하지만 오랫동안 뭔가를 높이 들고 있으면 팔의 감각이 없어지듯, 하나의 요구를 제기하고 오랫동안 아무 일도 일어나지 않으면 뇌가 감각을 잃는다. 그리고 우리의 사고는 여름에 사열하는 군인과 마찬가지로 계속 서 있을 수가 없다. 너무 오래 기다려야 하면 사고는 그냥 졸도해 버린다. 울리히는 대략 스물여섯 살에 자신의 인생관 설계를 마쳤기 때문에 서른두 살이 된 지금 이 인생관은 더 이상 아주 솔직하게 여겨지지 않았다. 그는 자신의 사고를 계속 발전시키지 않았고, 떨리는 첫 인식의 날들이 지난 후로는, 뭔가를 기대할 때 두 눈을 감고 느끼는 불특정한 긴장감 말고는 내면에 이렇다 할 개인적 움직임이 나타나지 않았다. 그럼에도 불구하고 그것은 어쩌면 시간이 흐르면서 그의 학문적 작업을 느리게 하고 그의 전 의지를 거기에 쏟아붓는 것을 방해한 그런 종류의 내밀한 움직임이었을 것이다. 이로 인해 그는 아주 독특한 분열에 처하게 되었다. 정확한 정신상태가 근본적으로는 문예애호적 정신상태보다 더 신을 믿는다는 것을 잊어서는 안 된다. 이들은 황송하게도 신이 이들이 신의 실재성을 인정하기 위한 전제조건으로 내세우는 것을 충족시키면서 모습을 드러내면 당장 '그'에게 복종할 준비가 되어 있기 때문이다. 이와 반대로 우리의 문예애호적 정신들은 신께서 모습을 나타내도 신을 진짜 신의 은총을 받은 재능을 가진 단계라고 인정하기에는 신의 재능이 충분히 근원적이지 못하고 신의 세계상이 충분히 이해할 만하지 않다고 생각하리라. 이런 부류의 인간들이 그러듯이 울리히는 불특정한 예감을 순순히 따를 수 없었지만 다른 한편, 정확성만을 추구하다 보니 그가 수년 동안 그냥 자기 자신에 반대해서 살아왔다는 것도 숨길 수 없었다. 그리고 그는 자신에게 예기치 않은 일이 일어나기를 바랐다. 그가 약간 비웃으면서 '삶으로부터의 휴가'라고 부른 일을 했을 때 이 방향으로도, 저 방향으로도 그에게 평화를 주는 것이 아무것도 없었으니까.

어쩌면 삶이 어떤 해에는 믿을 수 없이 빠르게 지나 버린다는 말로 그를 용서할 수도 있으리라. 하지만 우리가 마지막 의지를, 그것의 나머지를 유산으로 남기기 전에, 실현하기 시작할 날은 한참 앞쪽에 있고 이를 옮길 수도 없다. 아무것도 변한 것 없이 거의 반년이 지난 지금 이 사실은 위협적으로 분명해졌다. 그가 맡은 하찮고 어리석은 일들을 하면서 이리저리 움직이고 말하고 기꺼이 너무 많이 말하고 텅 빈 강에 그물을 던지는 어부처럼 절망적 집요함으로 살아가는 동안, 어찌되었든 그라는 인물에 맞는 일은 아무것도 하지 않았고 의도적으로 아무것도 하지 않는 동안, 그는 기다렸다. 그라는 인물 뒤에서 기다렸다. 이 인물이라는 단어가 한 인간의, 세상과 이력이 빚어낸 부분이라는 의미라면. 그리고 그 뒤에 가두어진 그의 조용한 절망은 매일 그 수위가 높아졌다. 그는 생애 최악의 비상사태에 처했고 태만하다고 자신을 경멸했다. 위대한 시험은 위대한 천성의 특권일까? 그는 기꺼이 그렇게 믿었으리라. 하지만 그것은 옳지 않았다. 아무리 단순하고 신경질적인 천성이라도 나름의 위기는 있으니까. 사실 이렇게 엄청난 동요 속에서 그에게 남은 것은 모든 영웅과 범죄자가 가진 그 요지부동의 잔여물이었다. 그것은 용기도 아니었고 의지도 아니었고 자신감도 아니었다. 그냥 끈질기게 자신에게 꼭 붙어 있기였고, 개들이 완전히 찢어발겨도 고양이에게서 쫓아낼 수 없는 목숨처럼 이것을 몰아내기란 너무나 어렵다.

이런 인간이 혼자 있을 때 어떻게 사는지 상상해 보려 한다면, 해 줄 수 있는 이야기는 기껏해야 이렇다. 밤에 불 켜진 창유리가 방 안을 들여다보고 있고 사고는 사용된 후에는 변호사 대기실에 앉아 있는 불만에 찬 고객처럼 여기저기 앉아 있다고. 아니면 아마 울리히가 그런 밤에 한 번 창문을 열었고, 뱀같이 매끈한 나무둥치들을 — 구불구불한 둥치들은 눈 덮인 우듬지와 땅 사이에서 이상하게도 검고 매끈하게 서 있었다 — 바라보았고, 갑자기 잠옷 차림 그대로 정원으로 내려가고 싶은 마음이 들었다고. 그는 머리카락 사이로 찬 공기를 느끼고 싶었다. 아래에 내려오자 그는 불을 껐는데, 불 켜진 문 앞에 서 있고 싶지 않았기 때문이었다. 이제 서재에서 나오는 빛이 만든 지붕만이 그늘 속으로 튀어나와 있었다. 길 하나는 거리로 난 창살대문으로 이어졌고 두 번째 길은 검고 선명하게 이 길을 가로지르고 있었다. 울리히는 천천히 이 길로 다가갔다. 이어 나무꼭대기 사이로 우뚝 솟은 어둠이 갑자기 환상적이게도 모스브루거의 거대한 모습을 상기시켰고 벌거벗은 나무들이 특이하게도 육체적으로 여겨졌다. 벌레처럼 추하고 축축하지만 그럼에도 불구하고 그들을 껴안고 눈물범벅이 된 얼굴로 그들 곁에 주저앉고 싶었다. 하지만 그는 그렇게 하지 않았다. 흥분의 감상주의는 그를 건드린 순간 또 그를 뒤로 물러서게 했다. 이 순간 늦게 귀가하는 보행자들이 안개의 우유거품을 뚫고 정원 쇠창살 앞을 지나갔는데, 검은 나무둥치 사이에서 붉은 색 잠옷을 입은 그가 둥치에서 몸을 떼는 모습을 보았다면 그는 그들에게 미친놈으로 보였으리라. 하지만 그는 굳건히 걸어갔고 비교적 만족해하며 집으로 돌아갔다. 그를 위한 뭔가가 아직 보관되어 있다면, 그것은 분명 정말 다른 것일 테니까.

63
보나데아가 환각에 사로잡히다

이 밤을 뒤따라 온 다음 날 아침 울리히가 아주 녹초가 되어 느지막이 잠자리에서 일어났을 때, 보나데아가 왔다는 보고를 받았다. 그들 사이에 불화가 있은 이후 처음으로 그들은 다시 만나게 될 터였다.

보나데아는 결별 기간 동안 많이 울었다. 이 기간 동안 보나데아는 자주 학대받는다고 느꼈다. 그녀는 자주 비단에 싸인 북처럼 마구 둥둥거렸다. 그녀는 많은 모험을 했고 많은 실망을 겪었다. 그리고 울리히에 대한 기억은 모험 때마다 깊은 우물 속으로 가라앉았지만 실망할 때마다 다시 솟아올랐다. 어린아이의 얼굴에 깃든, 아무도 돌보지 않는 고통처럼 무기력하고 비난에 가득 차서. 보나데아는 속으로 이미 수백 번이나 자신의 질투심을 용서해 달라고 남자 친구에게 빌었고, 그녀의 표현대로 하면, 자신의 '사악한 자부심을 벌했고' 마침내 그에게 화해를 청해 보자고 결심했다.

그의 앞에 앉은 그녀는 사랑스러웠고 감상적이었고 아름다웠고 속이 울렁거리는 느낌이었다. 그는 '소년처럼' 그녀 앞에 서 있었다. 피부는 그가 감당하고 있다고 생각되는 큰 사건들과 외교로 인해 대리석처럼 광이 났다. 그녀는 그의 얼굴이 얼마나 힘차고 단호해 보이는지 여태 한 번도 알아차리지 못했다. 그녀는 온몸으로 항복하고 싶었지만 그렇게까지 할 용기가 없었고 그가 이것을 허락할 기미도 없었다. 이 냉정함은 그녀에게 이루 말할 수 없는 슬픔이었지만 동상처럼 위엄이 있었다. 뜻밖에도 보나데아는 축 처진 그의 손을 잡더니 키스했다. 울리히는 생각에 잠긴 채 그녀의 머리카락을 쓰다듬었다. 그녀의 다리가 세상에서 가장 여자다운 방식으로 약해졌고 그녀는 무릎을 꿇으려 했다. 그러자 울리히는 그녀를 다정하게 의자 위에 앉혔고 소다를 탄 위스키를 가져다주었으며 담배에 불을 붙였다.

"숙녀는 오전에 위스키를 마시지 않아!" 보나데아가 항의했다. 한순간 그녀는 다시 상처받을 힘이 생겼고 심장이 머리까지 올라갔다. 울리히가 이런 상스럽고, 그녀가 생각하기에 방탕한 음료를 제공하는 그 자명함이 어떤 무자비한 암시를 담고 있는 듯했기 때문이었다.

하지만 울리히는 친절하게 말했다. "몸에 좋을 거야. 큰 정치를 한 여자들은 모두 위스키도 마셨어." 울리히의 집에 다시 오려고 보나데아는 자신이 위대한 애국운동에 감탄하고 있으며 기꺼이 돕고 싶다고 말했던 것이다.

이것이 그녀의 계획이었다. 그녀는 항상 여러 가지 것들을 동시에 믿었고 절반의 진실은 쉽게 거짓말을 하도록 해주었다.

위스키는 엷은 황금색이었고 5월의 태양처럼 그녀의 몸을 따뜻하게 했다. 보나데아는 일흔 살이 되어 집 앞 정원의자에 앉아 있는 기분이었다. 그녀는 늙었다. 아이들은 크고 있었다. 큰아이는 벌써 열두 살이었다. 잘 알지도 못하는 남자를, 창문 뒤에 앉은 남자처럼 바라보는 눈을 가졌다는 이유만으로 집까지 따라가는 것은 분명 창피스러운 일이었다. 그녀는 이 남자에게서 마음에 들지 않는 것, 경고일수 있는 것을 하나하나 찾아낼 수 있다고 생각했다. 그러면 심지어 —이런 순간 뭔가가 붙잡아 주기만 한다면! — 수치심에 몸을 떨면서, 어쩌면 심지어 분노에 이글거리면서 중지할 수도 있으리라. 하지만 이 일이 일어나지 않기 때문에 이 남자는 점점 더 열정적으로 자신이 맡은 역할에 맞아 들어간다. 그리고 이때 그녀는 조명이 비치는 무대 장치처럼 스스로를 너무나 뚜렷이 느낀다. 눈앞에 보이는 것은 무대 눈, 무대 콧수염, 풀린 의상단추다. 그리고 방에 들어설 때부터 다시 경악스럽고 말짱한 첫 움직임을 할 때까지 매 순간들은 의식이 머리를 벗어나 벽을 광기의 벽지로 도배하는 상태에서 펼쳐진다. 보나데 아는 이와 똑같은 말을 사용하지는 않았고 게다가 부분적으로만 말로 생각했지만, 이를 생생히 그려 보려고 시도하는 동안 당장 다시 이런 의식변화에 내맡겨진 듯한 느낌이었다. '이것을 서술할 수 있는 사람은 위대한 예술가일 거야. 아니야. 그 사람은 포르노 작가일 거야!' 그녀는 울리히를 바라보며 생각했다. 그녀는 이런 상태에서도 바름을 향한 선한 의도와 최상의 의지를 한순간도 잃지 않았다. 그 후 그녀는 바깥에 서서 기다렸고 욕망으로 인해 변화된 이 세계에게 그냥 한마디도 하지 않았다. 이성이 다시 돌아오면, 이는 보나데아에게 크나큰 고통이었다. 성적 도취로 인한 의식변화는, 다른 사람들은 자연스러운 것으로서 아무렇지도 않게 생각하지만, 그녀에게는 도취의 깊이와 갑작스러움 그리고 후회로 인해 너무나 강력해졌고 그 강도는 그녀가 다시 가족이라는 평화의 영역 안으로 돌아가자마자 그녀를 불안하게 했다. 그러면 그녀는 자신이 미친 여자처럼 여겨졌다. 자신의 타락한 시선이 해로울까 겁이 나서 아이들을 쳐다볼 용기조차 없었다. 남편이 조금 더 다정하게 쳐다보면 움찔했고 혼자 있을 때의 자유분방함이 두려웠다. 그 때문에 결별의 몇 주 동안 그녀의 내면에서는 울리히 말고 다른 애인을 갖지 않겠다는 계획이 무르익었다. 그가 그녀의 버팀목이 되어 주고 그녀를 다른 탈선에서 보호해야 했다. '내가 어떻게 감히 그를 비난할 수 있었을까.' 다시 처음으로 그의 앞에 앉은 지금 그녀는 생각했다. '그는 나보다 훨씬 완벽한데.' 그녀는 그가 그녀를 안아 주었던 시기에 자신이 더 나은 인간이었다는 데 대한 공을 그에게 돌렸고 다음번 자선행사에서 그가 그녀를 그의 새로운 사교계에 소개할 것이 틀림없다고까지 생각했다. 보나데아는 소리 없이 충성맹세를 했고, 이 모든 것을 생각하는 동안 눈에는 감동의 눈물이 고였다.

하지만 울리히는 어려운 결심을 굳혀야 하는 남자처럼 천천히 위스키 잔을 비웠다. 그는 지금은 그녀를 디오티마 집에 소개하는 일은 불가능하다고 설명했다.

물론 보나데아는 왜 불가능한지 정확히 알려 했다. 이어 언제 가능한지도 정확히 알려 했다.

울리히는 예술에도, 학문에도, 자선사업에도 기여한 바가 없는 그녀가 함께 일해야 할 필연성을 디오티마에게 이해시키기까지 아주 오랜 시간이 걸릴 것이라고 대답해야 했다.

하지만 보나데아는 그사이 기간에 디오티마에 대해 아주 특이한 감정에 사로잡혔다. 질투하기에는 그녀의 미덕에 대해 너무나 많이 들었다. 오히려 부도덕한 고백을 하지 않고도 연인을 붙잡아 둘 수 있는 이 여자를 부러워하고 감탄했다. 그녀는 울리히에게서 보이는 동상 같은 느긋함을 디오티마의 영향 탓으로 돌렸다. 그녀는 스스로를 '열정적이라고' 칭했고 이 말을 자신의 불륜뿐 아니라 이 불륜에 대한 어쨌든 명예로운 사죄로 이해했다. 하지만 그녀는 늘 손이 축축해서 불행한 사람이 특히 건조하고 아름다운 손을 잡을 때 드는 느낌을 갖고 냉정한 여자들에게 감탄했다. '그녀야!' 그녀는 생각했다. '그녀가 울리히를 이렇게 바꾸어 놓았어!' 단단한 송곳이 가슴을 관통했고 달콤한 송곳이 무릎을 관통했다. 울리히의 저항에 부딪혔을 때 동시에 서로 마주 보고 뚫고 들어오는 이 두 송곳은 보나데아를 거의 기절할 지경으로 만들었다. 그녀는 마지막 으뜸 패를 내놓았다. 모스브루거였다!

고통스러운 숙고 끝에 그녀는 울리히가 이 끔찍한 인물에게 특별한 애정이 있음을 분명히 알게 되었다. 그녀의 확신에 따르면, 모스브루거의 행위 속에 표현된 '조야한 관능'은 그녀 자신에게는 혐오스럽고 역겨울 뿐이었다. 그녀는 이 문제에 있어서는, 물론 스스로는 몰랐지만, 이 성범죄자를 아주 순수한 감정으로 그리고 아무런 시민적 낭만 없이 그들 직업의 위험요소로만 보는 창녀들과 똑같이 느꼈다. 하지만 그녀는 피할 도리가 없는 자신의 과오를 포함해서 질서정연하고 참된 세계가 필요했고 모스브루거는 그녀가 이 세계를 재건하는 데 이바지해야 했다. 울리히가 모스브루거에게 약했고 남편은 유용한 정보를 줄 수 있는 판사였으므로, 버림받은 상태의 그녀에게는 남편의 중재로 그녀의 약점과 울리히의 약점을 합칠 수 있으리라는 생각이 저절로 무르익었고 이런 동경에 찬 표상에는 정의감으로 축복받은 관능이 가진 위로의 힘이 있었다. 이런 의도를 가지고 착한 남편에게 접근했을 때 남편은 그녀의 법률적 열의에 놀랐다. 물론 그녀가 인간의 모든 선과 고상함에 쉽게 열광한다는 것을 알고는 있었지만. 그리고 판사일 뿐 아니라 사냥꾼이기도 한 남편은 모스브루거가 약탈자이며 약탈자는 어디서든 크게 감상에 젖지 말고 멸종시키는 것이 유일하게 옳은 일이라고 착하게 거절하는 답을 했고 더 이상의 정보를 허용하지 않았다. 얼마 후 감행한 두 번째 시도에서 보나데아는 그가 출산을 여자의 일로, 사형을 남자의 일로 여긴다는 추가의견만 들었고 이 위험한 질문에 지나친 열심을 보임으로써 의심을 사서는 안 되었기 때문에 법률의 길은 일단 막혔다. 이렇게 그녀는 사면의 길에 이르렀다. 울리히를 기쁘게 하기 위해 그녀가 모스브루거를 위해 뭔가를 해야 한다면 이것이 유일하게 남은 길이었고 — 이 길은, 뜻밖이라기보다는 오히려 매력적이게도 — 디오티마를 거쳐야 했다.

그녀는 속으로 자신을 디오티마의 친구라 생각했고 더 이상 미룰 수 없는 사안 때문에 이 감탄해 마지않는 라이벌을 만나야 한다는 소망으로 가득 찼다. 물론 개인적 필요 때문에 그렇게 하기에는 자부심이 너무 강했지만. 그녀는 모스브루거를 위해 디오티마를 얻으려 했고, 그녀가 금방 알아챘듯이, 울리히는 이 일을 할 수 없었음이 분명했다. 그녀의 환상은 아름다운 그림으로 이를 그려보았다. 대리석상 같고 키가 큰 디오티마가 죄악으로 물든 보나데아의 따뜻한 어깨 위에 팔을 올려놓았고 보나데아 자신은 대충 이 천국같이 순결한 가슴에 한 방울 무상함의 성유를 바르는 역할을 기대했다. 이것이 그녀가 잃어버린 친구에게 털어놓은 계획이었다.

하지만 이날 모스브루거를 구하려는 생각으로 울리히의 마음을 살 수는 없었다. 그는 보나데아의 고상한 감정을 알았고 그녀에게는 몇몇 아름다운 흥분의 불꽃이 얼마나 쉽게 전 육체를 사로잡는 불같은 정열의 패닉으로 변할 수 있는지도 알았다. 그는 모스브루거 재판에 개입할 뜻은 추호도 없다고 선언했다.

보나데아는 상처 입은 아름다운 눈으로 그를 바라보았는데, 그 눈속에는 초봄과 겨울의 경계에서 그렇듯 물이 얼음 위를 떠다녔다.

그런데 울리히는 그가 정신을 잃고 포석 위에 누워 있었고 보나데아가 그의 머리맡에 쭈그리고 앉아 있었고 세상과 젊음과 감정의 불확실하고 모험적인 불확정성이 이 젊은 부인의 눈에서 그의 깨어나는 의식속으로 방울방울 떨어지던 그날 밤의 유치하도록 아름다운 첫 만남에 대한 일정한 고마움을 완전히 잊어버린 적은 결코 없었다. 그래서 그는 마음을 상하게 할 거절을 누그러뜨리고 이를 보다 긴 대화 속에 녹여 버리려 했다. "생각해 봐!", 그가 제안했다. "당신이 밤에 넓은 공원을 걸어가고 있는데, 두 명의 부랑자가 접근해. 당신은 그들을 사회가 그 야만성을 책임져야 하는 불쌍한 사람들이라고 생각할까?"

"하지만 난 밤에는 절대 공원에 나가지 않아." 보나데아가 즉각 대답했다.

"하지만 경찰관이 다가오면, 그래도 그 둘을 체포하게 하겠지?"

"경찰관에게 나를 보호해 달라고 할 거야!"

"그러니까 그가 그들을 체포한다는 뜻이잖아?"

"그 후 그가 그들에게 무슨 짓을 할지는 나도 모르겠어. 게다가 모스브루거는 부랑자가 아니야."

"그럼, 그가 당신 집에서 목수로 일한다고 생각해 봐. 당신은 그와 단둘이 집 안에 있고 그가 눈알을 이리저리 굴리기 시작해."

보나데아는 저항했다. "당신이 내게 요구하는 것은 정말 혐오스러워!"

"그렇겠지." 울리히가 말했다. "하지만 난 그냥 그렇게 쉽게 균형을 잃을 수 있는 사람이 극도로 불쾌할 수 있다는 걸 보여 주려는 거야. 공평무사한 태도는 이런 사람들을 상대로는, 사실 주먹세례를 다른 사람이 받는 경우에만 허용해야 해. 그러면 물론 이들은 사회질서와 운명의 희생자로서 우리에게 극도의 애정을 요구하지. 누구나 자기 눈으로 관찰하면 자기 잘못을 어쩔 수가 없다는 걸 당신도 인정해야 해. 그에게 이 잘못들은 최악의 경우에는 오류거나 이것들로 인해 덜 선해지지는 않는 전체에 들어있는 나쁜 특성이야. 그리고 물론 그가 전적으로 옳아."

보나데아는 스타킹을 바로잡았고 이때 머리를 약간 뒤로 젖히고 울리히를 쳐다보지 않을 수 없다고 느꼈으므로 그녀 눈의 감시를 벗어난 무릎 근처에서는 레이스 끝단, 매끄러운 스타킹, 긴장된 손가락, 부드럽게 이완된 진줏빛 피부의 모순에 찬 삶이 펼쳐졌다.

울리히는 재빨리 담배에 불을 붙였고 계속했다. "인간은 선하지 않아. 인간은 항상 선하지. 그 차이는 엄청난 거야, 이해하겠어? 사람들은 자기애에 관한 이런 궤변에 미소를 짓지만 인간은 나쁜 일을 전혀 할 수 없다는 결론이 여기서 나와야 해. 인간은 나쁜 작용을 할 수 있을 뿐이야. 이를 안다면, 우리는 사회적 도덕의 올바른 출발점에 있게 될 거야."

보나데아는 한숨을 쉬며 치마를 다시 제자리로 돌려놓았고 자리에서 일어섰으며 창백한 황금색 불 한 모금으로 마음을 진정시키려 했다.

"이제 설명할게." 울리히는 미소를 지으며 덧붙였다. "왜 우리가 모스브루거에게 온갖 호의를 느끼면서도 아무것도 할 수 없는지를. 근본적으로 이런 경우들은 모두 실의 삐죽한 끝부분과 같아. 이것을 잡아당기면 전체 사회조직이 풀리기 시작하지. 우선 쉽게 이해할 만한 질문으로 이걸 보여 줄게."

무슨 이유인지 모르지만 보나데아의 신발 한 짝이 벗겨졌다. 울리히는 그것을 집으려고 몸을 굽혔고 따뜻한 발가락들이 마치 작은 아이처럼 그의 손에 들린 신발을 향해 다가왔다. "그냥 둬, 내가 할게!" 보나데아가 말했고 그러면서 그에게 발을 내밀었다.

"이건 우선 정신과와 법률의 문제야." 감소된 책임능력의 입김이 다리에서 코로 피어오르는 동안 울리히는 가차 없이 계속 설명했다. "이 문제에 대해 우리가 아는 건 의사들이 벌써 이런 범죄를 대부분 예방할 수 있을 정도가 되었다는 거야. 거기에 필요한 돈만 우리가 지출한다면. 그러니 이건 그냥 사회문제일 뿐이야."

"아, 제발 그건 내버려 둬!" 그가 벌써 두 번이나 사회라는 말을 하자 보나데아가 부탁했다. "거기에 대해 말할 거면 난 이 방을 나가 집에 갈 거야. 그건 정말 죽도록 지루해."

"그래 좋아", 울리히가 방향을 틀었다. "내가 말하려 한 건, 기술이 동물의 시체, 오물, 파편, 독에서 오래 전부터 유용한 것들을 만들어 내듯 심리적 기술도 이미 거의 그렇게 할 수 있다는 거야. 하지만 세상은 이 문제를 해결하는 데 지나치게 능장을 부려. 국가는 온갖 어리석은 짓거리에는 돈을 대주고 가장 중요한 도덕적 문제를 해결하기 위해서는 1크로이처도 남겨 두지 않아. 이게 국가의 본성이야. 국가는 세상에서 가장 어리석고 악의적인 인간본질이거든!"

그는 확신에 차서 이 말을 했다. 하지만 보나데아는 사건의 핵심으로 그를 되돌려 놓으려 했다. "자기", 그녀는 애타는 그리움을 담아 말했다. "그렇지만 모스브루거에게 가장 좋은 것은 그가 책임이 없다고 판결나는 거잖아?"

"책임 없는 사람을 사형에서 구하는 것보다 책임 있는 몇몇 사람을 죽이는 것이 어쩌면 더 중요할 거야!" 울리히가 방어했다.

지금 그는 그녀 바로 앞에서 서성거렸다. 보나데아는 그가 혁명적이고 도발적이라고 생각했다. 그녀는 그의 손을 잡는 데 성공했고 그 손을 자신의 가슴 위에 올려놓았다.

"좋아", 그가 말했다. "이제 당신에게 감정 문제를 설명할게."

보나데아는 그의 손가락을 벌렸고 그의 손을 자신의 가슴 위에 펼쳐 놓았다. 이때 그를 바라보는 시선은 돌로 된 심장이라도 감동시킬 정도였다. 울리히는 다음 순간, 시계 가게의 시계들이 뒤죽박죽 종을 치는 것처럼 그의 가슴 속에 두 개의 심장이 뛴다고 생각했다. 그는 의지력을 총동원하여 가슴을 정상으로 돌려놓았고 부드럽게 말했다. "안 돼. 보나데아!"

보나데아는 이제 눈물을 흘리기 직전이었고 울리히는 그녀를 설득했다. "이 일 때문에 당신이 흥분하는 것이 모순이지 않아? 내가 당신에게 우연히 그 이야기를 했다는 이유로 말이야. 반면에 당신은 매일매일 일어나는 수백만 개의 그에 못지않게 부당한 일에 대해서는 아무것도 알지 못하잖아."

"하지만 그건 이 일과는 전혀 상관이 없어." 보나데아가 저항했다. "이 일 하나는 내가 알아! 그리고 가만히 있으면 나는 나쁜 인간일 거야!"

울리히는 가만히 있어야 한다고 말했다. "정말 폭풍 치듯 가만히",

라고 그는 덧붙였다. 그는 손을 뺐고 약간 거리를 두고 보나데아 앞에 앉았다. "오늘날 모든 것은 '그사이에' 그리고 '그동안에' 일어나." 그가 말했다. "그럴 수밖에 없어. 우리는 우리 이성의 양심에 의해 우리 감정의 끔찍한 비양심을 강요당하니까." 이제 그는 다시 한번 자신의 위스키 잔을 채웠고 데이 베드 위로 다리를 끌어당겼다. 그는 피곤해지기 시작했다. "원래 인간은 누구나 전체 삶에 대해 숙고하지만", 그가 설명했다. "정확히 숙고할수록 삶은 더 한정돼. 그가 성숙한 인간이면, 당신은 일정 평방밀리미터 위에서 정통한 인간을 보지. 전 세계에서 기껏해야 스무 명가량이 그 만큼 정통할 거야. 그는 제대로 알지도 못하는 모든 사람들이 그의 일에 관해 터무니없는 소리를 지껄인다는 것을 정확히 알지만 꼼짝도 해서는 안 돼. 자기 자리를 1마이크로밀리미터만 벗어나도 그 스스로가 터무니없는 소리를 지껄이게 되니까." 그의 피로는 이제 탁자 위에 놓인 술처럼 밝은 황금색이었다. '나도 벌써 30분 동안 헛소리를 하고 있군.' 그는 생각했다. 하지만 이렇게 느슨해진 상태가 편안했다. 두려웠던 것은 단 하나, 보나데아가 그의 옆에 앉을 생각을 하지 않을까 하는 것이었다. 이를 막을 유일한 방법은 말을 하는 것이었다. 그는 머리를 고였고 몸을 뻗고 누웠다. 메디치 가문의 예배당에 있는 무덤석상처럼. 갑자기 이 생각이 떠올랐고 이 자세를 취하고 있는 동안 실제로 위대함이 그의 몸을 관통해 흘렀는데, 고요한 위대함 속에 둥둥 떠 있는 느낌이 들었고 그는 자신이 실제보다 훨씬 더 강력한 듯 여겨졌다. 처음으로 그는 지금까지 그냥 낯선 물건처럼 보아 왔던 이 예술작품을 멀리 떨어져 있으면서도 이해한다고 생각했다. 그리고 그는 말을 하는 대신 침묵했다.

보나데아도 뭔가를 느꼈다. 그것은 한 '순간'이었는데, 이름 붙일 수 없는 것을 흔히 이렇게들 부른다. 연극적으로 고양된 뭔가가 둘을 하나가 되게 했고 둘은 갑자기 입을 다물었다.

'내게 남은 것이 무엇일까?' 울리히는 씁쓸하게 생각했다. '아마 용감하고, 매수할 수 없고, 내면의 자유를 위해 외부의 법칙에는 거의 신경을 쓰지 않는다고 공상하는 인간일 거야. 하지만 이 내면의 자유는 그가 모든 것을 생각할 수 있고 모든 인간적 상황에서 왜 그 상황에 얽매일 필요가 없는지는 알지만 어디에 자신을 얽매이게 하고 싶은지는 결코 알지 못한다는 데 있다!' 이렇게 덜 행복한 순간, 1초간 그를 사로잡았던 특이하고 작은 감정의 물결이 다시 잠잠해진 순간, 그는 자신이 모든 일에서 두 가지 면을 발견하는 능력, 거의 모든 동시대인의 특징이며 그의 세대의 소질 또는 운명이기도 한 저 도덕적 양가성(兩價性) 외에는 아무것도 가진 것이 없다고 선선히 시인했으리라. 세계에 대한 그의 관계는 빛이 바래고 그늘지고 부정하는 것이 되어 버렸다. 그에게 보나데아를 함부로 다룰 권리가 있는가? 그것은 그들 사이에 반복되는 늘 똑같은 짜증나는 대화였다. 그것은 공허의 내적 음향에서 생겨났다. 이 속에서 총성은 두 배나 더 크게 울리고 메아리는 멈추지 않는다. 그녀에게 더 이상 이런 식이 아니고는 달리 말을 할 수 없다는 것이 그를 괴롭혔고, 이 방식이 둘에게 가하는 특별한 고통에 대해 '공허의 바로크'라는 아름다운 이름이 떠올랐다. 그는 그녀에게 다정한 말을 해주려고 몸을 일으켰다. "지금 깨달은 게 있어." 그는 여전히 품위 있는 자세로 앉아 있는 보나데아에게 몸을 돌렸다. "이건 웃기는 일이야. 특이한 차이지. 책임능력이 있는 인간은 늘 달리할 수 있지만 책임능력이 없는 인간은 결코 그럴 수 없어!"

보나데아는 아주 의미심장한 대답을 했다. "아, 울리히!" 그녀가 대답했다. 이것이 단 한 번의 중단이었고 다시 침묵이 이어졌다.

그녀는 울리히가 그녀와 같이 있을 때 일반적인 것들에 대해 말하는 것을 그다지 좋아하지 않았다. 그녀는 자신이 저지른 모든 실수에도 불구하고 늘 당당히 자신은 자신과 비슷한 다수의 인간들 한가운데 있다고 느꼈고, 그녀에게 감정이 아닌 사고를 대접하려는 그의 방식이 지닌 불행, 과장, 고독을 제대로 느꼈다. 아무튼 이때 그녀의 내면에서는 범죄, 사랑, 슬픔이 이제 매우 위험한 하나의 이념집단으로 통합되었다. 이제 울리히는 더 이상 재회 첫머리에 그랬듯이 그녀를 주눅 들게 하는 완벽한 사람으로 여겨지지 않았다. 하지만 이에 대한 보상으로 그는 소년스러움을 획득하게 되었고 이것은 어머니의 가슴으로 달려가고 싶지만 뭔가를 지나갈 용기가 없는 아이처럼 그녀의 이상주의를 자극했다. 그녀는 벌써 한참 전부터 그에게 고삐 풀린 방종한 애정을 느꼈다. 하지만 울리히가 이에 대한 그녀의 첫 암시를 물리친 이후 그녀는 엄청나게 자제했다. 그녀는 지난번 방문 때 벌거벗은 채 하릴없이 데이 베드에 누워 있었던 기억을 아직 극복하지 못했고 꼭 그래야 한다면 차라리 모자와 베일을 쓰고 끝까지 의자에 앉아 있으리라 결심했다. 그래야 그가 상대하고 있는 사람이, 필요하다면 라이벌인 디오티마처럼 자제할 줄 아는 사람임을 그가 알게 될 테니까. 보나데아는 애인이 곁에 있음으로 해서 처하게 되는 엄청난 흥분 상태에 위대한 이념이 빠져 있음을 늘 안타까워했다. 물론 이는 유감스럽게도, 흥분은 많아도 의미는 별로 없는 전체 삶에 대해서도 할 수 있는 말일 테지만 보나데아는 이를 몰랐고 어떤 이념을 하나 말하려 했다. 울리히의 이념들에는 그녀가 필요로 하는 품위가 없었고 그녀가 더 아름답고 감정적인 이념을 찾고 있었다는 것도 있을 법하다. 하지만 이때 이상적 망설임과 비천한 이끌림, 이끌림과 너무 빨리 이끌림에 대한 끔찍한 공포가 침묵의 동력과 섞였고 — 이 침묵 속에서, 포기된 행위가 움찔거렸다 — 1초 동안 그녀와 애인을 연결했던 큰 평온에 대한 기억과 섞였다. 결국 그것은 비가 공기 중에 매달려 내릴 수 없을 때처럼 몽롱한 상태였고 이 상태는 전체 피부 위로 퍼져 나갔으며 보나데아는 자기도 모르게 자제력을 잃을 수도 있다는 생각에 경악했다.

그리고 갑자기 여기에서 육체적 환각이 불쑥 고개를 내밀었다. '벼룩'이었다. 보나데아는 이것이 현실인지 상상인지 몰랐다. 그녀는 뇌 속에서 전율을, 믿지 못할 인상을 받았다. 마치 거기서 어떤 표상이 그 외 표상들의 그늘진 속박에서 벗어난 듯했지만 그래도 그냥 상상이라는 인상이었다. 동시에 그녀는 의심할 바 없는, 현실과 똑같은 전율을 피부 위에서 느꼈다. 그녀는 숨을 멈추었다. 뭔가가 또각또각 계단을 올라온다. 계단이 비어 있음을 알고 있다. 그래도 너무나 선명하게 또각또각 소리를 듣는다. 그렇다. 보나데아는 번갯불이 번쩍인 듯 깨달았다. 그것이 벗겨진 신발의 비자발적 속편임을. 그것은 숙녀에게는 절망적인 기별수단이었다. 그럼에도 불구하고, 환영을 몰아내려 한 그 순간 그녀는 격렬한 통증을 느꼈다. 그녀는 낮게 소리를 질렀고 뺨이 새빨개졌으며 울리히에게 찾는 것을 도와 달라고 청했다. 벼룩은 연인이 선호하는 신체부위를 선호한다. 스타킹을 신발

속까지 살펴보았고 블라우스는 가슴께를 열어 보아야 했다. 보나데아는 벼룩이 전철에서 옮은 것이거나 울리히에게 옮은 것이라고 설명했다. 하지만 벼룩은 발견되지 않았고 아무 흔적도 없었다.

"그게 무엇이었는지 모르겠어!" 보나데아가 말했다.

울리히는 뜻밖에도 다정하게 미소를 지었다.

그러자 보나데아는 잘못 처신한 어린 소녀처럼 울기 시작했다.

64
슈툼 폰 보르트베어 장군이 디오티마를 방문하다

슈툼 폰 보르트베어 장군은 디오티마를 알현했다. 그는 국방부가 창립회의에 보낸 장교로, 회의에서 그가 한 연설은 모든 사람들에게 깊은 인상을 남겼지만, 행정부를 모범으로 삼아 위대한 평화작품을 위한 위원회가 구성될 때 수긍이 가는 이유로 국방부가 제외되는 것을 막을 수는 없었다. 그는 아주 위풍당당한 장군은 아니었는데, 배가 조금 나왔고 코밑수염 대신에 짧은 붓수염을 길렀다. 얼굴은 통통했고 부대장교 결혼규정[17]에서 요구되는 이상의 재산은 일절 없는 친척의 인상을 풍겼다. 그는 디오티마에게 말했다. 군인은 회의실에서 사소한 역할을 하는 것이 적절하다. 게다가 국방부가 위원회 구성에서 제외될 수 있음은 정치적 상황을 고려해 보면 당연하다. 그럼에도 불

---

[17] 1750년부터 장교는 연대 사령관의 허가와 보증금이 있어야 결혼할 수 있도록 한 규정이다.

구하고 감히 그는 지금 계획 중인 운동이 외부로 영향을 미쳐야 하고 외부로 영향을 미치는 것은 백성의 힘이라고 주장한다. 그는 유명한 철학자 트라이치케가 "국가는 민족들의 싸움에서 스스로를 보존하는 힘"이라고 말했다고 다시 한번 말했다. 평화 시에 전개한 힘이 전쟁을 멀리하거나 적어도 전쟁의 참혹성을 감소시킬 것이다. 그는 15분이나 더 말을 했고 고전적 인용구를 몇 개 사용했는데, 그가 김나지움 시절에 배워 아주 즐겨 기억하는 것이라고 덧붙였고, 인문학을 공부했던 그 몇 해가 자신의 생에서 가장 아름다운 해였다고 주장했다. 그는 디오티마로 하여금 자신이 그녀에게 감탄하고 있으며 그녀가 대회의를 주관한 방식에 매료되었음을 느끼게 하려고 애썼다. 그는 다른 열강들에 한참 뒤처진 군대를 증강시키는 것이, 제대로 이해하면, 평화적 신조를 가장 인상 깊게 표명하는 것이라고 한 번 더 반복했고 게다가 군대 문제에 국민이 저절로 폭넓은 관심을 가지게 될 것임을 자신 있게 기대한다고 선언했다.

이 사랑스러운 장군은 디오티마에게 치명적 공포를 안겨 주었다. 당시 카카니아에는 딸이 장교와 결혼해서 장교들이 왕래하는 집, 결혼지참금이 없거나 원칙에 따라 딸이 장교와 결혼하지 않아서 장교들이 왕래하지 않는 집이 있었다. 디오티마의 집은 이 두 가지 이유로 두 번째 부류에 속했고 그 결과 이 양심적이고 아름다운 부인은 군대에 대해 알록달록한 누더기를 걸친 죽음에 대한 표상과 대충 비슷한 표상을 갖게 되었다. 그녀가 대답했다. 세상에는 위대하고 좋은 것이 너무나 많아서 선택이 쉽지 않다. 세계가 유물론적으로 돌아가는 와중에 위대한 표시를 제시할 수 있다는 것은 큰 특권이지만 어려운 의

무이기도 하다. 그리고 결국 선언은 백성들 한가운데서 나와야 하므로 그녀 자신의 소망은 약간 뒷전으로 미룰 수밖에 없다. 그녀는 자신의 말을 검고 노란 철끈으로 묶인 듯 신중하게 내뱉었고 그녀의 입술 위에서는 고위 관료주의의 훈연실에서 훈제된 부드러운 말들이 연소했다.

하지만 장군이 떠난 뒤 고귀한 부인의 내면은 무기력하게 무너져 내렸다. 만약 그녀가 미움과 같은 저속한 감정을 느낄 수 있었다면, 그녀는 아첨을 떠는 눈에 배에는 황금색 단추를 단 이 통통하고 작은 남자를 미워했으리라. 하지만 이것이 불가능했으므로 그녀는 막연한 모욕감을 느꼈고 왜 그런지는 말할 수 없었다. 그녀는 겨울추위에도 불구하고 창문을 열어 놓고 방 안을 서성거렸다. 다시 창문을 닫았을 때, 그녀의 눈에는 눈물이 고여 있었다. 그녀는 매우 놀랐다. 아무 이유 없이 우는 일이 벌써 두 번째였다. 그녀는 이렇다 할 이유 없이 남편 곁에서 눈물을 쏟았던 밤을 기억했다. 이번에는 내용과는 상관없는, 오로지 사건에서 오는 신경질임이 더 분명했다. 이 뚱뚱한 장교는 양파처럼 그녀의 눈에서 아무런 이성적 감정도 동반하지 않는 눈물을 짜냈다. 그녀가 이로 인해 불안해진 것은 당연했다. 예감에 찬 두려움은 그녀에게 눈에 보이지 않는 늑대가 그녀의 울타리 주위를 맴돌고 있고 이 늑대를 이념의 힘으로 몰아낼 때가 되었다고 말했다. 이렇게 해서 장군의 방문 후 그녀는 예정되어 있는 위대한 정신들의 모임을 최대한 빨리 성사시키고자 작정하게 되었는데, 이 모임은 그녀가 애국운동에 내용을 부여하는 일을 도울 터였다.

65
아른하임과 디오티마의 대화에서

아른하임이 막 여행에서 돌아와 그녀를 도우러 온 것이 디오티마의 마음을 가볍게 했다.

"며칠 전에야 장군들에 대해 당신 사촌과 대화를 나누었습니다." 그는 즉각 대답했는데, 이 말을 하는 표정은 어떤 우려할 만한 연관성을 그게 무엇인지는 진술하려 하지 않으면서 암시하는 남자의 표정이었다. 디오티마는 운동의 위대한 이념에 그다지 열광하지 않았던 모순투성이 사촌이 심지어 장군이 불러올 막연한 위험을 방조하고 있다는 인상을 받았고 아른하임은 계속했다.

"당신 사촌의 면전에서 이것을 웃음거리로 만들고 싶지 않습니다." 이 말로 그는 말머리를 돌렸다. "하지만 저의 관심사는 당신이, 국외자인 당신이 혼자서는 거의 생각할 수 없는 어떤 것을 느끼게 하는 것입니다. 그것은 사업과 문학 간의 연관성입니다. 물론 여기서 사업이란 큰 사업, 세계사업을 말하는 것입니다. 저는 제가 태어난 자리 때문에 이 세계사업을 추진하도록 정해졌습니다. 이것은 문학과 유사합니다. 이것은 비합리적이고 사실 신비주의적 측면들을 가지고 있습니다. 저는 심지어 사업이 특히 이 측면들을 갖고 있다고 말하고 싶습니다. 아시다시피, 돈은 이례적으로 독선적인 권력입니다."

"인간이 전 인격을 투입해 추구하는 모든 일에는 아마 일정 정도 독선이 들어 있을 겁니다." 끝을 보지 못한 첫 번째 대화부분을 여전히 생각하고 있던 탓에 디오티마가 조금 늦게 대답했다.

"특히 돈이 그렇습니다!" 아른하임이 재빨리 말했다. "어리석은 인간은 돈을 소유하는 것이 향락이라고 상상하지요! 사실 그것은 무시무시한 책임입니다. 제게 의존하고 있고 그래서 제가 거의 운명인 수많은 사람들을 말하는 것이 아닙니다. 그냥 제 조부께서 라인강 유역 중소도시에서 쓰레기처리사업으로 시작했다는 말씀을 드리겠습니다."

이 말에 디오티마는 실제로 갑작스런 전율을 느꼈고 이 말이 경제적 제국주의처럼 여겨졌다. 하지만 그것은 착각이었다. 그녀는 그녀 계급의 선입견에서 완전히 벗어날 수는 없었던 것이다. 쓰레기처리라는 말에서 그녀는 고향에서 쓰는 표현인 똥거름꾼18이라는 단어를 생각했으므로 친구의 이 용감한 고백에 얼굴이 붉어졌다.

"쓰레기를 정화하면서", 고백자는 계속했다. "저의 조부께서 지금 아른하임 가문이 가진 영향력의 토대를 마련하셨습니다. 하지만 제 부친도 마흔 살에 이 회사를 세계적 기업으로 키운 것을 생각해 본다면 자수성가한 사람으로 보입니다. 부친은 상업학교를 2년밖에 다니지 못했지만 복잡한 세계정세를 한눈에 꿰뚫어 보고, 알아야 할 필요가 있는 것은 전부 다른 사람들보다 먼저 압니다. 저는 대학에서 경제와 온갖 생각할 수 있는 학문을 다 공부했지만 부친은 이것들을 전혀 모르고, 그가 어떻게 그럴 수 있는지 아무도 설명할 수 없습니다. 하지만 그에게 절대 실패란 없습니다. 이것이 힘차고 단순하고 위대하고 건강한 삶의 비밀입니다!"

아버지에 관해 말하는 아른하임의 목소리는 평소와는 다른, 경외

---

18 빈에서 쓰레기처리업체를 이르는 말이다.

심에 찬 톤이었다. 마치 그의 목소리가 가진 교훈조의 평온함 어딘가에 작은 금이 가기라도 한 듯했다. 그래서 늙은 아른하임은 그냥 키가 작고 어깨가 넓은 사내로 묘사된다는 울리히의 이야기가 더욱 디오티마의 주목을 끌었다. 그는 광대뼈가 불거진 얼굴에 단추코이고 늘 연미복을 활짝 열어서 입고 체스 경기자가 농부 말을 다루듯 보유 주식을 인색하고 신중하게 다룬다고. 잠시 쉰 후 아른하임은 그녀의 대답을 기다리지 않고 계속했다. "어떤 사업이 제가 지금 말하는 극소수의 기업처럼 커지면 이 사업이 얽혀 있지 않은 삶의 측면은 거의 없습니다. 이것은 작은 우주입니다. 가끔 부친과 상의할 때 제가 어떤 질문을, 겉보기에는 아주 비상업적인 질문들이지요, 어떤 예술적이고 도덕적이고 정치적인 질문을 해야 하는지 아시게 되면 당신은 놀라실 것입니다. 하지만 회사는 제가 '영웅적 시기'라고 부르고 싶은 초창기처럼 그렇게 마구 성장하지 않습니다. 아무리 잘된다고 해도 사업도 모든 유기체들처럼 불가사의한 성장의 한계가 있습니다. 왜 오늘날 어떤 동물도 코끼리의 덩치를 넘어서지 못하는지 한번 질문해 보신 적이 있나요? 같은 비밀을 예술의 역사에서나 삶이 민족, 문화, 시대와 가지는 독특한 관계 속에서 발견하실 것입니다."

디오티마는 이제 쓰레기 정화라는 말에 전율하며 멈칫했던 것을 후회했고 혼란스러웠다.

"삶은 이런 비밀로 가득 차 있습니다. 모든 이성이 그 앞에서 무기력해지는 그런 것이 있습니다. 제 부친은 이것과 동맹을 맺고 있습니다. 하지만 당신 사촌 같은 인간은", 아른하임이 말했다. "활동가입니다. 그는 사물을 어떻게 달리 그리고 더 좋게 만들 수 있을까 하는 생각으로 머릿속이 늘 꽉 차 있지만 대신 느낌이라는 게 없습니다."

울리히의 이름이 다시 한번 나오자 디오티마는 미소를 지어 보임으로써 사촌과 같은 남자는 자신에게 영향을 미칠 권리가 없음을 표현했다. 약간 노란 빛을 띤 아른하임의 매끈한 피부가 — 얼굴 피부는 마치 전구처럼 팽팽했다 — 뺨 위까지 붉어졌다. 그는 디오티마가 오래전부터 그의 내면에 불러일으킨 놀라운 욕구, 무방비 상태로 그녀에게 남들이 모르는 것을 하나도 남김없이 털어놓고 싶은 욕구에 굴복했던 것이다. 이제 그는 다시 자신을 숨겼고 탁자에서 책을 한 권 집어 들었고 무슨 뜻인지 모르면서 제목을 읽었고 조급하게 책을 도로 내려놓았으며 평소와 같은 목소리로 말했다. 그 목소리는 이 순간 디오티마에게 큰 충격을 주었는데, 옷을 입으면서 자신이 그때까지 벌거벗고 있었음을 알게 된 사람의 동작 같았기 때문이다. "제가 멀리 벗어났군요. 제가 장군에 관해 당신께 하려던 말은 가능하면 빨리 당신의 계획을 실현하고 인도적 정신과 그 대표자들의 영향력으로 우리 운동을 일으켜 세우는 것이 당신이 할 수 있는 최선이라는 것입니다. 하지만 장군도 원칙적으로 거부하실 필요는 없습니다. 그는 아마 개인적으로는 선한 의도일 겁니다. 정신을 벌거벗은 권력의 영역으로 나르는 기회를 결코 놓쳐서는 안 된다는 제 원칙을 잘 알고 계시지 않습니까."

디오티마는 그의 손을 잡았고 이 상의를 이렇게 요약하면서 작별했다. "솔직히 말씀해 주셔서 감사합니다."

아른하임은 그 온화한 손을 한순간 머뭇거리면서 자기 손안에 가만히 놓아두었고 뭔가 할 말을 잊어버린 듯 생각에 잠겨 바라보았다.

66
울리히와 아른하임 사이에 몇 가지 일이 잘못되다

당시 디오티마의 사촌은 각하 곁에서 모은 업무경험을 그녀에게 설명하는 즐거움을 드물지 않게 누렸고, 라인스도르프 백작에게 전달된 제안들이 든 서류철을 그녀에게 끊임없이 보여 주는 것에 특별한 가치를 두었다.

"위대한 사촌누이여", 그는 한 손에 두꺼운 서류묶음을 들고 보고했다. "제 혼자 힘으로는 감당할 수가 없습니다. 전 세계가 우리에게 개선을 기대하는 듯합니다. 이들 가운데 절반은 '… 에서 벗어나기'로 시작하고 나머지 절반은 '… 을 향하여'라는 말로 시작합니다! 여기 '로마에서 벗어나기'에서 시작해서 '채소재배를 향하여'까지 여러 요구들이 있습니다. 무엇을 선택하시겠습니까?"

세상이 라인스도르프 백작에게 보낸 소망들을 정리하는 일은 쉽지 않았지만 보내온 편지들에서는 분량으로 보아 두 그룹이 두드러졌다. 한 그룹은 시대가 처한 나쁜 상황을 특정한 개별사항들 탓으로 돌렸고 이것들을 제거할 것을 요구했는데, 이런 개별사항들은 다름 아니라 유대인 또는 로마교회, 사회주의 또는 자본주의, 기계적 사고방식 또는 기술적 발전 경시, 인종혼합 또는 인종분리, 대토지 소유 또는 대도시, 지성화 또는 불충분한 국민교육이었다. 이와 반대로 다른 그룹은 앞에 놓인 목표를 말했고 이 목표를 달성하는 것으로 완전히 충분하다고 했다. 이 두 번째 그룹, 즉 그들이 제시한 추구할 만한 가치가 있는 목표는 보통 다름이 아니라 표현의 감정적 전조를 통해 첫 번째 그룹이 제시한 제거해야 마땅한 개별사항과 구별되었는데, 세상에는 비판적 천성과 긍정적 천성이 있기 때문임이 분명했다. 두 번째 그룹의 편지는 가령 부정하는 기쁨에 차서, 삶이 어떤 작가보다 위대한 작가이기 때문에 가소로운 예술숭배를 이제 그만두어야 한다고 알렸고 재판 기록이나 여행기 모음을 누구나 사용할 수 있게 하라고 요구했다. 이에 반해 같은 사안을 두고 첫 번째 그룹의 편지는 긍정하는 기쁨에 차서, 등산가가 정상에서 느끼는 감정이 예술, 철학, 종교가 주는 고양을 모두 능가하므로 이것들 대신에 차라리 알프스협회를 장려해야 한다고 주장했다. 이런 두 노선의 방식으로 시간의 템포를 늦추자고 요구하는가 하면 최고의 신문문예란에 상을 주자고 요구하기도 했다. 삶은 참을 수 없거나 귀하도록 짧은 것이니까. 그리고 인류를 정원거주, 여성의 탈노예화, 춤, 스포츠, 주거문화, 마찬가지로 수많은 다른 것들을 통해 해방시키고 이들로부터 해방시키기를 원했다.

울리히는 서류철을 덮고 사적인 대화를 시작했다. "위대한 사촌누이여", 그가 말했다. "절반은 치유를 미래에서 찾고 다른 절반은 과거에서 찾는다는 것은 놀랄 만한 현상입니다. 여기서 어떤 결론을 이끌어 내야 할지 모르겠어요. 각하께서는 현재는 치유불가능이라고 말씀하실 것입니다."

"각하께서 교회적인 것을 뜻하신 것입니까?" 디오티마가 물었다.

"각하께서는 인류의 역사에 자발적 회귀란 없다는 순간적 깨달음에 사로잡히셨습니다. 하지만 어려운 것은 우리가 어떤 쓸모 있는 전진을 하지 못한다는 것입니다. 전진도, 후퇴도 없고 현재의 순간도 참을 수 없게 느껴진다면 이는 특이한 상황이라고 말하지 않을 수 없습니다."

울리히가 이런 식으로 말하면, 디오티마는 여행책자에서 별 세 개를 가진 탑 속에 칩거하듯 자신의 고상한 육체에 칩거했다.

"자비로운 부인, 오늘 어떤 일에 찬성해 또는 반대해 싸우는 인간이", 울리히가 물었다. "내일 기적적으로 세계의 절대적 지배자가 된다면 그날 당장 자신이 평생 요구한 그것을 행하리라고 생각하십니까? 저는 그가 그 일을 며칠 연기하리라고 확신합니다."

이어 울리히가 잠시 말을 멈추자 뜻밖에도 디오티마는 그에게 몸을 돌렸고 대답은 하지 않고 엄하게 물었다. "무슨 이유로 당신은 장군에게 우리 운동과 관련해서 뭔가를 약속하셨나요?"

"어느 장군이요?"

"폰 슈툼 장군 말입니다!"

"첫 번째 대회의에 왔던 그 통통하고 작은 장군 말입니까? 제가요? 그때 이후로 그를 본 적조차 없습니다. 그런데 그에게 뭔가를 약속했다니요!"

울리히의 놀라움은 설득력이 있었고 해명을 요구하는 것이었다. 하지만 아른하임과 같은 남자가 진실이 아닌 것을 말할 리가 없었기 때문에 오해가 있음이 분명했고 디오티마는 이 가정의 근거가 무엇인지 설명했다.

"제가 폰 슈툼 장군에 대해 아른하임과 이야기를 했답니까? 결코 그런 적 없습니다!" 울리히가 확인했다. "저는 아른하임과 함께 …, 잠깐만 시간을 주십시오." 그는 곰곰이 생각하더니 갑자기 웃음을 터뜨렸다. "아른하임이 제 말 한 마디 한 마디에 그토록 큰 의미를 부여했다니 정말 기분이 좋은데요! 저는 최근 여러 번 그와 대화를 나누었지요. 당신이 우리 사이의 대립을 그렇게 부르려 한다면 말입니다. 한번은 정말로 장군에 대해서도 이야기했습니다만 특정 장군에 대해서는 아니었고 그냥 지나가면서 예로 들었습니다. 저는 전략적 이유에서 몇몇 대대를 확실한 죽음으로 내모는 장군은 살인자라고 주장했습니다. 이들이 수천 명 어머니의 아들들이라는 사실과 그를 연관시키면서 말입니다. 하지만 다른 생각, 예를 들어 희생의 필연성이나 짧은 생의 무상함과 연관시키면 그는 당장 뭔가 다른 것이 되겠지요. 저는 다른 예들도 많이 사용했습니다. 하지만 여기서 주제를 벗어나지 않을 수 없군요. 아주 쉽게 수긍이 가는 이유로 각각의 세대는 자신들에게 주어진 삶을 소수의 예외를 제외하고는 확고하게 주어진 것으로 대하고 이 소수의 것을 바꾸는 일에 관심을 갖습니다. 이건 유용하지만 잘못된 일입니다. 세상은 매 순간 어떤 방향으로든 바뀔 수 있고 어떤 임의의 방향으로도 바뀔 수 있으니까요. 세상은 이른바 체질적으로 그렇습니다. 따라서 특정한 세상에서, 저는 이렇게 말하고 싶어요, 단추 두 개만 움직여도 발전이라고 부르는 세상에서 특정한 인간인 것처럼 행동하지 않고 처음부터, 변화하기 위해 창조된 세상의 품에서 변화를 위해 태어난 인간인 것처럼, 대충 구름 속 한 방울 물처럼 행동하려 시도한다면 이건 정말 독특한 방식의 삶일 테지요. 제 말이 다시 애매모호해서 저를 경멸하시나요?"

"나는 당신을 경멸하지 않아요. 하지만 당신을 이해할 수가 없습니다." 디오티마가 명령했다. "대화를 전부 이야기해 주세요!"

"예, 아른하임이 대화를 시작했어요. 그가 저를 붙잡아 세웠고 정식으로 대화를 요구했습니다." 울리히가 시작했다. "'우리 장사꾼들은'이라고 그는 아주 원색적인 미소를 머금고 말했어요. 그 미소는 평소 그가 견지하는 평온한 자세와는 약간 모순되는 것이었습니다만 그래도 아주 품위가 있었습니다. '우리 장사꾼들은 당신이 믿고 계실지도 모르는 그런 식으로는 계산하지 않습니다. 우리는 ─ 당연히 선두에 선 사람들을 말하는 것입니다. 소상인들은 어쨌든 끊임없이 계산할지도 모릅니다만 ─ 정말 성공적인 착상을, 모든 계산을 깔보는 어떤 것으로 보도록 배웁니다. 정치인의 개인적 성공과 예술가의 성공도 이와 비슷합니다.' 이어 그는 지금 말하려는 것을 어떤 비이성적인 것이 요구하는 관대함을 가지고 판단해 달라고 부탁했습니다. 그는 저를 본 첫날부터 저에 대해 특정한 생각을 했다고 털어놓았고 당신, 존경하는 사촌누이여, 당신이 그에게 물론 저에 관해 몇 가지 이야기를 했다고 말입니다. 하지만 그는 그런 이야기를 먼저 들을 필요는 전혀 없었다고 다짐했고 제게 설명했습니다. 제가 특이하게도 아주 추상적이고 개념적인 직업을 선택했다고. 제가 아무리 재능이 있다고 해도 학자가 된 것은 잘못된 판단이었으며 저의 근본적인 재능은, 놀랄지도 모르겠지만, 무역과 개인적 영향력 분야라고!"

"그가 그렇게 말했다고요?" 디오티마가 말했다.

"저는 당신과 전적으로 같은 의견입니다." 울리히는 서둘러 대답했다. "제가 가장 재능이 없는 분야는 저 자신입니다."

"당신은 삶에 투신하는 대신에 늘 비웃습니다." 서류 때문에 아직도 그에게 화가 나 있던 디오티마가 말했다.

"아른하임은 그 반대라고 주장했습니다. 그는 제가 사고에서 삶에 관한 근본적 결론을 이끌어 내려는 욕구를 가지고 있다고 주장합니다."

"당신은 비웃고 늘 부정하기만 합니다. 당신은 항상 불가능한 것으로 비약하고 모든 현실적 결정을 피하지요!" 디오티마가 단정했다.

"저의 확신은 그냥", 울리히가 대답했다. "사고는 그 자체를 위한 설비라는 것입니다. 현실의 삶은 다른 것이지요. 현재 이 둘 간의 단계 차이는 너무나 크니까요. 우리의 뇌는 몇천 년이 되었지만 뇌가 모든 일을 절반까지만 생각하고 나머지 절반은 잊어버린다면, 이 뇌를 딱 닮은 것이 현실일 것입니다. 그러니 우리는 현실이 정신적 일에 관여하는 것을 거부할 수밖에 없습니다."

"그건 과제를 너무 쉽게 생각한다는 뜻 아닐까요?" 디오티마가 모욕하려는 의도 없이, 그저 산이 자신의 발치에 있는 작은 냇물을 바라보듯 물었다. "아른하임도 이론을 사랑하지만 내 생각에 그는 모든 연관성을 검증하지 않고 대충 넘어가는 일이 없습니다. 모든 사고의 의미는 응용능력을 촉진하는 것이라고 생각하지 않나요 …?"

"아닙니다." 울리히가 말했다.

"아른하임이 당신에게 어떤 대답을 했는지 듣고 싶습니다."

"그는 오늘날 정신은 현실의 발전을 무기력하게 지켜보는 방관자라고 했어요. 삶이 제기하는 위대한 과제들을 피하기 때문이랍니다. 그는 예술이 무엇을 다루는지, 교회가 얼마나 사소한 일들을 행하는지, 학자들의 시야 자체가 얼마나 좁은지 관찰해 보라고 요구했습니다! 그동안 대지는 말 그대로 분할되고 있음을 생각해 보라고 했습니다. 이어 그는 그가 제게 이야기하고 싶었던 것이 바로 이것이라고 설명했습니다!"

"그래서 당신은 뭐라고 대답했나요?" 디오티마가 긴장한 채 물었다. 아른하임이 사촌을 평행운동의 질문에 대한 무관심한 태도 때문에 비난하려 했다고 짐작했기 때문이었다.

"저는 뭔가를 실현하는 것보다는 실현되지 않은 것이 늘 저를 더 사로잡았다고 대답했습니다. 이 말은 예를 들어 미래의 것만을 말하는 게 아닙니다. 과거의 것, 놓쳐 버린 것도 마찬가지입니다. 하나의 이념에서 몇몇 소수의 일을 실현시킬 때마다 이에 대한 기쁨 때문에 더 많은 나머지 일들을 미완성인 채로 남겨 두는 것이 우리의 역사인 듯 여겨집니다. 위대한 설비들은 보통 처음 구상한 이념들이 실패한 것입니다. 게다가 위대한 인물들도 그렇습니다. 이것이 제가 그에게 한 말입니다. 어느 정도는 관찰방향의 차이입니다."

"당신이 싸움을 건 것입니다!" 디오티마가 약간 상처를 받고 말했다.

"그는 이에 대한 대답으로 사고의 아직 존재하지 않는 어떤 보편규정 때문에 활동력을 부인하는 제가 그의 눈에 어떻게 보이는지를 알려 주었습니다. 들어 보시겠습니까? 본인을 위해 마련된 침대를 옆에 두고 땅바닥에서 잠을 자는 사람처럼 보인답니다. 그건 에너지 낭비랍니다. 즉, 물리적으로 비도덕적인 것이라고 친히 저를 위해서 덧붙였지요. 또 큰 규모의 정신적 목표들은 오늘날 존재하는 경제적, 정치적, 결국 정신적 권력관계를 이용함으로써만 도달될 수 있음을 이해하라고 촉구했습니다. 개인적으로는 이 권력관계를 소홀히 하기보다는 이용하는 것이 더 윤리적이라고 생각한다고 했습니다. 그는 아주 끈질기게 부탁했습니다. 그는 저를 방어자세를 취한, 경직된 방어자세를 취한 아주 활동적인 인간이라고 불렀습니다. 왜 그가 저의 존경을 받으려고 하는지, 썩 편치 않은 이유가 있다고 생각합니다!"

"당신에게 도움이 되려는 것입니다!" 디오티마가 큰 소리로 나무랐다.

"오, 아닙니다." 울리히가 말했다. "저는 아마 작은 자갈일 뿐일 테고 그는 화려하고 볼록한 유리구슬과 같습니다. 하지만 저는 그가 저를 두려워한다는 인상을 받았습니다."

디오티마는 이에 아무 대답도 하지 않았다. 울리히가 말한 것은 주제넘었겠지만 디오티마는 울리히가 재현한 대화는 아른하임이 그녀에게 일깨운 인상에 합당한 그런 것은 전혀 아니었다는 생각이 들었다. 이는 심지어 그녀를 불안하게 했다. 물론 그녀는 아른하임은 간계를 쓸 사람이 결코 아니라고 여겼지만 울리히는 신뢰를 얻게 되었고 그녀는 그럼 슈툼 장군의 일에 어떤 충고를 하겠느냐는 질문을 던졌다.

"그를 멀리하십시오!" 울리히가 대답했고, 디오티마는 이 말이 마음에 들었으므로 스스로를 비난하지 않을 수 없었다.

67
디오티마와 울리히

이즈음 디오티마와 울리히의 관계는 습관이 되어 버린 만남을 통해 아주 개선되었다. 그들은 종종 누군가를 방문하기 위해 함께 외출해야 했고 그는 한 주에도 여러 번 그녀에게 왔는데, 미리 기별도 하지 않고 상례적이지 않은 시간에 오는 일도 드물지 않았다. 이런 상황에서 그들은 친척관계를 이용했고 엄격한 사회적 규정을 집안일로 완화시키는 것이 편했다. 디오티마는 항상 살롱에서 머리에서 발끝까지 완전히 중무장을 하고 그를 맞이한 것은 아니었고 가끔씩 가벼운 실내복 차림으로 편하게, 물론 매우 조심스러운 편안함일 뿐이었지만, 그를 맞았다. 그들 사이에는 일종의 동지애(同志愛)가 생겼는데, 주로 교류의 형식에서 그러했다. 하지만 형식은 내면으로도 영향을 미치는 법이고 원래 형식이 감정에서 생겨나긴 하지만 감정이 형식을 통해 일깨워질 수도 있다.

울리히는 디오티마가 매우 아름답다는 것을 가끔씩 뼈저리게 느꼈다. 그러면 그녀는 우수한 품종의 어리고 키가 크고 살이 오른 소처럼 여겨졌다. 소는 천천히 발걸음을 옮기면서 그윽한 눈길로 자신이 뜯어먹고 있는 마른 풀을 관찰했다. 그럴 때에도 그는 디오티마를 악의와 아이러니가 없지는 않게 바라보았는데, 이 악의와 아이러니는 그녀를 동물과 비교함으로써 디오티마의 정신적 귀족성에 복수했고, 깊은 분노에서 연유했다. 분노의 표적은 이 유능한 모범생이라기보다는 아이의 학업에 좋은 성적을 준 학교였다. '그녀는 얼마나 편할까!' 울리히는 생각했다. '교양이 없고 태만하고 착하다면. 큰 체격의 따뜻한 여자 몸이 특별한 이념을 꿈꾸지 않으면 늘 그렇듯이.' 그러면 세상의 귀〔耳〕인 투치 국장의 유명한 아내는 그녀의 육체에서 증발했고 이 육체만이 꿈처럼 뒤에 남았는데, 이 꿈은 베개, 침대, 꿈꾸는 사람과 더불어 흰 구름이 되었고 이 다정한 구름은 세상에서 온전히 혼자였다.

하지만 울리히가 이런 상상력의 나들이에서 돌아오면 눈에 보이는 것은 귀족적 사고와의 교류를 추구하는, 노력하는 시민적 정신이었다. 게다가 육체적 친족관계는 본질의 대립이 심할 때에는 불안을 유발하고 친척관계라는 생각과 자의식만으로도 그러기에 충분하다. 형제자매들이 정당화될 수 있는 정도를 훨씬 넘어 서로를 참을 수 없어 하는 경우가 더러 있으며 이는 그들이 존재만으로도 벌써 서로를 의심하고 서로에게 약간 상을 왜곡시키는 거울작용을 한다는 데서 연유한다. 때로는 디오티마가 거의 울리히만큼 키가 크다는 사실만으로도 그녀와 그가 친척관계라는 생각을 일깨우고 그로 하여금 그녀의 육체에 혐오감을 느끼게 하기에 충분했다. 그러면 그는 평소에는 학창 시절 친구 발터가 떠맡은 임무를, 물론 약간 변화를 주었지만, 그녀에게 부여했다. 그의 자부심을 모욕하고 자극하라는 임무였다. 이는 우리의 모습이 담긴 불쾌한 옛 사진이 우리를 모욕하는 동시에 우리의 자부심에 도전하는 것과 비슷했다. 여기서 드러나는 사실은 울리히가 디오티마에게 보내는 불신 속에도 서로를 연결시키고 결합시키는 어떤 것, 간단히 말해, 일말의 진정한 호의가 들어 있었으리라는 것이다. 그가 한때 발터에게 품었던 소속감이 불신이라는 형태로 여전히 연명하고 있는 것처럼.

울리히는 이것이 낯설었는데, 디오티마를 좋아하지 않았기 때문이었다. 스스로 인지하지도 못했지만 그는 오랫동안 그녀를 매우 싫어했다. 가끔씩 그들은 함께 짧은 나들이를 했다. 투치의 지지를 받아 날씨가 좋은 날을 이용해서 아른하임에게, 적합한 계절은 아니었지만, '빈의 아름다움'을 보여 주기 위해서였고 — 디오티마는 이에 이상투어 말고 다른 표현은 절대 사용하지 않았다 — 울리히는 자신이 나쁜 소문이 나지 않도록 하는 손위 친척의 역할로 매번 동행하고 있음을 알았다. 투치 국장은 시간을 낼 수 없었으니까. 나중에 드러난 사실은 아른하임이 여행을 떠나면 울리히와 디오티마가 단둘이 외출했다는 것이었다. 아른하임은 이런 나들이를 위해서, 평행운동에 직접 관계되는 목적을 위해서이긴 했지만, 필요할 때마다 차량을 쓰도록 해주었다. 라인스도르프 백작의 차는 문장장식 때문에 온 도시가 다 알았고 눈에 띄었으니까. 게다가 그것은 아른하임 본인의 차량도 아니었다. 부자들 주변에는 늘 부자에게 호의를 보이는 데서 만족감을 느끼는 다른 사람들이 있으니까.

이런 외출은 즐거움을 주었을 뿐만 아니라 영향력이 있거나 부유한 인물들을 애국사업에 끌어들이려는 목적도 있었고 시골보다는 도시 근교로 나가는 일이 더 잦았다. 두 친척은 아름다운 것들을 많이 보았다. 마리아 테레지아 시대 가구, 바로크 성, 아직도 하인들로부터 온갖 시중을 받으며 살아가는 사람들, 수많은 방이 있는 근세풍의 집, 궁전 같은 은행 건물, 스페인풍의 엄격함이 중산층의 생활습관과 어우러진 고관의 집 등. 전체적으로 이것들은 귀족의 경우 수도시설이 없는 위대한 생활의 잔여물이었고 이는 부유한 시민계급의 집과 회의실에서 위생적으로 개선되고 좀더 고상해졌지만 색이 바랜 복사본으로 반복되었다. 지배계급은 늘 약간 미개하다. 재와, 시대의 불꽃이 다 태우지 못한 잔여물은 귀족의 성에 그대로 남아 있었는데, 이곳에서 발은 호화로운 계단 바로 옆에서 무른 나무로 된 널마루바닥을 디뎠고 멋진 옛 가구들 사이에 혐오스러운 새 가구들이 아무렇게나 놓여 있었다. 이와 반대로 상승한 계급은 선구자들의 위풍당당하고 위대한 순간을 그리워하며 무의식적으로 최상품만을 까다롭게 골랐다.

시민계급 소유의 성은 전기선이 설치된 가보 샹들리에처럼 현대적 편의시설을 갖추었을 뿐 아니라 실내장식에서도 아름다운 것이 덜 배제되면서도 본인의 선택이나 거부할 수 없는 전문가의 충고에 따라 값나가는 것이 추가로 수집되었다. 게다가 이런 정제과정을 가장 잘 보여 주는 것은 성이 아니고 도시의 아파트였다. 이들은 시대에 맞게 대륙횡단 유람선의 개성 없는 화려함으로 꾸며졌지만 세련된 사회적 명예욕이 지배하는 이 나라에서는 말로 표현할 수 없는 입김을 통해서, 거의 알아차릴 수 없도록 잘 조절된 가구사이의 간격 또는 벽에 걸린 그림의 군림하는 위치를 통해서 위대한 여운의 분명한 메아리를 세심하게 보존했다.

디오티마는 이토록 많은 '문화'에 황홀해했다. 그녀의 고향이 아주 많은 보물을 숨기고 있다는 것을 늘 알았지만 그 규모는 그녀조차 놀라게 했다. 함께 시골을 방문하도록 초대받았을 때 울리히의 눈에 띈 것은 여기서는 과일을 껍질을 벗기지 않고 손으로 집어 먹는다거나 이와 비슷한 일을 드물지 않게 본다는 것이었다. 반면에 상류층 시민계급의 집에서는 칼과 포크로 치르는 의식이 엄격하게 지켜졌다. 똑같은 것은 대화에서도 관찰할 수 있었다. 완벽한 품위의 대화는 거의 시민계급 집에서만 있었고 반대로 귀족들 사이에서는 마부를 연상시키는, 익히 알려진 그 자유분방한 대화방식이 우세했다. 디오티마는 몽상에 잠겨 사촌을 상대로 이를 옹호했다. 그녀는 시민계급의 고상한 집들이 실내장식에서 더 위생적이고 더 지성적임을 시인했다. 귀족의 시골성에서는 겨울에 추위에 떤다. 좁고 닳아빠진 계단도 드물지 않고 사치스러운 응접실 옆에는 곰팡내 나는 낮은 침실이 있다. 음식용 승강기도, 하인용 욕실도 없다. 하지만 바로 이것이 어떤 의미에서는 더 영웅적인 것, 물려받은 것, 위대한 느긋함이다!

울리히는 이런 외출을 이용하여 그를 디오티마와 연결하는 감정을 연구했다. 하지만 이때 모든 것이 여담으로 가득 차 있으므로 결정적인 것에 다가가기 전에 이 여담들을 약간 쫓지 않을 수 없다.

당시 여자들은 목에서 복숭아뼈까지 오는 드레스를 입었고 그 시대의 남자들은, 오늘날도 여전히 당시와 비슷한 옷을 입고 있지만 이 옷이 그들에게 더 잘 어울린다고 생각했는데, 이것들이 세계를 무대로하는 남자의 표시로 통했던 흠잡을 데 없는 완결성과 엄격한 겸손을 여전히 생동감 있는 연관성 속에서 외부로 보여 주었기 때문이다. 당시에는 벌거벗은 모습을 보여 주려는, 물처럼 투명한 솔직함은 선입견이 별로 없고 벌거벗은 육체를 아무런 수치심 없이 존중할 줄 아는 사람에게조차 동물적인 것으로의 후퇴로 보였으리라. 벌거벗었기 때문이 아니라 의복이라는 문명화된 사랑의 수단을 포기했기 때문이었다. 실제로 그 시대에는 아마 동물보다 못하다고 말했으리라. 우수한 품종의 세 살짜리 말, 놀고 있는 그레이하운드는 벌거벗었지만 인간의 육체보다 훨씬 더 많은 것을 표현하니까. 반면에 동물은 옷을 입을 수가 없다. 동물은 피부가 하나뿐이지만 인간은 당시 훨씬 더 많은 피부를 갖고 있었다. 긴 드레스, 가장자리 주름장식, 부풀린 소맷부리, 플레어스커트, 주름치마, 레이스, 주름으로 인간은 원래보다 다섯 배나 더 넓은 표면을 만들어 냈고 이 표면은 주름이 많고 접근하기가 어려우며 에로틱한 긴장이 담긴 잔이 되었고 이 잔은 빈약한 하얀 동물을 숨기고 있었고 이 동물은 자신을 찾게 만들었고 끔찍이도 갈망

할 만하게 만들었다. 이것은 자연이 자신의 창조물에게 털을 곤두세우라고 또는 검은색 가스를 뿜어내라고 명령할 때 자연 스스로가 사용하는 미리 정해진 방법이었는데, 사랑과 공포 속에서 진행되는 냉철한 과정들을 — 이때 중요한 것이 이것이다 — 현세의 것이 아닌 어리석음으로까지 상승시킨다.

디오티마는 평생 처음으로 이 유희가, 비록 가장 수수한 방식이긴 했지만, 가슴 깊이 와 닿음을 느꼈다. 교태는 그녀에게 낯설지 않았다. 이는 귀부인이 통달한 사교 과제 중 하나였으니까. 그녀를 향한 젊은 남자들의 시선이 경외심과는 다른 뭔가를 표현할 때면 그녀는 결코 이를 놓치지 않았다. 심지어 좋아하기까지 했다. 황소의 두 뿔처럼 그녀를 향해 있는 남자의 시선을 강제하여 그녀의 입이 말하는 이상적인 방향으로 향하도록 할 때마다 부드러운 여성적 훈계라는 권력을 느꼈기 때문이다. 하지만 울리히는 친척관계와 평행운동을 도와주는 몰아적(沒我的) 행동으로 엄폐되고 그에게 유리하게 작성된 유언보충서의 엄호를 받으면서 그녀의 이상주의의 복잡한 조직망을 수직으로 파고드는 자유를 누렸다. 한번은 시골로 나간 이런 외출 중에 마차가 매혹적인 골짜기를 지나게 되었다. 골짜기 사이에는 검은 가문비나무숲으로 덮인 산이 도로 바로 옆에 우뚝 솟아 있었다. 디오티마는 "너 아름다운 숲이여, 누가 너를 거기 그 위에 그렇게 우뚝 세워놓았지 … ?"[19]라는 시구로 산을 가리켰다. 그녀는 이 시구를 당연히 시로서 인용했으며 거기에 딸린 노래는 암시조차 하지 않았다. 만

---

19 독일 낭만주의 시인 아이헨도르프의 시로 멘델스존이 곡을 붙였다.

약 그랬다면 이는 그녀에게 진부하고 공허하게 보였을 테니까. 하지만 울리히는 대답했다. "저지오스트리아 토지은행이지요. 여기 이 숲이 모두 토지은행 소유라는 것을 모르셨나요? 당신이 칭송하려는 장인은 이 은행에 고용된 산림관입니다. 여기 이 자연은 산림산업의 계획적인 산물입니다. 셀룰로오스 생산을 위해 줄줄이 심어진 저장소지요. 눈에 보이는 그대로입니다." 그의 대답은 자주 이런 식이었다. 그녀가 미에 대해 이야기하면 그는 피부를 지탱하는 지방조직에 대해 이야기했다. 그녀가 사랑에 대해 이야기하면 그는 연간 출생률의 자동적 상승과 하강을 보여 주는 그래프에 대해 이야기했다. 그녀가 위대한 예술의 형식들에 대해 이야기하면 그는 이 형식들을 서로 연결시키는 일련의 차용에 대해 이야기하기 시작했다. 사실 늘 디오티마가 신이 인간을 일곱 번째 날에 진주로 세계조개 안에 심어 놓기라도 한 것처럼 이야기하기 시작하면 이어 그가 인간은 소형 지구본의 겉껍질 위에 있는 작은 점 더미임을 상기시키는 식이었다. 울리히가 이로써 무엇을 원하는지 꿰뚫어 보기란 그리 간단치 않았다. 분명 이는 그녀가 속해 있다고 느끼는 바로 그 위대함의 영역을 겨냥하고 있었고 디오티마는 이를 특히 남의 마음을 상하게 하는 현학적 태도라고 느꼈다. 그녀가 문제아로 치부한 사촌이 자신보다 뭔가를 더 잘 안다고 나서는 것을 그녀는 견딜 수가 없었고 그의 유물론적 반박에 거칠게 화를 냈다. 이 반박을 그녀는 전혀 이해할 수 없었는데, 이것이 계산과 정확성이라는 비천한 문명의 영역에서 나왔기 때문이다. "다행히 아직도", 디오티마가 한번은 그에게 날카롭게 대꾸했다. "많은 경험에도 불구하고 단순한 것을 믿을 수 있는 사람들이 있습니다!" "예를 들어, 당신의 남편이죠." 울리히가 대답했다. "오래전부터 당신에게 제가 그를 아른하임보다 훨씬 더 좋아한다고 말하려고 했습니다!"

당시 그들은 종종 아른하임에 대해 말하는 형식으로 자신들의 생각을 교환하는 습관을 갖게 되었다. 사랑에 빠진 이들이 모두 그렇듯 디오티마는 속마음을 내비치지 않고 — 적어도 그녀는 그렇게 믿었다 — 사랑의 대상에 관해 말하는 즐거움을 누렸기 때문이었다. 그리고 자기 자신이 뒷전으로 밀려나는 것을 어떤 숨은 의도와 연결시키지 않는 남자들이 모두 그렇듯 울리히는 이를 참을 수 없는 것으로 여겼으므로 이런 계기에 그가 아른하임을 비방하는 일도 자주 발생했다. 그와 아른하임을 연결하는 독특한 종류의 관계가 형성되었다. 아른하임이 여행을 떠나지 않으면 그들은 거의 매일 만났다. 울리히는 자신이 이 이방인이 디오티마에게 미치는 영향력을 첫날부터 관찰할 수 있었던 것처럼 투치 국장도 이 이방인에게 의심을 품고 있음을 알았다. 제3자가 판단할 때 둘 사이에는 물론 아직 어떤 부당한 일도 일어나지 않은 듯했다. 제3자는 플라톤적 영혼의 공동체라는 최고의 모범을 본받으려 애쓰는 이 연인들 사이에 정당한 것이 참을 수 없이 많다는 사실을 통해 자신의 이런 추측을 더욱더 강화시켰다. 이때 아른하임은 여자 친구의 (어쩌면 연인일까? 울리히는 자문했다. 그가 가장 그럴 듯하다고 간주한 것은 '연인 더하기 여자 친구 나누기 2'와 같은 어떤 것이었다) 사촌을 친밀한 관계로 만들고 싶은 마음을 눈에 띄게 드러냈다. 그는 자주 연상의 친구가 하듯 울리히에게 말을 했는데, 이는 나이 차로 인해 허용되었지만 입장 차로 인해 교만함이라는 불쾌한 특징도 띠게 되었다. 이에 울리히는 거의 언제나 물리치면서 그리고 상당히 도전적인 방식으로 대답했는데, 자기 대신에 왕이나 수상에게 본인의 아이디어를 두고 담화할 수 있는 이 남자와의 교류를 조금도 높이 평가하지 않는 듯했다. 그는 아른하임의 말을 불손할 정도로 자주 그리고 거리낌 없이 아이러니하게 반박했고 이 침착성 부족에 스스로 화가 났다. 차라리 아무 말도 하지 않고 관찰하면서 즐기는 편이 나았으리라. 하지만 그는 스스로도 놀랄 정도로 아른하임에게 너무나 격렬한 분노를 느꼈다. 그는 아른하임 속에서 유리한 상황 덕분에 정신이 실하게 발전한 모범적 개별 사례를 보았는데, 그는 이런 발전을 증오했다. 이 유명한 저술가는 인간이 자신의 상을 더 이상 개울의 수면이 아니라 자신의 지성의 날카로운 파편에서 찾기 시작한 이후로 처하게 된 그 의심스러운 처지를 이해할 만큼 충분히 영리했다. 하지만 글을 쓰는 이 철의 제왕은 그 책임을 지성의 불완전함이 아니라 지성의 등장에 돌렸다. 석탄 가격과 영혼의 이 합일에는 속임수가 있었는데, 동시에 이 합일이 아른하임이 환히 알고서 행하는 것을 목적에 맞게, 그가 어스름한 예감 속에서 말하고 쓴 것에서 분리하는 것이기도 했기 때문이었다. 거기에 울리히의 심기를 더욱 불편하게 한 것이 보태졌는데, 그것은 그에게는 새로운 것, 즉 정신과 부(富)의 연결이었다. 아른하임이 어떤 개별문제에 대해 전문가처럼 자세히 이야기하다가 갑자기 태만한 몸짓으로 개별사항들을 '위대한 사상'의 빛 속에서 사라지게 하면 이는 뭔가 정당한 욕구에서 연유했을 테니까. 하지만 이렇게 두 방향을 자유롭게 선택할 수 있음은 동시에, 좋고 비싼 것은 다 누릴 수 있는 부유한 남자를 상기시켰다. 그는 늘 약간은 현실적 부의 행동방식을 연상시키는 의미에서 정신적으로 부유했다. 아마 이것도 이 유명한 남자를 곤란하게 하라고 울리히를 자극하는 정확한 원인은 아니었을 것이다. 울리히를 자극하는 것은 아마 아른하임의 정신이, 품위 있고 저절로 전통의 최고 상표 그리고 비상함의 최고 상표로 이어지는 궁정 및 집안살림을 향해 보이는 호의였을 것이다. 울리히는 이것들을 누리는 전문가의 거울 속에서 허세에 가득 찬 일그러진 얼굴을 보았고, 여기서 그나마 조금 들어 있는 강한 정열과 사고라는 특징을 제거하면 이것이 시대의 얼굴이었다. 이 때문에 그는 어쩌면 온갖 공로를 칭찬해 줄 수 있었을 이 남자를 더 잘 이해할 기회를 갖지 못했다. 물론 그가 거기서 하고 있는 일은 완전히 무의미한 싸움이었다. 처음부터 아른하임의 손을 들어 주는 환경에서 벌어지는, 아무런 중요성도 없는 일을 위한 싸움이었다. 기껏해야 이 무의미성은 끝없는 자기소모라는 의미를 가진다고 말할 수 있었으리라. 이는 또이길 가망이 전혀 없는 싸움이었다. 어쩌다 울리히가 한 번 적에게 상처를 입히는 데 성공하면 그는 잘못된 면을 찔렀음을 깨달아야 했다. 정신의 인간 아른하임이 패배하여 바닥에 누워 있는 듯하면, 마치 날개 달린 존재인 양 현실의 인간 아른하임은 관대한 미소를 지으면서 일어났고 이런 대화로 소일하는 나태한 존재에서 벗어나 행위를 위해 바그다드나 마드리드로 서둘러 날아가 버렸다.

이처럼 어떻게 해도 상처를 입지 않았기 때문에 그는 손아래 남자의 방자함을 친절한 동료애로 대할 수 있었고 이 동료애의 근원을 손아래 남자는 결코 알아낼 수 없었다. 하지만 울리히 자신에게도 적수를 너무 과소평가하지 않는 것이 중요했다. 자신에게 어울리지 않는 절반의 모험을 — 과거에는 이런 모험들이 너무 많았다 — 그렇게 쉽게 다시 시작하지 않으리라 작심했으니까. 그가 알아차린 아른하임과 디오티마 사이의 일의 진척은 이 결심이 안전할 것임을 보증했다. 그래서 그는 보통 공격의 창을, 찌르면 구부러지고 찌른 충격을 친절히 완화하는 작은 칼집으로 감싸인 펜싱 검처럼 겨누었다. 게다가 이런 비교를 생각해 낸 것은 디오티마였다. 그녀는 사촌과 놀랄 만큼 잘 지냈다. 환한 이마를 가진 그의 솔직한 얼굴, 차분하게 숨 쉬는 그의 가슴, 자유롭게 움직이는 그의 사지는 그녀에게 이 육체 속에는 악의에 차고 심술궂고 굽힐 줄 모르는 관능적 욕구가 살 수 없다고 속삭였다. 사실 그녀도 가족 구성원의 이런 좋은 외모에 전혀 자부심이 없지는 않았고 첫 만남에서 당장 그를 자신의 지도하에 두겠다고 결심했었다. 그가 검은 머리, 삐뚤어진 어깨, 깨끗하지 못한 피부, 낮은 이마를 가졌다면 그녀는 그의 세계관이 그에게 어울린다고 말했으리라. 하지만 그의 실제 외모를 보면 그의 견해와의 불일치만이 눈에 띄었고 이는 설명할 수 없는 불안으로서 지각되었다. 그녀의 유명한 직관의 촉수는 그 원인을 수색했으나 허사였지만 이 수색은 촉수의 다른 끝에서는 만족감을 주었다. 어떤 의미에서 — 물론 아주 진지한 의미는 아니었다 — 그녀는 심지어 가끔 아른하임보다 울리히와 이야기하는 것이 좋았다. 우월감에 대한 욕구는 그에게서 더 많이 충족되었고 그녀는 자신을 더 확실하게 통제할 수 있었고 그녀가 무례, 괴벽, 미성숙으로 간주한 것들은 일정한 만족감을 주었고 이 만족감은 매일매일 더 위험해지는 이상주의를 상쇄했다. 그녀는 아른하임을 향한 감정 속에서 이상주의가 통제할 수 없이 자라는 것을 보았다. 영혼은 끔찍할 정도로 힘든 일이고 따라서 유물론은 명랑한 일이다. 아른하임과의 관계를 조절하는 일은 살롱만큼이나 그녀를 힘들게 했고 울리히를 경멸함으로써 삶은 쉬워졌다. 그녀는 스스로를 이해할 수 없었지만 이런 작용을 확인했고 이로써 사촌의 발언에 화가 날 때면, 눈가에 머금은 아주 작은 미소일 뿐인 시선으로 그를 쩨려볼 수 있었고 그동안 눈은 이상주의적 부동자세로, 심지어 약간 경멸을 담아 정면을 바라보았다.

어쨌든 그 이유가 무엇이었든 디오티마와 아른하임은 울리히에게 이렇게 두 명의 전사처럼 행동했는데, 그들은 이 제3자에게 기댔고 그를 두려워하면서 교대로 상대방에게 밀어 보냈다. 울리히에게 이런 처지는 위험이 없지는 않았는데, 이때 디오티마를 통해 다음과 같은 질문이 되살아났기 때문이었다. "인간은 자신의 육체와 일치해야 하는가, 아닌가?"

68
여담.
인간은 자신의 육체와 일치해야 하는가?

얼굴이 하는 이야기와 상관없이 차의 움직임은 긴 드라이브 중 두 친척의 몸을 흔들리게 했고 옷들이 서로 건들렸고 약간 겹쳐졌다가 다시 떨어지기도 했다. 이는 어깨에서만 알아볼 수 있을 뿐이었는데, 그 외 다른 것들은 모두, 같이 덮은 담요에 덮여 있었기 때문이다. 하지만 육체는 옷으로 인해 약화된 이 접촉을 마치 사물을 달빛 아래서 볼 때처럼 부드럽게, 아련히 느꼈다. 울리히는 사랑의 이 인위적 유희에 둔감하지 않았지만 이를 특별히 진지하게 여기지도 않았다. 욕망을 육체에서 옷으로, 포옹에서 저항으로, 또는 한마디로, 목표에서 길로 지나치게 섬세하게 옮겨 놓는 것이 그의 천성에 맞지 않았다. 그의 천성은 육욕(肉慾)으로 인해 여자에게 이끌렸지만 그것이 가진 보다 높은 힘은 자신에게 맞지 않는 낯선 인간을 꺼렸다. 갑자기 이 낯선 인간을 가차 없이 선명하게 눈앞에서 보면, 그의 천성은 늘 호감과 반감이라는 생생한 모순에 처했다. 하지만 이는 육체의 고상한 아름다움, 인간적인 아름다움, 정신의 멜로디가 자연의 악기에서 솟아오르는 순간 또는 육체가 신비주의적 음료로 채워진 잔과 같은 그런 다른 순간이 그에게는 평생 낯설었다는 뜻이다. 소령 부인을 향했던 꿈들, 오랫동안 그의 내면에서 이런 성향을 지워 버린 꿈들을 예외로 하면.

그 후로 그의 여자관계는 모두 부당했다. 양쪽 다 좋은 의지를 가졌던 몇몇 경우는 유감스럽게도 너무 쉬웠다. 거기에는 감정, 행위, 갈등의 도식, 남자여자가 있었고 이 도식은 그들이 이를 처음으로 생각하자마자 통달할 수 있도록 준비되어 있었다. 이는 내적 의미에서는, 마지막 사건들이 선두로 밀고 나오고 근원에서는 어떤 물결도 더 이상 흘러나오지 않는 거꾸로 된 진행이었다. 두 인간이 서로에게 품는 순수한 호의, 사랑의 감정 가운데 가장 단순하고 가장 깊은 이 감정, 다른 모든 감정의 자연스러운 근원인 이 감정은 이런 심리적 전도에서는 더 이상 나타나지 않는다. 디오티마와 함께 차를 타고 가면서 울리히도 처음 디오티마를 방문했을 때의 작별장면을 기억하는 일이 드물지 않았다. 당시 그는 그녀의 온화한 손을, 무게감이 없는 완벽하게 인위적이고 고상한 손을 자신의 손으로 잡았고 그러면서 그들은 서로의 눈을 들여다보았다. 그들은 둘 다 분명 서로에게 반감을 느꼈지만 죽도록 서로에게 스며들 수도 있다고 생각했다. 이 환상이 아직 그들 사이에 남아 있었다. 이렇게 위에서는 두 개의 머리가 서로에게 무서운 냉기를 내뿜었지만 아래에서는 육체가 아무런 저항 없이 서로 열렬히 얽혀들었다. 여기에는 머리가 두 개인 신이나 말발굽처럼 갈라진 악마의 발처럼 악의적으로 신화적인 것이 있었고, 이것을 더 자주 체험했던 청소년 시절의 울리히를 나쁜 길로 이끌었지만 세월이 흐르면서 이것은 나체가 탈의로 대체되는 것과 전적으로 동일한 의미에서 시민적 사랑의 자극제에 불과함이 입증되었다. 한 인간을 황홀경에 빠지게 할 힘이 있다는 기분 좋은 경험보다 더 시민적 사랑에 불을 붙이는 것도 없다. 이 황홀경 속에서 인간은 너무나 어리석게 행동하므로 또 다른 방식으로 이런 변화의 원인이 되려 한다면 흡사 살인자가 되어야 할 정도다. 문명화된 인간의 이런 변화가 있다는 것이 사실이고 이런 작용이 우리에게서 연유한다는 것도 사실이다! 이 질문과 경탄이 쾌락의 고도(孤島)에 정박한 모든 사람들의 대담한 유리 눈에 들어 있지 않은가? 이 섬에서 그들은 살인자, 운명, 신이며 자신들이 도달할 수 있는 최고의 비합리성과 모험을 너무나 편안한 방법으로 체험한다.

시간이 흐르면서 그가 이런 종류의 사랑에 대해 품게 된 거부감은 마침내 그 자신의 육체에까지 퍼져 나갔다. 그의 육체는 잘 팔리는 남성성을 여자들에게 그럴싸하게 꾸며 보임으로써 이런 전도된 관계의 성립을 언제나 장려했다. 그러나 이런 남성성을 가지기에 울리히는 정신 그리고 내적 모순이 너무 많았다. 그는 때때로 그의 외모에, 아주 정직하지는 않는 수단으로 작업하는 싸구려 경쟁자에게 느끼는 그런 질투심을 느꼈고 여기서 드러나는 모순은 이것을 느끼지 못하는 다른 사람들 속에도 있었다. 이 육체를 운동으로 가꾸고 여기에 형상, 표현, 행동태세를 주는 사람이 바로 그 자신이었으니까. 그리고 이 모든 행위가 내면에 끼치는 영향은 영원히 미소 짓는 또는 영원히 진지한 얼굴이 정서에 미치는 영향과 비교될 수 있을 만큼 컸다. 특이하게도 대다수의 인간들은 방치되고 우연으로 빚어져 그들의 정신이나 본질과는 거의 상관없어 보이는 왜곡된 육체를 갖고 있거나 스포츠의 가면으로 가려진 육체를 갖고 있다. 이 가면은 외모를 통해 사람들이 자기 자신으로부터 떠나 휴가를 갖게 해준다. 그것은 인간이 아름답고 위대한 세계의 잡지에서 무심히 받아들인 외모의 백일몽을 계속해서 꾸는 그런 시간이다. 구릿빛 피부를 가진 근육질의 테니스 선수, 그냥 자신들의 일을 능숙하게 하는 것뿐인데도 세계기록 보유자처럼 보이는 기수와 자동차 경주자, 화려한 이브닝드레스를 입은 또는 옷을 벗은 이 귀부인들은 모두 백일몽을 꾸는 자들이며 이들을 평범한 백일몽을 꾸는 자들과 구별하는 것은 이들의 꿈이 뇌에 머무르지 않고 다 함께 야외에서, 대중영혼의 형성물로서 육체적으로, 극적으로, 미심쩍음 이상인 심령론적 현상들을 염두에 두고 말하자면 관념조형적으로 형상화된다는 것이다. 하지만 이들과 평범한 공상가는 꿈이 얕다는 공통점이 있는데, 각성상태와 가깝다는 점이나 그 내용을 보아서도 그러하다. 전체 관상의 문제는 오늘날 아직은 감출 수 있는 듯 보인다. 글씨체, 목소리, 수면 자세에서, 또는 그게 무엇이든

간에 그것에서 한 인간의 본질을 추론하는 법을 — 심지어 이런 추론은 가끔씩 놀랍게도 옳기도 하다 — 배운다고는 해도 전체로서의 육체를 위해서는, 보고 따라 하는 패션모범 또는 기껏해야 일종의 도덕적 자연치유철학이 있을 뿐이다.

하지만 이것이 우리의 정신, 우리의 이념, 예감과 계획의 육체 또는 — 아름다운 육체까지 포함해서 — 우리의 어리석음의 육체인가? 울리히가 이 어리석음을 사랑했고 아직도 일부 소유하고 있다는 사실은 그가 어리석음에 의해 창조된 육체 속에서 편안함을 느끼지 못하는 것을 막지는 못했다.

69
디오티마와 울리히.
속편

삶의 형상의 겉과 속이 하나가 아니라는 이런 감정을 새로운 방식으로 그의 내면에서 더 강화시킨 것은 주로 디오티마였다. 이는 때때로 달빛을 뚫고 가는 듯 그녀와 함께 차를 타고 가노라면 분명히 표출되었는데, 이 젊은 여인의 아름다움은 그녀의 전 인격에서 떨어져 나와 잠시 동안 마치 꿈이 빚은 형상처럼 그의 눈을 덮었다. 그는 디오티마가 그가 말한 것을 전부 사람들이 — 물론 어느 정도 수준 있는 사람들이긴 했지만 — 일반적으로 말하는 것과 비교하고 있음을 잘 알았고 그녀가 그의 말을 '미성숙'하다고 생각한다는 것이 편했고 그래서 그는 끊임없이 거꾸로 자신을 향한 망원경 앞에 앉아 있는 것 같았다.

그는 점점 더 작아졌고, 그녀와 이야기하노라면 악과 냉철함의 변호인을 자처하는 자신의 말 속에서 자신의 마지막 학창 시절의 대화를 듣는다고 생각했다. 아니면 적어도 그런 생각이 들려고 했다. 학창 시절 그는 동급생들과 함께 세계사의 모든 악인들과 괴물들을 동경했는데, 그냥 선생들이 이상주의적 혐오감을 보이면서 그들을 그렇게 불렀기 때문이었다. 디오티마가 불만스럽게 그를 바라볼 때면 그는 또 다시 작아졌고 영웅주의와 팽창욕의 도덕에서 멀어져 반항적으로 기만적이고 조야하고 불확실하게 방탕한 개구쟁이 시절의 도덕에 도달했다. 물론 아주 비유적으로 이야기하자면, 어떤 몸짓이나 말 속에서 이미 오래전에 내다 버린 몸짓이나 말과의 유사성, 심지어 그냥 꿈꾸기만 했거나 언짢아하며 다른 사람들에게서 보았던 몸짓과의 유사성을 미약하게나마 발견하는 것처럼. 하지만 어쨌든 이것이 디오티마를 불쾌하게 하고 싶은 그의 욕구 속에 섞여 있었다. 이 여자의 정신은 — 정신이 없다면 그녀는 너무나 아름다웠으리라 — 비인간적인 감정, 어쩌면 정신에 대한 두려움을 그의 내면에 불러일으켰는데, 이는 모든 위대한 것들에 대한 거부감이었고 거의 식별할 수 없을 정도로 약한 감정이었다. 어쩌면 감정이라는 말도 이렇게 살짝 내뿜은 입김을 위해서는 너무 거창한 표현이었을 것이다! 하지만 말로 확대하면 대충 이런 말이리라, 그는 때때로 이 여자의 이상주의뿐 아니라 가지를 치고 널리 퍼져 있는 세계의 모든 이상주의가 그녀의 그리스식 정수리 한 뼘 위에서 떠다니는 것을 보았다. 딱 악마의 뿔이 아닐 정도였다! 그 후 그는 한층 더 작아졌고, 계속해서 비유적으로 말하자면, 어린 시절의 열정적인 첫 도덕으로 되돌아갔다. 그 시절의 눈 속에 든 유혹이나 두려움은 가젤의 시선 속 그것과 같았다. 그 시기의 애정 어린 느낌들은 헌신의 순간에는 전체가 될 수 있다. 아이들이 세계를 불타오르게 하기 때문이다. 아이들은 목적도 없고 어떤 작용을 할 가능성도 없으며 한계가 없는 불이니까. 울리히답지는 않았지만, 어른이 살 수 있는 조건들과는 더 이상 공통점이라고는 별로 없으므로 지금은 거의 상상도 할 수 없는 이런 어린 시절의 감정을 그는 결국 디오티마와 함께 있으면서 동경했다.

그는 한번은 그녀에게 이를 고백할 뻔하기도 했다. 그들은 드라이브 중 차에서 내려 작은 계곡 안으로 걸어 들어갔다. 계곡은 강 하구처럼, 숲이 우거진 가파른 강변이 있는 풀밭이었고 휘어진 삼각주를 형성했다. 삼각주 한가운데는 가볍게 서리가 낀 시내가 구불구불 놓여 있었다. 비탈은 군데군데 벌목되었고 그대로 둔 나무들이 듬성듬성 서 있었는데, 나무들은 벌목된 벌거숭이 부분과 산등성이에서는 마치 심어둔 깃털깃발처럼 보였다. 이런 풍경이 그들을 산책하도록 유혹했다. 눈이 내리지 않는 아름다운 날이었다. 이런 날은 겨울 한가운데서 마치 빛이 바래고 유행이 지난 여름옷처럼 보인다. 디오티마가 갑자기 사촌에게 물었다. "도대체 왜 아른하임이 당신을 활동가라고 부르지요? 그는 당신의 머릿속이 늘 일들을 어떻게 달리, 더 낫게 만들 수 있을까 하는 생각들로 가득 차 있다고 해요." 그녀는 갑자기 울리히와 장군에 대해 아른하임과 나누었던 대화가 아무런 결론 없이 끝나 버렸음을 상기했다. "난 그 말을 이해할 수가 없어요." 그녀가 계속해서 말했다. "내가 보기에 당신은 뭔가를 진지하게 여기는 일이 드물거든요. 하지만 책임감을 요하는 과제를 함께 해내야 하니 당신에게 물어보지 않을 수 없어요! 우리의 마지막 대화를 아직 기억하나요? 그때 당신은 뭔가를 말했어요. 모든 권력을 갖게 되어도 원하는 것을 실현시킬 사람은 아무도 없다고 주장했어요. 어떤 뜻으로 한 말인지 지금 알고 싶군요. 그건 정말 무서운 생각 아닌가요?"

울리히는 우선 침묵했다. 너무나 뻔뻔스럽게 자신의 의견을 개진한 후 이렇게 침묵이 계속되는 동안 그녀에게는 아른하임과 자신이 각자 은밀히 바라는 그 일을 실현할 것인가 하는 금지된 질문에 자신이 얼마나 열심히 몰두하고 있는지가 분명해졌다. 그녀는 갑자기 울리히 앞에서 속마음을 보였다고 생각했다. 그녀는 얼굴이 빨개졌고 이를 막으려고 했으나 얼굴은 더 빨개졌고 그녀는 계곡에 대해 최대한 무심한 말을 함으로써 그를 보지 않으려 했다.

울리히는 이 과정을 지켜보았다. "당신이 말씀하신 대로 아른하임이 저를 활동가라고 부르는 단 하나의 이유는 그가 투치 집에서의 저의 영향력을 과대평가하기 때문이 아닐까 심히 염려됩니다." 그가 대답했다. "당신이 제 말에 별 가치를 두지 않는다는 것은 당신 스스로 더 잘 압니다. 하지만 당신이 제게 그 질문을 하는 지금 이 순간 제가 당신에게 어떤 영향력을 행사해야 하는지가 분명해지는군요. 저를 곧장 다시 비난하지 않으신다면 말을 하겠습니다만?"

디오티마는 동의의 표시로 말없이 고개를 끄덕였고 산만해진 척했지만 다시 집중하려고 애썼다.

"제 주장은", 울리히가 말을 시작했다. "그럴 수 있다 해도 아무도 원하는 것을 실현하지는 않으리라는 것입니다. 제안들로 꽉 찬 우리의 서류철을 기억하나요? 이제 당신께 물어볼게요. 누군가에게 평생

동안 열정적으로 요구해 온 일이 일어난다고 한다면, 그는 당황하지 않을까요? 예를 들어, 갑자기 가톨릭 신자에게 신의 왕국이 도래한다면 또는 사회주의자에게 미래의 국가가 도래한다면요? 어쩌면 그건 아무것도 증명하지 못하겠군요. 우리는 요구하는 일에 익숙해져 있고 그것이 실현될 것에는 대비가 되어 있지 않지요. 어쩌면 많은 사람들은 이를 그냥 당연하다고 생각할 것입니다. 계속 질문하겠습니다. 의심할 바 없이 음악가는 음악을 가장 중요한 것으로 간주하고 화가는 그림 그리는 것을 가장 중요한 것으로 간주합니다. 심지어 시멘트 전문가는 시멘트집을 짓는 것을 가장 중요한 것으로 간주할 것입니다. 그 때문에 누군가는 사랑하는 신을 철근시멘트 전문가로 상상하고 또 누군가는 그려진 세계를 또는 코넷이 연주해 낸 세계를 실제 세계보다 선호할 거라고 믿으십니까? 당신은 이 질문을 터무니없다고 여기겠지만 이 터무니없는 것을 요구해야 한다는 것이 제 진심입니다!

그리고 지금 제발", 그는 너무나 진지하게 그녀를 향해 몸을 돌렸다. "이로써 제가 그냥 실현하기 어려운 것은 모두를 자극하고, 실현할 수 있는 것은 모두가 뿌리친다는 말을 하려 한다고는 생각지 마십시오. 제가 말하고 싶은 것은 현실에는 비현실에 대한 터무니없는 요구가 들어 있다는 것입니다!"

그는 아무런 배려 없이 디오티마를 작은 계곡 안으로 이끌었다. 땅은 비탈에서 떨어진 눈 탓에 올라갈수록 질척였고 그들은 작은 풀 더미 위로 풀쩍풀쩍 건너뛰어야 했다. 이로 인해 그의 연설은 여러 마디로 나누어졌고 울리히는 자신의 주장을 매번 비약적으로 이어갈 수밖에 없었다. 그 때문에 그가 말하는 것에 대해 제기할 수 있는 타당한 이의도 너무나 많아서 디오티마는 어떤 이의를 제기해야 할지 결정할 수 없었다. 그녀는 발이 젖었고 잘못된 길로 이끌려 들어왔고 겁을 먹은 채 치마를 조금 치켜들고 흙덩이 위에 서 있었다.

울리히는 뒤돌아보며 웃었다. "당신은 정말 너무나 위험한 일을 시작했어요, 위대한 사촌이여! 인간들은 무한히 기뻐할 겁니다. 자신들의 이념을 실현시킬 수 없게 놔둔다면!"

"그럼 당신은 뭘 할 거지요", 디오티마는 화가 나서 물었다. "만약 당신이 하루 동안 세계를 지배할 수 있다면?"

"현실을 없애는 것 말고는 아무것도 없겠지요!"

"당신이 그 일을 어떻게 시작할지 정말 알고 싶군요!"

"저도 모르겠습니다. 제가 무슨 뜻으로 그런 말을 했는지도 정확히 모르겠습니다. 우리는 현재의 것, 현재의 감정, 현재 여기에 있는 것을 극도로 과대평가합니다. 제 말은 지금 당신이 저와 함께 마치 바구니 안에 집어넣어진 듯 이 계곡 안에 있는 것 말입니다. 그리고 순간의 덮개가 그 위에 떨어집니다. 우리는 이를 과대평가합니다. 우리는 이를 기억할 것입니다. 어쩌면 1년 후에도 어떻게 우리가 여기 서 있었는지 이야기할 것입니다. 하지만 우리를, 적어도 저를 진정으로 움직이는 것, 그것은 ─ 조심스럽게 말하지요. 저는 이에 대해 어떤 설명이나 이름을 찾으려는 것이 아닙니다! ─ 늘 체험의 이런 방식에 어느 정도 반대입니다. 그것은 현재에 의해 억압되었습니다. 그것은 이런 식으로는 현실화되지 않습니다!"

울리히가 그때 말한 것은 협곡 안에서 크고 어지럽게 울렸다. 디오티마는 갑자기 섬뜩한 느낌이 들었고 차로 돌아가려 했다. 하지만 울리히는 그녀를 붙잡았고 경치를 보여 주었다. "저것은 수천 년 전에는 빙하였습니다. 세계도 지금 현재 우리에게 보이는 그대로가 절대 아닙니다." 그가 설명했다. "이 둥근 존재는 히스테리컬한 특성을 갖고 있습니다. 오늘날 이것은 우리에게 양분을 공급하는 시민적 어머니의 역할을 합니다. 그 당시 세계는 악한 소녀처럼 혹한이었고 얼음으로 덮여 있었습니다. 또 그보다 수천 년 더 전에 세계는 뜨거운 양치류 숲, 끓어오르는 늪, 악마 같은 동물로 넘쳐 났지요. 세계가 완전함을 향해 발전해 온 것인지도, 세계의 진짜 상태가 무엇인지도 말할 수 없습니다. 똑같은 것이 세계의 딸, 인류에게도 적용됩니다. 그냥 옷을 상상해 보십시오. 시간이 흐르면서 인간은 옷을 입었고 우리가 지금 서 있는 여기에 서 있습니다. 정신병원의 개념으로 표현하자면, 이 모든 것은 돌발적 관념분일(觀念奔逸)[20]을 동반한 만성적 강박관념과 비슷합니다. 관념분일이 끝나면 삶에 대한 새로운 표상이 생깁니다. 자, 당신은 현실이 스스로를 없애는 것을 보고 계십니다!"

"이 말도 하고 싶습니다." 울리히는 한참 후 처음부터 다시 시작했다. "발아래 단단한 대지가 있고 단단한 피부가 나를 감싸고 있다는 감정, 이는 대부분의 인간에게는 너무나 당연하게 보이겠지만 제게는 그다지 강하게 발전되지 않았습니다. 당신이 아이였을 때를 한번 생각해 보십시오. 아주 부드러운 잉걸불이었지요. 그 후에는 입술 위에 동경이 불타는 계집아이였습니다. 제 내면에서는 적어도 뭔가가

---

20 여러 가지 생각이 아주 빠르게 잇달아 떠오르거나 연상 작용이 매우 빨라서 생각이 일정한 방향을 잡지 못하는 상태를 말한다.

이른바 성숙한 성년이 그런 발전의 정점이어야 한다는 것에 반발합니다. 어떤 의미에서는 '예'이지만 어떤 의미에서는 아닙니다. 제가 만약 미르멜레오니나, 즉 명주잠자리라면, 제가 한 해 전에는 펑퍼짐하고 회색인 뒤로 걷는 미르멜레온, 즉 개미귀신이었다는 것에 몸서리가 쳐질 것 같아요. 개미귀신은 숲 가장자리에서 깔때기 모양의 모래구덩이 아래쪽 끝에 파묻혀 살면서 눈에 보이지 않는 집게로 개미들의 허리를 붙잡지요. 그 전에 불가사의한 방법으로 모래알을 쏘아서 개미들을 녹초로 만들어요. 가끔씩 저는 정말로 이와 비슷하게 저의 청소년 시절에 대해 몸서리가 쳐집니다. 제가 당시 잠자리였고 지금 괴물이라고 해도 말입니다." 울리히는 무엇을 원하는지 스스로도 제대로 몰랐다. 그는 미르멜레온과 미르멜레오니나를 가지고 약간은 아른하임의 교양 있는 박학다식을 흉내 냈다. 하지만 그는 막 이렇게 말하려 했다. "저를 포옹해 주십시오. 순수한 호의로요. 우리는 친척입니다. 아주 분리되지도 않았고 아주 하나도 아니지요. 어쨌든 품위 있고 엄격한 관계와는 정반대지요."

하지만 울리히가 틀렸다. 디오티마는 스스로에게 만족하고 그 때문에 자신의 연배를 아래에서 위로 올라가는 계단처럼 보는 사람이었다. 울리히가 말한 것을 그녀는 전혀 알아들을 수 없었다. 게다가 그가 말하지 않은 내용은 몰랐으니까. 그사이 그들은 차에 당도했다. 그래서 그녀는 안정을 되찾았고 이제 그의 연설을 다시 익히 알고 있는, 오락과 불쾌 사이를 오가는 수다로 받아들였고 곁눈질 이상은 주지 않았다. 실제로 그는 이 순간 각성효과 말고는 그녀에게 아무런 영향력도 행사하지 못했다. 그녀의 심장 한구석에서 솟아오른 편파성의 부드러운 구름이 메마른 공허로 흩어졌다. 어쩌면 처음으로 그녀는 아른하임과의 관계가 조만간 그녀를 삶 전체를 바꿀 그런 결정 앞에 세우리라는 사실을 분명히 그리고 가혹하게 직시했다. 그것이 지금 그녀를 행복하게 했다고는 말할 수 없었으리라. 하지만 그것은 정말로 거기 서 있는 산맥의 무게감이 있었다. 나약함은 지나갔다. 바로 그 '원하는 것을 하지 않기'가 한순간, 그녀가 이해하지 못한 아주 터무니없는 광채를 얻었다.

"아른하임은 저와는 정반대입니다. 현재의 순간에 그와 마주하는 시간과 공간이 가진 행복을 끊임없이 과대평가합니다!" 울리히는 말한 것을 끝맺음하려는 단정한 소망에서 미소를 지으며 한숨을 쉬었다. 하지만 어린 시절에 대해서는 그도 더 이상 말하지 않았고 그래서 디오티마가 감정적인 그를 알게 되는 일도 일어나지 않았다.

70
클라리세가 울리히를 방문해
이야기를 하나 들려주다

유명 화가 반 헬몬트는 낡은 성을 새로 꾸미는 데 탁월한 능력이 있었지만 이 화가의 가장 천재적인 작품은 딸 클라리세였고 어느 날 그녀가 뜻밖에 울리히의 집에 들어섰다.

"아빠가 날 보냈어." 그녀가 전했다. "너의 위대한 귀족 친구들과의 관계를 그를 위해 조금 이용할 수 없는지 살펴보래!" 그녀는 호기심을 갖고 방 안을 둘러보았고 의자 위에 몸을 던졌고 다른 의자 위에는 모자를 던졌다. 이어 그녀는 울리히에게 손을 내밀었다.

"네 아빠는 나를 과대평가하시지"라고 울리히가 말하려 했지만 그녀가 그의 말을 끊었다.

"아, 터무니없는 소리! 너도 알잖아, 그 노인네는 항상 돈이 필요하다는 걸. 사업이 예전처럼 잘되지 않거든!" 그녀는 웃었다. "정말 우아하게 꾸며 놓았네. 예뻐!" 그녀는 다시 한번 주위를 찬찬히 둘러보았고 이어 울리히를 바라보았다. 그녀의 일거수일투족에는 양심의 가책으로 털이 가려운 작은 개의 사랑스러운 불안이 있었다. "그래!" 그녀가 말했다. "할 수 있다면 넌 그렇게 할 거야! 할 수 없다면 안 하겠지! 물론 아빠에게는 그렇게 할 거라고 약속했어. 하지만 내가 여기 온 건 다른 이유 때문이야. 그의 관심사가 내게 아이디어를 하나 주었어. 말하자면, 우리 가족에게는 뭔가가 있어. 네가 이에 대해 뭐라고 말할지 한번 듣고 싶어." 그녀의 입과 눈은 망설였고 한순간 움찔했지만 그 후 그녀는 단번에 시작의 어려움을 극복했다. "성형외과 의사라고 말하면 뭐가 상상이 되니? 화가는 성형외과 의사야."

울리히는 이해했다. 그는 그녀의 부모님 집을 알았다.

"어둡고 고상하고 화려하고 풍성하고 푹신하고 여기저기 깃발이 꽂혀 있고 장식술이 달려 있지!" 그녀가 계속했다. "아빠는 화가고 화가는 일종의 성형외과 의사야. 우리와 교류하는 것은 사교계에서는 늘 온천장 휴가처럼 세련된 것으로 간주되었지. 넌 이해할 거야. 옛날부터 아빠의 주된 수입원은 궁전과 시골 성의 실내장식이었어. 파흐호펜 가족 알지?"

파흐호펜은 부유한 시민계급 가문이었는데, 울리히는 그들을 몰랐다. 파호호펜가의 아가씨 한 명을 몇 해 전 클라리세의 사교모임에서 만났을 뿐이었다.

"그 애는 내 친구였어." 클라리세가 설명했다. "그녀는 당시 열일곱 살이었고 나는 열다섯 살이었어. 아빠는 성의 실내장식과 개조를 맡았어."

"음 그래, 물론이야. 파호호펜의 성이지. 우리 모두가 초대받았어. 발터도 처음으로 우리와 함께 갔어. 마인가스트도."

"마인가스트?" 울리히는 마인가스트가 누구인지 몰랐다.

"응, 너도 알 걸. 그 후 스위스로 간 마인가스트 말이야. 당시 그는 아직 철학자는 아니었고 딸이 있는 집에는 늘 있는 수탉이었지."

"개인적으로 알지는 못해." 울리히가 확언했다. "하지만 이제 누구인지는 알겠어."

"좋아", 클라리세는 머릿속으로 힘들여 계산했다. "기다려. 발터가 당시 스물세 살이었고 마인가스트는 약간 더 나이가 많았어. 발터는 내심 아빠에게 굉장히 감탄했지. 처음으로 성에 초대를 받았거든. 아빠는 자주 왕과 같은 위엄을 발산했지. 발터는 처음에는 나보다는 아빠에게 반했어. 그리고 루시는⋯."

"맙소사, 좀 천천히 해, 클라리세!" 울리히가 부탁했다. "맥락을 놓친 것 같아."

"루시는", 클라리세가 말했다. "파호호펜가의 아가씨야. 우리를 초대한 파호호펜의 딸이지. 이제 이해가 되니? 아빠가 루시를 벨벳이나 문직(紋織) 천으로 감싸고 천 자락이 바닥에 끌리도록 해서 말 등에 태우면 그녀는 그를 티치아노나 틴토레토라고 상상했지. 그들은 서로에게 완전히 미쳐 있었어."

"그러니까 아빠는 루시에게, 발터는 아빠에게?"

"잠깐만 기다려! 그 당시에는 인상주의가 유행했어. 아빠는 구식으로 음악적으로 그림을 그렸어. 오늘날도 여전히 그러시지. 화려한 공작 꽁지를 가진 브라운소스지. 하지만 발터는 자유로운 공기, 선이 분명한 영국식 기능주의 형식, 새로운 것과 솔직한 것 편이었어. 아빠는 내심 프로테스탄트식 설교처럼 그를 참을 수 없어 했어. 게다가 아빠는 마인가스트도 참을 수 없어 했지만 혼기를 앞둔 두 딸이 있었고 늘 수입보다 지출이 많았으므로 이 두 젊은이의 영혼을 참을 수밖에 없었지. 이에 반해 발터는 몰래 아빠를 사랑했어. 이 이야기는 벌써 했군. 하지만 발터는 새로운 예술경향 때문에 공개적으로는 아빠를 경멸해야 했고 루시는 사실 예술에 대해 아무것도 몰랐지만 발터 앞에서 망신을 당할까 겁이 났고 발터가 옳으면 아빠가 그냥 우스꽝스러운 늙은이로 보일까 봐 두려워했어. 이제 그림이 그려져?"

울리히는 그러기 위해서는 엄마가 어디 있었는지도 알아야 한다고 말했다.

"엄마도 물론 거기 있었어. 부모님은 늘 그렇듯이 더도 덜도 아니고 매일 다투셨어. 이런 상황에서 발터의 입장이 유리했음은 너도 이해하겠지. 그는 우리 모두의 접점 같은 것이 되었어. 아빠는 그를 두려워했고 엄마는 그를 부추겼고 나는 그를 사랑하기 시작했어. 루시는 그에게 아부했어. 이렇게 발터는 아빠에게 일정한 권력을 갖게 되었고 조심스러운 쾌락을 느끼며 이를 만끽했어. 난 당시 그가 자신의 중요성을 깨달았다고 생각해. 아빠와 내가 없었다면 그는 아무것도 되지 못했을 거야. 이 연관성을 이해하겠어?"

울리히는 이 질문에 그렇다고 대답할 수 있다고 생각했다.

"하지만 내가 이야기하려는 건 다른 거야!" 클라리세가 보증했다. 그녀는 곰곰이 생각하더니 한참 후에 말했다. "기다려! 우선은 나와 루시만 생각해. 이건 흥미진진하도록 혼란스러운 관계야! 물론 나는 아빠 때문에 걱정이었어. 그가 사랑에 빠져 전 가족을 파멸시킬 기색을 보였거든. 물론 동시에 난 그런 일이 대체 어떻게 진행되는지도 알고 싶었어. 그들은 둘 다 아주 멋졌어. 루시에게는 당연히 나에 대한 우정과 내가 아직도 순종적으로 아빠라고 불러야 하는 남자를 연인으로 만들었다는 감정이 뒤섞여 있었어. 그녀는 이에 대해 적잖이 자만했지만 또 내 앞에서 격렬히 부끄러워했어. 나는 그 오래된 성이 지어진 이후로 거기서 그렇게 복잡한 일이 벌어진 적은 없었다고 생각해! 하루 종일 루시는 가능하면 어디든 아빠와 어울려 돌아다녔고 밤에는 탑에 있는 내게 와서 고해를 했어. 나는 탑에서 잤거든. 우리는 거의 밤새도록 불을 밝히고 있었지."

"루시는 대체 아빠를 어느 선까지 허락했어?"

"그게 단 하나 내가 듣지 못했던 거야. 하지만 그런 여름밤들을 생각해 봐! 부엉이가 흐느꼈고 밤은 신음했고, 무서운 생각이 들면 우리는 둘이서 내 침대에 누워 이야기를 계속했어. 우리는 그 일에 대해서 그렇게 불행한 열정에 사로잡힌 남자는 권총자살을 할 거라고밖에는 상상할 수 없었어. 사실 우리는 매일 그 일이 일어나기를 기다리고 있었어 ···."

"하지만 내 인상은", 울리히가 그녀의 말을 끊었다. "그들 사이에 그렇게 많은 일이 일어나지 않았다는 거야."

"나도 모든 걸 다 믿는 건 아니야. 하지만 그래도 대부분은 믿어. 너도 곧 알게 될 거야. 갑자기 루시가 성을 떠나야 했어. 그녀의 아빠가 갑자기 와서 그녀를 스페인 여행에 데리고 갔거든. 그때 혼자 남은 아빠를 네가 한 번 보았어야 했어! 가끔씩 정말 그가 엄마를 목 졸라 죽이기 일보 직전인 적도 있었다고 생각해. 그는 아침부터 저녁까지 접이식 이젤을 안장 뒤에 비끄러매고 여기저기 말을 타고 돌아다녔지만 물론 한 획도 그릴 수 없었고 집에 있을 때면 붓을 들지도 않았어. 평소에는 그가 기계처럼 그림을 그렸다는 걸 넌 알아야 해. 하지만 나는 당시 넓고 텅 빈 홀에서 펼치지도 않은 책을 들고 앉아 있는 그를 자주 보았어. 그렇게 어떤 때는 몇 시간이고 생각에 잠겨 있다가 일어섰고 다른 방이나 정원에서도 그랬어. 가끔씩은 하루 종일. 결국 그는 늙은 남자였고 청춘이 그를 곤경에 처하게 한 거야. 이해할 수 있겠지? 그리고 그가 자주 본, 서로 어깨동무를 하고 친하게 수다를 떠는 두 여자 친구의 그림이 마치 야생의 씨앗처럼 그의 내면에서 싹을 틔웠다는 생각이 들어. 아마 그는 루시가 늘 탑으로 나를 찾아왔다는 것도 알았을 거야. 한번은 밤 11시경에 성에 있는 모든 등이 벌써 꺼졌을 때, 잠시 그가 거기에 나타났어! 봐, 그건 사건이었어!" 클라리세는 이제 자신의 이야기의 중요성에 완전히 매혹되었다. "넌 계단 위에서 더듬고 긁적이는 소리를 들어. 하지만 그게 무엇인지는 몰라. 이어 서투르게 문손잡이를 누르는 소리가 들리고 모험처럼 문이 열리지 …."

"왜 도움을 청하지 않았어?"

"그게 특이한 거야. 난 처음 소리를 들었을 때부터 그게 누구인지 알았어. 그는 미동도 않고 문턱에 서 있었을 거야. 한참이나 아무 소리도 들리지 않았거든. 아마 그도 놀랐겠지. 그 후 그는 조심스럽게 문을 닫고 나지막이 내 이름을 불렀어. 난 천장을 뚫고 날아갈 듯 화들짝 놀랐어. 나는 대답하지 않으려 했지만 특이한 건 이거야. 나에게서, 마치 내가 깊은 공간이기라도 한 것처럼, 소리가 나왔는데, 울먹이는 소리 같았어. 그걸 알아?"

"아니, 계속해 봐!"

"그냥 간단해. 다음 순간 그는 끝없는 절망에 휩싸여 나를 붙잡았어. 거의 내 침대 위로 쓰러질 뻔했고 그의 머리는 내 머리 옆 베개 위에 놓였어."

"울었어?"

"움찔거렸지만 눈물은 없었어! 버림받은 늙은 육체였어! 나는 그걸 한순간 이해했어. 오, 그냥 이렇게 말할래. 그런 순간 무슨 생각을 했는지 나중에 말할 수 있다면 그건 정말 아주 위대한 것일 거야! 뭔가를 놓쳤기 때문에 모든 윤리적인 것에 대한 엄청난 분노가 그를 사로잡았다고 생각해. 난 그가 다시 깨어날 것임을 단번에 알아차렸고 당장 그가, 물론 칠흑같이 어두웠지만, 나를 향한 가차 없는 허기로 이제 심하게 경련을 일으키고 있다는 걸 알았어. 난 알아, 이제 인정도, 사정도 없다는 걸. 내가 신음소리를 낸 후로 여전히 아주 고요했어. 내 육체는 달아올라 바싹 메말랐고 그의 육체는 가장자리에 불을 붙인 종이 같았어. 그는 정말 가벼워졌어. 나는 그의 팔이 내 몸 위를 구불구불 기어가더니 내 어깨에서 떨어지는 것을 느꼈어. 그때 난 네게 뭔가를 물어보려 했어. 그 때문에 여기 온 거야…."

클라리세는 말을 멈추었다.

"뭐라고? 너는 아무것도 묻지 않았어!" 잠시 쉰 후 울리히가 그녀의 말을 도왔다.

"맞아. 그 전에 다른 말도 해야 해. 내가 꼼짝도 하지 않은 것을 그가 동의의 표시로 간주했을 거라는 생각을 하면 난 내가 싫어. 하지만 난 어찌할 바를 모르고 그냥 누워 있었어. 돌 같은 두려움이 나를 짓눌렀어. 이걸 어떻게 생각해?"

"난 아무 말도 할 수가 없어."

"그는 한 손으로 계속 내 얼굴을 쓰다듬었고 다른 한 손은 이리저리 돌아다녔어. 떨면서, 무해한 척 하면서, 알겠니, 키스처럼 내 가슴 위를 지나서 그 후, 마치 기다리는 듯 그리고 대답에 귀 기울이는 듯. 마지막으로 손은, 이제 넌 이해할 거야. 그리고 그의 얼굴은 동시에 나의 얼굴을 찾았어. 하지만 그때 나는 마지막 힘을 다해 그에게서 벗어나 옆으로 몸을 돌렸어. 이때 다시 그 소리, 평소 내게서 모르던 그 소리가, 그건 부탁과 신음 중간이었는데, 내 가슴에서 나왔어. 나는 검은 반점이 있어. 검은 메달이지…."

"아버지는 어떻게 행동했어?" 울리히가 냉정하게 그녀의 말을 중단시켰다.

하지만 클라리세는 말을 끊게 놔두지 않았다. "여기야!" 그녀는 긴장한 미소를 지었고 옷 사이로 골반 안쪽의 한 지점을 보여 주었다. "여기까지 그가 왔어. 여기에 메달이 있어. 이 메달은 놀라운 힘을 지녔어. 또는 이것에는 특이한 사정이 있어!"

피가 갑자기 그녀의 얼굴로 솟구쳤다. 울리히의 침묵은 그녀를 정신 차리게 했고 그녀를 사로잡았던 생각을 흩어지게 했다. 그녀는 당황한 미소를 지었고 재빨리 이런 말로 끝을 맺었다. "아버지? 그는 당장 몸을 일으켰어. 어떤 표정이었는지는 볼 수 없었어. 아마 당황이었을 거라고 생각해. 어쩌면 감사겠지. 내가 그래도 마지막 순간에 그를 구원했어. 생각해 봐. 늙은 남자야. 그리고 젊은 처녀에게 그럴 힘이 있어! 그에게는 내가 아주 특이하게 여겨졌을 거야. 그는 내 손을 아주 다정하게 잡았고 다른 손으로는 두 번 내 머리를 쓰다듬었거든. 그 후 그는 아무 말도 하지 않고 가버렸어. 자, 그를 위해 네가 할 수 있는 일을 할 거지! 결국 내가 네게 그것도 설명해야 했으니까."

말쑥이 그리고 깍듯이, 시내에 나갈 때만 입는 맞춤원피스를 입은 그녀는 떠날 채비를 하고 거기 서 있었고 인사로 손을 내밀었다.

71
폐하 재위 70주년 관련 주요 결의 채택을 위한
위원회가 열리기 시작하다

클라리세는 라인스도르프 백작에게 보낸 편지에 대해서나 울리히가 모스브루거를 구해야 한다는 자신의 요구에 대해서 한마디도 하지 않았다. 그녀는 이 모든 것을 잊어버린 듯 보였다. 하지만 울리히도 당장에는 이를 다시 기억할 여유가 없었다. 마침내 디오티마가 모든 준비를 다 마쳤고, '폐하 재위 70주년 관련 주요 결의를 채택하고 참여 국민집단들의 소망을 파악하기 위한 연구회' 내에 특별히 '폐하 재위

70주년 관련 주요 결의 채택을 위한 위원회'를 소집할 수 있었기 때문이었다. 이 위원회의 의장직은 디오티마가 친히 맡았다. 각하가 직접 초대장을 작성했고 투치가 수정을 했고 아른하임은 이 수정본을 디오티마로부터 그녀가 승인하기 전에 받아 보았다. 그럼에도 불구하고 초대장에는 각하의 정신이 몰두하는 것이 다 들어 있었다. "우리가 회의를 열기로 한 것은" ― 초대장에는 이렇게 씌어 있었다 ― "백성들 한가운데서 일어나는 강력한 선언이 우연에 맡겨져서는 안 되며 널리 조망할 수 있는 자리, 즉 위로부터 오는, 멀리 장래를 내다보는 개입을 요구한다는 데 의견의 일치를 보았기 때문입니다." 그 후 "70년간의 축복받은 재위라는 아주 보기 드문 축제", "감사하며 뭉친" 민족들, 평화의 황제, 정치적 성숙의 결여, 세계 오스트리아의 해, 마지막으로 "소유와 교양"에 보내는 호소가 뒤따랐는데, 모든 것을 "참된" 오스트리아 정신이라는 영광스러운 선언으로 만들어 달라는, 그렇지만 정말 조심스럽게 숙고해 달라는 호소였다.

디오티마의 명단에서 예술, 문학, 과학 그룹이 선발되었고 대대적인 노력을 들여 세심하게 보완되었다. 다른 한편, 아무 활동도 기대되지 않고 행사에 참여만 해도 되는 인물은 엄격히 거른 후에는 아주 소수만 남게 되었다. 그럼에도 불구하고 초대받은 사람의 수는 너무 많아서 녹색 테이블에서의 제대로 된 만찬은 엄두도 낼 수 없었고 찬음식이 차려진 뷔페식 만찬이라는 느슨한 형식을 취할 수밖에 없었다. 사람들은 되는 대로 앉거나 서 있었고 디오티마 집은 정신의 진지(陣地)와 비슷했으며 여기서는 샌드위치, 케이크, 포도주, 리큐어, 차를 대접받았는데, 그 엄청난 규모는 투치 씨가 아내에게 특별예산

을 승인했기 때문에 가능했다. 덧붙이건대, 여기서 모순 없이 추론할
수 있는 바는 그가 새로운 정신적 외교방법들을 이용하기로 작정했다
는 것이었다.

이렇게 운집한 사람들을 사교적으로 감당하는 것은 디오티마에게
는 큰 과제였고 그녀의 머리가 풍성한 과일접시와 비슷하지 않았다면
그녀는 많은 것에 화를 냈으리라. 꽉 찬 접시에서 말들이 끊임없이 가
장자리 위로 넘쳐났다. 이 가정주부는 이 말들로 모든 참석자들을 환
영했고 그들의 최근 작품에 대한 정확한 지식으로 그들을 매료시켰
다. 이에 대한 준비는 탁월했는데, 아른하임의 도움이 있었기 때문에
해낼 수 있었다. 그는 자료를 정리하고 중요한 내용을 발췌하여 모으
도록 자신의 개인비서를 그녀에게 붙여 주었다. 이 불타는 열의가 남
긴 놀라운 재가 대규모 장서였는데, 이는 라인스도르프 백작이 평행
운동의 시작을 위해 내놓은 자금으로 구입되었고 가구를 다 치운 방
들 중 맨 마지막 방에 디오티마 소유의 책들과 더불어 유일한 장식물
로서 비치되었다. 이 방의 꽃무늬 벽지는, 그나마 그것이 아직 보이
는 곳에서는, 이 방이 부인의 방임을 드러냈으며 방주인에 대해 기분
좋은 숙고를 하도록 자극하는 연결점이었다. 하지만 이 장서들은 다
른 식으로도 유리한 설비임이 입증되었다. 초대받은 사람들은 모두
디오티마의 공손한 환영을 받은 후 이 방 저 방을 기웃거리다가 맨 끝
에 위치한 서가를 보자마자 반드시 이에 이끌려 왔기 때문이다. 꽃 울
타리 앞의 벌들처럼 한 무리의 등이 이 앞에서 위아래로 움직이며 책
들을 살펴보았다. 그 이유가 모든 창작자들이 장서에 대해 품는 바로
그 고귀한 호기심일 뿐이라 해도 살펴보던 자가 마침내 자신의 작품

을 발견하게 되면 달콤한 만족감이 그의 척추 속으로 파고들었고 애국 사업은 여기서 이득을 보았다.

　모임을 정신적으로 이끌 때 디오티마는 우선은 되어가는 대로 놔두었다. 물론 그녀는 특별히 시인들에게 모든 삶은 근본적으로 내적 문학 위에 정주하며 '아량 있게 보면' 심지어 장사꾼의 삶도 그러하다고 확언하기를 잊지 않았지만. 이에 놀라는 사람은 아무도 없었고 이런 말로 칭찬을 받은 사람들 대부분은 다음과 같은 확신을 가지고 모임에 왔다는 사실이 드러났을 뿐이었다. 짧게, 즉 5분에서 45분 정도 평행운동에 충고를 해달라고 초대를 받았고 이 충고대로 하면, 물론 나중의 연설자들이 쓸모없고 잘못된 제안으로 시간을 허비할 수도 있겠지만, 평행운동은 더 이상 실패할 수 없으리라는 확신이었다. 이로 인해 디오티마는 처음에는 거의 울고 싶은 심정이었고 공평무사한 자세를 유지하려고 안간힘을 썼다. 각자 다른 것을 말하고 그녀는 그 공통분모를 찾을 수 없다고 여겨졌기 때문이었다. 그녀는 여태 문예애호적 정신이 이렇게 많이 집결한 것을 경험하지 못했고, 위대한 남자들의 이런 총괄적 만남이 그렇게 쉽게 다시 오지는 않을 것이었으므로 이 만남은 차근차근 정말 힘들여 그리고 체계적으로 파악되어야 했다. 게다가 세상에는 개별적으로 있을 때 인간에게 의미하는 바가 함께 있을 때와는 사뭇 다른 것이 많다. 예를 들어, 물은 양이 너무 많으면 적은 양일 때보다 딱 음용과 익사의 차이만큼 덜 만족스럽다. 독약, 오락, 여가, 피아노 연주, 이상(理想)도 이와 비슷하고 사실 어쩌면 모든 것이 그럴 것이다. 그래서 어떤 것이 무엇인가 하는 것은 전적으로 그 밀도 그리고 다른 환경에 달려 있다. 덧붙여 말할 것은,

천재도 예외가 아니라는 것이다. 따라서 이타적으로 디오티마에게 도움을 주러온 이 위대한 인물들을 다음과 같은 인상 때문에 과소평가한다든지 해서는 안 된다.

　이 첫 모임에서 당장 드는 인상은 각각의 위대한 정신은 나무꼭대기에 있는 둥지의 보호를 벗어나 평범한 바닥 위에서 소통을 하자마자 극도로 불확실한 처지에 있다고 느낀다는 것이었으니까. 디오티마가 대가 한 명과 단둘이 대화하는 동안에는 마치 하늘에서 일어나는 과정인 양 디오티마는 안중에도 없는 비상한 연설이, 제3자나 제4자가 끼어들고 여러 연설들이 서로 대립되면, 질서에 도달할 능력이 없다는 곤혹스러움에 자리를 내주었고, 이런 비유를 마다하지 않는 사람이라면, 멋진 비행 후 땅 위를 걸어가는 백조의 모습을 떠올릴 수 있었다. 하지만 한참 더 알고 나면 이것도 아주 잘 이해가 된다. 위대한 정신의 삶은 오늘날 '왜인지는 모른다'는 데 기인한다. 그들은 쉰 번째 내지는 백 번째 생일 또는 명예박사들로 치장한 어느 농업대학의 개교 10주년 축하연 그리고 그 외 독일의 정신적 재산이 거론되어야 하는 여러 경우 그들에게 표명되는 큰 존경을 누린다. 우리 역사에는 위대한 남자들이 있었고 우리는 이들을 감옥이나 군대처럼 우리가 가진 시설로 본다. 일단 시설이 있으면 누군가를 거기에 집어넣어야 한다. 우리는 이런 사회적 욕구의 특징인 일정한 자동성으로 늘 마침 차례가 된 사람을 거기에 집어넣고, 수여해도 될 만큼 잘 익은 영광을 그에게 바친다. 하지만 이런 영광은 아주 실제적인 것은 아니다. 그 바탕에는 일반적으로 잘 알려진 확신, 사실 어떤 사람도 그럴 만하지 못하다는 확신이 하품을 하고, 입이 열리는 것이 열광 때문인지 하품 때문인지 구별하기 어렵다. 만약 오늘날 어떤 남자가 천재라는 소리를 천재가 더 이상 존재하지 않는다는 암묵적인 덤까지 곁들여 듣는다면 그것은 사자(死者) 숭배와 비슷하고, 사실 감정이 결여되어 있다는 바로 그 이유 때문에 엄청난 쇼를 연출하는 그 히스테릭한 사랑과 비슷하다.

이런 상태가 감상적 정신들에게 유쾌하지 않다는 것은 수긍이 가는 바이고 이들은 이 상태를 다양한 방식으로 모면하려 한다. 절망한 어떤 이들은 위대한 정신뿐 아니라 야성적 남자, 정신적 소설가, 강해지는 자연아(自然兒), 새 시대의 지도자에 대한 수요가 갑작스럽게 늘어난 상황을 이용해서 부자가 된다. 다른 이들은 눈에 보이지 않는 왕관을 머리에 쓰고 어떤 상황에서도 벗지 않으며 죽도록 겸손하게 먼저 3세기 내지 10세기가 지나야 비로소 자신들의 업적의 가치가 판단될 것이라고 장담한다. 하지만 이들 모두는 정말 위대한 사람은 너무 앞서가므로 살아 있는 동안에는 결코 독일민족의 문화자산이 되지 못하는 것이 독일민족의 끔찍한 비극이라고 느낀다. 그러나 지금까지 이른바 문예애호적 정신들에 대해서는 여러 이야기가 있었음은 강조할 필요가 있다. 세계와 관련된 정신들 사이에는 아주 주목할 만한 차이가 있으니까. 문예애호적 정신은 괴테, 미켈란젤로, 나폴레옹, 루터와 같은 방식으로 경탄을 받으려는 반면에, 인류에게 마취제라는 말할 수 없는 축복을 선물한 남자의 이름을 아는 사람은 오늘날 거의 없고 아무도 가우스, 오일러 또는 맥스웰의 삶을 슈타인 부인의 모범을 따라 연구하지 않으며 라부아지에21와 카르다노22가 어디서 태어나고 죽었는지에 신경을 쓰는 사람은 극소수다. 대신 우리는 그들의 사고와 발명이 역시 관심 밖인 다른 인물들의 사고와 발명을 통해 계속해서 발전되었다는 것을 배우며 그들의 성과에 몰두하는데, 이 성과는 그 인물의 짧은 불꽃이 오래 전에 다 타버린 후에도 다른 사람들 속에 계속 살아 있다. 이 차이가 인간 태도의 두 가지 방식을 얼마나 예리하게 구분하는지를 알게 되면, 처음에는 놀라겠지만 곧 그 반대 예들이 나타나고 이 차이는 모든 경계 가운데 가장 자연스러운 경계로 보인다. 친숙한 습관들은 우리에게 이것이 인물과 일, 인간의 위대함과 일의 위대함, 교양과 지식, 인간성과 자연의 경계임을 보증한다. 일과 근면한 천재는 도덕적 위대함, 하늘의 눈 아래 있는 인간 존재, 분해할 수 없는 삶의 교훈을 증가시키지 않는데, 이 교훈은 정치인, 영웅, 성자, 가수, 그리고 당연하게도 영화배우의 사례 속에서만 계속 상속된다. 그러니까 위대하고 비합리적인 권력인데, 시인도 그가 자신의 말을 믿는 한 그리고 그의 삶의 상황에 따라서 내면, 피, 심장, 국가, 유럽 또는 인류의 목소리가 그를 통해 말하고 있다는 입장을 고수하는 한, 이에 관여한다고 느낀다. 그는 자신이 이 불가사의한 전체를 위한 도구라고 생각한다. 반면에 다른 사람들은 그냥 이해할 수 있는 것만을 헤집는다. 그리고 우리는 이 사명을 보게 되기 전에 믿어야 한다! 우리에게 이 사실을 확언하는 것은 의심할 바 없이 진리의 소리지만 이 진리에는 어떤 독특함이 매달려 있는 것은 아닐

---

21 앙투안-로랑 드 라부아지에(Antoine-Laurent de Lavoisier, 1743~1794): 현대 화학의 아버지라 불리는 프랑스의 화학자이자 생물학자이다.
22 지롤라모 카르다노(Gerolamo Cardano, 1501~1576): 이탈리아 르네상스 시대의 수학자, 물리학자, 천문학자, 노름꾼이며 확률에 관한 학문의 창시자이다.

까? 인물보다 일을 보는 곳에서는 특이하게도 늘 그 일을 추진하는 산뜻한 새 인물이 있기 때문이다. 이와 반대로 인물에 주목하는 곳에서는 일정한 높이에 도달한 이후에는, 충분한 인물이 더 이상 없으며 진정한 위대함은 과거지사(過去之事)라는 감정이 생긴다!

디오티마의 집에 모인 사람들은 전부 각자가 하나의 전체였고 이런 전체가 한꺼번에 너무 많았다. 시 짓기와 사고하기라는, 오리새끼에게 수영처럼 그렇게 모든 인간에게 자연스러운 것, 그것을 그들은 직업으로 행하며 실제로도 다른 사람들보다 더 잘 행한다. 그런데 왜인가? 그들의 행위는 아름답고 위대하고 전무후무했지만 그렇게 많은 전무후무함은 정확한 의미와 목적, 유래와 계승이 없이는 공동묘지 분위기 같았고 무상함의 입김의 집합과 같았다. 체험에 대한 무수한 기억들, 서로 교차하는 수만 개의 정신의 포물선이 이 머리들 속에 모여 있었다. 이들은 양탄자 직조공의 바늘들처럼 한 직물 안에 꽂혀 있었는데, 이 직물은 바늘 둘레에, 앞에, 뒤에 이음새나 가장자리 없이 펼쳐져 있었다. 그리고 이들은 어떤 곳에서는 무늬 같은 작용을 했고 이 무늬는 다른 곳에서도 비슷하게 반복되었지만 그래도 약간 달랐다. 하지만 이런 작은 무늬를 영원 위에 놓는 것이 자신을 올바로 사용하는 것일까?!

디오티마가 이를 이해했다고 하면 이는 지나친 말이겠지만 그녀는 정신의 무리들 위에 부는 무덤의 바람을 느꼈고 이 첫 번째 날이 끝을 향해 갈수록 점점 더 깊은 좌절 속으로 가라앉았다. 다행히 그녀에게는 이때 '가망 없음'이라는 단어가 떠올랐는데, 이는 아른하임이 다른 계기에 — 당시 그녀는 이를 완전히 이해하지 못했었다 — 비슷한 질문들이 거론되었을 때 사용한 표현이었다. 그녀의 남자 친구는 여행 중이었지만 그녀는 그가 이 모임에 너무 큰 희망을 걸지 말라고 경고 했던 것을 생각했다. 그리고 사실 그녀가 빠져든 것은 바로 이 아른하 임식 침울이었고 이는 마지막에는 그녀에게 아름답고 거의 관능적으로 슬프고 기분 좋은 만족감을 주었다. "이것은 가장 심오한 의미에서", 그녀는 그의 예언을 곱씹으며 자문했다. "행위의 인간이 말의 인간과 접촉하게 되면 항상 느끼게 되는 그 비관주의가 아닐까!"

72
수염 속으로 미소 짓는 학문,
또는 악과의 찬찬한 첫 대면

이제 어떤 미소에 대해, 그것도 남자들의 미소에 대해 몇 마디 하지 않을 수 없다. 그리고 이 미소에는 '수염 속으로 미소 짓기'라는 남성 적 활동을 위해 길러진 수염이 함께했다. 이것은 디오티마의 초대에 응한 유명한 문예애호가들인 학자들의 미소다. 그들은 미소를 지었 지만, 그것이 아이러니한 미소라고 믿어서는 절대 안 된다. 그 반대 였다. 그것은 이미 거론된 그들의 경의와 무능의 표현이었다. 하지만 또 여기에 속아서는 안 된다. 이 말은 그들의 의식 속에서는 맞지만, 자주 사용되는 단어를 사용하자면, 그들의 무의식 속에서, 또는 더 올바르게 말하자면, 그들의 전체 상태 속에서 그들은 악으로 향하는 경향이 마치 냄비 아래 불꽃처럼 넘실대는 인간이었다.

물론 이는 역설적 발언처럼 보이며 이 발언을 그 면전에 들이대고 싶은 국립대 정교수는, 추측건대, 자신은 단순히 진리와 진보에 봉사하며 그 외에는 아무것도 모른다고 대답하리라. 이것이 그의 직업 이데올로기니까. 하지만 모든 직업 이데올로기는 고상하다. 예를 들어, 사냥꾼은 자신을 절대 숲의 도살자라고 말하지 않고 오히려 사냥에 능한, 동물과 자연의 친구라고 부른다. 마찬가지로 상인들도 존경할 만한 유용성의 원칙을 품고 있고 도둑들도 상인들의 신이며 여러 민족을 연결시키는 국제적이고 고상한 머큐리 신을 또 그들의 신이라고 부른다. 그러니까 어떤 행위가 그것을 행하는 사람의 의식 속에서 묘사될 때는 거기에 너무 큰 의미를 부여해서는 안 된다.

학문이 어떻게 오늘날의 형상을 얻게 되었는지 편견 없이 자문해 보면 — 이 일은 그 자체로 중요한데, 학문은 오늘날 우리를 지배하고 일자무식인 사람조차도, 학식 있게 태어난 수많은 물건들과 함께 살아가기를 배우므로 이 앞에서 안전하지 않기 때문이다 — 벌써 다른 그림이 나온다. 믿을 만한 전승에 따르면, 이는 최고의 영적 격변기였던 16세기에 사람들이 더 이상 자연의 비밀 속으로 파고들려는 시도를 — 이는 그때까지 2천 년 동안 종교적이고 철학적인 사변을 통해서 일어난 일이었다 — 하지 않고 피상적이라고밖에 부를 수 없는 방식으로 자연의 표면을 연구하는 일에 만족함으로써 시작되었다. 이때 늘 선구자로 일컬어지는 위대한 갈릴레오 갈릴레이는 예를 들어, '자연이 어떤 본질적 이유에서 빈 공간을 꺼리는가', '그래서 낙하하는 물체로 하여금 그렇게 오랫동안 공간을 하나하나 파고들어 채우고 마침내 단단한 바닥에 도달하게 하는가'라는 질문을 치워 버렸고 아주 평범한 확인을 하는 것으로 만족했다. 즉, 그는 단순히 그런 물체가 얼마나 빨리 떨어지는지, 어떤 길을 가는지, 시간이 얼마나 필요한지, 가속이 얼마나 붙는지를 조사했다. 가톨릭교회는 이 남자를 이리저리 재지 말고 죽여 버리는 대신 죽이겠다고 위협하고 학설을 취소하라고 강요하는 중대한 실수를 저질렀다. 그 이후 사물을 보는 그의 방식 또는 그와 정신상태가 유사한 사람들의 방식에서 — 역사적 시간단위를 들이대면 최단시간 내에 — 철도시간표, 작업 기계, 생리학적 심리학, 현재의 도덕적 타락이 생겨났고 교회는 더 이상 이에 저항할 수가 없었으니까. 교회는 어쩌면 너무 영악한 나머지 이 실수를 저질렀을 것이다. 갈릴레이는 낙하법칙과 지구 자전을 발견한 사람일 뿐 아니라, 오늘날의 어법으로 말하면, 대자본이 관심을 가진 발명가이기도 했으니까. 게다가 그가 당시 새로운 정신에 사로잡힌 유일한 사람도 아니었다. 그 반대였다. 역사적 보고에 따르면, 그의 영혼에 스민 냉철함은 마치 전염병처럼 널리 그리고 격렬하게 퍼져나갔고, 누군가의 영혼에 냉철함이 스며들었다고 말하면 냉철함이 너무 많다고 믿는 오늘날에는 매우 상스럽게 들리겠지만 여러 증거들에 따르면, 당시에는 형이상학에서 깨어나 사물을 엄격히 관찰하는 것은 냉철함의 도취, 냉철함의 불꽃이나 다름없었다! 하지만 도대체 무슨 생각으로 인류가 그렇게 변했느냐고 자문해 보면 그 대답은 이렇다. 이때 인류는 분별 있는 아이가 너무 일찍 걷기를 시도할 때 하는 그 일을 했을 뿐이다. 인류는 땅 위에 주저앉았고 이 땅을 믿을 만하지만 덜 고상한 신체부위로 건드렸는데, 이 일을 우리가 앉을 때 사용하는 그 신체부위로 했다는 것도 말하지 않을 수 없다. 특이한 점은 이에 땅은 너무나 저항력 없는 모습을 보였고 이 접촉 이후 인간이 발명,

편의, 인식을 기적이라 할 만큼 많이 빼앗을 수 있었다는 것이다.

이 전사(前史)를 들은 후, 우리가 지금 처해 있는 상황이 적(敵) 그리스도의 기적이라 생각한다 해도 완전히 부당한 일은 아니다. 앞서 사용한 접촉의 비유는 신뢰성이라는 방향에서뿐만 아니라 부도덕과 금기의 방향에서도 해석될 수 있기 때문이다. 그리고 정신적 인간이 사실에 대한 기쁨을 발견하기 전에는 실제로 전사, 사냥꾼, 상인, 즉 하필이면 교활하고 폭력적인 본성을 가진 사람들만이 이를 소유했다. 생존투쟁에서 사색적 감상주의라고는 없으며 오직 적을 가장 빠르고 가장 실질적인 수단으로 죽이려는 소망이 있을 뿐이고, 이때는 누구나 실증주의자다. 마찬가지로 사업에서 확고한 것에 의지하는 대신 속임을 당하는 것도 미덕이 아니리라. 이때 이익이란 결국 심리적으로 그리고 주변 환경을 이용해서 다른 사람을 제압하는 것을 의미한다. 다른 한편, 발견을 하게 하는 특성이 어떤 것인지 지켜보면, 그것이 전승된 고려나 제약으로부터의 자유, 용기, 마찬가지로 의욕과 파괴욕, 도덕적 숙고의 배제, 아주 작은 이익이라도 인내심을 갖고 흥정할 것, 필요하다면 목표를 향해 가면서 끈질기게 기다릴 것, 그리고 모든 불확실한 것에 대한 불신의 가장 신랄한 표현인 양(量)과 수(數)에 대한 존경임을 알게 된다. 다른 말로 하면, 여기서 보이는 것은 다름 아닌 사냥꾼, 군인, 상인의 오래된 악덕들이며 이것들이 그냥 정신적인 것에 전이되어 미덕으로 달리 해석되었을 뿐이다. 이로써 이것들은 개인적이고 상대적으로 저속한 이득을 얻으려는 노력에서는 벗어났지만 근원적 악의 요소는 ― 이렇게 불러도 무방하리라 ― 이런 변신과정에서도 사라지지 않았다. 이것은 파괴할 수 없고 영원한 듯 보이니까. 적어도 인간적으로 고귀한 모든 것들만큼 영원하다. 이것이 더도 덜도 아니고 이런 고귀함에 다리를 걸고 그들이 고꾸라지는 것을 보려는 욕구이기 때문이다. 아름답게 유약을 바른 호화로운 항아리를 볼 때 드는 생각, 이것을 막대기로 한번 내리쳐서 산산조각 낼 수 있겠다는 생각 속에 들어 있는 사악한 유혹을 모르는 사람이 있는가? 못으로 박아 놓은 듯 아주 확고한 것 말고 삶에서 믿을 것이 없다는, 쓸쓸한 영웅주의로까지 상승한 이 유혹은 학문의 냉철함 속에 들어 있는 기본감정이다. 존경심에서 이를 악마라고 부르지 않으려 해도, 여기에는 적어도 불에 탄 말의 털 냄새가 가볍게 배어 있다.

과학적 사고가 기계적, 통계적, 물질적 설명을 향해 품는 독특한 사랑으로 곧 시작해 보자. 이 설명들은 심장이 도려내진 듯하다. 선(善)을 특별한 형태의 이기주의로 보기, 정서의 움직임을 내분비물과 연관시키기, 인간은 그 10분의 8 내지는 9가 물로 이루어져 있다고 확정하기, 인격의 유명한 도덕적 자유를 자유무역의 자동적 사고 부속물이라고 설명하기, 미를 원활한 소화와 적당한 지방조직으로 환원시키기, 출산과 자살을 연간 통계곡선에 귀속시키기, 가장 자유로운 의사결정인 듯 보이는 것이 강제적인 것임을 보여 주기, 도취와 정신병을 유사하게 느끼기, 항문과 입을 동일한 조직의 입구와 출구로서 같게 보기. 이런 종류의 표상들은 인간의 환상이 만들어 낸 마법에 놓인 트릭을 어느 정도 폭로하고, 특별히 과학적이라고 여겨지는 데 유리한 일종의 선입견이다. 물론 여기서 사랑받는 것은 진리다. 하지만 이 맹목적 사랑 주위에는 탈(脫)환상, 강요, 무자비함, 차가운 위협, 건조한 질책에 대한 애호가 있다. 이는 악의적인 애호 또는 적어도 이런 종류의 비자발적인 감정발산이다.

　다른 말로 하면, 진리의 목소리에는 의심스러운 잡음이 섞여 있지만 가장 가까이에서 이에 관여하는 사람들은 이를 들으려 하지 않는다. 그런데 오늘날 심리학은 이런 억압된 잡음을 많이 알고 있고 그 해로운 작용을 막으려면 이를 끄집어내어 최대한 분명하게 들리도록 해야 한다는 충고도 내놓는다. 진리에 대한 중의적 취향과 진리의 악의적 잡음, 즉 인간혐오와 지옥지킴이 개의 자세라는 잡음을 공공연하게 보여 주고 이를, 말하자면, 친숙하게 삶 속으로 끌어들이는 시험과 시도를 해보면 어떨까? 그럼 대충 정확한 삶의 유토피아라는 제목으로 이미 서술된 바 있는 그 이상주의의 결핍이 드러나리라. 이는 시도와 철회의 의식이지만 정신적 정복의 공고한 전쟁법칙에 종속되어 있다. 물론 삶을 형상화하기 위한 이 자세는 보살핌이나 만족과는 거리가 멀다. 이것은 삶을 가치 있게 만들어 주는 것들을 결코 경외심으로만 바라보지 않고 오히려 내면의 진리를 위한 전투에 의해 끊임없이 변경되는 군사분계선처럼 볼 것이다. 현 세계상태의 성스러움을 의심하지만 이는 회의감이 아닌, 늘 더 아래쪽에 있는 발이 확고하게 서 있는 발이라는, 상승의 신조에 따른 것이다. 그리고 아직 계시되지 않은 것을 위해 교훈을 미워하고 이웃을 향한 까다로운 사랑이라는 이름으로 법칙과 유효한 것을 한옆으로 밀어 놓는 이러한 *Ecclesia militans*[23]의 불꽃 속에서 악마는 다시 신이 될 것이다. 또는

23　전투의 교회: 현세의 악과 싸우는 지상의 기독교도를 말한다.

더 간단히 말해, 거기서 진리는 다시 미덕의 누이가 되고 더 이상 미덕에 반항해서, 어린 조카가 노처녀 이모에게 품는 그런 숨겨진 악의를 행사할 필요가 없을 것이다.

젊은 인간은 이 모든 것을 지식의 강의실에서 다소 의식적으로 수용하며 게다가 위대한 구성적 신조의 요소도 배우는데, 이 신조는 낙하하는 돌이나 운행하는 별처럼 서로 상관없는 것들을 유희적으로 연관시키고, 의식의 중심에서 나오는 단순한 행위처럼 하나이며 분리되지 않은 듯 보이는 것을 그 내적 원천이 수천 년간 서로 달랐던 여러 흐름들로 분해한다. 하지만 누군가가 이렇게 얻은 신조를 특수한 전문과제의 경계 밖에서 사용하려는 착상을 한다면 그는 곧 삶의 욕구는 사고의 욕구와는 다르다는 것을 이해하게 되리라. 교양 있는 정신에게 익숙한 모든 것들이 삶에서는 다소 반대되는 모습으로 일어난다. 자연스러운 차이점과 공통점은 여기서는 아주 높이 평가받는다. 기존의 것은 자의적일지 모르지만 어느 정도까지는 자연스럽게 느껴지고 잘 침해되지 않는다. 꼭 필요한 변화는 이리저리 몸을 뒤척이는 과정처럼 망설이면서 일어난다. 예를 들어, 누군가가 순수한 채식주의 신념에서 소에게 당신이라고 말한다면(너라고 부르는 존재에 대해서는 훨씬 쉽게 무분별한 행동을 한다는 상황을 제대로 판단한 결과다), 그는 바보라는 또는 우스운 놈이라는 질책을 받으리라. 하지만 그 질책은 매우 인간적이라 할 그의 동물애호가적인 또는 채식주의자적인 신조 때문이 아니라 그가 이 신조를 직접적으로 현실에 전이하기 때문이다. 한마디로, 정신과 삶 사이에는 복잡한 타협이 존재하고 이 타협에서 정신은 수천 개의 청구서 가운데 기껏해야 절반만 지불받는 대신 명예채권자라는 칭호로 치장된다.

하지만 정신은 그것이 최근 취하게 된 강력한 모습으로는, 앞서 가정했듯이, 스스로 전사와 사냥꾼의 악덕이라는 부작용을 가진 아주 남성적인 성자이고, 그렇다면 앞서 서술한 상황에서 추론할 수 있는 것은 정신 속에 들어 있는 악덕으로 향하는 성향은 어쨌거나 훌륭한 그 전체 모습으로는 어디서도 나타날 수가 없고 현실에서 자신을 정화할 기회도 찾지 못하며 따라서 이것이 그 불모의 감금상태에서 빠져나와 돌아다니는 온갖 독특하고 통제할 수 없는 길들에서만 우리와 마주칠 수 있다는 것이다. 여기까지 이 모든 것이 공상과의 유희였는지 아닌지는 아직 미정이지만 이 마지막 추측이 독특하게 입증되었음은 부인할 수 없다. 오늘날 적지 않은 사람들의 피 속에 들어 있는 이름 없는 삶의 분위기는 악해질 각오, 난동을 부릴 태세, 존경받는 모든 것에 대한 불신이다. 젊은이들에게 이상이 없다고 불평하는 사람들이 있지만 행동해야 하는 순간에는 그들 스스로가 자발적으로, 이념에 대한 가장 건강한 불신 때문에 이념의 부드러운 힘을 몽둥이의 작용으로 강화하는 사람과 다르지 않게 결정한다. 달리 말해, 이 세상에서 진지하다고, 진지하게 의도된 것이라고 여겨지기 위해 약간의 부패와 저속한 인간 특성을 갖출 필요가 없는 경건한 목적이 있는가? 묶다, 강요하다, 옥죄다, 깨진 유리창도 겁나지 않는다, 강한 수단과 같은 단어들은 신뢰성이라는 기분 좋은 울림을 갖고 있다. 가장 위대한 정신이라도 연병장에 처박아두면 8일 내에 병장의 목소리만 듣고도 자리에서 튀어 오르는 것을 배운다거나 중위 한 명과 병사 8명만 있으면 세계의 모든 국회의원들을 체포하기에 충분하다와 같은 종류의 표상들은 나중에, 이상주의자들에게 아주까리기름 몇 숟가락만 먹이면 그 불굴의 확신들을 우습게 만들 수 있음을 발견하면서 비로소 그 고전적 표현을 갖게 되었지만 이 표상들은, 늘 격분하면서 배척되긴 했어도, 이미 오랫동안 섬뜩한 꿈들의 야만적 싹을 갖고 있었다. 압도적인 현상 앞에 세워지면 오늘날 누구나 — 이 현상의 아름다움이 그를 압도한다 해도 — 적어도 두 번째로 드는 생각이 '너는 나를 속일 수 없을 것이다', '나는 너를 기죽게 만들 것이다'라는 것이 현실이다! 모든 사냥개들에게 쫓길 뿐만 아니라 사냥개들로 몰이를 하는 시대의 이런 광적인 깎아내리기는 야만과 고상함이라는 삶의 자연스러운 이분법도 아니고 오히려 스스로를 괴롭히는 정신의 특징이며, 선이 굴복당하고 놀랍도록 간단히 파괴되는 연극에 대한 말로 표현할 수 없는 욕구이다. 이는 '스스로의 거짓말을 벌하려는 열정적 의지'와 비슷하지 않은 것도 아니고, 어쩌면 엉덩이부터 세상에 나왔고 창조주의 손에 의해 뒤집어지기만 하면 되는 시대를 믿는 것이 결코 최고로 암담한 것은 아닐 것이다.

남자의 미소는, 비록 자기관찰을 벗어나거나 또는 아직 한 번도 의식을 통과해 간 적이 없다 해도, 이런 종류의 것을 수없이 표현한다. 초대받은 유명 전문가들 대부분이 디오티마의 칭찬할 만한 노력에 순응하며 짓는 미소는 이런 성질의 것이었다. 이는 어디로 가야 할지를 제대로 모르는 다리들을 간지럼이 되어 타고 올라가다가 호의적 경탄이 되어 얼굴에서 멈추었다. 그들은 지인이나 친한 동료를 보고 말을 걸 수 있으면 기뻤다. 귀가할 때, 대문을 나설 때 두 번 시험 삼아 무대 위에 단호히 등장할 것이라는 느낌이 들었다. 그래도 행사는 무척 아름다웠다. 이런 일반적인 사업은, 사실 가장 일반적이고 고상한 표상이 모두 그렇듯, 물론 결코 제대로 된 내용을 얻지 못하는 것이다. 당신은 개가 무엇인지도 상상할 수 없을 겁니다. 그건 그냥 특정한 개와 개의 특성에 대한 지시일 뿐입니다. 그러니 애국심이라든가 가장 아름답고 조국다운 이념이라는 것은 정말 상상할 수 없습니다. 하지만 내용이 없다고 해도 의미는 있습니다. 그리고 때때로 이 의미를 일깨우는 것은 분명 좋은 일입니다! 대부분의 사람들은 서로에게 이렇게 이야기했다. 물론 더 많은 이야기는 말 없는 무의식 속에서 했지만. 하지만 여전히 만찬장에 서서 늦게 온 사람들에게 환영의 말을 하고 있던 디오티마는 그녀 주위에서 이어지는 활발한 대화들을 어안이 벙벙해하며 어렴풋이 들었고, 전부 다 착각이 아니라면, 심지어 뵈멘 맥주와 바이에른 맥주의 차이점이나 출판사 인세에 대한 설명이 심심찮게 귀를 때렸다.

그녀가 자신의 모임을 거리에서 볼 수 없었다는 것은 유감이었다. 거리에서 보면 그것은 놀라웠다. 불빛은 높은 정면창문들의 커튼을 통해 밝게 빛났는데, 대기 중인 마차들이 풍기는 권위와 고상함, 가던 길을 멈추고 이유도 모른 채 한동안 위를 쳐다보며 경탄하는 자들의 시선으로 인해 더욱더 밝아졌다. 이를 알았더라면 디오티마는 기뻤으리라. 이 축제가 거리에 흩뿌리는 어슴푸레한 빛 속에는 늘 사람들이 서 있었고 그들의 등 뒤에서는 짙은 어둠이 시작되었으며 조금 더 멀어지면 곧 꿰뚫어 볼 수 없을 만큼 짙어졌다.

73
레오 피셸의 딸 게르다

이렇게 분망한 가운데 울리히는 시간이 나지 않아 피셸 지점장의 가족을 방문하겠다는 약속을 오랫동안 지키지 못하고 있었다. 아니, 정확히 말하면 그는 아예 시간이 없었다. 예기치 않은 사건이 일어나기 전까지는. 그것은 피셸의 부인 클레멘티네의 방문이었다.

그녀는 전화로 연락했고 울리히는 걱정이 되는 상태로 그녀를 맞았다. 그가 그녀의 집을 마지막으로 드나든 것은 3년 전 이 도시에서 몇 달을 보냈을 때였다. 하지만 이번에는 그냥 딱 한 번 찾아갔다. 지나간 사랑놀음을 되살리려 하지 않았고 어머니 클레멘티네의 실망이 걱정되었기 때문이었다. 하지만 클레멘티네 피셸은 '크게 생각하는 마음'을 가진 부인이었고 매일매일 남편 레오와의 소전투에서는 이를 사용할 기회가 별로 없었기 때문에 거의 영웅적이라고 할 만큼 고상한 감정이 특별한 경우를 위해, 이는 유감스럽게도 너무나 드물지만, 처분을 기다리고 있었다. 어쨌든 엄하고 약간 비통한 얼굴의 이 비쩍 마른 부인은 울리히와 마주 앉자 약간 당황해하며 둘이서만 이야기하고 싶다고 청했다. 안 그래도 그 곳엔 둘뿐이었다. 그녀는 게르다가 귀담아 그 의견을 들을 유일한 사람이 울리히라고 말했고 나중에 자신의 청을 오해하지는 말라고 덧붙였다.

울리히는 피셸 집안의 사정을 알았다. 아버지와 어머니만이 지속적으로 전쟁을 하는 것이 아니었다. 벌써 스물세 살이나 된 딸 게르다도 이상한 젊은이들의 무리에 둘러싸여 있었는데, 이들은 이[齒]를 가는 아빠 레오를 그의 의지에 반하여 '신 (新) 정신'의 후원자이자 장려자로 만들었다. 피셸의 집 말고 어디에서도 그렇게 마음 편히 모일 수 없었기 때문이었다. 클레멘티네는 게르다가 너무나 신경질적이고 핏기가 없으며, 이 교류를 제한하려 하면 무섭도록 홍분한다고 말했다. 그래봤자 삶의 방식도 없는 그냥 어리석은 젊은이들이지만 그들이 고의로 내세우는 신비주의적 반유대주의는 감각이 없을 뿐 아니라 내적 야만성의 표시다 — 아니, 그녀는 덧붙였다. 그녀는 반유대주의에 대해 불평하려는 것이 아니다. 이는 시대의 현상이고 그냥 체념할 수밖에 없고 심지어 어떤 점에서는 거기에 뭔가 옳은 게 있을지도 모른다고 인정해야 할 것이다 — 클레멘티네는 잠시 말을 멈추었고, 면사포를 쓰지 않았더라면 손수건으로 눈물을 닦았으리라. 하지만 그녀는 눈물 흘리기를 단념했고 주머니에서 하얀 손수건을 꺼내는 것으로 만족했다.

"게르다가 어떤지 아시잖아요." 그녀가 말했다. "아름답고 재능 있는 소녀지요. 하지만 … ."

"약간 무뚝뚝하지요." 울리히가 보충했다.

"그래요. 신도 무심하시지, 늘 극단적이죠."

"아직도 여전히 게르만적인가요?"

클레멘티네는 부모의 감정에 대해 이야기했다. "어머니의 발걸음"이라고 그녀는 약간 격정적으로 자신의 방문을 일컬었는데, 이 방문에는, 소문에 따르면 평행운동에서 그토록 큰 성공을 거둔 울리히가 그녀의 집에 다시 오도록 하려는 부수적 목적도 있었다. "나 자신을 벌하고 싶어요." 그녀는 다시 계속했다. "레오의 의지에 반해 이 교류를 지난 몇 년간 지지해 왔으니까요. 내 생각에, 해로울 게 없었거든요. 이 젊은이들은 나름대로 이상주의자들이에요. 편견이 없다면 한 번쯤은 상처 주는 말을 참을 수도 있어야지요. 하지만 레오는 — 그가 어떤지 아시잖아요 — 반유대주의라면, 그게 그냥 신비주의적이고 상징적이든 말든, 마구 흥분을 해요."

"금발에다 자유롭고 게르만적인 게르다가 이 문제를 인정하려 하지 않나요?" 울리히가 보충했다.

"이 문제에서 그 애는 나의 젊은 시절 모습이에요. 그런데 한스 젭이 장래가 있다고 생각하세요?"

"게르다가 그와 약혼했나요?" 울리히가 조심스럽게 물었다.

"이 청년은 생계에 관한 한 최소한의 전망도 없어요!" 클레멘티네가 한숨을 쉬었다. "그런데 어떻게 약혼을 말하겠어요. 하지만 레오가 그에게 출입 금지령을 내리자, 게르다는 3주 동안 거의 먹지 않아서 피골이 상접할 지경이었어요." 그리고 그녀는 갑자기 격분해서 말했다. "내게는 그것이 최면같이 여겨져요. 정신적 전염병 같아요! 정말이지 게르다는 가끔씩 최면에 걸린 듯 느껴져요! 그 청년은 우리 집에서 끊임없이 자신의 세계관을 설명하고 게르다는 그 속에 들어 있는, 부모에 대한 끊임없는 모욕을 알아차리지 못하죠. 원래는 늘 착하고 마음이 따뜻한 아이였는데. 내가 무슨 말이라도 하면, 그 애는 이렇게 대답해요. '엄마는 구식이야.' 나는 게르다가 귀를 기울일 유일한 사람이 당신이라고 생각했어요. 레오가 당신을 얼마나 높이 평가하는지! 언제 한번 우리 집에 와서 한스와 그의 동지들의 미성숙에 대해 게르다의 눈을 뜨게 해줄 수 없을까요?"

클레멘티네처럼 올바른 사람이 이런 무력행동을 하는 것을 보면 그녀가 매우 심각하게 걱정하고 있음이 분명했다. 온갖 불화에도 불구하고 그녀는 이 상황에서는 남편과 연대적 대리책임 같은 것을 느꼈다. 울리히는 걱정스럽게 눈썹을 들어올렸다.

"저도 구식이라고 게르다가 말하지 않을까 걱정입니다. 이 새로운 젊은이들은 우리같이 나이든 사람의 말을 듣지 않거든요. 원칙의 문제니까요."

"어쩌면 가장 쉽게 게르다에게 다른 생각을 하게 하려면 당신이 게르다에게 그 위대한 운동에서 어떤 일을 맡기면 되지 않을까 생각했어요. 사람들 입에 많이 오르내리는 그 운동 말입니다." 클레멘티네가 넌지시 말했다. 울리히는 서둘러 그녀에게 한번 방문하겠다고 약속하고 평행운동이 아직 그렇게 이용될 만큼 충분히 무르익지 않았노라고 확언하는 편을 택했다.

며칠 후 그가 집 안에 들어서는 것을 보자 게르다는 뺨에 둥근 홍조를 띠면서도 그의 손을 힘차게 흔들었다. 그녀는 보편적 이념이 요구한다면 당장 버스차장이라도 될 그런 매력적이고 목적의식이 뚜렷한 요즘 소녀였다.

그녀를 단둘이 만나게 되리라는 울리히의 예상은 틀리지 않았다. 이 시간에 엄마는 장을 보러 갔고 아빠는 아직 사무실에 있었다. 그리고 울리히가 방 안에 몇 걸음 들어서자마자 모든 것은 혼동될 정도로 그들이 예전에 함께 보낸 어느 날을 상기시켰다. 물론 그때는 새해가 시작되고 벌써 몇 주가 지났을 무렵이었다. 봄이었다. 하지만 가끔씩 불덩어리처럼 여름을 앞서 가는, 아직 단련되지 않은 육체가 참기 힘든 그런 찌는 듯 더운 날이었다. 게르다의 얼굴은 상해 보였고 가늘어 보였다. 그녀는 흰색 옷을 입고 있었고 풀밭에서 말린 하얀 리넨 냄새가 났다. 모든 방에는 차양이 드리워져 있었지만 집 안 전체는 그래도 반쯤 뚫고 들어온 빛과 온기의 화살로 가득 차 있었는데, 끝이 부러진 이 화살들은 회색빛 포대 같은 방해물을 파고들었다. 울리히는 게르다가 원피스라는 막 세탁된 리넨 무대장치로만 이루어졌다는 감정이 들었다. 그것은 아주 객관적인 감정이었고 그는 그녀에게서 가만히 이 무대장치를 하나씩 떼어낼 수 있었으리라. 거기에 사랑이라는 동력장치는 조금도 필요치 않았다. 그리고 바로 이 감정이 지금 다시 들었다. 겉보기에는 아주 자연스러운 감정이었지만 목적 없는 친밀함이었고 그들은 둘 다 이를 두려워했다.

"왜 그렇게 오랫동안 우리 집에 오지 않았나요?" 게르다가 물었다.

울리히는 그녀의 부모님이 결혼이라는 목적 없이는 그런 친밀한 교제를 원치 않으신다는 인상을 받았노라고 단도직입적으로 대답했다.

"에이, 엄마", 게르다가 말했다. "엄마는 웃겨요. 곧장 그런 생각을 하지 않고서는 우리가 친구가 되어서는 안 된다는 것이죠! 하지만 아빠는 당신이 더 자주 오기를 바라세요. 당신은 그 위대한 이야기에서 중요한 사람이 되었다지요?"

그녀는 이를 아주 터놓고 말했다. 늙은이들의 이 어리석음을. 이에 대항해 그들 둘을 하나가 되게 해주는 자연스러운 동맹을 확신하면서.

"자주 올게요." 울리히가 대답했다. "하지만 말해 봐요, 게르다, 그것이 우리를 어디로 데려갈까요?"

문제는 그들이 서로 사랑하지 않는다는 것이었다. 그들은 예전에는 자주 함께 테니스를 치거나 사교모임에서 만났고 함께 외출했고 서로에게 관심을 가졌고 이런 식으로 눈에 띄지 않게 경계를 넘었는데, 그것은 우리가 감정의 혼란에 빠진 우리의 모습을 보여 주는 친한 인간을, 고상하게 행동하는 모습을 보여 주는 다른 모든 인간들과 구별하는 선이다. 뜻밖에도 그들은, 이미 오랫동안 사랑했지만 이제 더 이상 거의 사랑하지 않는 두 인간처럼 그렇게 친밀해졌고 그러면서 사랑에서 풀려났다. 그들은 서로 좋아하지 않는다고 믿을 정도로 서로 싸웠지만 그것은 장애물이면서 동시에 연결이었다. 거기에 불을 지피기 위해서는 작은 불씨 하나가 부족할 뿐임을 그들은 알았다. 나이 차이가 더 적었거나 게르다가 결혼한 여자였다면 기회가 도둑을 만든다고, 도둑질이 적어도 추후에 열정이 되었으리라. 우리는 사랑이나 분노의 몸짓을 하면 사랑하고 있거나 분노하고 있다고 스스로를 속이니까. 하지만 이를 알았기 때문에 그들은 그렇게 하지 않았다. 게르다는 소녀로 남았고 이에 대해 열정적으로 화를 냈다.

그녀는 울리히의 질문에 대답하는 대신 방 안에서 무슨 일인가를 했고 갑자기 그가 그녀 옆에 섰다. 그것은 정말 경솔했다. 이런 순간 한 소녀 옆에 서서 어떤 일에 관해 말하기 시작할 수는 없으니까. 그들은 장애물을 피해 풀밭 위를 흘러가는 시냇물처럼 저항이 가장 적은 길을 따라갔는데, 울리히는 게르다의 골반에 팔을 둘렀고 그의 손가락 끝은 가터벨트24의 안쪽 밴드를 따라가다가 아래쪽에서 끝나는

---

24 스타킹이 흘러내리지 않도록 고정하는 끈이 달린, 벨트처럼 생긴 여성의 속옷이다.

그 선까지 닿았다. 그가 게르다의 얼굴 쪽으로 고개를 돌리자 그 얼굴은 당황하고 땀에 젖어 그를 바라보았고 그는 그녀의 입술에 키스했다. 그 후 그들은 떨어지거나 합쳐질 수 없이 거기에 서 있었다. 그의 손가락 끝은 가터벨트의 넓은 고무 밴드에 닿았고 그는 그것이 몇 번 그녀의 다리를 가볍게 치도록 했다. 이제 그는 몸을 뗐고 어깨를 으쓱이며 자신의 질문을 반복했다. "그것이 우리를 어디로 데려가야 할까요, 게르다?"

게르다는 흥분을 억누르려 애쓰면서 말했다. "꼭 그래야 하나요?!"

그녀는 초인종을 눌러 시원한 음료를 가져오게 했다. 그녀는 집이라는 기계를 작동시켰다.

"한스에 대해 좀 이야기해 봐요!" 그들이 자리에 앉고 새로운 대화가 시작되어야 하자, 울리히가 부드럽게 부탁했다. 아직 완전히 정신을 차리지 못한 게르다는 금방 대답하지 않았지만 한참 후에 말했다. "당신은 허영심이 많은 인간이에요. 당신은 우리 젊은 사람들을 절대 이해하지 못할 거예요!"

"겁주지 말아요!" 울리히가 화제를 돌리며 대답했다. "나는 이제 학문을 포기할 생각이에요. 나는 새로운 세대로 넘어갈 거예요. 지식이 물욕과 유사하다고, 초라한 축적욕이라고, 오만한 내면의 자본주의라고 맹세한다면 충분할까요? 내 내면에는 당신이 생각하는 것보다 더 많은 감정이 있어요. 하지만 나는 그냥 말일 뿐인 모든 수다로부터 당신을 지키고 싶어요!"

"당신은 한스를 더 잘 알아야 해요." 게르다는 힘없이 대답했지만 이어 갑자기 격하게 덧붙였다. "게다가 당신은 우리가 다른 인간들과 함께 이기심 없는 공동체로 용해될 수 있음을 결코 이해하지 못할 거예요!"

"한스가 여전히 자주 여기 오나요?" 울리히는 조심스럽게 고집을 부렸다. 게르다는 어깨를 으쓱했다.

그녀의 영리한 부모는 한스 젭이 집에 오는 것을 금지하지 않았고 한 달에 며칠만 오도록 허락했다. 그 대신 아무것도 아니고 아직 아무런 전망도 없는 대학생 한스 젭은 앞으로 절대 게르다를 잘못된 길로 이끌지 않을 것이며 독일민족의 신비주의적 행위에 대한 선전도 중지할 것임을 맹세해야 했다. 그들은 이로써 금지된 것의 마법을 없애기를 바랐다. 그리고 한스 젭은 순결했으므로 (관능만이 소유를 원하고 유대적, 자본주의적이니까) 선선히 그들이 요구하는 맹세를 했지만 이를 몰래 더 자주 집에 오는 것, 열정적 연설, 열광적 악수, 키스까지도 중지하라는 것으로 이해하지는 않았고 ― 이 모든 것은 친구 영혼들의 자연스런 삶의 일부였으므로 ― 그때까지 이론적으로 추진해 온, 사제와 국가가 없는 연맹에 대한 선전을 중지하라는 것으로만 이해했다. 그는 자신도, 게르다도 그의 원칙을 실천할 만큼 영적으로 성숙했다고 생각할 수 없었고 저속한 본성의 속삭임에 대항해 빗장을 지르는 것이 자신의 뜻에 완전히 부합했기 때문에 더욱더 선선히 맹세를 할 수 있었다.

하지만 이 두 젊은이는 당연히, 스스로 내면에서 우러나오는 경계를 발견하기 전에 외부에서 강제로 부여된 경계 때문에 괴로웠다. 특히 게르다는 스스로 확신이 있었다면 부모의 이런 개입을 그대로 두지 않았으리라. 하지만 그 때문에 그녀는 이 강요를 더욱 혹독하다고 느꼈다. 그녀는 사실 그녀의 젊은 친구를 그다지 사랑하지 않았다. 그에게 매달리도록 그녀를 바꾼 것은 오히려 부모에 대한 반항심이었다. 게르다가 몇 년 더 늦게 태어났다면 아빠는 도시에서 가장 부유한 남자들 중 한 명일 테고, 물론 특별히 존경받는 부자는 아니겠지만, 엄마는 그에게 다시 감탄했으리라. 따라서 게르다가 자신의 생산자들 간의 싸움을 자신의 내면의 불화로 느낄 처지가 되지도 않았으리라. 그러면 그녀는 혼혈임을 자랑스럽게 느꼈으리라. 하지만 현실의 상황은 달랐고 그녀는 부모와 그들의 삶의 문제에 반항했고 부모의 유전적 부담을 지려 하지 않았다. 그녀는 이들과는 아무 상관없다는 듯 금발이었고 자유로웠고 독일인이었고 힘이 넘쳤다. 그것은 보기에는 좋지만 그녀가 스스로를 좀먹는 벌레를 공공연히 내보일 수가 없다는 단점이 있었다. 그녀 집의 환경에서는 국수주의와 인종이데올로기가 있다는 사실은 — 이것이 유럽의 절반을 히스테리적 사고로 끌고 들어갔고 이제 피셀 가의 담장 내에서도 모든 것이 이것을 중심으로 돌아갔지만 — 마치 없는 듯이 취급되었다. 게르다가 알고 있는 것은 외부에서 소문이라는 어두운 형태로 암시와 과장으로서 그녀에게 당도했다. 부모님이 보통은 많은 사람들이 말하는 모든 것에 강한 인상을 받았지만 이 경우에는 특이한 예외를 두었다는 데 놓인 모순은 아주 일찍부터 그녀에게 각인되었다. 그리고 그녀의 단호하고 냉철한 감각이 이런 유령 같은 질문에서는 작동하지 않았으므로, 아직 반쯤 미성숙한 나이인 그녀는 부모 집에서 보는 불쾌하고 무서운 모든 것을 이 질문과 연결시켰다.

어느 날 그녀는 한스 젭이 속한 기독교 게르만 청년모임을 알게 되었고 단번에 참된 고향에 와 있는 느낌이 들었다. 이 젊은 인간들이 믿는 것이 무엇인지 말하기는 어려웠으리라. 그들은 인문주의적 이상이 붕괴된 이후 독일민족의 청소년들 사이에서 북적대는 바로 그 수많은 작은, 뚜렷한 구분이 없는 자유로운 정신종파 가운데 하나였다. 그들은 인종적 반유대주의자가 아니라 '유대적 신조'의 반대자였는데, 그들은 이를 자본주의, 사회주의, 과학, 이성, 부모의 권력과 오만, 계산, 심리학, 회의(懷疑)라고 이해했다. 그들의 주요 교의는 '상징'이었다. 울리히가 이해한 바에 따르면 — 사실 그는 이런 종류의 것들에 대해 약간의 이해가 있었다 — 그들은 상징을 은총의 위대한 형성물이라 불렀고, 이것을 통해 혼란스럽고 갈라진 삶이 투명해지고 위대해지고, 한스가 말했듯이, 이것은 감각의 소음을 몰아내고 이마를 피안의 물결로 적신다. 그들은 이젠하임의 제단, 이집트의 피라미드, 노발리스를 그런 것이라 불렀다. 그들은 베토벤과 스테판 게오르게를 암시라고 여겼으며, 냉철한 말로 표현해서 상징이 무엇인지는 말하지 않았다. 첫째, 상징은 냉철한 말로 표현될 수 없기 때문이며, 둘째, 아리아인은 냉철해서는 안 되기 때문이다. 그래서 지난세기에는 상징에 대한 암시밖에 할 수 없었다. 셋째, 초월적 인간 속에서 초월적 은총이 생기는 순간이 너무나 드문 그런 세기들이 있기때문이다.

영리한 소녀인 게르다는 이 과장된 세계관에 은밀히 적지 않은 불신을 느꼈지만 그녀는 이 불신도 불신했다. 불신 속에서 부모의 이성의 유산을 알아본다고 생각했으니까. 그녀는 아주 독립적이라 자처했지만 부모에게 순종하지 않으려고 소심하게 애썼고 자신의 출신이 한스의 사고를 쫓아가지 못하게 방해하지나 않을까 불안에 시달렸다. 그녀가 이른바 좋은 집안의 도덕이 내세우는 터부들, 그녀의 인격 속에 개입하는 오만하고 답답한 부모의 처분권에 뼛속까지 반항한 반면, 어머니의 표현대로 '집안이랄 것도 없는 집안' 출신인 한스의 고통은 훨씬 덜했다. 한스는 동지들 사이에서 게르다의 '영적 지도자'로 두각을 나타냈고 동갑내기 여자 친구와 열정적으로 이야기했으며 키스를 동반한 위대한 설명으로 그녀를 '무조건의 영역'에 빠뜨리려 시도했지만 실질적으로는, '신조에 따라' 그 집을 거부하는 것이 허락되는 한, 피셸 집의 조건과 아주 요령 있게 타협했다. 물론 이는 계속해서 아빠 레오와의 충돌의 계기가 되었지만.

"친애하는 게르다", 울리히가 한참 후 말했다. "당신 친구들은 아빠를 가지고 당신을 괴롭힙니다. 그들은 내가 아는 가장 끔찍한 공갈꾼들입니다!"

게르다의 얼굴이 창백해졌다가 빨개졌다. "당신 자신이 더 이상 젊은 인간이 아니에요." 그녀는 응수했다. "당신은 생각하는 게 우리와 달라요!" 그녀는 자신이 울리히의 허영심에 상처를 입혔음을 알았고 화해하는 뜻으로 이렇게 덧붙였다. "나는 사랑이라는 것에서 엄청나게 많은 것을 상상하지 않아요. 아마 나는, 당신이 말하듯이, 한스와 시간 낭비를 하고 있겠죠. 아마 나는 다 포기할 거고, 사고, 느낌, 일, 꿈속의 내 영혼이 가지는 주름을 다 열어 보일 수 있을 정도로 누군가를 사랑하지 않을 거예요. 그리고 이것이 그렇게 끔찍하다고 생각되지도 않아요!"

"당신 친구들처럼 말하니 너무 조숙하게 느껴지는군요, 게르다!"

울리히가 그녀의 말을 중단시켰다.

　게르다의 감정이 격해졌다. "내 친구들 말을 인용하자면", 그녀가 소리쳤다. "사고는 한 사람에게서 다른 사람에게로 가고 우리는 우리 민족 속에서 살고 말하고 있음을 알아요. 당신은 도대체 그걸 이해하기나 하나요? 우리는 수많은 동족 사이에 서 있고 그들을 느낍니다. 이는 어떤 방식에서는 육체적 감각이죠. 이는 당신도 분명, 아니, 당신은 분명 결코 상상도 할 수 없는 거예요. 당신은 늘 한 인간만 갈구해 왔기 때문이지요. 당신은 육식동물처럼 생각해요!"

　왜 육식동물처럼일까? 공중에 머물러 있는 그 문장은 배신자였고 그녀 자신에게도 터무니없이 여겨졌고 그녀는 울리히를 향해 열려 있는 두려움에 찬 자신의 눈이 부끄러웠다.

　"거기에 대답하고 싶지 않군요." 울리히가 부드럽게 말했다. "화제를 바꾸고 싶으니 차라리 이야기를 하나 해줄게요. 아세요", ― 그는 손으로 그녀를 자기 쪽으로 끌어당겼고 그녀 손의 관절은 아이가 산의 바위들 사이로 사라지듯 그의 손안으로 사라졌다 ―"달 붙잡기에 대한 아주 흥미로운 이야기를? 당신도 알지요, 지구가 예전에는 여러 개의 달을 가지고 있었다는 걸? 지지자가 많은 이론이 하나 있는데, 그에 따르면, 이런 달들은 우리가 생각하는 달은 아니에요. 그것은 지구와 유사한 차가운 천체가 아니라 우주를 가로질러 질주하는 큰 얼음덩어리들인데, 지구에 너무 가까이 다가와서 지구에 붙잡힌 거지요. 우리 달은 그중 최후의 것일 거예요. 달을 한번 봐요!" 게르다는 그의 말을 쫓아 해가 떠 있는 하늘에서 창백한 달을 찾았다. "얼음 조각처럼 보이지 않나요?" 울리히가 물었다. "저건 조명이 아닙니다!

달에 사는 그 남자가 어떻게 우리에게 늘 같은 얼굴만 보여주는지 한 번 생각해 본 적이 있나요? 달이 스스로 돌지 않기 때문이죠. 우리의 마지막 달 말이오. 달은 벌써 꽉 붙잡혔어요! 보세요. 일단 지구의 위력 속으로 들어서게 되면 달이 지구 주위를 도는 것에서 그치지 않고 지구가 달을 점점 더 자기 가까이 끌어당겨요. 이 끌어당김이 수십만 년 또는 그 이상 지속되었기 때문에 우리가 그걸 알아차리지 못하는 것뿐이죠. 하지만 이건 부인할 수 없고 수천 년 동안 지구의 역사에서 일어났음이 틀림없어요. 이 달 이전의 달들이 지구에 아주 가까이 끌어당겨져서 엄청난 속도로 지구 주위를 돌았어요. 오늘날 달이 1, 2미터나 되는 큰 해일을 일으키듯이 당시 달은 지구 주위를 비틀비틀 돌면서 물이나 진흙을 산더미처럼 높이 솟구치게 했어요. 이 수천 년 동안 인간들이 대대로 미친 지구 위에서 살면서 느꼈을 공포는 거의 상상할 수가 없어요 ….”

“그럼 벌써 당시에도 인간이 살았나요?” 게르다가 물었다.

“물론이죠. 마지막으로 이런 얼음달 중 하나가 찢어져 흩어져 내렸고 그 얼음달이 돌면서 산처럼 높이 끌어올린 해일은 엄청난 파도가 되어 전 지구를 내리치고 또 다시 흩어졌으니까요. 이게 바로 성경의 대홍수인데, 전면적인 큰 홍수라는 뜻이죠! 만약 인간이 이를 실제로 겪지 않았다면 어떻게 모든 전설들이 그렇게 똑같이 이를 전할 수 있었겠어요? 그리고 우리에게 아직 달 하나가 있으니까 이런 수천 년은 또 한 번 올 겁니다. 이건 독특한 생각이죠 ….”

게르다는 숨을 멈추었고 창문 너머 달을 바라보았다. 그녀는 자신의 손을 여전히 그의 손안에 놓아두었고 달은 창백하고 흉측한 얼룩으로서 하늘에 떠 있었다. 그리고 바로 이 평범한 존재가 환상적 세계 모험에 소박한 일상의 진실을 부여했다. 그녀는 어떤 감정연결에서 인지 그 모험의 희생자가 자신이라고 느꼈다.

"하지만 이 이야기는 전혀 사실이 아니오." 울리히가 말했다. "전문가들은 이를 미친 이론이라고 하죠. 사실 달은 지구에 더 가까이 다가오지도 않고, 내 기억이 맞다면, 심지어 계산보다 지구에서 23킬로미터 더 떨어져 있어요."

"그럼 왜 이 이야기를 했나요?" 게르다가 물었고 그에게서 손을 빼려 했다. 하지만 그녀의 저항은 아무 힘이 없었다. 한스보다 절대 더 어리석지 않지만 과장 없는 견해를 지녔고 손톱은 깨끗하고 머리는 잘 빗질된 남자와 이야기를 하고 있을 때면 늘 그랬다. 울리히는 게르다의 황금색 피부 위에 모순으로서 솟아난 섬세하고 검은 솜털을 관찰했다. 다양한 부품들로 조립된 불쌍한 현대인들의 본성이 이 작은 털과 함께 육체로부터 발아하는 듯했다. "나도 모르겠어요." 울리히가 대답했다. "다시 올까요?"

게르다는 놓여난 손의 흥분을 여러 가지 작은 물건들에, 그것들을 이리저리 옮기면서 발산했고 대답하지 않았다.

"그럼 곧 다시 올게요." 울리히는 약속했다. 비록 이 재회 이전에는 그럴 의도가 전혀 없었지만.

74
기원전 4세기 대 1797년.
울리히가 다시 한번 아버지의 편지를 받다

디오티마 집에서의 회동들이 엄청난 성공이었다는 소문은 재빨리 퍼져나갔다. 이즈음 울리히는 아버지로부터 유난히 긴 편지 한 통을 받았는데, 편지에는 두툼한 팸플릿과 별쇄본 꾸러미가 동봉되어 있었다. 편지의 내용은 대충 이러했다. "사랑하는 아들아! 오랫동안 편지를 보내지 않더구나 … 그렇지만 제 3자로부터 기쁜 소식을 들었다. 너를 위한 나의 노력이 … 친절한 나의 친구 슈탈부르크 백작과 … 라인스도르프 각하 … 우리 친척인 투치 국장부인 … . 내가 지금 너에게 새로운 모임에서 네가 가진 영향력을 총동원하여 성사시켜 달라고 부탁하는 바는 다음과 같다.

진리로 간주되는 모든 것이 진리로 통용되고, 허락된 것으로 여겨지는 모든 의지가 허락된 것으로 통용된다면 세계는 갈가리 찢어지리라. 그 때문에 우리의 가장 절실한 의무는 진리와 올바른 의지를 확립하는 것이며 이 일이 성사된 후에는 철통같은 의무감으로 이것이 과학적 견해의 명료한 형식으로 기록되도록 감시하는 것이다. 여기서 너는 내가 지금 네게 알리려는 것이 무슨 뜻인지 추론할 수 있을 것이다. 문외한들의 영역에서뿐만 아니라 유감스럽게도 혼란스러운 시대의 속삭임에 굴복한 학문의 영역에서도 이미 오래전부터, 우리의 형법을 개정함에 있어 자칭 일정한 개선과 완화를 목표로 하는 매우 위험한 움직임이 일고 있다. 우선 벌써 몇 년 전부터 이 개정을 목표로 장관이 소집한 유명전문가 위원회가 있고 여기에는 영광스럽게도 나와 나의 대학동료 슈붕 교수도 속해 있음을 말해둔다. 아마 너도 예전에, 내가 아직 그를 꿰뚫어 보지 못하고 수년 동안 나의 가장 친한 친구로 여겼던 그 시절에 그를 본 것을 기억할 게다. 앞서 말한 완화에 대해 말하자면, 내가 잠정적으로 소문의 형식으로 알게 된 것은 — 하지만 그 자체로 유감스럽지만 너무나 있을 법한 일이다 — 눈앞에 닥친 우리의 존경하는 자비로운 통치자의 기념 해에 이른바 모든 관용의 분위기를 백분 활용해 '법의 유약화'라는 재앙을 우리나라에도 끌어들이려는 특별한 노력이 있으리라는 것이다. 당연히 여기에 빗장을 지르기로 슈붕 교수와 나는 단단히 결심했다.

네가 법률 지식이 없다는 사실을 고려해야 할 테지만 너도 이 정도는 알 게다. 인도주의를 사칭하는 이런 '법 불안화'의 가장 좋은 침입로는 책임 무능력이라는 처벌이 불가능한 개념을 저하된 책임능력이라는 불명료한 형태로 정신병자도 아니고 도덕적으로 정상도 아닌 저 수많은 개인들에게로 확대하려는 노력이다. 이들은 우리 문화를 유감스럽게도 점점 더 많이 오염시키는 바로 그 열등한 자들, 도덕적으로 박약한 자들이다. 네 스스로도 이런 저하된 책임능력이라는 개념은 — 물론 이것을 도대체 하나의 개념이라고 부를 수가 있다면 말이다. 나는 이에 반대한다! — 우리가 온전한 책임능력 내지는 온전한 책임 무능력이라는 표상에 부여한 안과 밀접하게 연관되어야 한다고 말할 게다. 이것이 내가 편지를 쓰는 이유이다.

기존의 법률안을 존중하고 앞서 설명한 상황을 고려하여 나는 앞서 말한 자문위원회에서 미래의 형법 318조와 관련하여 다음과 같은 안을 제안했다.

'처벌 가능한 행위가 존재하지 않는 경우는 행위자가 행위 시점에 의식을 잃은 상태거나 정신활동이 병적인 방해를 받은 상태여서 ….' 그리고 슈봉 교수도 똑같은 말로 시작하는 제안을 내놓았다.

하지만 그 후 그의 의견은 다음과 같이 계속된다. '… 그의 자유로운 의지결정이 배제된 경우다.' 반면에 나의 제안은 다음과 같다. '… 그가 자신의 행위의 부당함을 통찰할 능력이 없는 경우다.' 고백하건대, 나 스스로도 처음에는 이 이견의 악의적인 의도를 전혀 알아차리지 못했다. 개인적으로 나는 늘 의지는 오성과 이성이 발전하면 욕망내지는 충동을 숙고나 이에 따른 결심이라는 형태로 굴복시킬 수 있다는 견해를 피력해 왔다. 그러므로 의욕에 따라 이뤄진 일은 늘 사고와 연관된 행위이지 본능적인 행위는 아니다. 인간이 자신의 의지를 선택할 수 있는 한, 그는 자유롭다. 그가 인간적 욕망, 즉 자신의 감각기관에 해당하는 욕망을 가진다면, 즉 그의 사고가 방해를 받는다면, 그는 자유롭지 못하다. 의욕은 우연한 것이 아니라 우리의 자아에서 필수적으로 생겨나는 자기결정이다. 그리고 의지가 사고 속에서 결정된다면 그리고 사고가 방해받는다면, 의지는 더 이상 의지가 아니고 인간은 그냥 자신의 욕망의 본성에 따라 행동한다! 물론 나도 문학에서는 이와 반대되는 견해가 피력되고 있음을 안다. 그에 따르면, 사고는 의욕 속에서 결정된다. 이는 현대 법학자들 사이에서는 1797년 이후에 비로소 지지자를 얻게 된 견해인 반면 내가 채택한 견해는 기원전 4세기 이후로 모든 공격을 견뎌 왔다. 하지만 나는 조금 양보해서 이 두 제안을 아우르는 안을 제안했다. 그 제안은 다음과 같다.

'처벌 가능한 행위가 존재하지 않는 경우는 행위자가 행위 시점에 의식을 잃은 상태거나 정신활동이 병적인 방해를 받은 상태여서 그가 자신의 행위의 부당함을 통찰할 능력이 없고 그의 자유로운 의지결정이 배제된 경우다.'

하지만 그때 슈붕 교수가 본색을 드러냈다! 그는 나의 양보를 무시하고 불손하게도 이 문장에서 '없고'가 '없거나'로 대체되어야 한다고 주장했다. 너는 그의 의도를 이해할 게다. 문외한은 그냥 '고'라고 쓸 자리에 사상가는 '거나'를 쓴다며 사상가를 문외한과 구분하려 한 것이다. 슈붕은 나의 피상적 사고를 책망하려 시도했다. '고' 속에 표현된 나의 이해심에 ─ 이는 두 안을 하나로 합치려는 데 있다 ─ 내가 해소된 대립의 중요성을 그 전 파급효과와 함께 파악하지 못했다는 혐의를 둠으로써 말이다!

내가 이 순간부터 그에게 단호히 대응했음은 자명하다.

나는 나의 중재안을 철회했고 한 치의 오차도 없이 나의 첫 번째 안을 고수하지 않을 수 없다고 느꼈다. 하지만 슈붕은 그 후 온갖 음험한 수를 써서 나를 곤경에 빠뜨리려 하고 있다. 그는 특별한 종류의 광기(狂氣)에 시달리지만 그 외에는 건강한 사람은 ─ 이런 사람이 있다 ─ 부당함을 통찰하는 능력을 토대로 삼는 내 제안에 따르면 다음과 같은 경우에만 정신병 때문에 무죄가 될 것이라는 이의를 제기했다. 즉, 그가 특별한 광기 때문에 그의 행동을 정당화하거나 그 처벌가능성을 없앨 수 있는 정황이 존재함을 가정하고, 그래서 비록 잘못 상상된 세계이긴 하지만 그 세계에서 올바르게 행동했다는 것이 입증되는 경우이다. 하지만 이는 정말 사소한 이의다. 왜냐하면 경험

논리학에서 부분적으로 병이 있고 부분적으로 건강한 사람이 있다고
는 하지만 법의 논리는 동일한 행위를 두고 두 법률 상태의 알력을 결
코 인정해서는 안 되기 때문이다. 법의 논리에서 이런 사람들은 책임
능력이 있거나 책임능력이 없다. 그리고 우리는 특별한 종류의 광기
에 시달리는 사람도 옳은 것과 옳지 않은 것을 구별할 수 있는 능력이
일반적으로 있다고 가정해도 된다. 이 능력이 특별한 경우에 광기로
인해 가려졌다고 해도 그의 지성을 특별히 긴장시켜 이것을 자신의
나머지 자아와 일치시키기만 하면 되기 때문이다. 그리고 이 일이 특
별히 어렵다고 볼 이유는 전혀 없다.

  나는 슈붕 교수에게도 재빨리 응수했다. 책임능력이 있는 상태와
없는 상태가 논리적으로 동시에 존재할 수 없다면 이런 개인에게는
이 두 상태가 빠르게 교대되어 나타난다고 가정해야 한다고. 이 가정
에 따르면, 다름 아닌 그의 이론으로는 개별 행위의 경우 이 교대하는
상태들 중 어떤 상태가 그 행위를 유발한 것인가 하는 질문에 답하기
가 어렵다. 이 목적을 위해서는 피고가 출생한 이후로 피고에게 영향
을 끼친 모든 원인과 피고에게 좋은 특성과 나쁜 특성을 물려준 그의
선조들에게 영향을 끼친 모든 원인도 나열해야 하기 때문이다. 믿기
어렵겠지만, 슈붕은 정말로 다음과 같이 대답하며 내게 대항했다. 그
건 아주 지당하다. 왜냐하면 법의 논리는 동일한 행위를 두고 두 개의
법적 상태가 혼재하는 상황을 결코 허용해서는 안 되니까. 그 때문에
모든 개별 의욕과 관련해서 피고가 자신의 심리변화에 따라 의욕을
통제하는 것이 가능했는지 여부가 결정되어야 한다. 우리는 — 대담
하게도 그는 이렇게 주장했다 — 일어나는 모든 일에 원인이 있다고

주장하기보다는 우리의 의지가 자유롭다고 훨씬 더 분명하게 주장할 수 있어야 할 것이다. 그리고 우리는 근본적으로 자유로운 한, 개별 이유에 따라서도 자유롭다. 그 때문에 그런 경우, 원인이 있는 범죄 충동에 저항하기 위해서는 의지력을 특별히 긴장시키기만 하면 된다고 가정해야 한다.”

이 대목에서 울리히는 아버지의 계획을 계속 파악하기를 중단하고 가장자리에 인용된 수많은 첨부자료의 무게를 손으로 근심스럽게 가늠해 보았다. 그는 이제 편지의 말미만 훑어보았고, 아버지가 그에게 라인스도르프 백작과 슈탈부르크 백작에게 “객관적 영향력”을 행사하기를 기대했고 만약 기념해에 이렇게 중대한 문제들이 잘못된 법안과 해결책을 갖게 될 경우 국가 전체의 정신에 닥칠 수 있는 위험을 늦기 전에 평행운동의 해당 위원회에 보여 주라는 강력한 충고를 했음을 알았다.

75
슈툼 폰 보르트베어 장군은 디오티마 방문을
직무로부터의 아름다운 기분전환으로 보다

그 키 작고 뚱뚱한 장군은 다시 한번 디오티마를 방문했다. 비록 회의실에서 군인에게 사소한 역할이 주어지는 것이 적절하긴 하지만 감히 예언하건대, 국가는 민족들의 싸움에서 스스로를 보존하는 힘이며, 평화 시에 전개한 군사력이 전쟁을 예방할 것이라는 말로 그는 말문을 열었다. 하지만 디오티마는 즉시 그의 말을 가로막았다. “장군님!”

그녀는 분노로 몸을 떨며 말했다. "모든 삶은 평화의 힘 위에 정주합니다. 사업하는 삶조차도, 올바로 볼 줄 안다면, 문학입니다." 키 작은 장군은 한순간 당황해서 그녀를 쳐다보았지만 곧 제대로 안장을 고쳐 앉았다. "각하!", 그는 그녀의 말에 찬성했다. ─이 호칭을 이해하기 위해서는 디오티마의 남편이 국장이며 카카니아에서 국장은 사단사령관과 같은 지위라는 것, 하지만 사단사령관만이 각하라는 호칭을 받을 권리가 있고 이들에게도 이 호칭은 직무와 관련해서만 허용된다는 것을 기억해야 한다. 하지만 군인이라는 직업이 기사도적 직업이기 때문에 직무와 관련 없다고 사단사령관을 각하라고 부르지 않는다면 이 직업에서 출세하지 못하리라. 그리고 기사도적 노력의 정신에서 사령관의 부인들도, 그녀들이 언제 업무 중인가 하는 문제는 오래 생각해 보지 않고, 각하라는 칭호로 불렀다 ─ 이렇게 복잡한 정황을 그 작은 장군은 재빨리 훑어보았는데, 첫마디로 벌써 자신의 절대적 동의와 순종을 디오티마에게 보장하기 위해서였다. 그는 이렇게 말했다. "각하께서 제 말을 가로채시는군요. 국방부는 정치적이유로 당연히 위원회 구성에서 제외될 수 있지만 우리는 이 위대한 운동이 평화주의적 목적을 가져야 한다고 들었습니다 ─ 국제적 평화운동이라고들 하더군요. 또는 헤이그 궁을 위한 오스트리아의 벽화재단인가요? ─ 저는 각하께 우리가 이 일에 엄청나게 공감하고 있다고 보장할 수 있습니다. 보통 사람들은 군대에 대해 잘못된 표상들을 갖지요. 물론 젊은 중위가 전쟁을 원하지 않는다고 주장하려는 것은 아닙니다만 책임 있는 자리에 있는 사람들은 모두 폭력의 영역을, 유감스럽게도 우리가 이를 대표하고 있습니다만, 정신의 축복과 연결시켜야 한다고 깊이 확신하고 있습니다. 각하께서 방금 말씀하신 것과 똑같이 말입니다."

그는 바지주머니에서 작은 빗을 꺼내더니 여러 번 작은 수염을 이리저리 빗었다. 수염이 위대한 삶의 희망이었고 수염이 나기를 조급하게 기다렸던 사관학교 시절의 나쁜 습관이었지만 그는 이를 전혀 몰랐다. 그는 커다란 갈색 눈으로 디오티마의 얼굴을 응시했고 말의 효과를 살폈다. 디오티마는 진정된 모습을 보였고, 물론 장군과 함께 있으면 결코 완전히 진정할 수는 없었지만, 장군에게 대회의 이후 진행된 일에 대해 설명하는 은총을 베풀었다. 장군은 특히 대회의에 열광적인 모습을 보였고 아른하임에 대한 감탄을 표현했고 이런 회동은 엄청난 축복을 가져올 것임이 틀림없다는 확신을 말했다. "정신이 얼마나 질서가 없는지 모르는 사람들이 정말 많습니다!" 그는 설명했다. "저는 심지어, 외람된 말씀입니다만, 각하, 대부분의 인간들이 매일 보편적 질서의 진보를 체험한다고 믿고 있다고 확신합니다. 그들은 모든 것이 질서로 가득 차 있음을 보지요. 공장, 사무실, 철도 시간표, 교육시설 — 이때 우리의 병영(兵營)도 자랑스럽게 언급해도 되겠지요. 우리 병영은 재정은 열악하지만 좋은 오케스트라의 규율을 상기시킵니다 — 어디를 보든 질서가 있습니다. 보행질서, 운행질서, 세법, 교회법, 업무규정, 서열, 무도회 에티켓, 관습 등. 저는 오늘날 거의 모든 인간이 우리 시대를 지금까지 있었던 시대 중 가장 질서 잡힌 시대로 여기고 있다고 확신합니다. 각하께서도 내심 이런 느낌이 들지 않으십니까? 적어도 저는 그런 느낌이 듭니다. 그러니까 정신을 바짝 차리지 않으면 저는 근세의 정신이 바로 이 더 큰 질서 속에 있고 니네베[25]와 로마 제국이 일종의 무질서로 인해 몰락했음이 틀림없다는 느낌이 듭니다. 저는 대부분의 사람들이 이렇게 느끼고 암묵적으로 과거가 무질서한 어떤 것 때문에 벌을 받아 사라졌다고 전제한다고 생각합니다. 하지만 이 표상은 물론 교양 있는 사람이라면 물리쳐야 할 기만(欺瞞)입니다. 그리고 여기에 유감스럽게도 권력과 군인이라는 직업의 필연성이 있습니다!"

장군은 이 정신적인 젊은 여자와 이런 수다를 떠는 것에 깊은 만족감을 느꼈다. 그것은 직무로부터의 아름다운 기분전환이었다. 하지만 디오티마는 그에게 뭐라고 답해야 할지 몰랐다. 되는대로 그녀는 이렇게 반복했다. "정말로 우리는 가장 중요한 남자들이 모이기를 바라지만 과제는 그래도 여전히 어렵습니다. 장군님은 우리가 받는 제안이 얼마나 다양한지 상상도 못하십니다. 게다가 우리는 가장 좋은 것을 고르고 싶습니다. 하지만 장군님은 질서를 말씀하셨지요. 장군님! 질서, 냉철한 저울질, 비교와 검증을 통해서는 결코 목표에 도달하지 못합니다. 해결책은 번개, 불꽃, 직관, 종합이어야 합니다! 인류의 역사를 살펴보면 역사는 논리적 발전이 아니지만 그 갑작스런 착상들이 있기에 문학을 상기시킵니다! 그 착상들의 의미는 추후에 밝혀지지요."

"참작해 주십시오, 각하!", 장군이 대답했다. "군인은 문학을 모릅니다. 하지만 누군가가 한 운동에 번개와 불꽃을 선사할 수 있다면 그건 각하입니다. 늙은 장교는 이를 압니다!"

---

25 Nineveh: 고대 아시리아(Assyria)의 수도이다.

76
라인스도르프 백작이 소극적인 모습을 보이다

청하지 않은 방문을 하긴 했지만 이 정도면 그 뚱뚱한 장군의 처신은 아주 교양 있었고 디오티마는 그에게 의도했던 것보다 더 많은 것을 털어놓았다. 그럼에도 불구하고 그녀로 하여금 그를 여전히 공포로 느끼게 하고 추후에 자신의 다정함을 후회하게 한 것은 장군 자체는 아니었고, 디오티마가 스스로에게 설명했듯이, 그녀의 오랜 친구 라인스도르프 백작이었다. 각하가 질투가 났을까? 그렇다면 누구에게? 라인스도르프는 매번 잠깐씩 평의회에 참석해 자리를 빛내긴 했지만 디오티마가 기대했던 만큼 평의회에 호의적인 모습을 보이지 않았다. 각하는 그가 '문학일 뿐'이라고 부르는 것에 대해 숨길 수 없는 거부감이 있었다. 그것은 그에게는 유대인, 신문, 화젯거리에 중독된 서적상, 아무 힘도 없으면서 수다를 떨며 돈 때문에 글을 쓰는 시민계급의 자유주의 정신과 연결된 표상이었고, '문학일 뿐'이라는 말은 바로 이런 정신을 나타내는 새로운 표현이 되었다. 울리히가 우편으로 도착한, 세계를 앞으로 또는 뒤로 움직이려는 모든 조언들이 들어 있는 제안들을 읽어 주려 할 때마다 그는 이제, 자신의 견해 말고도 다른 모든 인간들의 견해를 들을 때면 누구나 사용하는 말로 이를 피했다. 그는 말했다. "아니, 아니, 오늘은 중요한 일이 있네. 그리고 거기 그건 정말 문학일 뿐이야!" 이어 그는 경작지, 농부, 작은 시골교회, 수확이 끝난 경작지 위의 볏단처럼 신이 단단히 묶어 둔 그 질서를 생각했다. 이 질서는 너무나 아름답고 건강하고 쓸모가 있다. 물론 발전에 부응하려면 소유지에서 때때로 화주(火酒) 제조를 허용해야 했지만. 하지만 가만히 널리 바라보는 시선으로 보면 사격클럽과 낙농업 협동조합은 집에서 아무리 떨어져 있어도 한 덩어리의 단단한 질서와 결속으로 보인다. 그리고 그들이 세계관적 토대 위에서 어떤 요구를 제기하면 이는 사적 개인의 정신이 제기하는 요구에 대해, 말하자면, 토지대장에 기입된 정신 소유자의 우선권을 갖는다. 그래서 라인스도르프 백작은 디오티마가 위대한 정신들에게서 들은 바에 대해 그와 진지하게 이야기하려 하면 보통 다섯 명의 바보로 구성된 협회의 청원을 손에 들고 또는 가방에서 꺼내 이 종이가 실제적 근심거리의 세계에서는 천재의 착상보다 더 중하다는 주장을 내세우는 일이 벌어졌다.

이는 투치 국장이 외무부 문서실에서 칭송하는 정신과 비슷한 정신이었는데, 여기서는 평의회가 공식적으로 존재한다고 보는 일은 있을 수 없었고 반대로 지방신문의 불평은 아무리 사소하더라도 죽도록 심각하게 받아들였다. 이런 걱정에 빠진 디오티마가 속마음을 터놓을 수 있는 사람은 아른하임 말고는 없었다. 하지만 정작 아른하임은 각하를 옹호했다. 그녀가 라인스도르프 백작의 계급옹호와 낙농업협회에 대한 공공연한 선호에 대해 불평했을 때, 이 영주의 가만히 널리 바라보는 시선을 설명한 것도 그였다. "각하께서는 토지와 시대가 방향설정의 힘을 갖고 있다고 믿습니다." 그는 진지하게 설명했다. "제 말을 믿으십시오. 그것은 토지소유에서 옵니다. 토지는 물을 정화하듯이 복잡함을 제거합니다. 저조차도 저의 아주 초라한 영지에 체류할 때마다 이 작용을 느낍니다. 현실의 삶은 모든 것을 단순하게 하지요." 잠시 망설인 후 그는 이렇게 덧붙였다. "각하의 선이 굵은 삶의 방식은 또 극도로 관용적입니다. 위험할 정도로 너그럽다고 해야 하겠지만 … ." 자신의 고귀하신 후원자의 이런 면이 디오티마에게는 새로웠으므로 그녀는 생기를 띠고 쳐다보았다. "확실한 주장은 아닙니다만", 아른하임은 애매하게 강조하며 계속했다. "라인스도르프 백작은 당신 사촌이 비서로서 그의 신임을 얼마나 남용하고 있는지, 물론 신조(信條) 상으로 말입니다만, 알아차렸습니다. 고상한 계획에 대한 의구심과 조소적(嘲笑的) 태업(怠業) 을 통해서라고 곧장 덧붙이고 싶습니다. 제가 염려하는 바는 라인스도르프 백작에게 미치는 그의 영향이 결코 유익하지 않다는 것입니다. 만약 이 참된 귀족원 의원께서 위대한 감정과 이념의 유산들에, 이 위에 현실의 삶이 정주하지요, 너무나 단단히 결속되어 있지 않다면 말입니다. 아마 이 결속이 이런 신뢰를 가능하게 하겠지요."

이는 울리히에 관한 강력한 그리고 마땅한 발언이었지만 디오티마는 이에 크게 주목하지 않았다. 영지를 토지 소유주처럼 소유하지 않고 영적인 마사지처럼 소유한다는 아른하임 견해의 다른 부분이 그녀에게 강한 인상을 남겼기 때문이었다. 그녀는 이를 멋지다고 생각했고 자신을 이런 영지의 여주인으로 상상하는 데 몰두했다. "가끔 저는", 그녀가 말했다. " 당신이 각하를 얼마나 관대하게 평가하시는지 감탄스럽습니다! 그건 결국 몰락하는 역사의 한 단락 아닌가요?" "그렇습니다, 확실히." 아른하임이 대답했다. "하지만 이 계급이 모범적으로 발달시킨 단순한 미덕, 용기, 기사도, 자제심은 항상 그 가치를 유지할 것입니다. 한마디로, 주인이지요! 저는 사업에서도 주인의 요소에 늘 더 큰 가치를 두는 것을 배웠습니다."

"그렇다면 주인은 결국 거의 시(詩)와 같은 것이 되나요?" 디오티마가 생각에 잠겨 물었다.

"멋진 단어를 말씀하셨습니다!" 그녀의 친구가 강조했다. "그것은 힘찬 삶의 비밀입니다. 이성만으로는 도덕적일 수도 없고 정치를 할 수도 없습니다. 이성은 충분치 않습니다. 결정적인 일들은 이성 너머에서 일어납니다. 위대한 것을 해낸 인간은 항상 음악, 시, 형식, 훈육, 종교, 기사도를 사랑했습니다. 심지어 전 이것을 행하는 인간에게만 행운이 있다고 주장하고 싶습니다! 이것이 이른바 측량불가한 것이고 주인, 인간을 이루니까요. 그리고 배우에 대한 백성들의 감탄 속에 공명하는 것은 이것의 이해받지 못한 잔여물입니다. 하지만 당신 사촌에게로 돌아가 봅시다. 물론 단순히, 탈선하기에는 몸이 너무 편안해져 버린 사람은 보수적이 되기 시작한다는 말은 아닙니다. 모두가 혁명가로 태어났다고 해도 어느 날엔가 우리는 그냥 착한 인간, 그의 지성이 어떻게 평가되든지 간에, 더 믿을 만하고 더 명랑하고 더 용감하고 더 충실한 인간이 전대미문(前代未聞)의 기쁨을 선사할 뿐 아니라 삶이 그 안에 정주하는 진짜 토양이라는 것을 알아차립니다. 이는 선조들의 지혜지만 이 지혜는 결정적 취향변화를 의미합니다. 자연스럽게 이국적인 것을 향해 있던 청소년의 취향이 남자의 취향으로 변하는 것입니다. 저는 많은 점에서 당신 사촌에게 감탄합니다. 또는 이 말이 지나치다면 — 그가 말하는 것에는 책임을 질 수 있는 것이 너무 적으니까요 — 거의 이렇게 말하고 싶군요, 저는 그를 사랑합니다. 그는 내적으로 경직되고 독특한 것이 많지만 그 밖에도 뭔가 비범하게 자유롭고 독립적인 것이 있으니까요. 게다가 자유와 내적 경직의 이런 혼합이 어쩌면 그의 매력이겠지요. 하지만 그는 유치하고 이국적인 도덕과 교양 있는 이성을 가진 위험한 인간이고 이 인간은 늘 모험을 찾습니다. 대체 무엇이 자신을 거기로 내모는지 모르면서 말입니다."

77
기자들의 친구 아른하임

디오티마는 아른하임의 태도에서 이 측량불가한 것을 관찰할 기회가 여러 번 있었다.

예를 들어, 그의 충고에 따라 '평의회' 회의에(투치 국장은 이를 약간 조롱조로 '폐하 재위 70주년 관련 주요 결의 채택을 위한 위원회'로 명명했다) 가끔씩 큰 신문의 대표들이 초대되었고 아른하임은 직책 없이 손님 자격으로만 참석했지만 다른 모든 유명인사들을 제치고 이들의 주목을 받았다. 어떤 측량불가한 이유로 신문들은, 모두의 축복을 위해 그래야 마땅하겠지만 정신의 실험실과 연구실이 아니고 보통, 잡지들이고 증권거래소일 뿐이기 때문이다. 플라톤이 아직 살아 있다면 — 그를 예로 든 것은 그가 10여 명의 다른 사상가들과 더불어 가장 위대한 사상가라고 불리기 때문이다 — 분명 신문사업에 매료되었으리라. 여기서는 매일 새로운 이념이 만들어지고 교체되고 정제되고 세계 각지로부터 그 누구도 겪어 보지 못한 속도로 뉴스들이 몰려들고 조물주 간부진은 단숨에 그 내용을 정신과 현실성을 두고 저울질할 태세가 되어 있다. 그는 신문사 편집국을 *Topos uranios*, 즉 '이념의 천국'이라고 추정하리라. 그가 이것의 존재를 너무나 절실하게 기술했기 때문에 오늘날까지도 더 나은 인간들은 모두 아이나 부하직원에게 이야기할 때면 이상주의자가 된다. 물론 플라톤이 오늘날 갑자기 편집국을 방문해서 자신이 정말로 2천 년도 더 전에 죽은 바로 그위대한 저술가라는 것을 입증한다면 엄청난 화젯거리가 되고 수지맞는 제의를 받으리라. 이어 3주 안에 한 권의 철학여행 편지를 쓰고 그의 유명한 짧은 이야기들 가운데 몇천 편과 또 아마 그의 초기 작품가운데 한두 편을 영화화할 수 있다면 분명 한동안은 아주 잘살리라. 그렇지만 그의 귀환이 더 이상 새로운 일이 아니게 되고 게다가 플라톤 씨께서 아직 한 번도 완전히 실행된 적이 없는 자신의 유명한 이념들을 실현하려 들면 편집국장은 그냥 가끔씩 신문의 오락부록용으로이에 관해 매력적인 문예란 기사를 써 달라고(가능하면 쉽고 경쾌하게, 독자를 고려해서 너무 무겁지 않은 문체로) 요구하리라. 그리고 문예란편집자는 이런 기사를 유감스럽게도 한 달에 한 번만 실을 수 있다고덧붙이리라. 재능 있는 다른 많은 사람들도 고려해야 하니까. 그 후두 신사는 한 남자를 위해 굉장히 많은 일을 했다는 느낌을 가지리라. 이 남자는 유럽 출판계의 원로지만 약간 시대에 뒤떨어졌고 현재의가치로 볼 때 결코 가령 파울 아른하임 같은 남자와 동등하게 볼 수는없기 때문이다.

아른하임으로 말하자면, 물론 그는 결코 이에 동의하지 않으리라. 모든 위인들에 대한 그의 경외심이 이로써 손상될 테니까. 하지만 몇몇 관점에서는 그래도 이것이 아주 수긍이 간다고 생각하리라. 온갖가능한 것들이 뒤죽박죽으로 이야기되고 예언자와 사기꾼이 아주 근소한 차이만 빼고 동일한 화법을 구사하는데 사람들은 바쁜 나머지 이를 알아낼 시간이 없고, 누군가가 천재라며 편집국을 끊임없이 성가시게 하는 오늘날 한 인간과 한 이념의 가치를 제대로 인식하기란 무척 어렵다. 사실 믿을 수 있는 것은 편집국 문 앞에서 들리는 대중의 중얼거림, 속삭임, 바스락거림이 일반의 목소리로서 입장시킬 정도로 충분히 커졌는지 그 시점을 알아차리는 청력뿐이다. 그러면 이 순간부터 물론 천재는 다른 상태로 들어선다. 그는 더 이상 단순히 도서비평이나 연극비평의 — 이들의 반박을 이상적인 신문독자는 아이들의 수다만큼이나 진지하게 여기지 않는다 — 공허한 대상이 아니라 사실의 지위를 그 모든 결과와 함께 얻게 된다.

어리석은 열광자들은 그 뒤에 숨어 있는, 이상주의를 향한 절망적인 욕구를 간과한다. 글쓰기와 글을 써야 함의 세계는 그 대상을 잃어버린 위대한 말과 개념으로 가득 차 있다. 위대한 남자들과 열광의 수식어들은 그 원인보다 더 오래 살고 그 때문에 수많은 수식어만이 남아 있다. 이것들은 언젠가 한 위대한 남자에 의해 다른 한 위대한 남자를 위해 빚어졌지만 이 남자들은 오래전에 죽었고 살아남은 개념들은 사용되어야 한다. 따라서 늘 수식어들에는 그에 맞는 남자가 수배된다. 셰익스피어의 '엄청난 충만함', 괴테의 '보편성', 도스토예프스키의 '심리적 깊이', 오랜 문학적 발전이 남긴 다른 표상들은 모두 수백 개씩 기자들의 머릿속에 매달려 있고 오늘날 이들은 오로지 판매 부진 때문에 한 테니스 전략가를 심원하다고 칭하거나 한 인기 작가를 위대하다고 칭한다. 비축해 둔 단어들을 아무런 손실 없이 그 남자에게 사용할 수 있으면 그들이 고마움을 느낀다는 것은 이해가 된다.

하지만 한 남자가 있어야 한다. 그의 중요성이 벌써 사실이 되어 이 단어들이 그에게서 사용처를 찾았다는 것이 — 그곳이 어디인지는 전혀 중요하지 않다 — 이해가 되는 한 남자가. 그리고 이런 남자가 아른하임이었다. 아른하임은 아른하임이었고, 아른하임에 이어 아른하임 차례였으니까. 아버지의 후계자로서 그는 벌써 사건으로서 태어났고 그가 말하는 것의 시사성은 아무도 의심할 수 없었다. 그는 선의를 가진 사람들이 중요하다고 여길 수 있는 것을 말하는 작은 노력만 하면 되었다. 그리고 아른하임 스스로가 이를 진짜 원칙으로 만들었다. "한 남자의 현실적 중요성은 대부분 동시대인들에게 자신을 이해시킬 수 있다는 데 있다"고 그는 말하곤 했다.

그는 이번에도 그를 이용하는 신문들과 탁월하게 잘 지냈다. 그는 신문사들을 통째로 사버리고 싶은 야심찬 재정가와 정치인에 대해서는 그냥 미소만 지었다. 여론에 영향을 미치려는 이런 시도는 남자가 여자의 사랑을 돈으로 사려 할 때처럼 꼴사납고 겁먹은 처사로 보였다. 여자의 환상을 자극함으로써 모든 것을 훨씬 더 싸게 얻을 수 있는데도 말이다. 그는 평의회에 관해 물어보는 기자들에게 회동했다는 사실 자체가 벌써 그 깊은 필연성을 증명한다고 대답했다. 세계사에는 비이성적인 일은 일어나지 않으니까. 이로써 그는 그들의 직업 정서에 딱 들어맞는 말을 했고 이 말은 여러 신문에 실렸다. 더 자세히 살펴보면, 이는 정말 좋은 문장이었다. 일어나는 일을 전부 중요하게 여기는 사람들은 비이성적인 일은 아무것도 일어나지 않는다는 확신이 없다면 분명 불쾌할 테니까. 하지만 다른 한편 그들은, 잘 알려진 바대로, 어떤 것을, 그것이 바로 그 중요한 것이라고 해도, 너무 중요하게 여기느니 차라리 혀를 깨물고 아무 말도 하지 않으리라. 아른하임의 발언 속에 놓인 일말의 비관주의는 이 사업에 실재적 품위를 부여하는 데 크게 기여했고, 그가 외국인이라는 상황도 전체 외국이 오스트리아에서 일어나고 있는 엄청나게 흥미로운 정신적 과정에 참여하는 것으로 해석될 수 있었다.

평의회에 참석한 다른 유명인사들은 언론의 마음에 드는 이런 무의식적 재능은 없었지만 그 효과는 알아차렸다. 그리고 보통 유명인사들이 서로에 대해 잘 모르고, 그들 모두가 타고 가는 영원의 기차에서 대개 식당 칸에서만 얼굴을 보기 때문에 아른하임이 공공에서 누리는 특별한 명망은 아무런 검증 없이 그들에게도 작용했다. 비록 그가 여전히 어떤 위원회 회의에도 참석하지 않았지만 평의회에서는 그에게 저절로 구심점의 역할이 주어졌다. 회동이 진행될수록 그가 이 회동의 사실상의 화젯거리임이 점점 더 분명해졌다. 물론 그는 근본적으로는 그럴 만한 일은 아무것도 하지 않았다. 예외가 있다면, 그가 유명 참석자들과의 교류에서도 솔직한 비관주의(悲觀主義)로 해석될 수 있는 판단을 내놓았다는 것일 것이다. 즉, 평의회에 기대할 것은 거의 아무것도 없겠지만 다른 한편 그런 고상한 과제 자체가 벌써, 동원할 수 있는 믿을 만한 헌신을 다 요구한다고. 이런 애정 어린 비관주의는 위대한 정신들 사이에서도 신뢰를 얻는다. 어떤 이유에서인지 모르지만, 정신이 오늘날 결코 현실적 성공을 거두지 못할 것이라는 생각이 동료 가운데 한 명의 정신이 성공을 거둔다는 표상보다 더 마음에 들기 때문이다. 그리고 평의회에 대한 아른하임의 유보적 판단은 이 요행에 대한 순응으로 이해할 수 있었다.

78
디오티마의 변신

디오티마의 감정은 아른하임의 성공처럼 그렇게 곧장 수직으로 상승하는 발전을 보이지는 않았다.

그녀가 모임 한가운데서, 모든 방에서 가구들이 치워지고 변신한 집 한가운데서 꿈속의 나라에서 깨어났다고 믿는 일이 일어났다. 그러면 그녀는 공간과 사람들에 둘러싸여 서 있었고 샹들리에 불빛은 그녀의 머리카락 위로, 거기서 어깨와 엉덩이 아래로 흘러내려서 그녀는 밝은 빛의 범람을 느낀다고 생각했다. 그리고 그녀는 온전히 동상이었다. 그녀는 세계의 중심점에서 최고의 정신적 기품에 흠뻑 젖은 분수대 조각상일 수 있었으리라. 그녀는 이 상황을 살아오면서 가장 중요하고 위대하다고 믿었던 모든 것을 성사시킬 수 있는 두 번 다시 오지 않을 기회로 여겼고, 이때 어떤 특정한 것을 생각해 낼 수 없다는 것에는 크게 신경을 쓰지 않았다. 집 전체, 그 속에 있는 사람들, 밤 전체가 안감이 노란색 비단인 드레스처럼 그녀를 감쌌다. 그녀는 이 드레스를 피부에서 느꼈지만 보지는 못했다. 가끔씩 그녀의 시선은 보통 다른 곳에서 남자들 무리 속에 서서 이야기를 하고 있는 아른하임을 향했다. 하지만 이어 그녀는 자신의 시선이 이미 내내 그에게 머물러 있었음을 알아차렸다. 그를 향하고 있었다는 걸 뒤늦게 자각했을 뿐이었다. 이렇게 말해도 된다면, 그녀가 바라보지 않아도 그녀 영혼의 날개 끝은 늘 그의 얼굴 위에 머물러 있었고 그 위에서 일어나는 일을 보고했다.

새가 나왔으니 말이지, 뭔가 꿈같은 것이 그의 외모에도 있었음을 덧붙여야 하리라. 예를 들어, 그것은 이 모임에 내려앉은, 천사의 황금날개를 가진 상인이었다. 특급열차와 호화열차의 덜컹거림, 자동차의 붕붕거림, 사냥용 오두막의 고요함, 요트의 철썩거림이 이 눈에 보이지 않고 접혀 있는, 팔이 설명하는 몸짓을 하면 가만히 바스락거리는 날개 속에 있었는데, 그것은 그녀의 감정이 그에게 달아 준 날개였다. 아른하임은 여전히 자주 여행 중이었고 이로 인해 그의 참석은 늘 순간과 지역적 사건을, 물론 이것들도 디오티마에게는 너무나 중요했지만, 넘어서는 어떤 것이었다. 그녀는 그가 여기에 있는 동안 사업상의 전보, 방문객, 파견단이 은밀히 오고가는 것을 알고 있었다. 그녀는 점차 하나의 표상, 어쩌면 심지어 '세계 집'의 의미에 대해 그리고 이 집과 위대한 삶의 과정과의 엮임에 대해 과장된 표상을 얻게 되었다. 아른하임은 가끔씩 숨 막히도록 흥미롭게 국제자본, 해외무역, 정치적 맥락의 관계에 대해 이야기했다. 아주 새로운 지평선이, 어쩌면 지평선이라는 것이 처음으로 디오티마 앞에 열렸다. 가령 그가 프랑스와 독일의 대립에 대해 말하는 것을 한 번만 들어 보면 되었다. 이에 대해 디오티마가 아는 것이라고는 그녀 주위의 거의 모든 인물들이 독일에 대해 형제로 대해야 한다는 일말의 귀찮은 의무감이 뒤섞인 약간의 거부감을 갖고 있다는 것뿐이었다. 아른하임의 묘사 속에서 이는 갈리아, 켈트, 동유럽, 알프스 이북 지역 문제가 되었고 로렌 지방의 석탄광산 문제, 나아가서는 멕시코 유전 문제, 북미와 남미의 대립과 관련되었다. 이 모든 연관성에 대해 투치 국장은 아무것도 몰랐거나 적어도 안다는 것을 드러내지 않았다. 그는 디오티마에게 가끔씩 재차, 그의 견해로는 아른하임의 참석과 그녀의 집에 대한 선호는 결코 어떤 숨겨진 목적을 가정하지 않고서는 이해될 수 없음에 주의를 환기시키는 것으로 만족했지만 이 목적이 어떤 성질의 것인지에 대해서는 침묵했고 스스로도 아무것도 몰랐다.

이렇게 그의 아내는 구식 외교의 방법들에 대한 새 인간의 우월성을 감명 깊게 느꼈다. 그녀는 아른하임을 평행운동 꼭대기에 앉히겠다는 결심을 한 그 순간을 잊지 않았다. 그것은 그녀 삶의 첫 번째 위대한 이념이었고 그때 그녀는 기이한 상태에 처했었다. 일종의 꿈의 상태와 용해상태가 그녀를 덮쳤고 그 이념은 놀랍도록 넓어졌고 그때까지 디오티마의 세계였던 모든 것이 이 이념과 마주하자 녹아 버렸다. 여기서 말로 표현할 수 있었던 것은 사실 별 의미가 없었다. 그것은 반짝거림, 번쩍거림, 독특한 공허, 관념분일(觀念奔逸)이었다. 그리고 심지어 순순히 — 디오티마는 생각했다 — 그 속에 들어 있는 핵심, 아른하임을 새로운 종류의 애국운동 꼭대기에 앉히려는 그 핵심이 불가능한 일이었다고 인정할 수 있었다. 아른하임은 외국인이었고 거기에는 변함이 없었다. 이 착상은 그녀가 라인스도르프 백작과 남편에게 그를 선보였듯이 그렇게 직접적으로는 실현될 수 없었다. 그럼에도 불구하고 모든 것은 이 상태에서 그녀에게 계시된 그대로 일어났다. 이 운동에 정말로 고양시키는 내용을 주려는 모든 다른 노력들도 지금까지 허사였으니까. 첫 번째 대회의, 위원회의 활동, 이사적인 회의조차도 — 게다가 운명의 특이한 아이러니인지, 아른하임은 이 회의에 대해 경고했었다 — 지금까지 아무것도 내놓을 것이 없었다. 아른하임만 빼고. 사람들은 아른하임 주위로 몰려들었고 그는 끊임없이 말을 해야 했고 모든 희망의 은밀한 구심점이 되었다. 그것은 새로운 유형의 인간이었고 그는 옛 권력들로부터 운명의 지배권을 뺏으라는 소명을 받았다. 그녀는 우쭐할 만했다. 그를 곧장 발견한 것도, 권력의 영역에 밀고 들어온 새로운 인간들에 대해서 그와 이야기를 나눈 것도, 다른 모든 사람들의 반대에도 불구하고 그가 그의 길을 가도록 도와준 것도 그녀였으니까. 아른하임이 정말로 이때, 투치 국장이 추측하듯, 또 뭔가 특별한 것을 은밀히 계획했다 하더라도 디오티마는 거의 처음부터 온갖 수단을 다 동원해서 그를 지원하겠다고 결심했으리라. 위대한 시간은 사소한 시험에 들어서도 안 되고 그녀는 자신의 삶이 정상에 도달했음을 분명히 느꼈으니까.

불운아와 행운아를 제외하고 모든 인간은 똑같이 나쁘게 살아가지만 다양한 층에서 삶을 살아간다. 그 층의 자부심의 상태는 자신의 삶의 의미에 대해 사실 일반적으로 아무런 조망도 할 수 없는 오늘날의 인간들에게는 정말 추구할 가치가 있는 대용물이다. 위대한 경우에 이 자존감은 높이와 권력에 대한 도취로까지 상승할 수 있다. 창문을 닫아 놓고 방 한가운데 서 있다는 것을 알아도 높은 층에서 어지러움을 느끼는 사람들이 있듯이. 유럽에서 가장 영향력 있는 남자 가운데 한 명이 그녀와 함께 정신을 권력의 영역으로 나르는 일을 하고 있다는 것, 어떻게 그들 둘이 운명의 섭리를 통해 만났는지, 무슨 일이 일어나고 있는지를 ─ 물론 세계 오스트리아적 인류의 작품의 고층에서 이날은 딱히 특별한 일이 일어나지는 않았지만 ─ 숙고해 보면, 그러면 당장 그녀의 사고연결은 고리로 풀어진 매듭과 비슷해졌고 생각의 속도는 증가했고 진행은 가벼워졌고 행복과 성공이라는 독특한 감정이 착상들에 수반되었다. 그리고 이 유입의 상태는 그녀에게 스스로도 깜짝 놀란 통찰을 가져다주었다. 그녀의 자의식은 상승했다. 예전에는 감히 생각지 못했던 성공들이 손 닿는 곳에 있었고 여기에 익숙해지자 그녀는 더욱더 명랑해짐을 느꼈고 가끔씩 심지어 대담한 농담도 떠올랐고 평생 한 번도 자신에게서 보지 못한 것, 쾌활함의 물결, 아니 느긋함이 그녀를 관통했다. 그녀는 수많은 창문이 있는 탑의 방 안에 있는 느낌이었다. 하지만 거기에는 섬뜩한 것도 있었다. 불특정하고 일반적이며 이루 말할 수 없이 좋은 기분이 그녀를 괴롭혔는데, 이는 어떤 행동들로, 그녀가 전혀 생각도 할 수 없는 어떤 다방면의 행동으로 나아가려 했다. 발밑 지구의 자전이 그녀에게 갑자기 의식되었다고도 말할 수 있으리라. 그녀는 이를 벗어날 수 없었다. 또는 구체적 내용이 없는 이 격렬한 과정들은 아무도 오는 것을 보지 못한 개 한 마리가 다리 앞에서 튀어 오르듯이 그렇게 걸리적거렸다. 이 때문에 디오티마는 가끔씩 자신이 명시적으로 승인하지 않았는데도 자신에게 일어난 변화 때문에 겁이 났고, 그녀의 상태는 한마디로, 가장 덥고 무기력한 시간에 모든 무거움에서 해방된 부드러운 하늘의 색인 그 밝고 신경질적 회색과 가장 잘 비교될 수 있었다.

이상을 향한 디오티마의 노력은 이때 중요한 변화를 겪었다. 이 노력은 위대한 것들에 대한 올바른 감탄과 한 번도 분명히 구별된 적이 없었다. 그것은 고상한 이상주의, 단정한 고상함이었고 더 견고한 현재의 시대에는 그것이 무엇인지 거의 알 수가 없으므로 이들 중 몇 개를 간단히 다시 한번 서술해 보겠다. 이 이상주의는 객관적이지 않다. 객관성이란 수공업적인 것이고 수공업은 늘 더러운 일이니까. 이 이상주의는 오히려 꽃 말고 다른 모델은 어울리지 않는 대공 부인들의 꽃그림과 같다. 이 이상주의에서 가장 특징적인 것은 문화라는 개념이다. 이 이상주의는 스스로를 문화적이라고 느낀다. 이 이상주의를 조화롭다고도 부를 수 있는데, 이것이 균형 잡히지 못한 것을 전부 혐오했고 유감스럽지만 세상에 존재하는 야만적인 대립들을 서로 조화롭게 하는 것을 교양의 과제로 보았기 때문이다. 한마디로, 이 이상주의는 오늘날도 여전히 사람들이 — 물론 위대한 시민적 유산을 고수하는 곳에서만 — 순수하고 깨끗한 이상주의라고 생각하는 그것과 크게 다르지 않을 것이다. 이 이상주의는 그것에 합당한 대상과 그렇지 않은 대상을 철저히 구분하고, 드높은 인도주의를 이유로 도덕적 쓰레기 속에도 아직 사용되지 않은 천국의 땔감이 있다고 하는 성자들의 (그리고 의사들과 공학자들의) 확신을 결코 믿지 않는다. 예전에 누군가 디오티마를 잠에서 깨우고 원하는 것이 무엇이냐고 물었더라면 그녀는 깊이 생각해 보지도 않고, 살아 있는 영혼이 가진 사랑의 힘은 자신을 전 세계에 알리려는 욕구를 가진다고 대답했으리라. 하지만 잠 못 드는 밤을 몇 번 겪은 후 그녀는 이를 다음과 같은 말로 제한했으리라. 즉, 문명과 오성으로 뒤덮인 오늘날의 세계에서는 천성이 아무리 좋은 사람도 사랑의 힘과 유사한 노력에 관해서만 말할 수 있다고. 그리고 그녀는 이를 정말 그런 뜻으로 말했으리라. 오늘날도 여전히 사랑의 힘을 뿌리는 분무기와 비슷한 사람들이 수천 명이나 있다. 책을 읽으려 자리에 앉을 때 디오티마는 아름다운 머리카락을 이마 위로 쓸어 올렸는데, 이는 그녀에게 논리적 외양을 부여했고 그녀는 책임감을 느끼며, 그녀가 문화라고 명명한 것에서 자신이 처한 쉽지 않은 사회적 상황에 도움이 될 만한 것을 이끌어 내려고 애쓰며 책을 읽었다. 그녀는 또 그렇게 살았다. 그녀는 스스로를 가장 섬세한 사랑의 작은 알갱이의 모양으로, 그럴 만한 가치가 있다고 여겨지는 모든 일들에 나누어 주었고 자신과 약간 거리를 두고 이것들에 입김으로 내려앉았다. 그래서 사실 그녀 자신에게는 육체라는 텅 빈 병만이 남게 되었는데, 이 병은 투치 국장 살림살이의 일부였다. 이는 아른하임이 등장하기 전 디오티마가 아직 혼자 남편과 그녀 삶의 위대한 광채인 평행운동 사이에 서 있던 때에는 결국 심한 우울증 발작을 초래했지만, 그 이후로 그녀의 상태는 아주 자연스럽게 재편성되었다. 사랑의 힘은 강력하게 집결했고 이른바 육체로 되돌아왔고 '유사한' 노력은 아주 이기적이고 명백한 노력이 되었다. 사촌이 처음 일깨웠던 그 표상, 즉 그녀가 행동 직전 단계에 있으며 그녀가 여태 상상하려 하지 않았던 뭔가가 그녀와 아른하임 사이에서 막 일어나려 한다는 그 표상은 그녀가 지금까지 몰두했던 그 어떤 표상보다 강렬해서 그녀는 꿈에서 깨어나는 과정을 겪고 있는 듯 느낄 수밖에 없었다. 이를 통해, 이 이행과정의 첫 순간에 일어나는 독특한 공허도 디오티마 내면에 생겨났고 그녀는 이것이 위대한 정열의 시작을 나타내는 표시라는 설명을 상기할 수 있었다. 그녀는 아른하임이 최근에 이야기한 모든 것을 이런 의미로 이해할 수 있다고 생각했다. 자신의 지위, 자신의 삶에 필요한 미덕과 의무에 대한 아른하임의 보고들은 피할 수 없는 뭔가에 대한 준비였다. 그리고 디오티마는 지금까지 그녀의 이상이었던 모든 것을 살펴보면서 행위의 정신적 비관주의를 느꼈다. 여행가방을 꾸린 사람이 수년간 머물렀지만 이미 반쯤 죽은 공간들에 마지막 눈길을 주듯이. 이는 디오티마의 영혼이 일시적으로 드높은 힘의 감시를 받지 않은 채, 제멋대로 구는 학생처럼 행동했다는 예상치 못한 결과를 초래했다. 그 아이는 의미 없는 자유의 슬픔이 엄습할 때까지 이리저리 뛰어 놀았다. 그리고 이런 특이한 사정으로 인해 남편과의 관계에서도, 거리를 두는 일이 더 많아졌음에도 불구하고, 잠시나마 사랑의 늦봄, 그게 아니라면 사랑의 사계절의 혼합물과 기이하게 유사해 보이는 그런 것이 생겨났다.

건조한 갈색 피부의 기분 좋은 냄새를 풍기는 키 작은 투치 국장은 무슨 일이 벌어지고 있는지 몰랐다. 아내가 손님들이 옆에 있는데도 독특하게 꿈꾸는 듯하고 내면으로 침잠해 있고 정신이 딴 데 팔려 있고 몹시 신경질적인 인상을 주는 것이 몇 번 그의 눈에 띄었다. 그녀는 실제로 신경질적이었고 동시에 어딘지 모르게 정신이 완전히 나가 있었다. 하지만 그들 둘만 있을 때, 약간 주눅 들고 낯설어진 그가 그녀에게 다가가 무슨 일이냐고 물으면 그녀는 까닭 모를 명랑함에 사로잡혀 갑자기 그의 목을 끌어안았고 지나치게 뜨거운 입술을 그의 이마에 눌렀는데, 그 입술은 이발사가 수염을 마느라 피부에 너무 가까이 갖다 댄 인두를 생각나게 했다. 이런 뜻밖의 애정은 불쾌했고 그는 디오티마가 보지 않으면 몰래 이를 닦았다. 하지만 그가 한번은 그녀를 팔로 끌어안으려 하자, 또는 끌어안자 더 화나는 일이 발생했다. 그녀는 그가 그녀를 결코 사랑하지 않았고 짐승처럼 그녀를 덮치기만 한다고 흥분해서 비난했다. 물론 어느 정도의 예민함과 변덕은 그가 청소년 시절부터 꿈꿔온 '남자의 본성을 보완해 주는 탐낼 만한 여자' 상에도 들어 있었다. 그리고 디오티마가 차 한 잔을 건네줄 때나 새 책을 손에 들 때, 또는 남편의 확신에 따르면 그녀가 이해하는 것이 전혀 불가능한 어떤 질문을 판단할 때 보여 주는 정신적 우아함은 그 완성된 형식 때문에 언제나 그를 매혹했다. 그는 잔잔한 식사음악과 같은 작용을 하는 이 모든 것을 너무나 사랑했다. 하지만 물론 음악을 식사로부터 (혹은 예배로부터) 분리해서 그 자체로 행하려는 노력은 벌써 시민적 교만이라는 것이 투치의 견해였다. 물론 이를 큰소리로 말해서는 안 되고 게다가 이런 생각을 너무 자세히 해서도 안된다는 것을 그는 알았다. 그런데 디오티마가 어떤 때는 그를 끌어안다가 어떤 때는 짜증을 내면서, 그 옆에서는 영혼이 깃든 인간이 자신의 참된 본성으로 고양될 자유를 얻지 못한다고 주장하면 어떻게 해야 한단 말인가? 그녀의 육체에 몰두하기보다는 내면 깊숙한 곳에 있는 아름다움의 바다를 더 많이 생각하라는 이런 요구들에 어떻게 답을 해야 하는가? 그는 갑자기 사랑의 정신이 욕정에 물들지 않고 자유로이 떠다니는 에로스주의자와 섹스주의자의 차이를 분명히 알아야했다. 이는 물론 책에서 읽은 지식이었고 웃음거리일 뿐이었다. 하지만 이 지식이 옷을 벗는 중인 여자의 입에서 ─ '너무나 교훈적인 투로!'라고 투치는 생각했다 ─ 나온다면 이는 모욕이 된다. 그는 디오티마의 속옷이 대부호 같은 경박함으로 진화했음을 놓치지 않았다. 그녀는 늘 신중하게 오래 숙고한 끝에 옷을 골랐다. 그녀의 사회적 지위가 그녀가 우아할 것뿐만 아니라 귀부인들과는 경쟁하지 말 것도 요구했기 때문이었다. 하지만 존경할 만한 질김과 음탕함의 거미줄 사이에 놓인 속옷의 여러 단계 가운데 그녀는 이제 아름다움을 선택했다. 예전의 그녀라면 이를 지적인 여자에게는 어울리지 않는다고 설명했으리라. 하지만 지오반니가(투치의 원래 이름은 한스였지만, 문체상의 이유로 성에 맞게 개명되었다) 이를 알아차리자 그녀는 어깨까지 빨개지면서 슈타인 부인 이야기를 했다. 슈타인 부인은 심지어 괴테 같은 사람에게조차 아무것도 허락하지 않았다고! 투치 국장은 더 이상, **그가** 때가 되었다고 생각하더라도, 사적인 것이 접근할 수 없는 중요한 국사에서 벗어나지도, 가정의 품안에서 휴식을 찾지도 말아야 했고 디오티마에게 당하고 있다는 느낌이 들었다. 그리고 정신의 긴장과 육체의 휴식으로 깨끗하게 분리되어 있던 것은 구애하는 새신랑 시절의 그 힘겹고 약간은 우스꽝스러운 합일, 수꿩이나 시를 쓰는 소년에게서 볼 수 있는 그 합일로 돌아가야 했다.

이에 대해 때때로 그의 내면 가장 깊은 곳에서는 정말 구역질이 났다고 주장해도 결코 지나치지 않다. 이런 맥락에서, 아내가 이 시기에 얻게 된 공적인 성공은 거의 마음이 아플 지경이었다. 디오티마는 일반적인 분위기를 자기편으로 만들었는데, 이는 투치 국장이 어떤 상황에서도 너무나 신경을 쓰는 것이었고 그래서 그는 이해할 수 없는 디오티마의 변덕에 엄명과 너무 신랄한 조소로 맞서면 몰이해로 비치지 않을까 염려가 될 정도였다. 차츰 그는 위대한 여자의 남편이라는 것이 조심스럽게 숨겨야 할 곤혹스러운 고통임을, 어떤 의미에서는 사고로 인한 거세와 유사함을 분명히 알게 되었다. 그는 남들이 이를 알아차리지 못하게 세심한 주의를 기울였고 관청의 사랑스런 불투명성이라는 구름 속에 몸을 숨긴 채 소리 없이 눈에 띄지 않게 왔다가 갔다. 디오티마가 방문객과 같이 있거나 회의가 열리는 중이면 가끔씩 공손하게 유용한 또는 편안하게 아이러니한 소견을 보냈다. 그라는 존재는 폐쇄된 친절한 이웃세계에서 살아가는 듯 보였고 항상 디오티마와 의견이 일치하는 듯 보였다. 심지어 둘만 있을 때에는 여전히 가끔씩 그녀에게 작은 부탁을 하기도 했고 아른하임이 그의 집을 드나드는 것을 공공연히 장려했다. 중요한 직무상의 걱정거리에서 풀려난 시간이면 그는 아른하임의 저서를 공부했고 글을 쓰는 남자들을 그의 괴로움의 원인으로서 증오했다.

'아른하임이 무슨 이유로 그의 집을 드나들까'라는 주된 질문이 이제 가끔씩 '아른하임은 왜 글을 쓰는가?'라는 질문으로 첨예화되었기 때문이었다. 글을 쓴다는 것은 수다의 특별한 형식이고 수다를 떠는 남자들을 투치는 참을 수 없었다. 그러면 그는 선원처럼 턱뼈를 악물고 꽉 물린 이빨 사이로 침을 뱉고 싶은 강렬한 욕구를 느꼈다. 물론 그가 허용하는 예외가 있었다. 그는 은퇴 후 자신의 기억을 기록하는 몇몇 고위공직자들과 때때로 신문에 글을 쓰는 공직자들도 알았다. 투치는 이를 공무원은 불만이 있거나 유대인일 경우에만 글을 쓴다는 것으로 설명했다. 유대인은, 그의 확신에 따르면, 명예욕이 강하고 불만이 많으니까. 그래서 실무 경험이 많은 위대한 남자들은 자신들의 경험에 관한 책을 썼다. 하지만 인생의 황혼기에 미국에서나 기껏해야 영국에서 그랬다. 나아가 투치는 전반적으로 문학적 소양이 있었고 모든 외교관들처럼 회고록을 선호했는데, 여기서 정신적 명구들과 인간에 대한 지식을 배울 수 있었기 때문이다. 하지만 오늘날 이런 회고록을 더 이상 쓰지 않는다는 것에는 무슨 의미가 있어야 했다. 아마 그것은 신(新) 즉물성의 시대에는 더 이상 적합하지 않은 낡은 욕구일 것이다. 마지막으로, 글을 쓰는 것은 또 그것이 직업이기 때문이다. 투치는 누군가가 글을 써서 충분히 돈을 벌거나 일단 생겨난 개념인 작가라는 개념하에 들어가면 이를 전적으로 인정했다. 그는 심지어 이 직업의 선두주자들을 본인의 집에서 볼 수 있음을 상당히 명예롭게 느꼈는데, 지금까지 그는 외무부의 기밀비로 먹고사는 저술가들을 이 직업에 포함시켰었다. 하지만 오래 숙고해 보지 않고도 자신이 매우 숭배하는 《일리아드》와 〈산상수훈〉도 이 직업의 성과로 꼽았으리라. 이 성과들은 자발적으로 또는 독립적으로 행해진 직업에서 생겼다고 설명할 수 있었다. 그러나 아른하임처럼 이것이 전혀 필요 없는 남자가 그렇게 많은 글을 쓰게 되었다는 것, 그 배후에는 뭔가가, 그가 전혀 알아내지 못한 뭔가가 있음을 투치는 이제야 올바로 추측하게 되었다.

79
졸리만이 사랑하다

작은 흑인 노예 또는 흑인 영주이기도 한 졸리만은 작은 몸종 또는 디오티마의 친구이기도 한 라헬에게 이 시기에, 이 집에서 일어나고 있는 사건을 감시해서 때가 오면 아른하임의 숨겨진 계획을 미연에 방지해야 한다는 확신을 주입했다. 더 정확히 말하면, 그는 그녀에게 확신을 줄 수는 없었지만 둘은 공모자처럼 주의를 기울였고 방문객이 있으면 매번 문에서 엿들었다. 졸리만은 오고가는 전령들과 호텔로 그의 주인을 찾아오는 비밀스런 사람들에 대해 엄청나게 많은 이야기를 했고 그 은밀한 의미를 밝히겠다는 아프리카 영주의 맹세를 할 준비가 되어 있다고 선언했다. 아프리카 영주의 맹세란 라헬이 그의 조끼와 셔츠 단추 사이 맨 가슴에 손을 대고 있는 동안 그가 선서하고 그 자신의 손으로 그녀가 그에게 한 것과 똑같은 것을 하는 것이었다. 하지만 라헬은 그러려고 하지 않았다. 그래도, 여주인에게 옷을 입히고 벗기고 여주인 대신에 전화를 해도 되었고 매일 아침과 저녁 그녀의 손 사이로 디오티마의 검은 머리카락이 흐르는 동안 귀에는 황금색 연설이 흘렀던 작은 라헬, 평행운동이 있고나서부터는 기둥의 꼭대기에 살았고 매일 자신의 눈에서 여신 같은 여자를 향해 솟아오르는 경배의 물결 속에서 몸을 떨었던 작은 명예욕 덩어리 라헬은 얼마 전부터는 오로지 여주인을 염탐하는 데서 즐거움을 느꼈다.

옆방에서 열린 문을 통해서나 미적미적 닫히는 문틈으로 또는 그냥 디오티마 주변에서 천천히 뭔가를 하면서 그녀는 디오티마와 아른하임, 투치와 울리히의 말을 엿들었고 시선, 한숨, 손등 키스, 말, 웃음소리, 움직임을 감시했다. 이것들은 그녀가 다시 붙여 놓을 수 없는 찢긴 서류 조각들이었다. 하지만 무엇보다도 작은 열쇠구멍이 라헬이 오랫동안 잊었던, 그녀가 명예를 잃었던 그 시간을 상기하도록 하는 특이한 능력을 보여 주었다. 시선은 방 내부로 깊숙이 파고들었다. 인물들은 평평한 부분들로 해체된 채 그 속에서 떠다녔고 목소리들은 단어의 좁은 테두리 안에 들어 있지 않고 의미 없는 소리로 무성하게 번식했다. 그러면 라헬과 이 인물들을 연결했던 혐오감, 존경, 경탄은 야만적 해체에 의해 갈가리 찢겼고 이는 마치 사랑하는 남자가 그 온 존재로 갑자기 사랑하는 여자 안으로 너무나 깊숙이 파고들어 눈앞이 깜깜해지고 닫힌 피부커튼 뒤에서 불빛이 타오를 때처럼 자극적이었다. 작은 라헬은 열쇠구멍 앞에 웅크리고 앉았고 그녀의 검은 원피스는 무릎, 목, 어깨에서 팽팽해졌으며 제복을 입은 졸리만은 암녹색 그릇 안에 든 한 잔의 뜨거운 초콜릿처럼 그녀 옆에 웅크리고 앉았고 가끔씩 균형을 잃을라치면 재빠른 손동작으로 라헬의 어깨, 무릎, 치마에 매달렸는데, 한순간 손을 거기에 머무르게 한 후 손가락 끝까지 다정하게 머뭇거리면서 결국 손을 떼었다. 그는 킥킥거리고 웃지 않을 수 없었고 라헬은 그녀의 작고 여린 손가락을 그의 두툼한 입술 쿠션 위에 올려놓았다.

　게다가 졸리만은 라헬과 반대로 평의회가 흥미롭지 않다고 생각했고 함께 손님들 시중을 드는 임무도 되도록이면 하지 않았다. 그는 아른하임이 혼자 방문할 때 같이 오는 것을 더 좋아했다. 그러면 물론 라헬이 다시 해방될 때까지 그는 부엌에 앉아서 기다려야 했다. 여자 요리사는 첫날 졸리만과 즐겁게 이야기를 나누었는데, 그가 그 이후로는 거의 말이 없어졌으므로 화가 났다. 하지만 라헬은 오래 부엌에 앉아 있을 시간이 전혀 없었고 그녀가 다시 가고 나면 30대 처녀인 요리사는 졸리만을 어머니같이 다정하게 대했다. 오만한 초콜릿 얼굴의 그는 한순간도 그녀를 견딜 수가 없었고 그러면 자리에서 일어나 마치 뭔가를 잊어버려 찾는 척했고 생각에 잠긴 채 눈을 천장으로 돌렸고 문을 등지고 섰고 그냥 천장을 더 잘 보려 한다는 듯 뒷걸음질치기 시작했다. 요리사는 그가 자리에서 일어서서 눈 흰자위를 굴리자마자 이 서투른 연극을 벌써 알아차렸지만 화도 나고 질투도 나서 아무것도 생각하지 않는 척했고 졸리만도 결국에는 연기를 하느라 큰 노력을 들이지도 않았다. 벌써 이것은 그가 밝은 부엌의 문턱에 서서 최대한 아무렇지도 않은 얼굴로 잠시 망설이는 순간까지의 간략한 절차였다. 이제 요리사는 그냥 쳐다보지도 않았다. 졸리만은 어두운 상이 어두운 물속으로 미끄러져 들어가듯 뒷걸음쳐 깜깜한 대기실로 들어갔고 쓸데없이 1초 정도 귀를 기울였고 갑자기 멋지게 폴짝폴짝 뛰면서 라헬의 흔적을 좇아 남의 집안을 돌아다니기 시작했다.

투치 국장은 집에 있는 적이 없었고 아른하임과 디오티마를 졸리만은 두려워하지 않았는데, 그들의 귀가 상대방에게만 열려 있음을 알았기 때문이었다. 심지어 한번은 뭔가를 넘어뜨려 놓는 시도도 해보았지만 아무도 이를 알아차리지 못했다. 그는 숲속의 사슴처럼 모든 방의 주인이었다. 단도같이 날카로운 18개의 뿔처럼 피가 머리에서 솟구쳤다. 이 뿔의 끝이 벽과 천장을 스쳤다. 당장 사용되지 않는 모든 방에는 가구 색이 햇빛에 바래지 않도록 커튼을 쳐두는 것이 이 집의 관습이었다. 졸리만은 잎이 무성한 수풀을 헤치고 나아가듯 어슴푸레한 어둠 속을 양팔을 휘저으며 나아갔다. 과장된 움직임으로 이렇게 하는 것이 재미있었다. 그의 목적은 폭력이었다. 여자들의 호기심에 버릇이 없어진 이 소년은 사실 아직 한 번도 여자와 잔 적이 없었고 유럽 소년의 악덕만 배웠을 뿐이었다. 그의 욕망은 아직 경험에 의해 진정되지 않았고 완전히 고삐가 풀려 사방으로 불타올랐으므로 그의 쾌락은 그것이 라헬의 피 속에서, 그녀의 키스 속에서 또는 연인을 보자마자 얼어붙는 몸속의 모든 혈관 속에서 충족되어야 할지 알지 못했다.

그는 라헬이 몸을 숨기고 있는 곳이면 어디서든 느닷없이 나타났고 자신의 계략이 성공한 데 미소를 지었다. 그는 그녀의 길을 가로막았는데, 주인의 서재건 디오티마의 침실이건 성역은 없었다. 그는 커튼, 책상, 장롱, 침대 뒤에서 모습을 나타냈고 라헬은 매번 어디선가 어슴푸레한 어둠이 짙어져 검은 얼굴이 되고 두 개의 새하얀 치열이 반짝이자마자 그런 익살과 그것이 불러온 위험 때문에 거의 심장이 멎을 것 같았다. 하지만 졸리만이 현실의 라헬과 마주 서자마자 관습이 그를 제압했다. 이 소녀는 그보다 훨씬 나이가 많았고 마치 막 세탁해서 곧 망쳐 버리기에는 너무나 아까운 부드러운 와이셔츠처럼 아름다웠고 도대체 그냥 너무나 현실적이어서 그녀가 옆에 있으면 모든 환상이 빛을 잃었다. 그녀는 그에게 버릇없이 군다고 나무랐고 디오티마, 아른하임, 평행운동과 함께할 수 있는 명예를 찬양했다. 하지만 졸리만은 늘 그녀에게 줄 작은 선물을 갖고 있었고 어떤 때는 꽃한 송이 — 주인이 디오티마에게 보내는 꽃다발에서 뽑은 것이었다 — 어떤 때는 집에서 훔친 담배, 또 어떤 때는 지나가면서 접시에서 슬쩍한 사탕 한 줌을 꺼냈다. 그러면 그는 그냥 라헬의 손가락을 눌렀고 선물을 주는 동안 그 손을 검은 몸속에서 어두운 밤 붉은 횃불처럼 타오르는 그의 심장에 가지고 갔다.

한번은 졸리만이 라헬의 방에까지 쳐들어왔다. 며칠 전 아른하임이 방문했을 때 대기실에서의 소란 때문에 방해를 받은 디오티마는 엄한 명령을 내렸고 이에 따라 라헬은 바느질감을 가지고 거기로 물러나 있어야 했다. 그녀는 자신의 가택연금을 실행하기 전에 재빨리 졸리만을 찾았지만 찾을 수가 없었다. 그리고 그녀가 슬픔에 잠겨 작은 방으로 들어섰을 때 그는 환한 얼굴로 침대 위에 앉아서 그녀를 바라보았다. 라헬은 문을 닫을지 망설였지만 졸리만은 자리에서 일어나더니 문을 닫았다. 이어 그는 주머니를 뒤져 뭔가를 꺼냈고 깨끗이 먼지를 불어 내더니 뜨거운 다리미처럼 소녀에게 다가왔다.

"손을 줘 봐!" 그가 명령했다.

라헬은 손을 내밀었다. 그는 두 개의 알록달록한 셔츠단추를 손에 들고는 라헬의 커프스에 대보려 했다. 라헬은 그것이 유리라고 생각했다.

"보석이야!" 그가 자랑스럽게 설명했다.

이 말에 악을 예감한 소녀는 재빨리 팔을 뺐다. 그녀는 특정한 것을 생각하지는 않았다. 흑인 영주의 아들은 유괴를 당했어도 은밀히 셔츠 속에 보석 몇 개를 꿰매어 지닐 수 있을 것이고 이에 대해서는 아무도 확실한 것을 알 수 없다. 하지만 그녀는 이 단추 앞에서 마치 졸리만이 그녀에게 독을 내밀기라도 한 것처럼 자기도 모르게 두려움을 느꼈고 갑자기 그가 선물했던 꽃과 사탕이 모두 아주 이상하게 여겨졌다. 그녀는 두 손을 몸에 딱 붙였고 멍하니 졸리만을 쳐다보았다. 그녀는 그에게 진지한 말을 해야 한다고 느꼈다. 그녀는 그보다 나이가 많았고 너그러운 주인을 섬기고 있었다. 하지만 이 순간 "정직함이 가장 오래 간다"라든가 "늘 충성스럽고 솔직해라"와 같은 격언만 떠올랐다. 그녀는 창백해졌다. 그것은 너무 단순해 보였다. 그녀는 자신의 생활의 지혜를 부모님 집에서 들었다. 엄격한 지혜들이었고 오래된 가재도구처럼 아름답고 단순했지만 그것으로 뭔가를 시작할 수는 없었다. 이런 격언들은 늘 한 문장으로 되어 있고 금방 마침표가 오니까. 그리고 그녀는 이 순간 오래되고 낡은 물건들을 부끄러워하듯이 이런 아이들의 지혜를 부끄러워했다. 그녀는 가난한 사람들의 집에 있던 낡은 궤짝이 수백 년이 지나면 부자들의 살롱에서 장식품이 된다는 것을 몰랐고 정직하고 단순한 사람들이 다 그렇듯 새 등나무의자에 감탄했다. 그 때문에 그녀는 기억 속에서 그녀의 새로운 삶의 결과물을 찾아보았다. 그녀는 디오티마에게 받은 책에서 놀라운 사랑과 공포의 장면을 많이 기억해 내긴 했지만 어느 것도 여기서 사용할 수 있는 그런 것은 아니었다. 아름다운 말과 감정은 모두 그 나름의 상황이 있었고 열쇠가 딴 자물쇠에는 맞지 않듯 그녀의 상황과는 맞지 않았다. 디오티마에게서 들은 멋진 잠언과 경고도 마찬가지였다. 라헬은 불타는 안개 속을 헤매는 느낌이었고 눈물이 날 것 같았다. 마침내 그녀는 격하게 말했다. "나는 주인의 물건을 훔치지 않아!"

"왜 안 훔쳐?" 졸리만이 이빨을 드러냈다.

"나는 그러지 않아!"

"훔치지 않았어. 이건 내 거야!" 졸리만이 외쳤다.

'좋은 주인은 우리 가난한 사람들을 돌본다'고 라헬은 느꼈다. 그녀는 디오티마에게 사랑을 느꼈다. 아른하임에게는 끝없는 존경을, 좋은 경찰이 전복적 분자라고 칭한 그 선동하고 들쑤시는 인간들에게는 깊은 혐오를 느꼈다. 하지만 그녀는 이 모든 것을 표현할 말을 알지 못했다. 브레이크와 멈춤쇠가 고장 난, 건초와 열매로 가득한 거대한 수레처럼 이 감정덩어리 전체가 그녀 속에서 굴러갔다.

"이건 내 거야! 가져!" 졸리만은 반복했고 다시 라헬의 손을 잡았다. 그녀는 팔을 뺐고 그는 그 팔을 붙잡으려 했고 점차 분노에 사로잡혔다. 그리고 온몸의 무게를 실어 자신의 손아귀에서 벗어나려는 라헬의 저항을 소년의 힘으로는 저지할 수가 없었으므로 팔을 놓지 않을 수 없는 지경이 되자 그는 제정신을 잃었고 몸을 굽히더니 짐승처럼 소녀의 팔을 물었다.

라헬은 소리를 질렀고 소리를 억눌러야 했고 졸리만의 얼굴을 밀쳐냈다.

그러나 이 순간 그의 눈에는 벌써 눈물이 고였고, 그가 무릎을 꿇더니 입술을 라헬의 옷에 갖다 대고는 너무나 격정적으로 우는 바람에 라헬은 뜨거운 물기가 허벅지까지 스며듦을 느꼈다.

그녀는 무릎을 꿇은 사람 앞에 무기력하게 서 있었는데, 그는 그녀의 치마에 매달려 머리를 그녀의 몸에 파묻고 있었다. 살면서 여태 한 번도 이런 감정을 느껴 보지 못한 라헬은 손가락으로 그의 머리털 뭉치의 부드러운 가닥 사이를 가만히 쓰다듬었다.

80
사람들은 뜻밖에 평의회에 나타난 슈툼 장군을 알게 되다

그사이 평의회는 특이한 확충을 하나 경험하게 되었다. 초대받을 사람들을 엄격히 걸렀음에도 불구하고 어느 날 저녁 장군이 평의회에 나타나더니 초대의 영광을 베푼 디오티마에게 깊이 감사했다. 그는 군인에게는 회의실에서 아주 사소한 역할만이 주어진다고 설명했다. 하지만 입을 다문 방청객 자격으로라도 이렇게 탁월한 모임에 참석하는 것이 청소년 시절 이후 자신의 개인적 동경이었다고. 디오티마는 아무 말도 하지 않은 채 이 일을 저지른 범인을 찾으려고 그의 머리 너머를 둘러보았다. 아른하임은 한 정치인이 다른 정치인에게 하듯 각하에게 이야기하고 있었고 울리히는 말할 수 없이 지루해하며 뷔페를 바라보고 있었는데, 거기 놓인 케이크를 세고 있는 듯 보였다. 평소와 다름없는 그녀의 얼굴은 빈틈없이 닫혀 있었고 이례적이고 그릇된 추측이 침입할 틈을 조금도 허락하지 않았다. 하지만 다른 한편 디오티마는 자신이 장군을 초대하지 않았다는 것만큼은 정확히 알았다. 그녀가 몽유병이 있거나 기억상실증이 있다고 가정하지 않는다면. 섬뜩한 순간이었다. 작은 장군은 거기 서 있었고 의심할 바 없이 그의 물망초 색 전투복 가슴주머니에 초대장을 갖고 있었다. 그렇지 않다면 그의 방문은 그만한 지위에 있는 남자가 감행하리라고는 기대할 수 없는 너무나 파렴치한 행동이었을 테니까. 다른 한편 거기 도서실에는 디오티마의 우아한 책상이 있었고 잠긴 책상서랍에는 남은 초대장들이 들어 있었는데, 디오티마 외에 거기에 손을 댈 수 있는 사람은 거의 없었다. 투치? 그가 그녀의 머릿속을 지나갔다. 하지만 이 또한 있을 법하지 않았다. 그래서 '어떻게 초대장과 장군이 함께 올 수 있는가'라는 이른바 영적인 수수께끼가 남았고 개인적인 일에서 초자연적 힘을 믿는 경향이 살짝 있는 디오티마는 머리끝에서 발끝까지 전율을 느꼈다. 하지만 그녀는 장군을 환영하는 것 말고는 별 도리가 없었다.

그런데 장군도 초대를 받은 것에 조금 놀랐다. 초대장이 뒤늦게 도착한 것이 뜻밖이었다. 그가 두 번 방문했을 때에도 디오티마가 유감스럽게도 이런 의도를 조금도 내비치지 않았으니까. 그리고 남의 손으로 쓰인 것이 분명한 주소에 그의 계급과 직함의 명칭과 호칭에 오류가 있다는 것도 눈에 띄었다. 이는 디오티마 같은 사회적 지위에 있는 부인에게는 어울리지 않는 일이었으리라. 하지만 장군은 천성이 밝은 사람이었고 쉽게 어떤 이례적인 것을 ─ 초자연적인 것은 말할 것도 없었다 ─ 생각하지 않았다. 그는 작은 실수가 있었을 것이라 생각했고 이것은 그가 자신의 성공을 즐기는 것을 방해하지 않아야 했다.

슈툼 폰 보르트베어 장군, 국방부 군사 및 일반교육과 과장은 그가 낚아챈 임무에 진심으로 기뻤기 때문이었다. 평행운동 창립회의를 눈앞에 두고 있을 때 총무국 국장이 그를 부르더니 말했다. "이보게 슈툼, 자네는 사실 학자가 아닌가. 소개편지를 써줄 테니 자네가 가게. 가서 지켜보고 그들이 대체 무엇을 계획하고 있는지 알려 주게." 그리고 나중에 그는 최선을 다했다고만 확언할 수 있었다. 평행운동에서 자리를 잡지 못했다는 것은 그의 이력서에 검댕이 얼룩을 의미했고 그는 이를 디오티마 방문으로 지워 보려 했지만 허사였다. 그 때문에 초대장이 왔을 때 그는 총무국으로 부리나케 달려갔고 배 아래쪽에서 한 다리를 다른 다리 앞으로 우아하게, 약간 느긋하게 건방을 떨며 내밀면서 그렇지만 숨 가쁘게 보고했다. 그가 개시해 놓고 기다린 사건이 이제 당연히 일어났다고.

"거 보게." 프로스트 폰 아우프브루흐 중장이 대답했다. "그리 될 줄 알았어." 그는 슈툼에게 앉으라고 했고 담배를 권했으며 문 앞에는 '출입금지, 중요 회의 중'이라는 램프를 켜 놓았고 이제 슈툼에게 그의 임무를 알렸는데, 그것은 근본적으로 관찰과 보고가 목적인 일이었다. "우리가 특별한 것을 원하는 것이 아님은 자네도 알지. 하지만 가능하면 자주 가서 우리의 존재를 보여 주게. 그렇다면 우리가 평의회에 들어 있지 않다는 것은 상관없는 일일 것이네. 하지만 우리의 최고사령관이신 폐하의 생신에 바칠 이른바 정신적 선물을 두고 회의를 하는 데 우리가 빠질 이유가 없네. 그 때문에 다름 아닌 자네를 장관 각하께 추천했고 아무도 이에 반대할 수 없네. 그러니 잘 가게. 일을 잘 처리하게!" 프로스트 폰 아우프브루흐 중장은 친절하게 고개를 끄덕였고 슈툼 폰 보르트베어 장군은 군인은 어떤 감정의 움직임도 드러내서는 안 된다는 것을 잊어버리고는 발뒤꿈치를 착 붙이더니, 가슴에서 우러났다고 표현할 수 있을 만한 목소리로 말했다. "각하, 감사합니다, 충성!"

전사 같은 민간인이 있다면 왜 평화의 기술을 사랑하는 장교는 없어야 하는가? 카카니아에는 이런 사람들이 많았다. 그들은 그림을 그렸고 딱정벌레를 수집했고 우표앨범을 만들거나 세계사를 공부했다. 소규모 수비대가 많았고 장교가 상급자의 허락 없이는 정신적 업적으로 공공에 나서는 것이 금지되었기 때문에 그들이 추구하는 바는 보통 특별히 사적인 것이었다. 슈툼 장군도 예전에는 이런 애호가들을 조롱했었다. 원래 그는 기병대에서 근무했지만 영 말 타는 재주가 없었다. 짧은 손과 다리는 말과 같은 어리석은 동물을 올라타고 고삐를 잡기에는 부적절했다. 또 명령권자로서의 감각이 하도 없어서 당시 그의 상급자는 영내 마당에서 기병대대를 평소와 달리 말 꼬리가 아니라 말 머리가 마구간 벽을 향하도록 정렬시킬 때 그는 말을 막사 문 밖으로도 끌고 나오지 못할 것이라고 주장하곤 했다. 이에 대한 복수로 키 작은 슈툼은 당시에, 덥수룩한 수염을 흑갈색으로 길러 둥글게 잘랐다. 명시적으로 금지되지는 않았지만 그는 황제의 기병대에서 유일하게 이런 덥수룩한 수염을 기른 장교였다. 그리고 그는 학문적으로 주머니칼을 수집하기 시작했다. 무기를 수집하기에는 돈이 넉넉지 않았기 때문이었다. 그는 곧 칼을 모양, 코르크마개뽑이와 손톱줄의 장착 여부에 따라 정리하고 또 금속의 종류, 제조지, 칼집의 재료 등에 따라 분류해서 대량으로 소유하게 되었고 그의 방 안에는 제목이 적힌 쪽지가 붙은 납작한 서랍들이 수없이 달린 키 큰 장이 있었고 이는 그에게 학자라는 평판을 가져다주었다. 그는 시도 지을 수 있었고 생도 시절에 벌써 종교와 독일어 작문수업에서 늘 '최우수'를 받았다. 어느 날 연대장이 그를 불렀다. "자네는 쓸모 있는 기병장교가 되지는 못할 거네." 그는 말했다. "젖먹이를 말 위에 앉혀 맨 앞줄에 세워 놓아도 자네와 다르게 행동하지 않을 걸세. 하지만 우리 연대는 오래전부터 사관학교에 아무도 두지 못했네. 그러니 자네가 거기 지원하게. 슈툼!"

이렇게 해서 슈툼은 수도에 있는 참모학교에서 멋진 2년을 보내게 되었다. 여기서도 그는 말을 타는 데 필요한 예리함을 정신적으로 보여 주지 못했지만 군악대 콘서트에 빠짐없이 참가했고 박물관을 방문했고 연극표를 모았다. 민간인이 되려는 계획도 세웠지만 어떻게 실행해야 할지 몰랐다. 최종결과는 그가 참모부 근무에 적격도 아니고 딱 잘라 부적격도 아니라는 것이었다. 그는 서투르고 야심이 없다고 여겨졌지만 철학자로 통했고 2년을 더 시험 삼아 보병사단사령부의 참모부에 배치되었고 이 기간이 지난 후에는 기병대위로서 참모부의 수많은 비상예비군 가운데 한 명이 되었는데, 이들은 비상사태가 발생하지 않는 한 결코 다시는 부대를 떠날 수 없다. 기병대위 슈툼은 이제 다른 연대에서 복무했고 역시 학식 있는 군인으로 통했지만 젖먹이와 실습능력에 관한 일을 새 상관들도 곧 알게 되었다. 중위 계급에 오르기까지 그는 순교자의 길을 걸었지만 소령일 때 벌써 대기수당으로 가는 긴 휴가만 꿈꾸었는데, 예비대령으로 ─ 이 말은 대령의 연금은 없지만 계급과 유니폼은 가진다는 뜻이다 ─ 은퇴할 시점만 기다릴 작정이었다. 승진에 대해서는 더 이상 알고 싶지 않았다. 부대에서 현역장부에 따라 이루어지는 승진은 이루 말할 수 없이 느리게 가는 시계 같았다. 해가 솟는 시각에 머리에서 발끝까지 욕을 먹고 연병장에서 돌아와 아직 한참이나 남은 하루의 공허와 빈 포도주 병을 더 늘리기 위해 먼지 묻은 군화로 카지노에 들어서는 그런 오전에 대해서도 더 이상 알고 싶지 않았다. 군인들의 사교, 연대의 역사, 남편 옆에서 생을 보내는 연대의 다이아나들에 대해서도 더 이상 알고 싶지 않았다. 이들은 남편의 계급 사다리를 정확하고, 냉혹하리만치 약해서 들릴 듯 말 듯한 은색 음계 위에서 되풀이한다. 먼지, 포도주, 지루함, 말을 달려온 넓은 들판, 영원한 대화 대상인 말[馬]의 압제가 기혼이든 미혼이든 신사들을 커튼으로 창문을 가린 모임으로 내모는 밤들에 대해서도 알고 싶지 않았다. 이 모임에서는 계집들을 거꾸로 뒤집어 놓고 치마 속으로 샴페인을 쏟아붓는다. 수비대가 주둔했던 빌어먹을 갈리치아 벽지 마을의 유대인 만물가게에 대해서도 더 이상 알고 싶지 않았다. 다 쓰러져 가는 작은 백화점 같은 그곳에서는 사랑에서부터 안장 닦는 비누까지 모든 것을 외상으로, 물론 이자를 쳐서, 구할 수 있었고 존경, 두려움, 호기심으로 몸을 떠는 아가씨들을 억지로 끌고 오게 할 수도 있었다. 이 시기 그의 유일한 위안은 칼과 코르크마개뽑이를 계속 정성껏 수집하는 것이었다. 이 가운데 많은 것을 그 유대인이 '미친' 중령의 집으로 가져왔는데, 그는 그것들을 소맷부리로 쓱쓱 닦아서는 선사시대 무덤 부장품이라도 되는 듯 경외심에 찬 얼굴로 탁자 위에 올려놓았다.

뜻밖의 전환점이 생긴 것은 슈툼을 기억하고 있던 군사학교 동기생 한 명이 그를 국방부로 전출할 것을 제안했을 때였다. 국방부 교육과에서는 탁월한 민간이성을 지닌 과장조수를 찾고 있었다. 2년 후 그사이 대령이 된 슈툼은 벌써 교육과를 맡게 되었다. 기병의 성스러운 동물 대신 의자 위에 앉자 그는 다른 사람이 되었다. 그는 소장(小將)이 되었고 또 중장이 될 것이라고 상당히 확신할 수 있었다. 수염은 당연히 벌써 오래전에 밀었지만 이제 나이가 들어 가면서 이마가 까졌고 비만체질은 그의 외모에 보편적 교양 같은 것을 부여했다. 그는 또 행복해졌고 행복은 비로소 업무능력을 정말 몇 배로 키웠다. 그는 큰물에서 놀았고 이는 모든 것에서 드러났다. 특이하게 옷을 입은 여자의 드레스 속에, 당시 빈의 새로운 건축양식의 대담한 몰취미 속에, 큰 야채시장의 넓게 펼쳐진 알록달록함 속에, 거리의 회갈색 아스팔트 공기 속에, 독기, 냄새, 향기로 가득 찬 이 부드러운 공기아스팔트 속에, 개별 소리를 내보내기 위해 몇 초간 파열하는 소음 속에, 민간인들의 수많은 다양성 속에, 심지어 모두 부인할 수 없이 똑같아 보이지만 전례 없이 개인적인 레스토랑의 작고 하얀 탁자 속에, 이 모든 것 속에, 머릿속에서 울리는 박차소리 같은 행복이 있었다. 그것은 민간인이 기차를 타고 야외로 나갈 때만 느끼는 행복이었다. 왜 그런지는 모르지만 그들은 그날을 초록색으로 행복하게 어떤 둥근 천장 아래서 보낼 것이다. 이런 감정 속에는 스스로의 중요성이 포함되어 있었는데, 이는 국방부의 중요성, 교육의 중요성, 다른 모든 개개 인간의 중요성이다. 그리고 모든 것은 너무나 강력해서 슈튬은 여기에 있은 이후로는 아직 한 번도 다시 박물관이나 극장에 갈 생각을 하지 않았다. 그것은 거의 의식되지는 않지만 장군의 금몰에서 종탑 종의 음색에 이르기까지 모든 것을 파고들었고 음악과 같은 의미를 지니는 어떤 것이었다. 이 음악이 없다면 삶의 춤은 한순간 멈춰 서리라.

맙소사, 그는 자신의 길을 갔다! 이렇게 슈튬은 자신에 대해 생각했다. 게다가 이제 그는 여기 이런 유명한 정신의 모임에서도 방들 한가운데 서 있었다. 이제 그는 거기에 서 있었다! 그는 정신으로 충만한 이 환경에서 유일하게 군복을 입은 사람이었다! 게다가 그를 놀라게 하는 것이 더 있었다. 푸른 하늘색의 세계구(球)를 상상해 보라. 이 구는 슈튬의 제복상의의 푸른 물망초 색으로 인해 약간 더 환해지고 온통 행복, 중요함, 내면의 깨달음이라는 신비로운 뇌의 인(燐)으로 이루어진다. 그런데 이 구 한가운데 장군의 심장이 있고 이 심장 위에는, 마리아가 뱀의 머리 위에 서 있듯, 신과 같은 여자가 서 있고 그녀의 미소는 모든 것과 얽혀 있고 모든 사물의 은밀한 중력이다. 대충 이렇게 우리는 디오티마의 모습이 천천히 움직이는 장군의 눈을 가득 채운 그 첫 시간 이후로 그녀가 슈튬 폰 보르트베어에게 남긴 그 인상에 도달했다. 슈튬 장군은 원래 말(馬)만큼이나 여자를 좋아하지 않았다. 그의 약간 짧고 통통한 다리는 안장 위에서는 고향을 잃은 듯했고 게다가 그 후 근무 외 시간에도 말에 관해 이야기를 해야 하면 그는 밤에, 뼈에 사무치도록 오래 말을 달려서 말에서 내릴 수 없는 꿈을 꾸었다. 마찬가지로 그의 게으름은 옛날부터 사랑의 탈선을 허락하지 않았고 이미 업무로 인해 충분히 지쳐 있었으므로 그는 자신의 힘을 밤의 밸브를 통해서 흘려보낼 필요가 없었다. 물론 당시 그가 재미를 모르는 사람은 아니었지만 칼이 아닌 동료들과 밤을 보내게 되면 그는 보통 현명한 방책을 썼다. 육체적 조화에 대한 그의 감각은 곧 술을 계속 마시면 만취단계를 넘어 재빨리 졸리는 상태가 될 수 있음을 가르쳐 주었으니까. 그리고 이것이 그에게는 사랑의 위험과 실망보다는 훨씬 더 편안했다. 나중에 결혼하고 잠시 후 두 아이와 그들의 야심 찬 어머니를 부양해야 했을 때 비로소 그는 결혼생활의 유혹에 굴복하기 전에 가졌던 예전의 생활습관들이 얼마나 현명했는지를 깨달았다. 그를 결혼으로 유혹한 것은 의심할 바 없이, 결혼한 전사라는 표상에 딸린 비군사적인 어떤 것이었다. 이 시기 이후 혼외의 이상적 여성상이 그의 내면에서 활발히 발전했는데, 이는 분명 그가 무의식적으로 그 이전에도 이미 가졌던 것이었고, 그를 주눅 들게 하는 그리고 그 때문에 그로 하여금 어떤 수고도 할 필요가 없게 만드는 그런 여자에 대한 온화한 몽상이었다. 그가 총각 시절 화보에서 오려낸 사진 속 여자들을 보면 — 하지만 이는 늘 그의 수집활동의 곁가지일 뿐이었다 — 그들은 모두 이런 특징을 지녔다. 하지만 그는 예전에는 이를 몰랐고 이것이 압도적 몽상이 된 것은 디오티마와의 만남을 통해서였다. 그녀가 아름답다는 인상은 차치하고 그는 맨 처음 그녀가 '제 2의 디오티마'라는 말을 들었을 때 벌써 디오티마가 도대체 무슨 뜻인지 대화사전을 찾아보아야 했다. 그래도 이 명칭을 완전히 이해하지는 못했지만 그것이 민간교양의 큰 집단과 관계가 있다는 것 정도는 알아차렸다. 그는 자신의 지위에도 불구하고 유감스럽게도 여전히 민간교양에 대해 아는 것이 별로 없었고 세계의 정신적 우세는 이 여자의 육체적 우아함과 융합되었다. 남녀관계가 너무나 단순화된 오늘날 어쩌면 이것이 한 남자가 체험할 수 있는 최고의 것임을 강조해야 할 것이다. 슈툼 장군의 팔은 생각 속에서 스스로 크고 풍만한 디오티마를 끌어안기에는 너무 짧다고 느꼈고 같은 순간 그의 정신은 세계와 세계문화에 대해서도 똑같은 것을 체험했다. 그래서 모든 사건 속으로 부드러운 사랑이 들어갔고 둥둥 떠다니는 둥근 세계구 같은 것이 장군의 통통한 육체 속으로 들어갔다.

   디오티마가 장군을 곁에서 물러가게 한 후 잠시 뒤 슈툼 폰 보르트베어를 다시 그리로 돌아가게 한 것은 바로 이 몽상(夢想)이었다. 그는 감탄해 마지않는 여자의 곁에 서서, 게다가 달리 아는 사람도 없었으므로, 그녀의 대화에 귀를 기울였다. 할 수만 있다면 메모를 하고 싶었다. 디오티마가 여러 유명인사들과 인사하며 나누는 대화를 그 자신의 귀로 직접 듣지 않았더라면 그는 이런 정신적인 부(富)를 미소를 지으면서 마치 진주목걸이인 양 가지고 노는 것이 가능하다고 생각하지 않았을 테니까. 그녀는 여러 번 매몰차게 외면한 후 시선으로, 남의 말을 엿듣는 것이 장군에게는 어울리지 않는 행동임을 알아차리게 했고 그를 쫓아 버렸다. 그는 사람들로 넘쳐나는 집 안을 혼자서 두어 번 돌았고 포도주를 한 잔 마셨고 막 벽 옆에 장식적으로 서 있을 만한 곳을 찾고 있었다. 그때 그는 첫 회의에서 보았던 울리히를 발견했고 그 순간 그의 기억이 환해졌다. 울리히는 슈툼 장군이 중위였을 당시 부드럽게 지휘했던 두 중대 가운데 하나에서 복무했던 상상력이 풍부하고 불안정한 소위였으니까. '나와 같은 종류의 인간이야.' 그는 생각했다. '나이도 어린데 벌써 이 높은 지위에까지 출세했구나!' 그는 울리히 쪽으로 갔고 그들은 서로의 재회를 확인했고 한동안 그간의 변화에 대해 대화를 나눈 후 슈툼이 주변의 사람들을 가리키며 말했다. "내게는 세계의 중요한 민간문제를 알게 될 아주 좋은 기회네!"

"놀라실 것입니다. 장군님!" 울리히가 대답했다.

동맹군을 찾고 있던 장군은 그의 손을 잡고 따뜻하게 악수했다. "자네는 울라넨 제 9연대 소위였지." 그가 의미심장하게 말했다. "언젠가는 이것이 우리에게 큰 영광이 될 걸세. 비록 지금 다른 사람들은 나만큼 이를 이해하지 못하지만!"

81
라인스도르프 백작이 현실정치에 대한 견해를 피력하고 울리히는 협회들을 만들다

평의회에서는 아직 결과에 대한 일말의 단초도 보이지 않는 가운데 평행운동은 라인스도르프 백작의 궁전에서는 엄청난 진전을 보였다. 거기로 현실의 실들이 모여들었고 울리히는 일주일에 두 번 거기에 갔다.

존재하는 협회의 숫자만큼 그를 놀라게 한 것도 없었다. 토지협회, 수자원협회, 금주협회, 음주협회, 간단히 말해, 협회들과 반대

협회들이 의견을 보내 왔다. 이 협회들은 회원들의 노력을 촉진했고 다른 협회들의 노력을 방해했다. 이는 모든 인간이 적어도 한 개의 협회에 소속되어 있다는 인상을 주었다. "각하!" 울리히가 놀라서 말했다. "별 생각 없이 익숙해져 버렸지만 더 이상 이것을 협회농장이라고도 부를 수가 없습니다. 우리가 발명한 이런 질서국가에서 모든 인간이 아직도 어떤 도적 떼에 속해 있다는 것은 무시무시한 상태입니다 … !"

그러나 라인스도르프 백작은 협회들을 편애했다. "생각해 보게." 그가 대답했다. "이데올로기 정치가 아직 한 번도 좋은 결과를 내지 못했음을. 우리는 현실정치를 해야 하네. 나는 주저 없이, 자네 사촌 주변에서 일어나고 있는 지나치게 정신적인 노력들을 심지어 일정한 위험으로 간주하네!"

"각하께서 제게 어떤 지침을 주실 수 있으실까요?" 울리히가 청했다.

라인스도르프 백작은 그를 바라보았다. 그는 자신이 피력하려는 것이 이 경험 없는 젊은이에게 너무 대담하지 않을까 숙고했다. 하지만 그 후 결심했다. "그러세, 자, 보게!" 그는 조심스럽게 말을 시작했다. "지금 자네가 아직 젊어서 잘 모르는 뭔가를 말하겠네. 현실정치란 기꺼이 하고 싶은 바로 그것을 하지 않는 것이네. 반면에 작은 소망을 이루어 줌으로써 사람들을 얻을 수 있네!"

울리히는 어이가 없어 라인스도르프 백작을 바라보았다. 백작은 흡족해하며 미소를 지었다.

"그렇지 않은가", 그는 설명했다. "내가 방금 말하지 않았는가. 현실정치는 이념의 힘이 아니라 실제적 욕구가 이끌어야 한다고. 물론 모두가 아름다운 이념들을 실현시키고 싶어 하네. 그건 너무나 당연한 일이지. 기꺼이 하고 싶은 바로 그것을 하지 않아야 한다! 칸트가 벌써 이렇게 말했네."

"정말 그렇군요!" 가르침을 받은 자가 놀라서 소리쳤다. "하지만 그래도 목표가 있어야 하지 않을까요?!"

"목표라고? 비스마르크는 프로이센 왕이 위대해지는 것을 보려 했네. 그게 그의 목표였네. 덤으로 오스트리아와 프랑스를 이기고 독일 제국을 건설하게 될 것임을 그도 처음에는 몰랐네."

"각하께서는 그럼 우리 오스트리아가 위대하고 강대해지기를 바라고 그 이상은 아니라는 말씀이십니까?"

"우리에게는 아직 4년이라는 시간이 있네. 이 4년 안에 온갖 일들이 일어날 수 있지. 백성을 일으켜 세울 수는 있겠지만 걸어가는 것은 백성 스스로 해야 하네. 내 말을 이해하겠는가? 일으켜 세워 주기, 그걸 우리가 해야 하네! 하지만 백성의 다리는 확고한 기관, 당, 협회 등이지 수다가 아니네!"

"각하! 그건 정말, 전적으로 그렇게 들리지는 않지만, 진정으로 민주적인 생각입니다!"

"글쎄, 아마 귀족적이기도 할 거네. 동료 귀족들은 나를 이해하지 못하겠지만. 늙은 헤넨슈타인과 귀족원 세습의원 튀르크하임은 전체적으로는 그냥 지저분한 일만 일어날 거라고 내게 대답했네. 그러니까 조심스럽게 만들어 나가세. 우리는 작게 시작해야 하네. 우리에게 오는 사람들을 친절히 대하게."

그 때문에 울리히는 그 이후로 아무도 거절할 수가 없었다. 한번은 어떤 남자가 와서 한참 동안 우표수집에 관해 이야기를 했다. 첫째, 우표 수집은 국제적 연결을 가능하게 한다. 둘째, 소유와 명망을 위한 노력을 만족시키는데, 이 노력이 사회의 토대를 이룬다는 것은 아무도 부인할 수 없다. 셋째, 우표 수집은 지식뿐 아니라 예술가적이라고 할 결정들을 요구한다. 울리히는 이 남자를 자세히 살펴보았다. 그의 외모는 슬픔에 젖어 있고 가난해 보였다. 그는 이 시선이 던진 질문을 알아차린 듯했다. 우표는 또 비싼 거래품목이며 과소평가해서는 안 되며 수백만의 매출을 올릴 수 있다고 대답했으니까. 전 세계에서 상인과 수집가가 큰 우표거래소들로 몰려온다. 부자가 될 수도 있다. 하지만 그는 개인적으로 이상주의자이며 현재 아무도 관심을 갖지 않는 특별한 수집품을 갖고 있다. 그는 그냥 기념해에 큰 우표전시회가 열려서 그의 특수분야를 사람들이 알게 되기를 바란다!

그 다음에 온 사람은 다음과 같은 이야기를 했다. 벌써 수년 전부터 거리를 걸으면서 — 전차를 타고 가면 훨씬 더 흥미진진해진다 — 가게 상호에서 라틴어 알파벳 대문자의 획수를 세고 있으며(예를 들어 A는 3, M은 4) 그 수를 철자 수로 나누고 있다. 지금까지의 평균적인 결과는 2.5로 늘 똑같았다. 하지만 이는 결코 불변인 것으로 보이지는 않고 거리마다 달라질 수 있다. 편차가 있으면 큰 근심에 빠지고 들어맞으면 큰 기쁨을 느끼는데, 이는 비극이 가진다고 하는 정화작용과 유사하다. 이와 반대로 철자 자체를 세어 보면, 선생님께서도 확신하게 되겠지만, 3으로 나누어지는 것은 큰 행운이다. 그래서 대개의 상호는 불만족의 감정을 남기고 이 감정을 대량철자, 즉 획이 네 개인 철자를 만날 때까지 분명히 느끼게 된다. 예를 들어 WEM은 어떤 상황에서나 아주 특별한 행복을 선사한다. 그럼 결론이 무엇일까? 방문객이 물었다. 다름 아니라 국민보건부가 회사 상호에서 획이 네 개인 철자로 이루어진 단어를 선택하는 것을 촉진하고 획이 한 개인 O, S, I, C를 사용하는 것을 가능하면 억제하는 법령을 발효해야 한다. 이 철자들은 그 비생산성으로 우리를 슬프게 하니까!

울리히는 그 사람을 바라보았고 그와 거리를 두었다. 하지만 그는 사실 정신병자라는 인상은 주지 않았고 '나은 계층'에 속하는 지적이고 친절해 보이는 30대 남자였다. 그는 개의치 않고 계속 설명했다. 암산은 모든 직업에서 없어서는 안 되는 능력이고 수업을 놀이의 형식으로 포장하는 것은 현대교육학에 상응하고 통계학은 자주 깊은 연관성들을 그것이 해명되기 훨씬 전에 이미 가시화했고 독서를 통한 교육의 심각한 폐해는 잘 알려져 있고 결국 지금까지 그의 발견들이 이를 따라 하기로 결심한 모든 사람들에게 불러일으킨 큰 흥분이 이를 증명한다. 국민보건부가 그의 발견을 사용하도록 한다면 다른 국가들도 곧 따라 할 것이고 기념해는 인류의 축복이 될 것이다.

울리히는 이 모든 사람들에게 다음과 같은 충고를 했다. "협회를 만드십시오. 아직 족히 4년이라는 시간이 있습니다. 그렇게 하시면 각하께서 분명 본인의 전 영향력을 당신을 위해 동원하실 겁니다!"

그러나 대부분의 사람들은 이미 협회를 가지고 있었고 그러면 일은 달랐다. 비교적 쉬운 경우는 축구협회가 현대적 육체문화의 중요성을 기록하기 위해 우익수에게 교수 칭호를 부여해 달라고 제안한 경우였다. 이에 대해서는 어쨌거나 긍정적인 대답을 해줄 수 있었으니까. 어려운 것은 다음과 같은 경우였다. 쉰 살가량의 남자가 찾아와서는 자신을 상급행정관이라고 소개했다. 그의 이마는 순교자의 이마처럼 빛이 났다. 그는 자신은 속기협회 '윌'의 창립자이자 회장이고 위대한 애국운동의 비서가 속기체계 '윌'에 관심을 갖게 하기 위해 왔노라고 설명했다.

그는 속기체계 윌은 오스트리아의 발명품이며 이것이 아직 전혀 확산되지도, 촉진되지도 못하는 것은 이로써 충분히 해명된다고 설명했다. 선생님께서는 속기를 해보신 적이 있느냐고 그는 물었다. 울리히가 없다고 하자 속기의 정신적 장점들이 열거되었다. 시간 절약, 정신적 에너지 절약. 얼마나 많은 양의 정신적 작업이 매일 이 코바늘 뜨기, 장황함, 부정확성, 비슷한 부분그림들의 혼란스러운 반복, 정말 표현력 있고 중요한 글자 요소와 오로지 상투적이고 사람마다 자의적인 요소와의 혼합에 허비되는지 아시는지? 울리히는 무해해 보이는 일상의 글자들을 무자비한 미움으로 박해하는 한 남자를 알게 되어 깜짝 놀랐다. 정신적 작업의 절약이라는 관점에서 보면 속기는 서둘러 발전해 나가는 인류가 가진 삶의 문제였다. 하지만 도덕이라는 관점에서도 길고 짧음의 문제는 매우 중요했다. 이 '토끼귀 글씨체'가 ─ 이는 상급행정관의 혹독한 표현에 따르면 그 무의미한 고리들 때문에 이렇게 불려 마땅했다 ─ 부정확성, 자의, 낭비벽, 시간낭비를 초래하는 반면 속기는 정확성, 의지의 긴장, 남성적 자세를 가르친다. 속기는 필수불가결한 것을 하도록, 불필요하고 목적에 맞지 않은 것을 하지 않도록 가르친다. 선생님께서는 여기에 일말의 실천적 도덕이 들어 있다고 생각하지 않으시는지? 더욱이 이 도덕은 오스트리아인에게는 매우 중요하다. 하지만 미학적 관점에서도 이 질문을 다룰 수 있다. 장황함이 마땅히 추하다고 여겨지지 않는가? 최고의 합목적성의 표현이 위대한 고전주의자들에 의해 벌써 미의 본질적 구성요소로 선언되지 않았는가? 게다가 국민건강이라는 관점에서도 ― 상급행정관은 계속했다 ― 등을 구부리고 책상 앞에 앉아 있는 시간을 줄이는 것은 너무나 중요하다. 이런 식으로 속기의 문제가, 울리히가 놀라는 가운데, 또 다른 학문들에 의해 설명된 이후에야 방문자는 속기체계 월이 모든 다른 속기 체계와 비교했을 때 가지는 무수한 우수성을 설명하는 것으로 넘어갔다. 그는 이미 제시된 모든 관점들에서 보면 다른 속기체계는 모두 속기라는 생각에 대한 배신에 불과함을 보여 주었다. 이어 그는 자신의 고난의 이야기를 풀어놓았다. 더 오래되고 영향력이 있는 체계들이 있고 이미 오랫동안 물질적으로 온갖 이익을 누렸다. 상업학교들은 포겔바우흐 체계를 가르쳤고 어떤 변화도 거부했으며 상인조합들은 당연히 ― 태만의 법칙에 따라 ― 여기에 동참한다. 아시다시피, 상업학교 광고에서 큰돈을 버는 신문들은 모든 개혁안에 귀를 막는다. 그리고 교육부는? 이는 조소에 다름 아니다! 월 씨는 말했다. 5년 전 속기수업이 고등학교에 의무적으로 도입되었을 때 교육부는 어떤 체계를 선택할지를 협의하기 위해 연구회를 설치했고 여기에는 물론 상업학교, 상인계층, 신문기자들과 유착한 국회 속기사 대표들이 참여했고 그 밖에는 아무도 참여하지 않았다! 포겔바우흐 체계가 채택될 것은 명약관화하다. 월 속기협회는 귀중한 국민재산에 대한 이 범죄를 경고했고 이에 항의했다! 하지만 그의 대표자들은 교육부 관계자를 한 번 만나 보지도 못했다!

이런 경우들을 울리히는 각하께 보고했다. "월이라고?" 라인스도르프 백작이 물었다. "공무원이라 했나?" 각하는 오랫동안 코를 문질렀지만 아무런 결심에도 이르지 못했다. "그에게 무슨 문제가 있는지 자네가 그의 상급자인 궁정고문관과 이야기해 보아야 하지 않을지 … ?" 한참 후에 그가 말했다. 하지만 그는 창조적 기분에서 이를 번복했다. "아니네. 이게 어떤가, 차라리 파일을 하나 만드세. 그들이 견해를 피력하도록 말이지!" 덧붙여 그는 울리히가 자신의 의중을 알 수 있도록 몇 가지를 털어놓았다. "이 모든 일들이 터무니없는 짓인지는 사실 알 수가 없네." 그가 말했다. "하지만 이보게, 박사! 중요한 것은 보통, 사람들이 그것을 중요하게 여긴다는 사실에서 생기네! 나는 이를 신문들이 늘 그 뒤꽁무니를 쫓아다니는 아른하임 박사에게서 다시 본다네. 신문은 사실 뭔가 다른 일을 할 수도 있을 것이네. 하지만 그들이 그렇게 하면 아른하임 박사가 그 때문에 중요해지네. 윌이 협회를 가지고 있다고 했는가? 이건 물론 아무것도 입증하지 않네. 하지만 다른 한편, 이미 말했듯이, 현대적으로 생각해야 하네. 그리고 많은 사람들이 어떤 일에 찬성하면 거기서 뭔가가 생길 것임은 상당히 확실하네!"

82
클라리세가 울리히의 해를 요구하다

친구가 클라리세를 방문한 이유는 분명 다름이 아니라 그녀가 라인스도르프 백작에게 보낸 편지 때문에 그녀를 제정신으로 돌려놓으려는 것이었다. 그녀가 지난번 그의 집에 왔을 때 그는 이를 까맣게 잊었다. 그럼에도 불구하고 차를 타고 가면서 그는 발터가 이 사실을 알게 되면 틀림없이 그를 질투할 것이고 이 방문이 발터의 감정을 자극하리라는 생각이 들었다. 하지만 발터는 이에 대해 그냥 아무 조치도 취할 수 없었다. 대다수의 남자들이 처하게 되는 이 상황은 사실 정말 우스꽝스럽다. 질투심이 나도 직장일이 끝나고 나서야 아내를 감시할 시간이 나니까.

울리히가 방문하기로 한 시간에 집에서 발터를 만날 확률은 거의 없었다. 이른 오후였다. 그는 전화로 방문을 알렸었다. 창문에는 커튼이 없는 듯 보였다. 유리창을 통해 눈 덮인 야외의 흰색이 강하게 안으로 밀려들었다. 모든 사물을 에워싼 이 무자비한 빛 속에 클라리세가 서 있었고 방 한가운데서 웃으며 친구를 마주보았다. 가냘픈 몸의 밋밋한 굴곡이 창문 쪽으로 휘어진 곳에서 그녀는 강한 색으로 빛났고 반면 그늘진 부분은 푸르스름한 갈색 안개였는데, 여기서 이마, 코, 턱이 바람과 태양이 그 뾰족함을 지워 버린 눈 덮인 산등처럼 튀어나와 있었다. 그녀는 인간을 상기시킨다기보다 겨울 고산지대의 으스스한 고독 속에서 일어나는 얼음과 빛의 만남을 상기시켰다. 울리히는 그녀가 가끔씩 발터에게 거는 그 마법을 약간 이해할 수 있었고 학창 시절 친구에 대한 그의 분열된 느낌은 잠시 동안 사라졌고 그는 두 인간이 — 그들의 삶을 그는 아마 거의 알지 못했다 — 서로에게 보여주는 장면을 들여다보았다.

"네가 라인스도르프 백작에게 보낸 편지에 대해 발터에게 이야기했는지 모르겠지만", 그는 말을 시작했다. "너와 단둘이 이야기하고 경고하러 왔어. 네가 앞으로는 그런 짓을 못하게." 클라리세는 의자 두 개를 붙이더니 앉으라고 강권했다. "그 얘기는 발터에게 하지 마." 그녀가 부탁했다. "하지만 네가 왜 거기에 반대하는지 말해 줘. '니체의 해'를 말하는 거잖아? 너의 백작이 거기에 대해 뭐라고 했어?"

"그가 뭐라고 했을 거라고 생각해?! 네가 그것을 모스브루거와 연결시킨 것은 미친 짓이야. 아무튼 그는 편지를 버렸을 거야."

"그래?" 클라리세는 아주 실망했다. 이어 그녀가 설명했다. "그래도 네가 개입해서 다행이야!"

"이미 말했듯이, 너는 그냥 미쳤어!"

클라리세는 미소를 지었고 이를 칭찬으로 받아들였다. 그녀는 친구의 팔에 손을 얹으며 물었다. "'오스트리아의 해'도 그럼 터무니없다고 여기니?"

"물론이지."

"하지만 니체의 해는 좋은 걸 거야. 우리가 생각하기에 좋을 것이기 때문에, 바로 그 이유 때문에 어떤 것을 원해서는 안 되는 거야?"

"도대체 '니체의 해'가 뭐라고 생각해?" 그는 물었다.

"그건 네 일이야!"

"웃기지 마!"

"아니, 전혀. 왜 네게는 네가 정신적으로 진지하게 생각하는 것을 실현하는 것이 웃긴지 말해 줘!"

"나도 말해 주고 싶어." 울리히가 대답했고 그녀의 손에서 벗어났다. "그게 꼭 니체일 필요는 없어. 그건 예수나 부처일 수도 있어."

"아니면 울리히 너거나. '울리히의 해'를 고안해 봐!" 그녀는 모스브루거를 석방하라고 그에게 요구할 때와 똑같이 조용히 말했다. 하지만 이번에 그는 그녀의 말을 듣는 동안 정신을 딴 데 팔지 않았고 그녀의 얼굴을 들여다보았다. 그 얼굴 속에는 클라리세의 평상시 미소가 있었는데, 이는 힘들게 짜낸 재미있는 작은 찡그림처럼 자기도 모르게 늘 다시 떠올랐다.

'그래, 좋아.' 그는 생각했다. '그녀에게 나쁜 뜻은 없어.'

하지만 클라리세는 다시 그에게 접근했다. "왜 너는 너의 해를 만들지 않지? 너는 지금 그럴 권력이 있을 텐데. 이미 말했듯이, 발터에게 이 이야기는 하지 마, 모스브루거 편지에 대해서도. 이것들에 대해 내가 너와 이야기한다는 것도 말하지 마! 하지만 내 말을 믿어, 이 살인자는 음악적이야. 작곡을 할 수 없을 뿐이지. 모든 인간이 각자 천구(天球) 한가운데 서 있음을 한 번도 관찰하지 못했니? 그가 자기 자리에서 벗어나면 천구도 같이 가지. 이렇게 음악을 해야 해. 아무런 양심 없이, 그냥 그 아래 우리가 서 있는 천구처럼! …"

"그리고 그와 비슷한 것을 내가 나의 해로 고안해야 한다, 그 말이야?"

"아니", 클라리세가 만일에 대비해서 대답했다. 그녀의 얇은 입술은 무슨 말을 하려다 침묵했고 불꽃이 묵묵히 눈에서 뿜어져 나왔다. 그런 순간 무엇이 그녀에게서 발산되는지 말할 수 없었다. 작열하는 것에 너무 가까이 다가갔을 때처럼 그냥 뜨거웠다. 이제 그녀는 미소를 지었지만 이 미소는 그녀의 눈 속의 과정이 다 사라진 후 뒤에 남은 재처럼 그녀의 입술 위에서 오그라들었다.

"그런 건 난 최악의 경우에만 생각해 낼 수 있을 거야." 울리히가 반복했다. "나더러 쿠데타를 일으키라는 말은 아니겠지?!"

클라리세는 숙고했다. "그럼 '부처의 해'로 하자." 그녀는 그의 항의에 아랑곳하지 않고 말했다. "나는 부처가 무엇을 요구했는지 몰라. 대충만 알지. 하지만 그냥 그걸 받아들이자. 그리고 그걸 중요하게 여기면 실행해야지! 어떤 것은 믿을 가치가 있거나 없을 테니까."

"좋아. 잘 들어 봐. 너는 '니체의 해'를 말했어. 하지만 도대체 니체가 무엇을 요구했지?"

클라리세는 곰곰이 생각했다. "글쎄, 물론 나는 니체 동상이나 니체 거리를 말하는 건 아니야." 그녀는 당황해서 말했다. "하지만 인간들을 그렇게 살도록 만들 수 있지 않을까, 그가 … ?"

"그가 요구한 대로 그렇게?!" 그가 그녀의 말을 끊었다. "하지만 그가 뭘 요구했는데?"

클라리세는 대답을 하려 했다가 기다렸고 결국 대답을 했다. "글쎄, 그건 너도 알잖아 … ."

"난 아무것도 몰라." 그가 약을 올렸다. "하지만 이것만은 네게 말하고 싶어. 우리는 프란츠 요제프 황제 기념 스프 급여소를 만들라는 요구나 집고양이주인 보호협회의 요구를 실현시킬 수는 있지만, 좋은 생각들은 음악만큼이나 실현하기가 힘들어! 이게 무슨 의미일까? 나는 모르겠어. 하지만 사실이 그래."

그는 지금 마침내 조그만 탁자 뒤에 있는 작은 소파에 자리를 잡았다. 이 자리는 작은 의자보다 저항력이 컸다. 클라리세는 여전히 텅 빈 방 한가운데, 흡사 탁자상판을 연장하는 신기루의 반대편 강변에서 있었고 말을 했다. 그녀의 가냘픈 육체도 조용히 함께 말하고 생각했다. 그녀는 사실 말하려던 모든 것을 먼저 육체 전체로 느꼈고 육체로 뭔가를 하려는 욕구를 끊임없이 가졌다. 그녀의 친구는 늘 그녀의 육체가 단단하고 소년답다고 여겼지만 지금 다리를 꼭 붙이고 부드럽게 움직이는 클라리세가 갑자기 자바섬의 무희같이 여겨졌다. 그리고 갑자기 그는 그녀가 접신(接神) 상태에 빠져도 놀라지 않을 것이라 생각했다. 아니면 그 자신이 접신상태였나? 그는 긴 연설을 했다. "너는 너의 이념에 따라 살고 싶어 하고", 그가 시작했다. "어떻게 그럴 수 있는지 알고 싶어 하지. 하지만 이념, 그것은 세상에서 가장 모순적인 거야. 육신은 이념과 물신처럼 연결되어 있어. 하나의 이념이 같이 하면 마법 같지. 비열한 따귀 한 대도 명예, 처벌 등과 같은 이념을 통해 치명적일 수 있어. 하지만 이념은 가장 강한 상태로는 결코 유지되지 않아. 그것은 공기에 닿으면 당장 더 항상적인 다른 형태로 변질되는 물질과 비슷해. 너는 자주 그걸 경험했어. 하나의 이념, 그건 특정한 상태에 있는 너니까. 뭔가가 네게 숨을 불어대지. 현(絃)들의 울림 속으로 갑자기 음조 하나가 들어올 때처럼. 뭔가가 신기루처럼 네 앞에 서 있어. 너의 혼란스런 영혼은 끝없는 행렬이 되고 세상의 모든 아름다움은 행렬이 지나가는 길가에 서 있는 듯 보여. 이는 종종 단 하나의 이념을 생겨나게 하지. 하지만 얼마 후 그것은 네가 이전에 가졌던 다른 모든 이념들과 유사해지고 그것들에 종속되지. 그것은 너의 세계관, 너의 성격, 너의 원칙 또는 너의 기분의 일부가 돼. 그것은 날개를 잃어버렸고 아무 비밀도 없는 확고함을 얻었지."

클라리세가 대답했다. "발터는 너를 질투해. 가령 나 때문은 아니야. 그가 하고 싶은 것을 네가 할 수 있는 듯 보이기 때문이지. 이해하겠어? 네게는 그를 넘어뜨리는 뭔가가 있어. 그걸 어떻게 표현해야 할지 모르겠군."

그녀는 그를 살피듯 바라보았다.

두 연설이 서로 얽혀 들었다.

발터는 늘 삶이 가장 사랑하는 다정한 아들이었다. 그는 삶의 무릎 위에 앉아 있었다. 무슨 일이 일어나든 그는 그것을 다정한 활기로 변모시켰다. 발터는 늘 더 많이 체험하는 자였다. '하지만 더 많이 체험한다는 것은 평범한 인간임을 가장 빨리 알아보게 해주는 가장 섬세한 표시 가운데 하나다.' 울리히는 생각했다. '연관성은 체험에서 개인적 독성이나 달콤함을 앗아가 버린다!' 대충 그랬다. 그리고 그럴 것이라고 하는 이 확언 자체가 하나의 연관성이었고 그는 그 대가로 키스도 작별도 받지 못했다. 그럼에도 불구하고 발터가 그를 질투한다? 이것이 그를 기쁘게 했다.

"나는 그에게 너를 죽여야 한다고 말했어." 클라리세가 보고했다.

"뭐?"

"죽이라고 말했어. 네가 네 상상만큼 그렇게 중요하지 않다면, 또는 그가 너보다 낫고 그렇게 해야 그가 평화를 찾을 수 있다면 그건 아주 옳은 생각 아닐까? 게다가 넌 방어할 수도 있어."

"나쁘지 않군 … !" 울리히가 자신 없이 대답했다.

"뭐, 우리는 그렇게 이야기했을 뿐이야. 그런데 네 생각은 어때? 발터는 이런 건 생각조차 해서는 안 된다고 했어."

"아니야. 생각은 해도 돼." 그가 망설이며 대답했고 똑바로 클라리세를 쳐다보았다. 그녀는 자신만의 독특한 매력이 있었다. 이렇게 말할 수 있을까, 그녀가 그녀 옆에 서 있다고? 그녀는 그 자리에 없었지만 그 자리에 있었다. 이 두 가지는 딱 붙어 있었다.

"에이, 뭐야, 생각은 해도 된다고!" 그녀는 그의 말을 중단시켰다. 그녀는 그의 뒤에 있는 벽을 향해 말했다. 그녀의 눈이 그 중간의 점 하나를 향해 있듯이. "너도 발터만큼 수동적이야!" 이 말 또한 두 지점 사이 어디쯤엔가 떨어졌다. 이 말은 모욕처럼 거리를 두었지만 그것이 전제하는 친근한 가까움을 통해 마음을 달래 주었다. "나는 반대야. 뭔가를 생각할 수 있다면 그걸 실행할 수도 있어야 해." 그녀는 건조하게 반복했다.

그 후 그녀는 자리를 떠 창가로 갔고 손을 등 뒤에서 깍지 꼈다. 울리히는 재빨리 자리에서 일어나 그녀를 따라갔고 그녀의 어깨 위에 팔을 얹었다. "작은 클라리세, 넌 좀 전에 정말 이상했어. 하지만 난 나를 위해 좋은 말을 한마디 해야겠어. 나는 사실 너와는 아무 상관이 없어. 이 말을 하고 싶어." 그가 말했다.

클라리세는 창밖을 응시했다. 하지만 지금은 날카롭게 응시했다. 그녀는 바깥의 무엇인가를 눈으로 포착했는데, 기댈 곳을 확보하기 위해서였다. 그녀는 자신의 생각들이 바깥에 있다가 이제 다시 되돌아왔다는 인상을 받았다. 그녀가 공간과 같다는 — 이 안에서는 막 문들이 다 닫혀 버렸음이 아직도 느껴진다 — 이 느낌은 전혀 새로운 것이 아니었다. 가끔씩 여러 날, 여러 주 동안 주변의 모든 것이 평소보다 더 밝아지고 더 가벼워져서 그녀는 크게 힘들이지 않고 그 안으로 미끄러져 들어가 자신의 바깥에서 세상 속을 산책할 수 있는 듯했다. 마찬가지로 그 후에는 다시 감옥에 갇힌 듯한 느낌이 드는 힘겨운 시간이 왔다. 보통 이 두 번째 시간은 잠깐만 지속되었지만 그녀는 이 시간을 형벌처럼 두려워했다. 그러면 모든 것이 좁아지고 슬퍼졌으니까. 그리고 맑고 말짱한 평온함이 특징인 지금 이 순간 그녀는 불안해지는 기분이었다. 그녀는 자신이 방금 뭘 원했는지 더 이상 제대로 알지 못했고 이런 납 같은 맑음과 고요해 보이는 침착함은 종종 형벌의 시간의 시작이었다. 클라리세는 긴장했고 자신이 확신을 가지고 대화를 계속하면 저절로 안전해지리라는 느낌이 들었다. "내게 작은 클라리세라고 하지 마." 그녀는 뿌루퉁해졌다. "안 그러면 결국 내가 직접 너를 죽일 거야!" 이 말은 지금 그냥 재미로 하는 말처럼 그녀의 입에서 나왔다. 그러니까 성공이었다. 그녀는 조심스럽게 고개를 돌려 그를 바라보았다. "물론 그렇게 표현한 것뿐이야." 그녀는 계속했다. "하지만 넌 내가 뭔가를 염두에 두고 있다는 걸 이해해야 해. 어디까지 이야기했지? 넌 우리가 이념에 따라 살 수 없다고 말했어. 너희들은 제대로 된 에너지가 없어, 너도, 발터도!"

"넌 끔찍하게도 나를 수동주의자라고 불렀어. 하지만 거기에는 두 종류가 있어. 수동적 수동주의, 이것은 발터의 수동주의야. 그리고 능동적 수동주의가 있어!"

"능동적 수동주의, 그게 뭐야?" 클라리세가 호기심을 갖고 물었다.

"그건 감옥에 갇힌 사람이 탈옥의 기회를 기다리는 거야."

"흥!" 클라리세가 말했다. "변명이야!"

"그래", 그가 인정했다. "아마도."

클라리세는 여전히 두 손을 등 뒤에 깍지 낀 채였고 승마장화를 신은 듯 두 다리를 벌리고 서 있었다. "니체가 뭐라고 했는지 알아? 확실히 알려고 하는 것은 발을 내딛기 전에 땅이 꺼지지 않나 보려는 것과 같다. 비겁함이다. 어디선가 자신의 일을 시작해야 한다. 거기에 대해 이야기만 하지 말고! 나는 다름 아닌 네가 한번 특별한 것을 하기를 기대했어!"

그녀는 갑자기 그의 조끼 단추 하나를 잡아 돌렸는데, 얼굴은 그를 향해 쳐든 채였다. 그는 자기도 모르게 손을 그녀의 손 위에 얹어 단추를 지키려 했다.

"오래 생각해 봤는데", 그녀가 망설이면서 계속했다. "오늘날 큰 비열함은 전부 비열한 일을 함으로써가 아니라 비열한 일이 일어나게 내버려 둠으로써 생겨. 그건 공허 속으로 자라나지."

그녀는 이 성취 후에 그를 바라보았다. 이어 그녀는 격렬하게 계속했다. "일어나게 내버려 두기는 뭔가를 하는 것보다 열 배는 더 나빠! 내 말 이해하겠어?" 그녀는 이를 더 정확히 서술해야 할지 고민했다. 하지만 그녀는 덧붙였다. "넌 나를 너무나 잘 이해해, 그렇지? 넌 늘 모든 것을 되는 대로 내버려 두어야 한다고 말하지만 난 이미 알고 있어, 네 말이 무슨 뜻인지! 난 벌써 여러 번 생각했어, 네가 악마라고!" 이 문장은 지금 다시 도마뱀처럼 클라리세의 입에서 빠져나왔다. 그녀는 경악했다. 그녀는 원래 아이와 관련된 발터의 부탁만 생각했다. 그녀의 친구는 탐욕스럽게 그를 바라보는 그녀의 눈 속에서 어떤 움찔거림을 알아차렸다. 하지만 무엇인가가 그녀의 치켜든 얼굴을 덮쳤다. 아름다운 것은 아니었고 오히려 추하고 감동적인 것이었다. 엄청나게 땀이 나고 그 뒤로 얼굴 하나가 아른거리듯이. 하지만 그것은 비육체적인 것이었고 상상일 뿐이었다. 그는 자신의 의지에 반해 전염된 느낌이 들었고 가볍게 정신이 나간 상태에 빠졌다. 그는 이 터무니없는 말에 더 이상 제대로 된 저항을 할 수 없었고 결국 클라리세의 손을 붙잡아 그녀를 소파 위에 앉혔고 자신도 그 옆에 앉았다.

"왜 내가 아무것도 하지 않는지 이제 이야기해 줄게." 그는 말을 시작했지만 입을 다물었다.

손이 닿는 순간 다시 평소의 그녀로 돌아온 클라리세가 그를 독려했다.

"우리는 아무것도 할 수가 없어. 왜냐하면 … 하지만 넌 그걸 이해할 수 없을 거야 … ." 그는 뜸을 들였고 담배를 한 개비 꺼내 불을 붙이는 데 열중했다.

"그래서?" 클라리세가 재촉했다. "무슨 말을 하려는 거야?" 하지만 그는 계속 침묵했다. 그러자 그녀는 그의 등 뒤로 팔을 밀어 넣더니 자신의 힘을 보여 주려는 소년처럼 그를 흔들었다. 그녀를 상상 속으로 옮겨 놓기 위해서는 아무 말도 할 필요가 없다는 것이 그녀의 장점이었다. 비상함의 몸짓이면 충분했다. "너는 위대한 범죄자야!" 그러면서 그녀는 이렇게 외쳤고 그를 아프게 하려 했지만 허사였다.

이 순간 그들의 대화는 발터의 귀가로 인해 불쾌하게 중단되었다.

83
늘 똑같은 일만 일어난다.
또는 우리는 왜 역사를 발명하지 않는가?

울리히가 대체 클라리세에게 무슨 말을 할 수 있었을까?

그가 입을 다문 것은 그녀가 그의 내면에 신(神)이라는 말을 발설하고 싶은 독특한 욕구를 불러일으켰기 때문이었다. 그는 가령 이렇게 말하고 싶었다. 신은 세상을 결코 말 그대로 의미하지는 않는다. 세상은 하나의 그림, 비유, 관용구다. 신은 어떤 이유에서인지 이것들을 사용해야 하는데, 물론 이것들은 늘 충분하지 못하다. 우리는 신을 입에 올려서는 안 되고 그가 숙제로 내준 해답을 스스로 찾아야 한다. 그는 클라리세가 이를 인디언놀이나 도적놀이처럼 이해하는 데 동의했을지 자문했다. 틀림없었다. 누군가 앞서가면 그녀는 늑대처럼 그 옆에 딱 붙어서 날카롭게 주위를 살피리라.

하지만 또 뭔가가 그의 혀 위에서 맴돌았는데, 보편적 해답이 아니라 개별적 해답을 허용하고 이들의 조합을 통해 보편적 해답에 접근할 수 있는 수학적 과제에 관한 것이었다. 그는 자신은 인간의 삶의 과제를 이런 과제로 본다고 덧붙일 수 있었으리라. 그러면 우리가 시대라고 부르는 ― 그것이 세기, 수천 년 또는 한 사람이 학교를 졸업해 손자를 얻기까지의 기간인지도 모르면서 ― 상태들의 이 폭넓고 불규칙적인 흐름은 대충, 불충분하고 개별적으로 보면 잘못된 해결 시도의 무계획적 나열과 같은 의미리라. 이 시도들에서, 인류가 이것들을 종합할 수 있게 된 이후에야 비로소 올바른 총체적 해답이 나올 수 있으리라.

그는 집으로 가는 전철 안에서 이를 회상했다. 몇몇 사람들이 그와 함께 도시를 향해 달리고 있었고 그는 이 인간들 앞에서 이런 생각을 한 것이 약간 부끄러웠다. 그들이 특정한 일을 행하고 돌아가는 길이거나 특정한 오락거리를 향해 가고 있음을 알아볼 수 있었다. 그렇다. 그들이 무엇을 했는지 또는 무엇을 할 것인지를 벌써 옷차림에서 알아볼 수 있었다. 그는 옆자리에 앉은 사람을 관찰했다. 아내이자 어머니로 마흔 살쯤 되었고 고위직 공무원의 부인일 가능성이 높았고 무릎 위에는 작은 오페라 안경이 놓여 있었다. 그는 그녀 옆에서 이런 생각을 하는 자신이 마치 놀고 있는 소년처럼 여겨졌다. 그것도 그다지 바르지 못하게 놀고 있는 소년처럼.

실용적 목적이 없는 사고는 그다지 바르지 못한 은밀한 일일 테니까. 특히, 거대한 죽마(竹馬)의 보폭을 가졌지만 경험은 작은 발바닥으로만 건드리는 그런 사고들은 그 기원이 비정상적이라는 의심을 받는다. 그래서 예전에는 '사고의 비행(飛行)'이라는 말을 했을 것이고 실러의 시대에는 이런 고상한 질문을 가슴에 품고 있는 남자는 큰 존경을 받았으리라. 반대로 오늘날 이런 인간은, 만약 그것이 우연히 그의 직업이나 수입원이 아니라면, 어딘가 정상이 아니라는 느낌을 준다. 분명 상황이 달라졌다. 특정한 질문들이 인간의 가슴에서 빼내졌다. 높이 나는 사고를 위해서는 일종의 가금류 농장이 만들어졌고 이는 철학, 신학, 문학이라 불리고 여기서 사고는 그 식대로 점점 마구잡이로 번식하는데, 이는 정말 타당한 일이다. 어떤 인간도 이 확산을 두고 더 이상 개인적으로 사고를 돌보지 않는다고 자책할 필요

가 없으니까. 울리히는 전문성과 전문가에 대한 존경심에서 이런 분
업에 원칙적으로 아무 이의도 제기하지 않기로 결심했다. 하지만 어
쨌든 직업 철학자도 아니면서 스스로에게는 사고하는 것을 허용했고
잠시, 이것은 벌들의 국가에 귀착될 것이라고 상상했다. 여왕벌은 알
을 낳고 수벌은 쾌락과 정신에 바친 삶을 살고 전문가는 일할 것이다.
이런 인류도 상상할 수 있다. 전체의 업적은 심지어 상승할 것이다.
지금은 각자 아직 이른바 전체 인류를 내면에 지니고 있지만 이는 명
백히 벌써 한계에 도달했고 더 이상 유지될 수 없다. 그래서 인간적인
요소는 거의 벌써 순전한 사기다. 성공을 위해 중요한 것은 이런 분업
에 있어 작업그룹 가운데 한 특별그룹에서 정신적 종합이 이루어지도
록 새로운 대책을 세우는 것이리라. 왜냐하면 정신이 없이는…? 울
리히는, 기쁘지 않으리라고 말하려 했다. 하지만 그것은 물론 선입견
이었다. 무엇이 중요한지 모르니까. 그는 자세를 고쳐 앉았고 딴 생
각을 하려고 맞은편 유리창에 비치는 자신의 얼굴을 관찰했다. 하지
만 이제 그의 머리는 액상의 유리 속에서 놀랍도록 집요하게 안과 밖
사이에서 부유했고 이 문장을 보완하라고 요구했다.

　도대체 발칸 전쟁이 있었나 없었나? 어떤 개입이 일어났음은 분명
했다. 하지만 그것이 전쟁이었는지 그는 정확히 몰랐다. 너무나 많은
일들이 인류를 움직였다. 고공비행 기록이 또 다시 경신되었다. 자랑
스러운 일이다. 그가 틀리지 않다면, 그 기록은 이제 3.700미터고 기
록보유자의 이름은 요호다. 흑인 권투선수가 백인 챔피언을 물리치
고 세계챔피언 자리에 올랐다. 존슨이 그의 이름이다. 프랑스 대통령
이 러시아로 떠났다. 세계평화의 위기가 화제다. 새로 발굴된 테너가

남아메리카에서 엄청난 돈을 벌었는데, 북미에서도 전례가 없던 액수다. 끔찍한 지진이 일본을 덮쳤다. 불쌍한 일본인들. 한마디로, 많은 일이 일어났고 1913년 말과 1914년 초는 격동의 시대였다. 하지만 2년 또는 5년 전의 시대도 격동의 시대였고 매일매일 새 흥분거리가 있었지만 그럼에도 불구하고 당시 대체 무슨 일이 있었는지 아주 희미하게만 기억할 수 있거나 전혀 기억할 수 없었다. 그것은 생략될 수 있었다. 새 성병 치료제 개발은…, 식물대사 연구에서는…, 남극 정복은…, 슈타이나흐 박사의 실험26이 야기한…. 이런 식으로 특정한 것의 족히 절반은 생략할 수 있었고 이는 크게 중요하지 않았다. 역사란 얼마나 독특한 사안인가! 이런저런 사건에 대해 그것이 역사 속에서 그새 이미 자리를 찾았다거나 앞으로 틀림없이 찾을 것이라고 확실히 주장할 수 있었다. 하지만 이 사건이 도대체 일어났는지, 이것이 확실치가 않았다. 일어난다는 것에는 특정 해에 일어났고 다른 해에 일어나지 않았고 그렇지 않으면 전혀 일어나지 않았다는 것도 포함되니까. 그리고 그것 자체가 일어나야지 결국에 그와 유사한 일 또는 똑같은 일만 일어나서는 안 된다는 것도 포함된다. 하지만 바로 이것이 어떤 인간도 역사를 두고 주장할 수 없는 것이다. 신문이 하듯 그가 그것을 기록했다는 것을 제외하면. 또는 그것은 직업적 사안이거나 재산상의 사안이다. 몇 해가 더 지나야 연금을 탈 수 있을지 또

---

26 오이겐 슈타이나흐(Eugen Steinach, 1861~1944): 오스트리아 출신의 심리학자이자 성 연구의 선구자로 거세된 동물에게 고환을 이식함으로써 사춘기 분비선을 활성화시켜 노화를 막는 연구를 했다.

는 언제 일정한 액수의 돈을 소유하게 될지 또는 지불했는지, 이는 당연히 중요하니까. 그리고 이런 맥락에서 전쟁도 숙고할 만한 것이 될 수 있다. 역사는 가까이서 관찰하면 반쯤 단단해진 진창처럼 불확실하고 뒤엉켜있는 듯 보이고 결국 그 후 특이하게도 그 위로 길이 하나 나는데, 이것이 바로 그 '역사의 길'이다. 이것이 어디서 왔는지는 아무도 모른다. 이 역사의 소재가 된다는 것, 이것이 울리히를 분노케 하는 것이었다. 그가 타고 가는 이 환하게 불을 밝힌 흔들리는 상자는 몇백 킬로그램의 인간들이 자신으로부터 미래를 만들어 내기 위해 이 속에서 이리저리 흔들리는 기계처럼 여겨졌다. 100년 전 그들은 비슷한 얼굴을 하고 우편마차 안에 앉아 있었고 100년 후 그들에게 무슨 일이 있어날지는 아무도 모르지만 그들은 새로운 인간으로서 새로운 미래기계 속에 꼭 이렇게 앉아 있을 것이다. 그는 이렇게 느꼈고 변화와 상태를 이렇게 저항 없이 수용하는 것, 하릴없는 동시대인들, 계획 없이 일어난, 사실 인간의 품위에 맞지 않는 수 세기의 협력에 분노했다. 아주 특이한 모양의 모자를 머리 위에 얹고 있다가 갑자기 거부하는 것처럼.

그는 자신도 모르게 자리에서 일어났고 남은 길을 걸어서 갔다. 그가 지금 머무르는 도시라는, 인간들을 담는 더 큰 그릇 속에서 그의 불쾌감은 진정되었고 명랑함이 되돌아왔다. '정신의 해'를 선포하려는 것은 작은 클라리세의 미친 착상이었다. 그는 이 점에 주의를 기울였다. 왜 그것이 그렇게 터무니없었을까? 게다가 마찬가지로 디오티마의 애국운동이 왜 터무니없느냐고 물을 수도 있었다.

대답 1번. 세계사는 의심할 바 없이 다른 모든 이야기처럼 생긴다.

작가에게는 새로운 것은 아무것도 떠오르지 않고 그는 다른 사람의 이야기를 베낀다. 이것이 모든 정치인이 생물학이나 그 비슷한 것 대신에 역사를 공부하는 이유다. 작가에 대해서는 이 정도로 해두자.

대답 2번. 하지만 역사는 대부분 작가 없이 생긴다. 역사는 중심에서 생기는 것이 아니라 변두리에서 작은 원인들에서 생긴다. 고딕적 인간 또는 고대 그리스인을 현대의 문명인으로 만드는 데 우리가 믿는 것처럼 그렇게 많은 것이 필요하지도 않을 것이다. 본질적으로 인간은 쉽게 식인종이 될 수도 있고《순수이성비판》을 쓸 수도 있기 때문이다. 인간은 상황에 따라 똑같은 확신과 특성을 가지고 이 두 가지를 다 할 수 있고 이때 엄청난 외적 차이가 조그만 내적 차이에 상응(相應) 한다.

여담 1번. 울리히는 군대 시절에 했던 비슷한 경험을 떠올렸다. 기병대대는 두 줄로 말을 달리고 '명령 전달하기'를 연습하는데, 낮게 속삭인 명령이 한 사람 한 사람에게 전달된다. 앞에서 "상사는 앞으로 나오라"라는 명령이 내려지면 뒤에서는 "여덟 명의 기병을 즉시 사살하라" 또는 그 비슷한 명령이 나온다. 똑같은 방식으로 세계사도 생긴다.

대답 3번. 그래서 오늘날의 유럽인 한 세대를 어린 나이로 기원전 5000년 이집트에 옮겨 놓는다면 세계사는 다시 한번 5000년에서 시작할 것이고 처음에는 한동안 반복되다가 그 후 아무도 짐작할 수 없는 이유로 점차 정해진 길에서 벗어나기 시작하리라.

여담 2번. 세계사의 법칙은 ─ 이때 그에게 떠오른 생각이었다 ─ 옛 카카니아의 '구태의연하게 계속하기'라는 국가원칙과 다르지 않다. 카카니아는 어마어마하게 영리한 국가였다.

여담 3번 또는 대답 4번? 그러니까 역사의 길은 한 번 치면 특정한 길을 달려가는 당구공의 길이 아니고 구름의 길과 닮았고, 골목을 어슬렁거리는 사람의 길과 닮았다. 그는 여기서는 그림자 하나에, 저기서는 한 무리의 인간이나 건물전면의 이상한 혼합에 정신이 팔리고 결국 그가 알지도 못하고 목표로 하지도 않았던 장소에 다다른다. 세계사의 진행에는 '길 잃음' 같은 것이 있다. 현재는 늘 도시의 마지막 집과 같고 이 집은 어딘지 모르게 더 이상 도시 집이 아니다. 각 세대는 놀라서 묻는다. 내가 누구인가 그리고 나의 선조들은 누구였나? 차라리 그들은 '나는 어디에 있는가'라고 묻고 그들의 선조들이 그들과 다르지 않고 그냥 다른 곳에 있었다고 전제해야 하리라. 이렇게 하면 벌써 몇 가지는 얻었으리라. 그는 이렇게 생각했다.

지금까지 대답과 여담에 번호를 매긴 것은 바로 그였다. 그러면서 그는 때로는 지나가는 얼굴 하나를, 때로는 가게의 진열창을 보았다. 사고가 완전히 혼자서 나아가는 것을 막기 위해서였다. 그럼에도 불구하고 이제 그는 조금 길을 잘못 들었고, 자신이 어디에 있는지 알기 위해, 집으로 가는 가장 가까운 길을 찾기 위해 잠시 멈춰 서야 했다. 이 길을 접어들기 전 그는 자신의 질문들을 다시 한번 정확히 정리해 보려 애썼다. 미친 '작은 클라리세'는 아주 옳았다. 우리는 역사를 만들어야 하리라. 역사를 발명해야 하리라. 물론 그는 그녀 앞에서는 이를 부인했었다. 하지만 왜 우리는 그렇게 하지 않는가? 이 순간 그에게는 다름 아닌 로이드 은행의 피셸 지점장, 그의 친구 레오 피셸이 답으로 떠올랐다. 울리히는 예전에는 여름에 그와 함께 여기저기 야외카페에 앉아 있곤 했다. 이 대화를 혼자가 아니라 피셸과 함께 나누었다면 피셸은 이 순간 그 특유의 방식으로 이렇게 대답했으리라. "당신의 걱정이 내 머리 속에 있어요!" 울리히는 그가 했을 이 신선한 대답에 감사했다. "친애하는 피셸", 그는 즉시 생각 속에서 대답했다. "그건 그리 간단하지 않습니다. 저는 역사라고 말하지만, 제대로 기억하신다면, 저는 우리의 삶을 말하는 것입니다. 이런 질문을 하는 것이 아주 상스러운 것임을 전 벌써 처음부터 인정했습니다만, 왜 인간은 역사를 만들지 않을까요? 즉, 왜 인간은 동물처럼 상처를 입거나 뒤꽁무니가 불탈 때만 능동적으로 역사를 공격할까요? 한마디로, 왜 위기상황에서만 역사를 만들까요? 자, 왜 이것이 상스럽게 들릴까요? 우리는 왜 거기에 반대하는 걸까요? 이것이 인간이 인간 삶을 그냥 일어나는 대로 내버려 두지 않아야 한다는 것과 같은 뜻인데도 말입니다."

"알잖아요." 피셸 지점장이 대답하리라. "그 일이 어떻게 일어나는지. 우리는 정치인, 성직자, 아무 할 일 없는 위대한 남자들, 하나의 고정이념을 가지고 이리저리 달려가는 모든 다른 인간들이 일상의 삶을 방해하지 않는다는 것에 기뻐해야 합니다. 게다가 교양도 있습니다. 오늘만이라도 교양 없이 행동하는 인간이 그렇게 많지 않다면 얼마나 좋을까요!" 피셸 지점장은 당연히 옳다. 그는 동산저당 대부업과 유가증권에 대해 충분히 알고 있으며, 역사를 잘 안다고 주장하는 사람들이 역사를 너무 많이 써먹지 않으면 기뻐해야 한다. 우리는, 신이여 용서하소서!, 이념 없이 살 수 없겠지만 올바른 것은 어느 편에 의해서도 많은 일이 일어날 수 없는, 이념들 사이의 일정한 균형,

힘의 밸런스, 무장한 이념평화다. 교양은 진정제였다. 이것이 문명의 기본감정이다. 그런데 이제 갑자기 반대감정도 존재하고 점점 더 활기를 띠는데, 이는 우연과 그의 기사(騎士)들에 의해 만들어진 영웅적, 정치적인 역사의 시대가 일부 살아남았지만 이 시대는 관계자 모두가 참여하는 계획적 해결을 통해 대체되어야 한다는 감정이다.

하지만 그사이 울리히는 집에 당도했고, 이로써 울리히의 해는 끝났다.

84
평범한 삶도 유토피아적 성질이 있다는 주장

그는 집에서 라인스도르프 백작이 보낸 평소와 다름없는 서류더미를 발견했다. 한 기업가가 군사교육에서 최우수 성적을 낸 민간인 청소년을 위해 엄청난 액수의 상금을 내놓겠다고 했다. 대주교관은 대(大)고아원재단 제안에 대한 입장을 밝혔고 종파의 혼합에 우려를 표명하지 않을 수 없다고 설명했다. 문화교육위원회는 황궁 근처에 거대한 '평화의 황제와 오스트리아 민족들 동상'을 세우자는, 잠정적이라는 확정을 달아 내놓은 제안이 거둔 성공에 대해 보고했다. 평의회는 k. k. 문화교육부와 접촉하고 주도적인 예술가협회들, 공학자협회들, 건축가협회들의 자문을 구한 결과 의견차이가 너무나 컸으므로, 나중에 드러나게 될 조건들에 관계없이, 건립될 동상 공모전을 위한 가장 좋은 아이디어 공모전을 중앙위원회의 승인하에 개최해야 할 처지가 되었다. 궁정사무국은 3주 전에 열람해 달라고 제시된 제안들을 살펴본 후 중앙위원회에 돌려보냈고, 이에 대한 폐하의 의중은 현재로서는 전달할 수 없지만 이 점에서도 우선 여론이 저절로 형성되도록 하는 것이 바람직하다고 생각한다고 설명했다. k. k. 문화교육부는 문서번호 몇몇 번과 관련, 속기협회 월의 특별 장려는 승인할 수 없노라고 설명했다. 국민건강연합 '획수'는 그 설립을 알렸고 금전적 지원을 청했다.

그리고 이런 식으로 계속되었다. 울리히는 현실세계의 꾸러미를 뒤로 밀어 놓고 한동안 생각에 잠겼다. 갑자기 그는 자리에서 일어섰고 모자와 외투를 가져오게 했고 한 시간이나 한 시간 반 후에 돌아오겠다고 말했다. 그는 전화로 택시를 불러 클라리세에게 되돌아갔다.

날은 어두워졌고 집은 이제 창밖으로만 약간의 빛을 거리로 던지고 있었고 발자국들은 단단하게 언 구멍을 만들었고 발을 헛디디게 했다. 대문은 닫혀 있었고 예고 없는 방문이어서 부르고 두드리고 손바닥을 치고 해도 한참이나 대답이 없었다. 마침내 울리히가 들어선 방은 그가 조금 전에 떠난 그 방이 아닌 듯 보였다. 낯설고 놀라운 세상이었다. 두 인간의 소박한 동거를 위해 차려진 식탁, 집의 일부가 된 물건들이 놓여 있는 의자들, 침입자에게 약간 저항하면서 열린 벽.

클라리세는 모(毛) 소재의 수수한 잠옷 차림으로 웃고 있었다. 늦은 방문객을 데리고 들어온 발터는 눈을 깜빡였고 큰 현관열쇠를 탁자서랍 속에 넣었다. 울리히는 단도직입적으로 말했다. "클라리세에게 아직 대답해야 할 것이 있어서 돌아왔어." 이어 그는 발터로 인해 대화가 중단되었던 그 대목에서 시작했다. 한참 후 방, 집, 시간감각이 사라졌고 대화는 푸른색 공간 위 어딘가 별들의 그물 속에 걸렸다.

울리히는 세계사 대신 이념사를 만드는 프로그램을 개발했다. 그는 그 차이가 우선은 무엇이 일어나는가에 있다기보다는 그것에 부여되는 의미, 그것과 연결되는 의도, 개별적 사건을 둘러싼 체계에 있다고 전제했다. 지금 통용되는 체계는 현실의 체계이며 나쁜 연극작품과 똑같다. 세계극장이라는 말이 괜히 하는 말이 아니다. 삶에서는 늘 똑같은 역할, 갈등, 줄거리가 생기니까. 사랑을 한다. 사랑이 그런 모양으로 있으니까. 인디언처럼, 스페인인처럼, 처녀처럼 또는 사자처럼 자부심을 느낀다. 심지어 살인도 100건 중 90건은 비극적이고 멋있다고 여겨지기 때문에 일어난다. 마지막으로, 성공한 현실의 정치인들도 아주 큰 예외를 제외하고는 흥행에 성공한 극작가와 공통점이 많다. 그들이 생산한 활기찬 사건들은 정신과 새로움의 결핍 때문에 지루하지만 바로 그 때문에 우리를 바로 그 저항 없이 졸리는 상태로 데려가고 이 상태에서 우리는 모든 변화가 일어나도록 허용한다. 이렇게 보면 역사는 틀에 박힌 이념적 되풀이, 이념적 무관심에서 생겨나고 현실은 주로 이념을 위해서는 아무 일도 일어나지 않는다는 사실에서 생겨난다. 간단히 요약하면 ― 그가 주장했다 ― 우리는 무슨 일이 일어나는지를 너무나 하찮게 생각하고 그 일이 누구에게 어디서 언제 일어나는지는 너무나 중요시한다. 그래서 우리에게는 사건의 정신이 아니라 그 줄거리가, 새로운 삶의 내용의 개척이 아니라 이미 존재하는 내용의 분배가 더 중요하다. 좋은 연극과 단순히 성공한 연극의 차이가 실제로 꼭 이렇다. 하지만 여기서 생기는 결론은 딱 그 반대다. 즉, 우선 체험에 대한 개인적 소유욕의 자세를 포기해야 한다. 그러니까 이 체험을 개인적으로, 현실적으로 보아서는 안 되고 오히려 보편적으로, 고안된 것으로 또는 개인적으로는 그것이 그림이나 노래인 듯 그렇게 자유롭게 바라보아야 한다. 체험이 내면으로 향하게 해서는 안 되고 위로, 바깥으로 향하게 해야 한다. 그리고 이것이 개인적으로 통한다면 게다가 집단적으로도 어떤 일이 일어나야 하는데, 이 일을 울리히는 제대로 서술할 수 없었고 일종의 '정신적 즙'의 압착, 저장, 농축이라고 명명했다. 이것이 없다면 개개인은 당연히 무기력하다고만, 자의적 판단에 내맡겨져 있다고만 느낀다. 이렇게 말하는 동안 그는 자신이 현실을 없애야 한다고 디오티마에게 말했던 순간을 상기했다.

발터가 이 모든 것을 우선 너무나 평범한 주장이라고 선언했다는 것은 불을 보듯 뻔했다. 전 세계, 문학, 예술, 과학, 종교까지도 '저장되고 압착되는' 것이다! 교양인이라면 누구나 이념의 가치를 반박하지 않거나 정신, 미, 선에 주의를 기울인다! 모든 교육은 정신의 체계로의 입문일 뿐이다!

울리히는 교육이란 그냥 그때그때 현재의 것 그리고 지배적인 것으로의 입문이며 이는 아무 계획도 없는 대책에서 생긴다고 지적함으로써 자신의 입장을 분명히 했다. 따라서 정신을 얻기 위해서는 무엇보다 먼저 우리가 아직 정신을 가지고 있지 않음을 확신해야 한다! 그는 이것을 처음부터 끝까지 열린, 도덕적으로 대규모로 실험하고 창작하는 신조라고 명명했다.

그러자 발터는 이는 불가능한 주장이라고 선언했다. "넌 그것을 너무나 구미가 당기게 포장해." 그는 말했다. "마치 대관절 이념을 살 것인지, 우리의 삶을 살 것인지 선택권이 우리에게 있는 것처럼!

하지만 결국 너도 '나는 영리한 책이 아니고 모순을 가진 인간이다'라는 인용문을 알 거야? 왜 너는 조금 더 나아가지 않니? 왜 너는 당장 우리가 우리의 이념들 때문에 우리의 배(腹)를 없애야 한다고 요구하지 않니? 하지만 난 '인간은 비천한 것으로 만들어졌다'고 대답할 거야! 우리는 팔을 앞뒤로 흔들지만 오른쪽으로 향해야 할지, 왼쪽으로 향해야 할지 모른다는 것, 우리가 습관, 선입견, 대지로 이루어졌고 그럼에도 불구하고 힘닿은 한 우리의 길을 간다는 것, 바로 이것이 인간적인 것이야! 그러니까 네가 말한 것을 그냥 약간 현실에 대고 재보기만 하면 돼. 그러면 그것은 기껏해야 문학인 것으로 판명이 나지!"

울리히가 시인했다. "문학이라는 말이 모든 다른 예술, 삶의 교훈, 종교 등을 의미해도 된다면, 물론 나는 이와 비슷한 것에 대해, 우리의 존재는 온전히 문학으로 이루어져야 한다고 주장하겠어!"

"그래? 너는 구세주의 선 또는 나폴레옹의 삶을 문학이라고 부르니?" 발터는 소리쳤다. 하지만 이어 더 나은 말이 떠올랐다. 그는 좋은 으뜸 패가 주는 침착함으로 친구를 향해 이렇게 선언했다. "너는 통조림 야채를 신선한 야채의 의미라고 선언하는 인간이야!"

"확실히 네 말이 맞아. 넌 또 내가 소금만으로 요리하려는 인간이라고 말할 수도 있어." 울리히는 가만히 시인했다. 그는 이제 더 이상 이에 대해 말하고 싶지 않았다.

하지만 여기서 클라리세가 끼어들었고 발터에게 말했다. "왜 네가 그의 말에 반대하는지 모르겠어! 우리에게 뭔가 특별한 일이 일어나면 너 스스로가 늘 말했잖아. 그걸 이제 무대 위에서 모든 사람에게 보여 줄 수 있어야 한다고, 그들이 그걸 보고 이해하도록! 사실 우리는 노래해야 할 거야! 그녀는 동의를 표하면서 울리히에게 말했다. "우리는 우리 자신을 노래해야 해!"

그녀는 자리에서 일어났고 의자들이 만들어 놓은 작은 원 안으로 들어섰다. 그녀의 자세는 그녀의 소망의 약간 서투른 자기연출이었다. 막 춤을 추려는 듯. 감정의 몰취미한 노출에 예민한 울리히는 이순간 대개의 인간들은, 뭉뚱그려 말하자면, 평균치 인간들은 정신적 자극을 받으면 뭔가를 창조하지는 못하고 자신을 연출하려는 이런 소망을 품는다는 것을 상기했다. 그들은 또 그 내면에서 '말할 수 없는 어떤 것'이 ─ 이는 진정 일상언어이며 그들이 말하는 것이 막연하게 확대되어 보이는 안개 같은 바탕이다 ─ 너무나 쉽게 일어나서 그 올바른 가치를 결코 알아차리지 못하는 그런 인간들이다. 이를 중단시키려고 그가 말했다. "내 말은 그런 뜻이 아니야. 하지만 클라리세가 옳아. 연극은 격렬한 개인적 체험상태가 비개인적 목적, 의미 및 이미지 연관성에 이바지할 수 있음을 증명하지. 그리고 이건 체험을 반쯤 인물에게서 떼어 놓지."

"나는 울리히의 말을 아주 잘 이해해!" 클라리세가 다시 끼어들었다. "내게 개인적으로 일어났다는 이유 때문에 어떤 것이 나를 특별히 기쁘게 한 적이 있었는지 기억할 수 없어. 그런 일이 대체 일어나기나 했다면! 너도 음악을 '가지려'고는 하지 않지." 그녀는 남편에게 말했다. "음악이 거기 있다는 것 말고 다른 행복은 없어. 우리는 체험을 우리에게로 끌어당기고 동시에 다시 전시하지. 우리는 자신을 원하지만 자신의 소매인으로서 원하지는 않아!"

발터는 관자놀이에 손을 댔다. 하지만 클라리세 때문에 새로운 반박으로 넘어갔다. 그는 자신의 말이 조용하고 차가운 광선처럼 나오게 하려고 애썼다. "네가 어떤 행동의 가치를 정신적 힘의 발산에만 두려 한다면", 그는 울리히에게 말했다. "이제 네게 물어보고 싶군. 그것은 그냥 정신적 힘과 권력을 생산하는 것 말고는 다른 목적이 없는 삶에서나 가능하지 않을까?"

"그것은 현존하는 모든 국가가 추구한다고 주장하는 삶이야!" 울리히가 대답했다.

"그런 국가에서 인간은 위대한 느낌과 이념에 따라 살게 될까, 철학과 소설에 따라서?" 발터가 계속했다. "이제 계속해서 네게 물어볼게. 그들은 위대한 철학과 문학이 **생겨나도록** 그렇게 살게 될까? 또는 그들이 살았던 모든 것이 이른바 이미 육화(肉化)된 철학이나 문학인 **것처럼** 그렇게? 네가 뜻하는 바를 의문시하는 것은 아니야. 첫 번째 것은 원래 오늘날 문화국가라고 이해하는 것에 다름 아닐 테니까. 하지만 네가 두 번째 것을 뜻한다면, 넌 철학과 문학이 거기서는 정말 불필요하게 될 것임을 간과하고 있어. 예술의 방식에 따른 너의 삶을, 네가 그것을 뭐라고 명명하든, 아예 상상할 수 없다는 것은 차치하고라도 그것은 바로 예술의 종말을 의미하니까!" 그는 이렇게 말을 맺었고 클라리세를 배려해서 이 으뜸 패를 단호히 내놓았다.

효과가 나타났다. 심지어 울리히까지도 마음을 가다듬기까지 한참이나 걸렸다. 하지만 그 후 그는 웃었고 물었다. "너는 완벽한 삶은 모두 예술의 종말임을 모르니? 네 스스로가 너의 삶의 완벽함을 위해 예술과 결별하는 듯 보이는데?"

나쁜 뜻으로 한 말은 아니었지만 클라리세는 귀를 쫑긋 세웠다.

울리히는 계속했다. "위대한 책은 모두 개별 인물의 운명을 사랑하는 이 정신을 발산하지. 개인은 전체가 그에게 강요하려는 형식을 견디지 못하기 때문이야. 결정될 수 없는 결정이 초래되고 그냥 그 결정의 삶이 재현될 뿐이야. 모든 문학에서 의미를 끌어내 봐. 그러면 너는 문학을 사랑하는 사회의 토대가 되는 모든 유효규칙, 원칙, 규정의 개별 예들 속에서, 완전하지는 않지만 경험에 부합하는 끝없는 부정을 얻게 될 거야! 결국 비밀스런 한 편의 시는 수천 개의 일상적 말에 달라붙어 있는 세계의 의미를 두 동강 내고 그것을 날아가는 풍선으로 만들지. 이것을, 보통 그러듯이, 아름다움이라 부른다면 아름다움은 지금까지의 어떤 정치적 혁명보다 훨씬 더 가차 없고 더 잔인한 전복(顚覆)일 거야!"

발터는 입술까지 창백해졌다. 삶의 부정으로서의 예술, 삶에 대한 모순으로서의 예술에 대한 이런 견해를 그는 증오했다. 그것은 그의 눈에는 집시들이었으며 '시민'을 화나게 하기 위한 낡은 소망의 잔여물이었다. 그 속에서 그는 완성된 세계에서는 아무런 미도 더 이상 없을 것이라는, 거기서는 이것이 잉여물이니까, 아이러니한 자명함을 알아차렸다. 하지만 그의 친구가 발설하지 않은 질문을 그는 듣지 못했다. 자신의 주장 속에 들어 있는 일면성은 울리히에게도 명명백백했다. 그는 마찬가지로 예술은 부정이라는 주장의 반대를 말할 수도 있었으리라. 왜냐하면 예술은 사랑이니까. 예술은 사랑함으로써 아름답게 만들고, 전 세계에서 어떤 사물이나 존재를 아름답게 만들려면 그것을 사랑하는 것 말고 다른 수단은 없을 것이다. 단지 우리의 사랑 역시 여러 조각들로 이루어져 있기 때문에 아름다움은 상승이나 반대와 같은 어떤 것이다. 그리고 사랑의 바다만이 있고 이 속에서는 더 이상 상승이 불가능한 완벽함에 대한 표상과 상승에 토대를 둔 아름다움의 표상이 하나다! 다시 한번 울리히의 사고는 이 '제국'을 건드렸고 그는 마지못해 멈추었다. 발터도 그사이에 정신을 차렸고, 책에서 읽은 대로 대략 그렇게 살아야 한다는 친구의 암시를 처음에는 평범한 주장이라고, 이어 불가능한 주장이라고 선언한 다음 이제 이것이 원죄적이고 비열한 주장임을 입증하는 단계로 넘어갔다.

"한 인간이", 그는 종전과 똑같이 교묘히 자제하는 방식으로 말을 시작했다. "너의 제안만을 삶의 토대로 삼는다면 그는 대충 — 다른 불가능은 차치하고서도 — 어떤 아름다운 이념이 그의 내면에 불러일으키는 모든 것을 선하다고 해야 할 거야. 심지어 그런 이념으로 파악될 가능성이 있는 모든 것을. 그건 당연히 보편적 타락을 의미하겠지만 예측컨대 네게는 이 측면이 상관없으니까 — 또는 아마 넌 네가 더 자세히 언급하지 않은 그 불특정하고 일반적인 대책들을 생각할 거야 — 나는 그 개인적 결과만 알고 싶어. 그러면 그런 인간은 자신의 삶의 작가가 되지 못하는 경우에는 동물보다 더 궁색할 거라는 것 말고 다른 가능성은 없어 보여. 아무 이념도 떠오르지 않으면 아무 결정도 떠오르지 않을 거야. 그의 삶의 대부분은 충동, 기분, 온갖 평범한 정열, 한마디로 한 개인을 구성하는 온갖 비개인적인 것에 내맡겨질 테고 이른바 상부전선(電線)에 방해가 지속되는 한, 그는 방금 떠오른 일을 의연하게 해야 할 거야."

"그러면 그는 뭔가를 하기를 거부해야 할 거야!" 울리히 대신에 클라리세가 대답했다. "이것이 우리가 상황에 따라 할 수 있어야 하는 능동적 수동주의야!"

발터는 그녀를 바라볼 용기가 없었다. 거부의 능력은 사실 그들 둘 사이에서 큰 역할을 했다. 발을 덮는 긴 잠옷을 입고 마치 작은 천사처럼 보이는 클라리세는 침대 위로 뛰어올라가 서 있었고 번쩍이는 이를 드러내며 니체를 낭송했다. "내 질문을 납추처럼 너의 영혼 속으로 던지노니! 너는 아이와 결혼을 원하지만 네게 묻노니, 너는 아이를 원해도 되는 인간인가? 너는 너의 미덕의 승리자인가, 명령권자인가? 아니면 네게서는 동물과 생리적 욕구가 말하는가…!" 어두침침한 침실에서 그것은 아주 소름끼치는 광경이었고 그동안 발터는 그녀를 다시 침대 위에 앉히려 해보았지만 허사였다. 이제 그녀는 앞으로 새로운 표어를 사용하리라. 상황에 따라서 할 수 있어야 한다는 능동적 수동주의, 그것은 딱 특성 없는 남자의 말로 들렸다. 그녀가 그에게 다 털어놓았나? 그가 결국 그녀의 독특함을 더 강화시켰나? 이 질문들이 벌레처럼 발터의 가슴 속에서 꿈틀거렸고 그는 속이 다 매스꺼웠다. 그는 이제 백짓장같이 창백해졌고 모든 긴장이 사라진 얼굴은 힘없이 주름이 졌다.

울리히는 이를 알아차렸고 어디가 불편하냐고 걱정스럽게 물었다.

발터는 애써 아니라고 대답했고 재빨리 미소를 지었으며 터무니없는 소리를 끝까지 해보라고 말했다.

"하느님 맙소사", 울리히가 순순히 시인했다. "네 말이 틀린 건 아니야. 하지만 우리는 너무 자주 일종의 스포츠 정신에서, 스스로에게 해가 되는 행동이라도 적이 아주 멋진 방법으로 해내면 관대하게 보지. 그러면 실행의 값은 손해의 값과 경합하지. 우리는 또 너무나 자주 하나의 이념을 가지고 그에 따라 잠시 행동하지만 곧 그 대신에 습관, 고집, 유용함, 귓속말이 들어서지. 달리는 안 되니까. 나는 절대 남김없이 실행될 수 없는 한 상태를 서술했을 거야. 하지만 이 상태에 한 가지만은 허용해야 해. 즉, 이것이 전적으로 우리가 살고 있는 기존의 상태라는 거야."

발터는 다시 진정되었다. "뒤집어도 뒤집어지기 전과 꼭 마찬가지로 진리인 어떤 것을 말할 수 있어." 그는 부드럽게 말했고 더 이상의 언쟁이 아무 의미도 없음을 숨기지 않았다. "뭔가가 불가능하지만 현실적이라고 주장하는 것은 너다워."

그러나 클라리세는 맹렬히 코를 문질렀다. "하지만 난", 그녀가 말했다. "우리 모두의 내면에 불가능한 뭔가가 있다는 것은 아주 중요하다고 생각해. 이는 아주 많은 것을 설명해. 너희들의 말을 들으면서 나는 우리를 자르면 우리의 전체 삶은 아마 반지처럼 보일 거라는 인상을 받았어. 어떤 것 주위를 그냥 그렇게 둥글게 감싸고 있지." 그녀는 그 전에 이미 결혼반지를 뺐고 이제 그 구멍을 밝은 벽에 대고 들여다보았다. "내 말은 이 한가운데는 아무것도 없다는 거야. 그래도 반지는 이것만이 중요한 듯 보이지. 울리히는 그걸 당장 완벽하게 표현할 수가 없을 뿐이야!"

이렇게 이 토론은 유감스럽게도 이번에도 발터의 고통으로 끝났다.

85
민간오성에 질서를 주려는 슈툼 장군의 노력

울리히는 집을 떠날 때 일러둔 것보다 한 시간 정도 더 밖에 머무른 모양이었다. 집에 돌아오자 장교 한 분이 벌써 한참 전부터 그를 기다리고 있다고 하인이 전했다. 위층에서 그는 놀랍게도 슈툼 장군을 마주했고 장군은 옛 전우애로 그에게 인사했다. "친애하는 친구!", 그는 울리히를 보고 외쳤다. "미안하네. 이렇게 늦게 들이닥쳐서. 업무 때문에 더 일찍은 올 수 없었네. 게다가 벌써 두 시간이나 여기서 끔찍하게도 많은 자네 책들 사이에 앉아 있었네!" 몇 마디 인사말이 오간 후, 슈툼이 급한 사안으로 이리 오게 되었음이 드러났다. 그의 체격에는 약간 힘이 드는 일이었지만 그는 박력 있게 다리를 꼬았고 작은 손이 달린 팔을 내뻗고는 설명했다. "급하냐고? 보좌관이 급한 서류를 가져오면 나는 이렇게 말하곤 하네, 뒷간 가는 것 말고 세상에 급한 일은 아무것도 없다고. 하지만 진지하게 말하건대, 나를 자네에게 이끈 사안은 정말 중요하네. 이미 말했지만, 나는 자네 사촌의 집을 세계의 가장 중요한 민간문제들을 알게 될 특별한 기회로 여기고 있네. 결국 그것은 비군사적인 것이고, 보증하건대, 대단히 인상적이었네. 하지만 다른 한편, 약점이 있긴 해도 우리 군인은, 보통 생각하듯, 절대 그렇게 어리석지 않네. 자네도 인정하길 바라는 바이지만, 한번 무슨 일을 하면 우리는 철저히 그리고 제대로 하지. 자네도 인정하지? 그러리라 기대했네. 그럼 자네에게 툭 털어놓고 말하겠네. 그럼에도 불구하고 나는 우리의 군사적 정신을 부끄러워한다고 고백하네. 부끄러워한다고 말했네! 나는 오늘날 군목(軍牧)을 빼고 아마 군대에서 가장 많이 정신과 관계하는 사람일 걸세. 하지만 이렇게 말할 수 있겠네. 정확히 관찰해 보면 우리의 군사적 정신은, 정말 탁월하다고 해도, 아침점호 같아 보인다고. 아침점호가 무엇인지 아직 알고 있겠지? 당번장교는 얼마얼마의 인원과 말(馬)이 있고 없고 그들이 아프거나 뭐 그 비슷하고 울란 라이토미쉴이 시간을 넘겨 부재중이다 등을 적어 넣지 않나. 하지만 왜 그렇게 많은 인원과 말이 있는지 또는 왜 아픈지 등은 기입하지 않네. 바로 이것이 민간인 남자와 관계하면 늘 알아야 하는 그것이네. 군인의 말(語)은 짧고 단순하고 객관적이네. 하지만 나는 매우 자주 민간부서의 남자들과 회의를 해야 했네. 그러면 그들은 매 안건마다 내가 왜 그런 제안을 하는지 물어보고 이런저런 고려와 드높은 성질의 연관성들을 끌어대지. 그러니까 나는 — 맹세하게, 지금 내가 말하는 것을 아무에게도 말하지 않겠다고! — 나의 상관인 프로스트 각하께 제안했네. 아니 더 정확히 말하면, 내 제안으로 그를 깜짝 놀라게 했네. 자네 사촌 집에서의 기회를 이용해서 이런 고려들과 드높은 성질의 연관성들을 한번 제대로 알아보겠다고, 주제넘게 말해서, 군사적 정신에 원용하겠다고 제안했네. 결국 우리 군대에는 의사, 수의사, 약사, 성직자, 법무관, 극장총감독, 공학자, 지휘자는 있지만 민간정신을 위한 중앙관제소는 아직 없으니까."

그제서야 울리히는 슈툼 폰 보르트베어가 서류가방을 하나 들고 왔음을 알아차렸다. 그것은 책상다리에 기대어 있었는데, 튼튼한 끈으로 어깨에 메는 커다란 소가죽 가방이었다. 이런 가방은 서류를 정부부서의 큰 건물 내부에서 또는 한 건물에서 길 건너에 있는 다른 건물로 옮기는 데 사용되었다. 분명 장군은 전령과 함께 왔을 테고 울리히는 알아차리지 못했지만 전령은 아래서 기다리고 있을 터였다. 슈툼이 무거운 가방을 너무나 힘겹게 무릎 위로 끌어 올렸으니까. 그리고 그는 엄청나게 전쟁기술적으로 보이는 작은 쇠 자물쇠를 풀었다. "자네들의 사업에 참여한 이후로 난 한가하게 시간을 보내지 않았네." 그는 미소를 지었는데, 그가 몸을 굽히자 밝은 푸른색 외투의 황금색 단추 부분이 팽팽해졌다. "하지만 자네는 이해하지. 거기에는 내가 완전히 이해하지 못한 것들이 있네." 그는 서류 가방에서 독특한 메모와 선들이 빽빽한 낱장 종이를 손가락으로 잔뜩 끄집어냈다. "자네 사촌 말일세", 그는 설명했다. "자네 사촌과 함께 아주 상세하게 이에 관해 이야기를 나눈 적이 있네. 그녀는 우리의 최고 군주께 정신적 기념비를 세워 주려는 노력들에서, 오늘날 존재하는 모든 이념들 중 최고로 높은 이념이 드러나기를 바라고 있네. 이해할 수 있는 바야. 하지만 나는 지금 벌써 알아차렸네. 물론 내가 거기 초대된 모든 사람들에게 아주 감탄하고는 있지만 이것이 엄청나게 어렵다는 것을. 한 사람이 어떤 것을 말하면 다른 한 사람은 그 반대를 주장하네 — 자네도 벌써 눈치채지 않았나? — 하지만 내게 적어도 훨씬 더 나쁘게 여겨지는 것은 민간정신은 '마른 식충이'라 불리는 말〔馬〕인 듯 보인다는 것이네. 자네도 기억하지? 그런 놈한테는 먹이를 두 배나 주어도 살이 찌지 않네! 아니면 …", 집주인이 짧게 반박하자 그는 말을 고쳤다. "이렇게 말해도 상관없네. 그놈은 매일 뚱뚱해지지만 뼈는 자라지 않고 털은 광택이 없다고. 얻게 되는 것은 고작 풀로 가득 찬 배지. 자,

이게 내 관심사네. 이보게, 왜 도대체 거기에 어떤 질서도 줄 수 없는 지 나는 이 문제를 풀어 보기로 작정했네."

슈툼은 웃으며 그의 전직 중위에게 종이 가운데 첫 번째 한 장을 건 냈다. "우리에 반대해 무슨 말을 해도 상관없지만", 그가 설명했다. "우리 군인들은 질서가 무엇인지는 늘 이해했네. 여기 이것은 내가 자네 사촌의 모임에 참석한 사람들에게서 알아낸 주요 이념 대장(臺 帳)이네. 보다시피, 단둘이 있을 때 개인적으로 물어보면 각자 서로 다른 것을 가장 중요한 것으로 여기네." 울리히는 놀라움을 금치 못 하면서 이 종이를 들여다보았다. 그것은 신고증과 같은 양식에 따라 또는 군사적 목록의 양식에 따라 십자선과 대각선으로 칸이 쳐져 있 었다. 하지만 거기에 기입된 내용은 이런 바탕과는 어느 정도 반대되 는 단어들로 이루어졌다. 아름다운 군대 필체로 적혀 있는 것은 예수 그리스도, 부처, 싯다르타로 알려진 가우타마, 노자, 마르틴 루터, 볼프강 괴테, 루드비히 강호프, 챔벌레인 등의 이름들이었고 다음 장 에서도 계속될 것임이 분명했으니까. 이어 두 번째 단에서는 기독교, 제국주의, 교통의 세기 등의 단어들이, 다른 단들에서는 다른 단어대 열들이 이어졌다.

"난 이것을 현대 문화의 토지대장이라고도 부를 수 있네." 슈툼이 설명했다. "우리는 그 후 그것을 확장했으니까. 이제 이 안에는 이념 과 그 창시자의 이름이 들어 있네. 지난 25년간 우리를 움직여 온 이 름들이지. 이게 이렇게 힘든 일인지 정말 몰랐네!" 이 목록을 어떻게 만들었느냐고 울리히가 질문하자 그는 기뻐하면서 자신의 체계적 작 업과정을 설명했다. "그걸 그렇게 짧은 기간 안에 완성하는 데는 대위 한 명, 소위 두 명, 하사관 다섯 명이 필요했네! 아주 현대적으로 해도 되었다면 모든 연대에 '가장 위대한 인간이 누구라고 생각합니까?'라는 질문을 돌렸을 걸세. 자네도 알지, 오늘날 신문 등이 설문조사에서 하듯이 말이네. 동시에 설문결과를 백분위로 이곳에 보고하라는 명령을 내렸겠지. 하지만 군대에서는 그렇게 되지를 않네. 당연히 어떤 부대도 황제폐하 말고 다른 답을 해서는 안 되기 때문이지. 그래서 나는 어떤 책이 가장 많이 읽히고 최고의 판매부수를 기록하는지 알아보도록 하는 것도 생각해 보았네. 하지만 그것이 성경을 제외하고는, 요금과 옛 농담들이 적힌 우체국의 신년책자임이 금방 드러났네. 우편물 수신자가 우체부에게 팁을 주면 누구나 받게 되는 것이지. 이를 통해 우리는 민간정신이 얼마나 어려운지에 다시 주목하게 되었네. 보통은 어느 독자에게나 적합한 책이 그래도 가장 좋은 책으로 통용되거나 적어도, 들리는 바로는, 독일에서는 한 작가가 비상한 정신으로 통하려면 아주 많은 동조자가 있어야 한다니까. 그래서 이 방법 역시 취할 수가 없었네. 결국 어떻게 일이 성사되었는지 지금은 자네에게 말할 수 없네. 그건 히르쉬 하사가 멜리하르 소위와 함께 낸 아이디어였고 우리가 해냈네."

슈툼 장군은 그 종이를 옆으로 내려놓았고 의미심장한 실망감을 보여 주는 표정으로 다른 한 장을 집어 들었다. 그는 중앙유럽의 이념재고를 조사한 뒤 애석하게도 이 재고가 대립들로만 이루어져 있음을 확인했을 뿐 아니라 놀랍게도 이 대립들이, 더 자세히 분석해 보면, 서로 넘나들기 시작함을 발견했다. "자네 사촌 집에서 만난 유명인에게 한 수 가르쳐 달라고 청하면 모두 서로 다른 것을 말한다는 사실에 나는 이미 익숙해졌네." 그가 말했다. "하지만 한참 그들과 대화하다 보면 그럼에도 불구하고 그들 모두 똑같은 것을 말하고 있다는 느낌이 들고 이것이 내가 어떤 식으로든 이해할 수 없는 것이네. 이것을 이해하기에 내 군대이성이 충분치 않은 것인지도 모르네!" 슈툼 장군의 이성을 그토록 겁먹게 한 이것은 사소한 일이 아니었고 이것이 전쟁과 온갖 종류의 좋은 관계를 유지하고 있다고 해도 국방부에만 맡겨 두어서는 안 되는 것이었으리라. 현시대에는 다수의 위대한 이념이 선사되었고 운명의 특별한 선의에 힘입어 개개의 이념에는 똑같이 그 반대이념이 선사되어 개인주의와 집단주의, 국수주의와 국제주의, 사회주의와 자본주의, 제국주의와 평화주의, 합리주의와 미신이 똑같이 안주하고 있다. 여기에 똑같은 또는 조금 적은 현재가치를 지닌 수많은 다른 대립들의 소비되지 않은 여분도 추가된다. 이는 낮과 밤, 추위와 더위, 사랑과 증오가 있고 인간 몸속의 모든 수축 근(筋)에 거기에 반대하는 이완 근이 있는 것처럼 너무나 자연스러워 보이고 슈툼 장군도, 만약 그의 명예욕이 디오티마를 향한 사랑으로 인해 이 모험에 뛰어들지 않았더라면, 다른 사람들처럼 이 안에서 뭔가 비상한 것을 알아본다는 착상에는 이를 수 없었으리라. 사랑은 자연의 통일성이 대립에 근거한다는 것에 만족하지 않고, 애정 어린 신념에 대한 욕구 때문에 모순 없는 통일을 원하니까. 이렇게 장군은 온갖 가능한 방법을 다 동원해서 이 통일을 이루려고 시도했다. "난 여기에다", 그는 울리히에게 설명했고 동시에 거기에 해당하는 종이들을 제시했다. "이념명령권자의 명단을 만들도록 했네. 즉, 여기에는 최근에 이른바 보다 위대한 이념의 군대를 승리로 이끈 이름들이 모두 들어 있네. 이것은 전투명령이고, 저것은 진군계획이네. 이것은 사고의 보급품이 오는 병참부나 무기고를 확정하려는 시도네. 하지만 자네도 알아차릴 걸세, ― 나는 이걸 이 표에서 아주 분명히 강조하도록 했네 ― 오늘날 서로 전투 중인 이념그룹들 중 하나를 관찰해 보면 그것이 추가병력과 이념재료의 보급품을 자신의 병참부뿐만 아니라 적의 병참부에서 공급받는다는 것을 말이네. 자네는 그것이 계속해서 전선을 바꾸고 아무 이유 없이 갑자기 전선을 뒤집어 자신의 후방에 대항해 싸운다는 것을 알게 될 거네. 거꾸로 이념들이 끊임없이 반대쪽으로 넘어갔다 돌아오는 것을 볼 걸세. 그래서 그것들을 한 번은 이 전열(戰列)에서 또 한 번은 다른 전열에서 발견하게 될 걸세. 한마디로, 제대로 된 후방계획도 없고 분계선도 없고 그 밖에 어떤 것도 확정할 수가 없네. 전체는, 존경심을 가지고 말하자면, ―다른 한편 나는 이를 믿을 수가 없네! ― 군대 상급자라면 누구나 오합지졸(烏合之卒)이라고 부를 만한 것이네!" 슈툼은 10여 장의 종이를 한꺼번에 울리히에게 밀었다. 그것들은 진군계획, 철도노선, 도로망, 사정거리 스케치, 부대표시, 사령관의 위치, 원, 직사각형, 음영을 넣은 칸들로 빽빽했다. 마치 참모본부의 정식 작전계획서처럼 붉은색, 초록색, 노란색, 푸른색 선들이 관통했고 다양한 종류와 의미의 깃발들이 ― 이들은 1년 후에 매우 대중적이 될 운명이었다 ― 그려 넣어져 있었다. "모든 것이 다 소용 없었네!" 슈툼은 한숨을 쉬었다. "나는 묘사방법을 바꾸어 이 일을 전략적이 아니라 군사지리적으로 해결해 보려 했네. 이런 식으로 적어도 하나의 완벽하게 분류된 작전공간을 얻으려는 희망에서였지만 이것도 도움이 되지 않기는 마찬가지였네.

거기 자네가 가진 것이 산악지리적, 수로지리적 묘사 시도네!"울리히는 산꼭대기들이 표시되어 있는 것을 보았는데, 그곳에서 여러 갈래로 산들이 갈라져 나왔고 이들은 다른 곳에서 다시 합쳐졌다. 수원 (水源), 강과 호수들. "나는 그 밖에도", 장군은 말했다. 그의 명랑한 눈 속에 신경질 또는 조급함 같은 것이 비쳤다. "전체를 통일시키기 위해 정말 온갖 시도를 다 했네. 하지만 그것이 어떤지 아는가?! 갈리치아에서 기차 2등석으로 여행하다가 사면발니에 옮은 것과 같네! 그건 무력감이라는, 내가 아는 가장 더러운 감정일세. 오랫동안 이념들 사이에 머무르면 온몸이 근질거리고, 피가 날 때까지 긁어도 진정되지를 않아!"

손아랫사람은 이 힘찬 묘사에 웃지 않을 수 없었다. 하지만 장군은 부탁했다. "그러지 말게, 웃지 말게! 난 생각했네, 자네가 탁월한 민간인이 되었다고. 자네는 자네 입장에서 이 일을 이해하겠지만 또 나를 이해할 거라고. 난 도움을 받으러 왔네. 나는 정신이라면 무엇이나 너무나 존경하기 때문에 내가 옳다고 생각할 수가 없네!"

"중위님은 사고를 너무 진지하게 여기십니다." 울리히가 위로했다. 자기도 모르게 중위라는 말이 나왔고 그는 사과했다. "장군님께서는 저를 아주 편안하게 과거로 데려가셨습니다. 슈툼 장군님, 그때 가끔씩 카지노에서 철학을 하자고 저를 한구석으로 부르셨지요. 하지만 반복하건대, 지금 장군님께서 그러시듯이 사고를 그렇게 진지하게 여겨서는 안 됩니다."

"진지하게 여기지 말라고?!" 장군이 신음했다. "하지만 난 머릿속에 더 높은 질서를 갖지 않고서는 더 이상 살 수가 없네. 그걸 이해하지 못하나? 얼마나 오랫동안 내가 이것 없이 연병장과 병영에서 장교들의 농담과 여자 이야기 사이에서 살았는지 생각만 해도 몸서리가 쳐지네!"

그들은 식탁에 앉았다. 울리히는 장군이 남자의 용기를 가지고 수행한 천진난만한 착상들과 작은 주둔지들에서의 시기적절한 체류가 부여한, 황폐화되지 않은 청소년스러움에 감동을 받았다. 그는 침몰해버린 시절의 동지를 저녁식사에 초대했고 장군은 울리히의 비밀을 함께하고 싶은 소망이 너무나 간절했으므로 소시지 조각을 포크로 찍을 때에도 온갖 주의를 기울였다. "자네 사촌은", 그는 포도주잔을 들며 말했다. "내가 아는 여자들 중 가장 감탄할 만한 여자네. 그녀를 '제2의 디오티마'라고 부르는데, 옳은 일이네. 나는 여태 그런 걸 본 적이 없네. 이보게, 내 아내에 대해서는, 자네는 아직 그녀를 모르지, 불평할 게 없고 우리는 아이들도 있지. 하지만 디오티마와 같은 여자는 완전히 다른 것이네! 만찬 때면 나는 가끔 그녀 뒤에 서는데, 여성적 풍만함이 정말 인상적이야! 그러면서 동시에 그녀는 앞쪽으로는 탁월한 민간인 한 명과 너무나 박식하게 이야기를 해서 메모하고 싶을 정도였네! 남편인 국장은 자신이 어떤 아내를 가졌는지 까맣게 모르네. 자네가 투치에게 특별히 호감이 있다면 용서하게. 하지만 나는 그를 참을 수가 없네! 그 작자는 그냥 여기저기 살금살금 다니며, 촉수가 어디서 과즙을 빼올지 알지만 우리에게는 알려 주지 않겠다는 듯 미소를 짓지. 그래도 나를 속일 생각은 말아야 해. 내가 아무리 민간을 존경한다고 해도 공무원은 그중 꼴찌거든. 그들은 일종의 민간 군인일 뿐이야. 그들은 모든 계기에 우리와 우열을 다투고 그러면서도, 나무 위에 앉아 개를 바라보는 고양이처럼 파렴치한 공손함이 있지. 거기에 비하면 아른하임 박사는 격이 달라." 슈툼은 계속해서 수다를 떨었다. "그도 착각에 빠져 있을지 모르지만 그런 우월함은 그냥 인정해야 해." 그는 말을 많이 한 뒤라 술을 조금 빨리 마신 것이 분명했다. 그는 기분이 좋아지고 친근해졌다. "나는 그게 무엇인지 모르네." 그는 계속했다. "어쩌면 나는 그것을 이해하지 못할 거네. 오늘날 누구나 이미 너무나 복잡한 지성을 갖고 있으니까. 하지만 나 자신이 자네 사촌에게 감탄한다 해도, 마치 내 목구멍에, 솔직히 말하지, 마치 목구멍에 너무 큰 음식물이 걸려 있는 것 같아! 그래서 그녀가 아른하임과 사랑에 빠졌다는 게 홀가분하네."

"뭐라고요? 그들이 그런 사이인 게 확실합니까?" 울리히는 이 질문을 약간 활기차게 했다. 사실 그와는 그다지 상관이 없는 질문이었을 텐데도. 슈툼은 흥분 때문에 더 흐려진 근시안으로 불신에 차서 그를 바라보았고 코안경을 걸쳤다. "그가 그녀를 가졌다고는 주장하지 않았네." 그는 꾸밈없는 장교식대로 대답했고 코안경을 다시 집어넣었으며 군인답지 못하게 덧붙였다. "하지만 거기에 반대할 것도 없네. 제기랄, 자네에게 이미 말했잖은가. 이 모임에서는 누구나 복잡한 지성을 얻게 된다고. 나는 분명 동성애자는 아니지만 디오티마가 이 남자에게 보낼 그 애정을 상상하면 나도 그에게 애정을 느끼고 반대로 그가 디오티마에게 하는 키스가 나 자신의 키스인 것처럼 여겨지네."

"그가 그녀에게 키스를 합니까?"

"그걸 내가 어찌 알겠나, 그들을 염탐하지 않는데. 만약이라고 나 혼자 생각하는 것이네. 나도 나를 이해할 수가 없네. 그런데 아무도 보지 않는다고 그들이 믿고 있을 때 그가 그녀의 손을 잡는 것을 한 번 본 적이 있네. 그들은 한동안 마치 '무릎 꿇고 기도, 탈모!'라는 명령이 내려지기라도 한 것처럼 그렇게 가만히 있었네. 그 후 그녀가 그에게 아주 조용히 뭔가를 청했고 그는 뭐라고 대답했는데, 난 그걸 통째로 암기했네. 이해하기가 너무 어려웠거든. 그녀가 말했어. '아, 구원을 가져올 사고를 찾을 수만 있다면!' 그리고 그가 대답했어. '순수하고 부러지지 않은 사랑의 이념만이 우리를 구원할 수 있습니다!' 그가 이걸 너무 개인적으로 이해했음이 분명했네. 그녀가 말하는 구원하는 사고란 분명 그녀가 자신의 위대한 사업을 위해 필요로 하는 그것이었으니까. 왜 웃나? 참을 필요 없네. 나는 늘 나만의 독특함이 있었으니까. 그리고 이제 나는 그녀를 돕겠다는 생각에 사로잡혀 있네! 해낼 수 있을 것이네. 너무나 많은 사고가 있으니까. 그중 하나는 결국 구원하는 사고임이 틀림없네! 자네는 나를 도와주기만 하면 되네!"

"친애하는 장군님", 울리히가 반복했다. "그냥 한 번 더 말씀드리겠습니다. 장군님은 사고를 너무 진지하게 여기십니다. 하지만 장군님이 거기에 큰 가치를 두시니, 민간인이 어떻게 사고하는지를 제가 할 수 있는 데까지 설명해 보도록 하겠습니다." 그들은 이제 담배를 피웠고 그는 시작했다. "장군님은 첫째, 길을 잘못 드셨습니다. 정신은 민간에서는 찾을 수 없고 육체적인 것은, 장군님이 믿고 계시듯이, 군대에서 찾을 수 없습니다. 오히려 정반대입니다! 정신은 질서인데, 군대보다 더 질서가 많은 곳이 있습니까? 거기서는 목 칼라는 모두 4센티미터 높이여야 하고 단추 수도 정확히 정해져 있습니다. 그리고 아무리 꿈이 많은 밤이라고 해도 침대들은 일직선으로 벽에 기대져 있습니다! 기병대 대열 편성, 연대 사열, 재갈의 올바른 위치는 아주 중요한 정신적 재산입니다. 아니면 정신적 재산이란 아예 없습니다!"

"그런 소리는 자네 할머니께나 하게!" 장군은 조심스럽게 투덜댔다. 그는 자신의 귀를 의심해야 할지, 그가 마신 와인을 의심해야 할지 망설였다.

"너무 앞서 가시는군요." 울리히가 주장했다. "과학은 사건이 반복되거나 통제되는 곳에서만 가능한데, 군대보다 더 반복과 통제가 많은 곳이 어디 있습니까? 주사위가 7시에 그런 것처럼 9시에도 그렇게 사각형이 아니라면 주사위가 아닐 것입니다. 행성 운행궤도의 법칙은 일종의 사격규정입니다. 모든 것이 그냥 한번 획 지나가 버리는 것이라면 우리는 어떤 것에 대해서도 개념을 세우거나 판단하지 못할 것입니다. 통용되고 이름을 얻는 것은 반복될 수 있어야 하고 여러 샘플들로 존재해야 합니다. 장군님께서 아직 한 번도 달을 본 적이 없으시다면 그걸 손전등이라고 여기실 것입니다. 덧붙여 말하건대, 신이 과학에 주는 큰 당혹감은 그가 단 한 번만 나타났다는 데 있습니다. 그것도 천지창조 때, 아직 훈련된 관찰자들이 있기 전에 말입니다."

슈툼 폰 보르트베어의 입장이 되어 보시라. 사관학교 이후로 그에게는 모자의 모양에서부터 결혼 협의에 이르기까지 모든 것이 정해져 있었고 그는 자신의 정신을 이런 설명에 열어 두고 싶은 마음이 별로 없었다. "친애하는 친구!", 그는 음험하게 대답했다. "다 그렇다고 치세. 하지만 그건 나와는 전혀 상관없는 일이네. 우리 군인이 과학을 발명했다는 자네 말은 정말 멋진 농담이네. 하지만 나는 과학이 아니라, 자네 사촌이 말하듯이, 영혼에 대해 말하고 있네. 그리고 그녀가 영혼에 대해 말할 때면 나는 옷을 다 벗어 버리고 싶네. 그건 유니폼에는 정말 어울리지 않거든!"

"친애하는 슈툼 장군님!", 울리히는 개의치 않고 계속했다. "아주 많은 사람들이 과학을 비난합니다. 영혼이 없고 기계적이고, 그것이 건드리는 모든 것을 또 그렇게 만든다고 말입니다. 하지만 놀랍게도 그들은 이성의 사안보다 정서의 사안에 훨씬 더 불쾌한 규칙성이 들어 있음을 알아차리지 못합니다! 어떤 감정이 정말 자연스럽고 단순할 때가 언제입니까? 그 감정의 등장이 똑같은 처지에 있는 모든 인간에 게서 거의 자동적으로 기대될 때입니다! 만약 어떤 미덕적 행위가 임의적으로 자주 반복될 수 있는 것이 아니라면 어떻게 모든 인간에게 미덕을 요구할 수가 있겠습니까? 저는 장군님께 이런 예들을 훨씬 더 많이 보여 드릴 수 있습니다. 그리고 장군님께서 이 황량한 규칙성 앞에서 당신 존재의 가장 어두운 심연으로 도망치신다면 장군님은 감시받지 않은 움직임이 거하고 있는, 피조물들의 이 축축한 심연, 이성으로 인해 우리가 증발되는 것을 막아 주는 그곳에서 무엇을 발견하십니까? 자극과 반사, 습관과 숙련, 반복, 고정, 연마, 연속, 단조로움입니다! 이것이 유니폼, 막사, 연대입니다. 친애하는 슈툼 장군님! 민간의 영혼은 군대와 이상한 근친성을 갖고 있습니다. 영혼은 그것이 결코 완전히 도달하지 못하는 이 모범에 안간힘을 써서 매달리고 있다고 말할 수 있습니다. 그리고 이 일이 불가능한 곳에서 영혼은 마치 홀로 남겨진 아이 같습니다. 그냥 한 여자의 아름다움을 예로 들어 봅시다. 아름다움으로써 장군님을 놀라게 하고 압도하는 그것을 난생 처음 본다고 믿으시겠지만 장군님은 그것을 내적으로는 이미 오래 전에 알았고 찾고 있었습니다. 장군님의 눈 속에는 늘 그것에 대한 어떤 예비 광채가 이미 있었고 그것이 지금 강해져 대낮같이 환해진 것뿐입니다. 이와 반대로, 만약 실제로 첫눈에 반한 사랑, 장군님이 여태 한 번도 본 적이 없는 아름다움이 문제가 되면 장군님은 그냥 어떻게 해야 할지 모릅니다. 그것과 유사한 일이 그 전에 일어난 적이 없으니까요. 장군님은 그것의 이름도 모르고 어떤 감정으로 그것에 대답해야 할지도 모르고 그냥 무한히 혼란스럽고 현혹된 나머지 맹목적 놀라움의 상태, 멍청이처럼 둔감한 상태에 빠집니다. 그리고 이 상태는 행복과는 거의 아무런 공통점도 없어 보입니다…."

여기서 장군은 활기차게 친구의 말을 중단시켰다. 그는 여기까지는 연병장에서 상관의 꾸지람과 훈계를 들을 때 보이는 그 노련함으로 울리히의 말을 들었다. 이 꾸지람과 훈계는 필요하면 반복할 수 있어야 하지만 결코 내면에 수용해서는 안 된다. 그렇지 않으면 안장 없는 고슴도치를 타고 집에 가야 하는 것과 마찬가지일 테니까. 그런데 지금 울리히가 정곡을 찔렀고 그는 격렬하게 외쳤다. "진리의 이름을 걸고 말하건대, 자네는 그것을 탁월하게 올바로 말했네! 내가 자네 사촌에게 정말로 감탄하는 상태가 되면 내 안의 모든 것이 무(無)로 해체되네. 그리고 내가 그녀에게 유용할 하나의 이념이 마침내 떠오르도록 아주 힘들여 정신을 바짝 차리면 마찬가지로 극도로 불쾌한 공허감이 내 안에 생기네. 그것을 멍청이 같다고 말해서는 안 되겠지만 분명 아주 유사하네. 그리고 자네 말은, 내가 제대로 이해했다면,

318

우리 군대가 아주 올바로 사고한다는 거지. 그리고 우리가 민간이성의 모범이 되어야 한다는 말이지. 나는 그걸 거부해야 하네. 그건 그냥 자네의 농담이야! 하지만 우리가 동일한 이성을 가졌다는 것, 이건 나도 여러 번 생각했네. 그리고 자네는 그것을 넘어서는 것, 즉 영혼, 미덕, 내면성, 정서 등 우리 군인에게는 너무나 민간적으로 여겨지지만 아른하임은 믿을 수 없을 만큼 능숙하게 다루는 이 모든 것이 정신이긴 하다는 말이지. 당연하지, 자네는 바로 이것이 이른바 드높은 성질의 고려라고 말하니까. 하지만 자네는 또 방금 말하지 않았나, 사람들이 이것 때문에 아주 어리석어진다고. 전부 다 맞는 말이지만 결국 민간정신이 더 우월해. 분명 자네도 이걸 반박하지 않을 거야. 이제 자네에게 물어보겠네, 왜 이게 맞는가?"

"저는 좀 전에 첫째라고 말했는데, 장군님께서는 그걸 잊으셨군요. 저는 첫째, 정신의 고향은 군대라고 말했습니다. 이제 저는 둘째, 민간의 고향은 육체라고 말하겠습니다 … ."

"하지만 그건 터무니없는 소리로 들리네만?" 장군은 의심쩍어 하며 반발했다. 군대의 육체적 우월성은 장교 계급이 왕좌에 가장 가까이 있다는 확신과 같은 도그마였다. 슈툼은 단 한 번도 자신을 운동선수로 여긴 적은 없었지만 이것이 의심을 받는 듯 보이는 이 순간, 민간인의 배가 똑같이 존재한다 해도 그의 배보다는 약간 더 부드러울 것이라는 확신이 들었다.

"다른 모든 것들과 꼭 마찬가지로 터무니없지 않습니다." 울리히가 방어했다. "끝까지 이야기하도록 해주십시오. 보세요, 대략 100년 전 독일 민간 지도자들의 머리는, 사고하는 시민이 책상머리에 앉아 자신의 머리에서 세계의 법칙을 유도하게 될 거라고 믿었습니다. 삼각형에 대한 명제들을 증명하듯이 말입니다. 그리고 당시 사상가는 남경 무명바지를 입고 머리카락은 이마 뒤로 넘기고 전기나 축음기는 물론이고 석유램프도 모르는 남자였습니다. 이 오만함은 그 이후 우리의 내면에서 하나도 남김없이 몰아내졌습니다. 우리는 100년 동안 우리와 자연 그리고 모든 것을 훨씬 더 잘 알게 되었지만 성공은 이른바, 개별적으로 질서 지은 모든 것을 전체적으로는 다시 잃어버려 우리가 점점 더 많은 질서를 갖게 될수록 결과적으로 더 적은 질서를 갖게 된다는 것입니다."

"그건 내 조사에도 들어맞네." 슈툼이 확인했다.

"사람들은 장군님처럼 그렇게 요약에 열성적이지 않을 뿐입니다." 울리히는 계속했다. "과거의 노력들 이후 우리는 다시 후퇴하는 시대에 있습니다. 오늘날 상황이 어떻게 돌아가는지 한번 상상해 보십시오. 어떤 위대한 남자가 이념 하나를 세상에 내놓으면 그 이념은 곧 호의와 거부감으로 이루어진 분배과정에 사로잡힙니다. 우선 감탄하는 자들이 거기서 자신들의 입맛에 맞는 큰 조각을 떼어내고 그들의 대가(大家)를 마치 여우가 썩은 짐승의 시체를 뜯어먹듯이 먹어 치웁니다. 이어 적들이 약한 지점을 공격하고 얼마 안 가서, 친구들과 적들이 그들의 입맛대로 이용하는 아포리즘 재고 말고는 더 이상 아무런 성과도 남지 않게 됩니다. 결과는 보편적 다의성이지요. '아니오'가 붙어 있지 않은 '예'는 없습니다. 장군님은 원하시는 것을 하실 수 있습니다. 장군님은 20개의 가장 아름다운 찬성이념을 발견하실 것입니다. 원하신다면 또 거기에 20개의 반대의견도 발견하실 것입니다. 거의 이렇게 믿을 수 있겠지요, 이건 사랑과 미움 그리고 배고픔과 같다고. 여기서는 취향이 다양해서 각자 자기 몫을 가집니다."

"탁월해!" 슈툼이 다시 의기양양해서 외쳤다. "그 비슷한 것을 나스스로 이미 디오티마에게 이야기했네! 하지만 군대의 정당성을 이러한 무질서 속에서 찾아야 한다는 것이 우려되지 않나? 난 한순간이라도 그걸 믿는 게 부끄럽네!"

"장군님께 충고 드리자면", 울리히가 말했다. "디오티마에게 힌트를 주십시오. 신은 우리가 아직 모르는 여러 이유들에서 육체문화의 시대를 도래시키려는 듯 보인다고. 이념에 어느 정도 기댈 곳을 줄 수 있는 유일한 것은 이 이념이 속한 육체입니다. 게다가 장군님은 장교시니까 여기서 어느 정도 리드를 잡으실 테고요."

작고 뚱뚱한 장군은 뒤로 움찔했다. "육체문화에 관해서라면, 나는 껍질 벗긴 복숭아만큼도 예쁘지 않네!" 잠시 후 그가 쓰디쓴 만족감을 담아 말했다. "또 자네에게 해야 하는 말은", 그는 덧붙였다. "나는 디오티마를 아주 올바른 방식으로만 생각하고 또 그런 방식으로만 그녀 앞에 있기를 원한다는 것이네."

"유감입니다", 울리히가 말했다. "장군님의 의도는 나폴레옹감이지만 장군님은 거기에 적합한 세기를 발견하실 수 없을 겁니다!"

장군은 이 조소를 품위 있게 받아들였는데, 그것은 가슴에 품고 있는 여인을 위해 괴로워한다는 생각이 부여한 품위였다. 장군은 한참 숙고한 후 말했다. "어쨌든 흥미로운 충고를 해줘서 고맙네."

86

제왕적 상인, 그리고 영혼과 사업의 이익융합.
또, 정신으로 가는 길은 모두 영혼에서 출발하지만
거기로 되돌아가는 길은 없다

장군의 사랑이 디오티마와 아른하임에 대한 감탄 뒤로 물러나는 이 시기, 아른하임은 더 이상 돌아오지 않겠다는 결심을 이미 한참 전에 했어야 했으리라. 대신 그는 더 오래 머무를 채비를 했다. 그는 묵고 있던 호텔 방을 장기 예약했고 그의 요동치는 삶은 정지한 듯한 인상을 주었다.

세상은 당시 온갖 것들에 흔들렸고 1913년 연말 무렵 좋은 소식통이 있는 사람은 들끓는 화산의 이미지를 떠올렸다. 물론 이 화산이 절대 다시 폭발하지 않으리라는, 평화로운 활동을 전제로 한 추측이 일반적이었지만. 이 활동은 전반적으로 똑같이 강하지는 않았다. 투치 국장이 관할하고 있는, 발하우스 광장에 있는 아름다운 옛 궁전의 창문들은 종종 밤늦게까지 맞은편 정원의 헐벗은 나무들에 빛을 던졌고 밤중에 여기를 지나가는 교양 있는 산책자를 전율하게 했다. 성 요셉이 평범한 목수 요셉에게 스며든 것처럼 '발하우스 광장'이라는 이름은 거기 서 있는 궁전에, 커튼이 내려진 창문 뒤에서 인류의 운명이 요리되는 대여섯 개의 불가사의한 부엌 가운데 하나라는 비밀을 가지고 스며들었기 때문이었다. 아른하임 박사는 이 과정들을 상당히 잘 보고받고 있었다. 그는 암호로 된 전보를 받았고 가끔씩 중앙에서 개인적 정보를 가지고 오는 직원들의 방문도 받았다. 중앙에서 개인적 정보를 가지고 왔다. 그의 호텔방 창문들도 자주 정면에 불을 밝혔고 상상력이 풍부한 관찰자라면 여기에 제2의 정부, 반(反) 정부, 경제적 외교라는 현대적이고 비공식적인 전투시설이 묵고 있다고 믿을 수 있었으리라.

게다가 아른하임 스스로가 이런 인상을 불러일으키기를 결코 소홀히 하지 않았다. 외양의 암시가 없다면 인간은 달콤하고 물컹한 과육만 있고 껍데기가 없는 과일에 불과할 테니까. 이런 이유에서 혼자가 아니라, 호텔의 누구나 접근 가능한 공간에서 하는 아침식사 중에 벌써 그는 경험 많은 지배자의 숙련된 통치술로 그리고 관찰당하고 있음을 아는 남자의 공손하게 고요한 자세로 그날의 일과를 비서에게 알려 주었고 비서는 이를 속기로 받아 적었다. 그 일과 가운데 어떤 것도 아른하임을 기쁘게 하기에 충분치 못했을 테지만 그것은 그의 의식 속에서 자리를 나누어 차지했고 또 그 속에서 아침식사의 자극을 통해 제한됨으로써 고상해졌다. 어쩌면 인간의 재능은 — 이것은 그가 가장 좋아하는 사고 가운데 하나였다 — 그것이 펼쳐지기 위해서는 일종의 제한을 필요로 할 것이다. 만용을 부리는 사고의 자유와, 용기가 꺾인 관념분일(觀念奔逸) 사이에서 정말로 결실을 맺을 수 있는 지역은, 삶에 정통한 사람이라면 누구나 알고 있듯이, 너무나 좁다. 게다가 그는 누가 그 사고를 하느냐가 매우 중요하다고 확신했다. 알다시피, 새롭고 위대한 사고가 단 한 명의 발명자를 가지는 일은 드물기 때문이다. 다른 한편 사고에 익숙한 인간의 뇌는 끊임없이 다양한 가치의 사고를 내놓는다. 그 때문에 착상은 종결, 즉 효과적이고 성공적인 형식을 늘 외부에서 얻어야 한다. 즉, 사고에서뿐만 아니라 그 인물의 전 생활환경에서. 비서의 질문 하나, 옆 탁자로 보내는 시선, 들어오는 사람의 인사, 이런 종류의 것들은 매번 적절한 순간에 아른하임에게 스스로를 인상 깊은 외양으로 만들 필연성을 상기시켰고 이러한 외양의 통일성은 또 곧장 그의 사고에 전이되었다. 그는 이런 삶의 경험을 자신의 필요에 맞는 확신, 즉 사고하는 인간은 늘 동시에 행동하는 인간이어야 한다는 확신으로 요약했다.

하지만 이런 확신에도 불구하고 그는 현재의 활동에 어떤 큰 의미도 부여하지 못했다. 비록 이로써 경우에 따라서는 놀랄 만큼 유용할 수 있는 어떤 목적을 쫓았다고 해도 그는 자신의 체류가 어떻게도 정당화될 수 없는 시간낭비일까 봐 두려웠다. 그는 재차 "*Divide et impera*"[27]라는 냉정한 옛 지혜를 기억 속에 떠올렸다. 이는 사람과 사물과의 모든 교류에서 유효했고 모든 개별적 관계의 가치를 모든 관계들의 전체성을 통해 어느 정도 절하할 것을 요구했다. 성공적 행동을 가능케 하는 기분의 비밀은 수많은 여자들로부터 사랑을 받지만 어느 누구도 예외적으로 선호하지 않는 남자의 비밀과 같기 때문이다. 하지만 다 소용 없었다. 그의 기억은 위대한 활동을 위해 태어난 남자에게 세계가 부과하는 요구들을 내세웠지만 그는, 자신의 내면에 여러 차례 반복해서 물어본 후, 그럼에도 불구하고 자신이 사랑하고 있다는 결론을 숨길 수 없었다. 그리고 이는 독특한 일이었다. 오십에 가까운 심장은 더 이상 사랑이 꽃피는 시기인 스무 살의 근육처럼 그렇게 쉽게 늘어나지 않는 질긴 근육이니까. 그리고 이는 그에게

---

27 분할하여 통치하라!

상당히 불쾌한 일들을 야기했다.

우선 그는 세계를 향한 폭넓은 관심이 뿌리가 뽑힌 꽃처럼 시들해지고 창가의 참새 한 마리나 종업원의 친절한 미소에 이르기까지 사소한 일상의 인상들이 활짝 피어남을 근심스럽게 확인했다. 그는 평소에는 어떤 것도 비켜가지 못하는 정당성의 위대한 체계인 그의 도덕적 개념들에서 관계성이 부족해지고 반대로 어떤 육체적인 것이 시작됨을 알아차렸다. 이를 헌신이라 부를 수도 있을 테지만 헌신은 평소에는 훨씬 폭넓은, 어쨌든 다른 의미를 가진 단어였다. 헌신 없이는 무슨 일도 해낼 수가 없으니까. 의무에 대한 헌신, 보다 높은 것이나 지도자를 향한 헌신, 삶 자체에 대한 헌신 등 너무나 많이 다양하게 존재하는 헌신은 평소에는 남성적 미덕으로 이해되었고 그에게는 곧은 자세의 총체개념이었는데, 이는 감수성이 풍부하긴 했지만 감정을 표출하기보다는 억제하는 자세였다. 똑같은 것을 충성에 대해서도, 여자에 국한되면 협소한 뒷맛이 있기는 하지만, 말할 수 있다. 기사도와 친절, 몰아와 애정, 모든 미덕에 대해서도. 이들은 보통 여자와 연관되어 상상되는데, 그러면 그들이 가진 최상의 풍요로움을 잃어버린다. 그래서 물이 가장 깊고 보통 이의가 없지 않은 곳으로 흐르듯이 사랑의 체험도 그냥 그 여자에게로 흐르는지 또는 여자를 사랑하는 체험이 그 열기로 지상에서 꽃피는 모든 것이 살아가도록 하는 화산성 지대인지 말하기가 쉽지 않다. 따라서 아주 높은 도수의 남성적 허영심은 여자들과 같이 있을 때보다 남자들과 같이 있을 때 훨씬 더 편안함을 느낀다. 그리고 아른하임은 자신이 권력의 영역으로나른 풍부한 이념들을 디오티마로 인해 생겨난 행복의 상태와 비교해 보면, 자신에게 일어난 일은 퇴행이라는 인상을 떨쳐버릴 수 없었다.

그는 가끔씩 포옹과 키스에 대한 욕구를 느꼈다. 원하는 바가 이루어지지 않으면 거부하는 자의 발밑에 열정적으로 몸을 던지는 소년처럼. 또는 문득 울먹이고 싶고 세계에 도전하는 말들을 내뱉고 싶고 결국 연인을 자신의 손으로 납치하고 싶은 마음을 문득 깨닫기도 했다. 잘 알려져 있다시피, 의식적 인물의 책임감 없는 가장자리에서는 — 여기서 동화와 시가 생겨난다 — 온갖 종류의 유치한 기억이 둥지를 틀고 있다가 예외적으로 피로의 가벼운 도취, 술의 고삐 풀린 유희나 어떤 충격이 이 지역을 밝히면 가시화된다. 아른하임의 갑작스런 변덕도 이런 도식들보다 더 구체적이지 않았다. 그래서 이 유치한 퇴행이 그에게 자신의 영혼의 삶이 빛바랜 도덕적 표본들로 가득 차 있음을 절실히 확신시키지 않았다면 그가 이에 대해 흥분할(그리고 이런 흥분을 통해서 원래의 것을 의미심장하게 강화시킬) 이유는 없었으리라. 전 유럽이 보는 앞에서 살아가는 인간인 그가 항상 자신의 행위에 주려 애썼던 보편타당성이 갑자기 내면적이지 못한 것으로 보였다. 어떤 것이 모두에게 통용되어야 한다는 것은 자연스러운 일일 뿐이다. 하지만 의아한 것은 이 결론의 전도였고 이것 역시 아른하임의 마음에 끈질기게 떠올랐다. 보편타당한 것이 내면적이지 않다면 반대로 내면의 인간은 타당하지 못한 것이니까. 이렇게 이제 올바르지 못한 파괴적인 것, 비이성적으로 비합법적인 것을 하고 싶은 충동뿐 아니라 또 이것이 어떤 초이성적 의미에서는 올바른 것이라는 모욕이 아른하임의 일거수일투족을 뒤쫓았다. 그의 혀를 바싹바싹 마르게 하는 그 불꽃을 다시 알게 된 이후로, 그가 원래 갔던 그 길을 잊었고 그를 가득 채운 한 위대한 남자의 이데올로기 전부가 그가 잃어버린 어떤 것의 응급 대용물일 뿐이라는 감정이 그를 압도했다.

이런 식으로 자연스런 수순에 따라 그는 어린 시절을 상기했다. 청소년 시절 사진들 속의 그는 교회에서 바리새인들과 토론하는 소년 예수를 그린 그림에서처럼 검은색의 크고 둥근 눈이었다. 그는 선생들이 모두 그를 둘러싸고 서서 그의 정신적 재능에 감탄하는 것을 보았다. 그는 영리한 아이였고 늘 영리한 교육자들이 있었으니까. 하지만 그는 자신이 어떤 부당함도 참을 수 없는, 감정이 풍부하고 열의가 있는 소년임도 입증했다. 그 자신에게 부당한 일이 일어나기에는 너무나 잘 보호를 받고 있었으므로 그는 길거리에서 남이 당하는 부당함을 떠안아 스스로 싸움에 몸을 던졌다. 사람들이 얼마나 그를 말리려고 했는지를 감안하면 그것은 아주 중요한 성과였다. 그래서 1분도 채 지나지 않아 누군가가 달려들어 그를 적에게서 떼어놓았다. 이런 식으로 그런 싸움은 하나 둘씩 고통스러운 경험을 모을 정도로 충분히 오래 지속되었지만 그의 내면에 굽힐 줄 모르는 용감함이라는 인상을 남길 정도로 충분히 적기에 중단되었기 때문에 아른하임은 오늘날도 동의하는 마음으로 이 싸움들을 회고했다. 그리고 어떤 것도 두려워하지 않는 용기라는 지배자의 특성은 나중에 그의 책들과 확신들로 옮아갔다. 그것은 품위 있고 행복하기 위해 어떻게 행동해야 하는지를 동시대인에게 말해야 하는 한 인간이 필요로 하는 용기였다.

어린 시절의 이 상태는 그에게 비교적 생생하게 남았지만 얼마 후 그리고 부분적으로 변형된 후속편으로 나타난 또 다른 상태는 관찰자의 눈에는 영면을 취하는 듯, 또는 더 올바르게 말해, 돌로 굳어진 듯 보였다. 돌이라는 말을 다이아몬드로 이해해도 된다면 말이다. 그것은 이제 디오티마와의 접촉을 통해 새로운 삶에 화들짝 깨어난 사랑의 상태였다. 그리고 특징적인 것은 아른하임이 이 사랑의 상태를 청년 시절에 원래 여자 없이, 특정한 인물 없이 알게 되었다는 것이었고 여기에 어떤 혼란스러운 점이 있었는데, 그는 시간이 흐르면서 이에 대한 최신식 설명들을 알게 되었음에도 불구하고 평생 이를 해결할 수 없었다. "이 상태가 의미했던 바는 그냥 아직 존재하지 않는 어떤 것의 이해할 수 없는 도래였을 것이다. 얼굴들 속에 나타나는, 이 얼굴들이 아니라 갑자기 모든 사건의 피안을 추측하게 하는 어떤 다른 얼굴들과 연관된 보기 드문 표정들처럼 작은 멜로디들이 소음 한가운데 있었고 감정들이 인간들 속에 있었다. 그랬다. 그 상태에는 감정들이 있었는데, 그의 말들이 이것들을 찾으면 이것들은 아직 전혀 감정이 아니었고 그냥 그의 내면의 뭔가가 그 뾰족한 끝을 벌써 물속에 담그고 촉촉이 길어지는 듯했다. 열이 나듯 밝은 봄날 가끔씩 사물들이, 그들의 그림자가 그들을 넘어 살금살금 기어가고 시냇물 속 거울상처럼 가만히 그리고 한 방향으로 기울어져 서 있으면 길어지듯이." 한 작가는 이를 이렇게 표현했다. 물론 훨씬 더 나중에 다른 강조점을 두고. 아른하임은 그를 높이 평가했는데, 대중에게 얼굴을 보여 주지 않는 이 비밀스런 남자를 안다는 것이 전문가의 표시로 통했기 때문이었다. 그러나 아른하임 자신도 그 작가를 이해하지는 못했다. 아른하임은 이런 암시들을 청소년 시절 유행했던, 새로운 영혼의 깨어남에 대한 연설이나 마르고 긴 소녀의 육체와 연결시켰으니까. 이런 육체는 당시 그림으로 사랑을 받았고 두툼한 꽃봉오리처럼 보이는 입술이 특징이었다.

당시, 1887년 무렵 — '사랑하는 신이시여, 거의 한 세대 전이군요!' 아른하임은 생각했다 — 그의 사진들은 현대적이고, 그 시대가 일컫던 대로, '새로운' 한 인간을 보여 주었다. 즉, 사진 속의 그는 높은 칼라의 검정색 공단조끼를 입고 두꺼운 비단으로 된 넓은 타이를 맸는데, 이 타이는 비더마이어 시대의 유행을 따른 것이었지만 의도대로라면 보들레르를 상기시켜야 했고 그래서 한 송이 난(蘭)의 지원을 받았다. 이 난은 아른하임 주니어가 만찬에 가거나 억센 상인들과 아버지 친구들의 모임에서 젊은 자신을 관철시켜야 할 때면 새로운 발명품으로서 마법적인 악의를 띠고 단춧구멍에 꽂혀 있었다. 이와 반대로 평일 사진들이 즐겨 보여 주는 장식품은 부드러운 영국제의 내구성 있는 양복 밖으로 내다보는 접이식 자였고 이 양복에는, 정말 우습지만, 머리의 중요성을 높이려고 지나치게 높고 빳빳한 스탠드 칼라를 착용했다. 아른하임은 이런 모습이었고 오늘날도 그는 자신의 사진들에 어느 정도 호의를 보여 주지 않을 수 없었다. 그는 테니스를 잘 쳤고 남다른 열정으로 열심히 쳤는데, 처음 도입되던 시기에는 잔디 코트에서였다. 아버지와 다른 사람들이 다 놀란 바이지만, 그는 공공연히 노동자 집회도 방문했는데, 취리히에서 대학을 다니던 시절 불순한 사회주의 이념들을 알게 되었기 때문이었다. 하지만 다른 날들에는 아무런 배려 없이 말을 타고 노동자 마을을 가로질러 달리는 것도 주저하지 않았다. 간단히 말해, 이 모든 것은, 모순에 가득 차긴 했지만 새로운 정신적 요소들의 소용돌이였고 이는 올바른 시대에 태어났다는 매력적인 상상을 일깨웠는데, 이 상상은 너무나 중요하다. 물론 나중에 당연히 이것의 가치가 바로 그 희소성에 있지 않음을 알아차린다고 해도. 사실 아른하임은 나중에는 보수적 인식에 점점 더 많은 공간을 부여하면서 심지어, 마지막에 온 사람이라는 끊임없이 새로워지는 이 감정이 자연의 낭비가 아닌지 의심하게 되었다. 그렇지만 그는 이를 버리지는 않았다. 한번 소유한 것을 포기하는 것을 일단 좋아하지 않았고 그의 수집 본성은 당시에 있었던 모든 것을 조심스럽게 내면에 보관했으니까. 다만 오늘날 그의 삶이 너무나 완결되고 다양해 보이기는 해도 이 안의 모든 것 가운데 바로 그 하나의 삶이 아주 다르게 지속적인 영향을 끼치면서 그를 사로잡은 듯 여겨졌다. 그것은 처음에는 모든 것들 가운데서 가장 비현실적인 것으로 보였던 것, 바로 그 낭만적으로 예감에 찬 상태였는데, 이 상태는 그에게 활기차게 요동치는 세계뿐 아니라 이 속에서 멈춘 숨처럼 떠도는 다른 세계에도 속하라고 속삭였다.

디오티마로 인해 지금 다시 원래의 모습으로 현재화된 이 몽상적인 예감은 모든 활동과 분주함에 고요함을 제공했고 청소년 시절의 혼란스러운 모순들 그리고 희망차고 변화무쌍한 전망들은 모든 말, 사건, 요구는 표면에서 멀어진 그 심연에서는 하나이고 동일한 것이라는 백일몽(白日夢)에 자리를 내주었다. 이런 순간에는 명예욕조차도 침묵했고 현실의 사건들은 정원 앞의 소음처럼 멀어졌고 영혼이 둑을 넘어 이제 드디어 진정으로 거기 있는 듯 여겨졌다. 이것이 철학이 아니며, 낮의 하늘로 인해 빛이 바랜 달이 말없이 오전의 빛 속에 걸려 있는 것을 볼 때와 똑같이 육체적 체험임은 아무리 활기차게 보장해도 지나치지 않다. 젊은 파울 아른하임은 이미 이런 상태에서 고급 레스토랑에서 침착하게 식사했고 세심하게 옷을 차려입고 모든 모임에 참석했고 어디서나 해야 할 일을 하긴 했다. 하지만 이때 아른하임에게서 아른하임까지의 거리는 가장 가까이 있는 인간이나 사물까지의 거리였다고 말할 수 있었다. 그래서 외부 세계는 그의 피부에서 멈추지 않았고 내부 세계는 숙고의 창을 통해서만 빛을 발하지 않았으며 이 둘은 합쳐져서 분리되지 않은 은둔과 현존이 되었는데, 이는 꿈 없는 잠처럼 그렇게 온화하고 고요하고 높았다. 그러면 도덕적 관계에서는 진정으로 위대한 무관심과 동등함이 나타났다. 아무것도 작지 않았고 아무것도 크지 않았으며 시 한 편과 여인의 손에 한 키스 하나가 여러 권으로 된 작품이나 위대한 정치행위와 똑같이 중요했고, 모든 악, 근본적으로 모든 선한 것도 모든 존재의 다정한 원(原)근친성이라는 이 공평무사함 속에서는 더 이상 쓸모가 없듯이 그렇게 무의미했다. 아른하임은 딱 평소처럼 행동했는데, 그래도 이는 이해할 수 없는 의미 속에서 일어나는 듯 보였고 이 의미의 떨리는 불꽃 뒤에서 내면의 인간은 움직이지 않고 서서, 이 불꽃 앞에서 사과를 먹거나 재단사에게 막 양복의 치수를 재게 하는 외면의 인간을 바라보았다.

이는 상상일 뿐이었나, 아니면 결코 완전히 이해할 수 없는 현실의 그림자였나? 이에 관해서는 모든 종교들이 그 특정한 발전 상태에서는 이것이 현실이라고 주장했다고만 답할 수 있다. 모든 사랑하는 자들, 모든 낭만주의자들 그리고 달을, 봄을, 첫 가을날들의 행복한 죽음을 사랑하는 모든 인간들도 같은 것을 주장했다. 하지만 이것은 그 후에는 다시 사라진다. 이것은 재빨리 사라지거나 말라 버리고 구별되지 않는다. 그렇지만 우리는 어느 날 이것 대신에 다른 것이 거기 있음을 확인하고 이것을 비현실적 체험이나 꿈 또는 공상을 잊듯 그렇게 재빨리 잊는다. 게다가 이 원체험, 세계사랑 체험은 대개 첫 번째 개인적 사랑과 동시에 등장하기 때문에 나중에는 이것을 어떻게 평가해야 할지 안다고 태연히 믿고 이것을 정치적 선거권 취득 이전에만 감히 저지를 수 있는 그런 어리석은 행위로 치부한다. 이것은 이런 성질이었지만 아른하임의 경우 결코 한 여자와 연결된 적이 없었으므로 자연스럽게 그 여자와 함께 그의 마음에서 사라질 수 없었다. 대신 이것은 대학 시절이 끝난 후 아버지 사업에 뛰어들자마자 그의 본질이 체험하게 된 인상들로 덮였다. 어떤 일도 어중간하게 하지 않았으므로 그는 여기서도 곧 직업에 종사하는 그리고 잘 갖추어진 삶은 시인이 그의 글방에서 생각해 내는 모든 것보다 훨씬 더 위대한 시임을 발견했는데, 이것은 완전히 다른 어떤 것이었다.

이때 처음으로 그의 모범성의 재능이 모습을 나타냈다. 삶의 시는 그 내용이 어떻든 간에 대문자로 인쇄되어 있다는 점에서 그 외 모든 시를 능가하기 때문이다. 세계기업에서 일하는 말단 인턴사원 주위를 세계가 돌고 대륙들이 그의 어깨 너머로 쳐다보므로 그가 행하는 어떤 것도 중요하지 않은 것이 없다. 반대로 자신의 방에서 작업하는 외로운 작가 주위를 도는 것은, 그가 아무리 노력해도, 기껏해야 파리들뿐이다. 이것은 너무나 명백한 일이어서 많은 인간들에게는 그들이 삶의 재료들을 가지고 뭔가를 만들어 내기 시작하는 순간, 이전에 그들을 움직였던 모든 것은 '문학일 뿐'인 것처럼 보인다. 즉, 기껏해야 나약하고 혼란스러운 그렇지만 대개는 모순에 가득 차고 스스로를 지양하는 작용을 하는데, 이는 문학을 두고 떠는 요란법석과는 아무런 관계도 없다. 물론 아른하임에게는 이 일이 딱 이렇게 진행되지는 않았다. 그는 예술의 아름다운 자극을 부인하지도 않았고 그를 한 번 격렬하게 감동시킨 어떤 것을 어리석음이나 공상이라고 여길 수도 없었다. 자신의 남성적 상황이 청소년 시절의 꿈같은 상황에 대해 갖는 우월성을 알아차리자마자 그는 새로운 남성인식의 주도하에 두 체험 그룹을 용해시키는 일에 착수했다. 실제로 그는 이로써 교양계급의 다수를 차지하는 많은 인간들이 모두 행하는 그 일을 했다. 이들은 벌이를 하는 삶에 들어선 이후에도 이전의 관심들을 완전히 부인하려 하지 않고 반대로 지금에서야 비로소 청소년 시절의 몽상적 충동들과 조용하고 성숙한 관계를 맺는다. 그들이 힘을 보탤 수 있게 된 위대한 삶의 시의 발견은 그들에게 자신의 시를 불태웠던 시기에 잃었던 딜레탕트의 용기를 다시 선사한다. 그들은 삶의 시를 지으면서 스스로를 진짜 **타고난** 전문가로 보아도 되고 매일의 활동을 정신적 책임감으로 파고드는 일에 몰두하고 자신들이 수천 개의 작은 결정 앞에 서 있음을 느낀다. 삶이 윤리적이고 아름답도록 그들은 괴테가 그렇게 살았다는 표상을 본보기로 삼고, 음악, 자연, 순진한 아이들과 동물들의 놀이 지켜보기, 좋은 책이 없다면 삶이 기쁘지 않을 것이라고 선언한다. 영혼으로 충만한 이 중산층은 독일에서는 아직도 예술과 너무 어렵지 않은 모든 문학의 주요 소비자들이다. 하지만 이들은 물론 예전에는 자신들의 소망의 완성으로 여겼던 예술과 문학을 적어도 초기 단계를 보는 듯 그런 눈으로 내려다보거나 — 물론 이 단계도 나름 그들에게 베풀어진 것보다 더 완벽하긴 했지만 — 그것을 가령 철판 공장주가 석고상 제작자의 생산품을 아름답다고 생각하는 약점을 지닐 경우 석고상 제작자를 대하듯 그렇게 대한다.

이 교양의 중산층에 비해 아른하임은 길가에 핀 초라한 패랭이꽃과 비교되는 화려한 정원 카네이션 같았다. 그는 결코 정신적 변혁이나 근본적 혁신을 고려한 적이 없었고 그에게는 늘 기존의 것을 엮어 소유하는 것, 부드러운 수정, 현재 통용되는 권력의 약화된 특권을 도덕적으로 소생시키는 것만이 중요했다. 그는 속물은 아니었고 신분적으로 우월한 계층을 숭배하는 사람도 아니었다. 궁정에 소개되고 높은 귀족이나 고위 공무원과 접촉하면 그는 이 환경에 적응하려 했지만 결코 모방자로서는 아니었고 그냥 봉건적 생활습관의 보수적 애호가로서였으며 자신의 시민적인, 이른바 프랑크푸르트적, 괴테적 출신을 잊지도 않았고 다른 사람들로 하여금 이를 잊게 하려고도 하지 않았다. 하지만 이런 성과와 더불어 그의 반대 입장은 고갈되었고 더 큰 반대는 이미 삶에 부당한 것으로 보였으리라. 그는 속으로, 직업에 종사하는 인간들이 ─ 그 정점에는 이들을 하나의 새 시대로 아우르면서 삶을 이끄는 상인이 있다 ─ 옛 존재권력들의 지배권을 박탈하는 사명을 받았다고 확신했고 이는 그에게 일정 정도 은근한 오만함을 부여했고 그 후 일어난 발전들은 이 오만이 정당하다는 증명서를 발급해 주었다. 하지만 돈의 이런 지배요구를 기정사실로 전제한다 하더라도, 추구된 권력을 올바로 사용하는 문제는 여전히 그대로였다. 은행지점장과 대기업가의 전임자들에게는 일이 수월했다. 그들은 기사였고 적을 사슴 스프로 만들었고 그 대신 정신의 무기는 성직자에게 넘겼다. 이와 반대로 동시대 인간은 돈을 ─ 아른하임은 이를 모든 관계를 다루는 가장 확실한 수단으로 이해했다 ─ 갖고 있기는 하지만 이 수단은 단두대의 도끼처럼 단단하고 정확하기는 해도 또 관절염 환자처럼 예민할 수 있고 — 그냥 주가가 사소한 계기에도 올라가고 내려가는 것을 생각해 보라! — 이것에 의해 지배되는 모든 것들과 아주 섬세하게 연관되어 있다. 삶의 형성물들 간의 이 섬세한 연관성을 통해서 — 이 연관성을 망각할 수 있는 사람은 눈멀고 오만한 이념주의자 뿐이다 — 아른하임은 제왕적 상인을 변혁과 지속, 권력과 시민적 문명화, 이성적 모험과 개성 넘치는 지식의 종합으로, 마음속 깊은 곳에서는 또 점점 모양을 갖추고 있는 민주주의의 상징 인물로 보게 되었다. 쉼 없고 엄격한 인격도야, 그가 가진 경제적, 사회적 인맥의 정신적 조직, 전체 국가의 지도와 구성에 대한 사고를 통해 그는 새로운 시대를 만들려 했다. 그것은 타고난 환경과 본성이 서로 다른 사회세력들이 올바른 질서 속에서 결실을 맺고 이상들이 어쩔 수 없는 현실의 제약으로 인해 깨어지지 않고 정화되고 공고히 되는 시대였다. 이를 객관적으로 표현하기 위해 그는 제왕적 상인이라는 상부 표상을 만들어 냄으로써 영혼과 사업의 이익융합을 완성했다. 그리고 그로 하여금 한때 모든 것이 근본적으로 하나라고 느끼게 했던 사랑의 감정은 이제 문화와 인간적 이익의 통일성과 조화에 대한 그의 확신의 핵심으로 자리 잡았다.

　대충 이 시기에 아른하임은 또 자신의 저술들을 출판하기 시작했고 이 속에서 '영혼'이라는 단어가 등장했다. 그가 이를 하나의 수단, 일정한 리드처럼 제왕적 단어로 사용했다고 추측할 수 있다. 영주와 장군은 영혼이 없고 경제인 중에서는 그가 최초였음은 확실했으니까. 이때 아주 이성적이고 편협한 그의 주위환경에 대항해서, 구체적으로 장사에서는 우월한 아버지의 지도자 본성에 대항해서 — 아버지 옆에서 그는 점차 나이 들어 가는 황태자 역을 하기 시작했다 — 사업 이성이 접근할 수 없는 방식으로 자신을 방어하려는 아른하임의 욕구가 역할을 했다는 것도 확실했다. 마찬가지로 확실했던 것은 알만한 가치가 있는 것을 모두 지배하려는 그의 명예욕이 — 이는 박학다식한 성향이었는데, 그의 욕구에 상응하는 박학다식은 양적으로 어떤 인간도 감당할 수 없을 정도였다 — 그의 이성이 지배하지 못하는 모든 것에서 가치를 박탈하는 수단을 영혼에서 발견했다는 것이었다. 이 점에서 그는 종교적 사명 때문이 아니라, 보다시피, 그냥 돈, 지식, 계산 등 시대가 열정적으로 굴복한 것들에 대한 여성적으로 예민한 거부 때문에 강한 종교적 경향을 새로이 발전시킨 그의 동시대인들 모두와 다르지 않았다. 하지만 아른하임이 영혼에 대해 이야기할 때 스스로 그것을 믿었는지, 영혼의 소유에 주식의 소유와 동일한 현실성을 부여했는지는 의심스러웠고 불확실했다. 그는 영혼을 다른 표현을 찾지 못한 어떤 것을 표현하는 말로 사용했다. 자신의 욕구에 취해서 그는 — 그는 다른 사람이 쉽게 입을 열지 못하게 하는 연설가였으니까. 나중에 그가 다른 사람들의 내면에 불러일으킬 수 있는 인상을 인지하게 된 이후에도 그의 저술들에 점점 더 자주 — 영혼에 대한 연설을 했다. 영혼의 존재를 우리가 등을 볼 수 없어도 등이 있다고 전제하는 것처럼 그렇게 확실하다고 가정할 수 있다는 듯. 이런 식으로, 활발한 말 속에 얽혀 있는 깊은 침묵처럼 너무나 확실한 세계사업 속에 얽혀 있는 불확실한 것과 예감에 찬 것에 대해 글을 쓰려는 진정한 열정이 그를 사로잡았다. 그는 지식의 유용성을 부인하지 않았고 사실 그 반대였다. 그는 스스로 필요한 수단을 다 제공받은 남자에게나 가능한 그런 부지런한 지식축적을 통해 깊은 인상을 남겼지만 이런 인상을 남긴 후에는, 예언적으로만 인식될 수 있는 지혜의 제국이 예리한 감각과 정확성의 영역 위에 있다고 설명했다. 그는 국가와 세계 사업을 설립한 의지들을 기술했지만 이 의지는 아무리 위대하다고 해도, 보이지 않은 곳에서 뛰고 있는 심장에 의해 움직여져야 하는 팔처럼 아무것도 아님을 이해하게 했다. 그는 청자에게 시민이면 누구나 상상할 수 있는 가장 평범한 방식으로 기술의 진보와 미덕의 가치를 설명했지만 자연의 힘과 정신의 힘을 이렇게 사용하는 것은, 만약 이 힘이 그 아래 깊은 곳에 있는, 파도가 생채기 하나 내지 못하는 대양의 움직임을 이해하지 못한다면, 불행한 무지에 불과하다고 덧붙였다. 그리고 그는 이런 발언들을 추방당한 여왕의 대변인이 성명을 발표하는 스타일로 전달했는데, 대변인은 여왕에게서 직접 지시사항을 전달받고 이에 따라 세계를 정리한다.

어쩌면 이런 정리가 그 본연의 가장 격렬한 열정이었고 그와 같은 지위에 있는 남자에게 허용된 모든 것을 한참 넘어서는 권력욕이었을 것이다. 이는 현실의 관할영역에서 너무나 막강한 이 남자를 적어도 1년에 한 번 그의 영지에 있는 성에 칩거하게 하고 비서에게 속기로 책을 받아쓰게 하는 직접적인 결과를 초래했다. 몽상적인 청소년 시절 처음으로 그리고 가장 생생하게 등장한 그 독특한 예감은 이 길을 개척했지만 여전히 가끔씩 훨씬 더 직접적으로, 비록 힘은 줄었지만, 그를 찾아왔다. 그러면 세계사업 한가운데서 달콤한 마비, 수도원 동경 같은 것이 그를 엄습했고 그에게 속삭였다. 모든 모순들, 모든 위대한 이념들, 세계에서 벌어지는 모든 경험과 노력은 부정확하게 문화나 인도주의라고 이해되는 단일체일 뿐만 아니라 다듬지 않은 말 그대로의 그리고 반짝거리는 무행위의 의미에서도 단일체라고. 아프도록 아름다운 날 두 손을 깍지 끼고 강과 풀밭을 바라다보며 더 이상 그 자리를 떠날 수 없는 것처럼. 이런 의미에서 그의 글쓰기는 타협이었다. 그리고 영혼은 하나밖에 없고 붙잡을 수 없고 망명 중에 있으며 거기에서 너무나 독특하게도 불분명하거나 다의적인 단 하나의 방식으로만 그 존재를 알리기 때문에, 반대로 이 왕의 메시지를 적용할 수 있는 세계의 모든 질문들은 수도 없이 많고 말 그대로 끝이 없기 때문에 세월과 더불어 그에게는 심각한 당혹감이 생겨났는데, 이는 일이 너무 오래 걸리다 보면 모든 정통주의자와 예언자들이 갖게 되는 그 당혹감이다. 아른하임은 고독 속에서 글을 쓰기 위해 칩거하기만 하면 되었다. 그러면 펜은 귀신이라도 들린 듯 생산적으로 그의 사고를 영혼에서 정신과 미덕, 경제, 정치의 문제로 이끌었고 이것들은 보이지 않는 원천에서 오는 빛을 받아 선명하고 마법적으로 통일된 조명 속에서 모습을 나타냈다. 이런 확장욕은 도취시키는 면이 있었지만 그 대신 많은 이들의 경우, 정신이 자신의 구상에 맞지 않는 모든 것을 제외하고 잊음으로써 창작의 전제가 되는 바로 그 의식분열과 연결되어 있었다. 대화상대의 관점에서 말하고 인물 그 자체로 지상의 모든 관계에 매여 있는 아른하임은 절대 이렇게까지 많이 털어놓지 않았을 테지만 그는 자신의 세계관을 반영할 준비가 된 종이 위에 몸을 구부린 채 확신에 대한 비유적 표현이 주는 즐거움을 만끽했다. 이 확신들은 아주 적은 부분만이 확고했고 대부분은 말들의 안개였는데, 이 안개의 유일한, 게다가 적지 않은 현실요구는 이것이 항상 같은 대목에서 저절로 피어오른다는 데 있었다.

이 때문에 그를 비난하고 싶은 사람은 정신적 이중인격을 소유하는 것이 벌써 오래전에 더 이상 바보들만이 해낼 수 있는 재주가 아님을, 현재의 속도에서는 정치적 통찰의 가능성, 신문기사 하나를 쓸 능력, 예술과 문학의 새 방향을 믿는 힘 그리고 다른 수많은 것들이 순전히, 몇 시간 동안은 자신의 확신에 반하여, 전체 의식내용에서 일부를 떼어내어 이를 새로운 완전확신으로 확장한다고 확신하는 재능에 근거함을 유념해야 한다. 이런 식으로, 아른하임이 아주 솔직히 말해 자신의 말을 결코 확신하지 않았다는 것은 또 하나의 장점이었다. 성숙한 남자의 나이에 이르자 그는 존재했던 모든 것들과 사람들에 대해 의견을 말했고 확산된 확신을 소유했고, 이런 식으로 계속한다면 그가 미래에도 옛 확신에서 조화롭게 발달시킨 새 확신을 얻기를 그만두어야할 한계를 보지 못했다. 다른 의식상태에서는 채산성 계산이나 결산을 모두 꿰고 있고 너무나도 효과적으로 생각하는 인간이 이것이 거의 끝없이 확산되기는 하지만 가장자리도 없고 진행도 없는 행위임을 모를 리가 없었다. 이것의 유일한 범위는 그라는 인격 단일체였고, 아른하임의 자기감정이 강하기는 했지만 이는 그의 오성(悟性)에는 만족스러운 상태가 아니었다. 그는 그 원인을 도처에서 삶이 사정을 잘 아는 관찰자에게 보여 주는 그 비합리적 잔여물에 전가했다. 그는 또 어깨를 으쓱이며 현재의 시대에는 모든 것이 한계가 없다는 것으로 자신을 진정시키려 했다. 그리고 아무도 자신이 살고 있는 세기의 약점에서 완전히 벗어날 수 없으므로 그는 이 속에서 심지어 모든 위대한 남자들의 특징인 겸손함의 미덕을 실행할 귀중한 가능성을 알아보았고 아무런 시샘 없이 호머나 부처 같은 인물을 자신보다 위에 놓았는데, 이들이 더 유리한 시대에 살았기 때문이었다. 하지만 시간이 흐르면서 황태자의 삶에 아무런 결정적 변화 없이 그의 문학적 성공이 정점으로 치달음에 따라 그 비합리적 잔여물이 증가했고 손에 붙잡을 수 있는 결과의 결핍과 자신이 목표를 놓치고 첫 의지를 잊어버렸다는 불쾌감이 증가했으며 그를 압박했다. 그는 자신의 작품들을 조망해 보았고 이 작품들에 만족해도 되었지만 그래도 가끔씩 이 모든 사고 때문에, 마치 다이아몬드 벽 때문인 듯, 그저 동경을 일깨우는 원천에서 멀어진 자신을 본다고 생각했다. 이 벽은 날마다 더 두꺼워졌다. 그는 바로 최근에 그의 마음 깊이 와 닿는 이런 종류의 불쾌한 경험을 했다. 그는 지금 평소보다 더 자주 자신에게 베푸는 여가를 이용해서 국가건축과 국가관의 일치에 관한 논문을 구술해 비서에게 타자 치게 했고 "우리는 침묵하는 담장을 본다. 이 건축물을 관찰해 보면"이라는 문장을 침묵이라는 말 다음에서 중단했는데, 이 순간, 불러내지 않았는데도 그의 내면의 얼굴 앞에 솟아오른 로마의 칸첼레리아 부조(浮彫)를28 잠시 감상하기 위해서였다. 하지만 다시 원고를 들여다보았을 때 그는 비서가 습관적으로 앞질러가서 벌써 이렇게 적어 놓은 것을 보았다. "우리는 침묵하는 영혼을 본다. … " 이날 아른하임은 더 이상 구술을 하지 않았고 다음 날 그 문장을 삭제하게 했다.

---

28 도미티아누스(Domitian, 81~96년 재위) 로마 황제의 명으로 만들어진 두 개의 미완성 부조로 도미티아누스의 생과 통치를 묘사했다.

    이런 배경의 확장과 깊이에 대한 체험과 비교했을 때 육체적으로 한 여인에게 매여 있는 사랑이라는 조금 평범한 체험은 어떤 가치가 있는가? 유감스럽게도 아른하임은 이것은 그의 삶을 요약하는 인식, 즉 정신으로 가는 길은 모두 영혼에서 출발하지만 거기로 돌아가는 길은 없다는 인식만큼이나 가치가 있다고 고백해야 했다! 물론 그와 가까운 관계였던 많은 여자들은 이미 스스로 행복하다고 여겼다. 하지만 그들은 기생하는 존재가 아니면, 대학을 나오고 직업 활동을 하는 여자였고 예술가였다. 부양을 받는 또는 스스로 돈을 버는 부류의 여자들과는 분명한 상황을 토대로 소통할 수 있었으니까. 그의 본성의 도덕적 욕구 때문에 그의 남녀관계는 늘 본능과 그에 수반되는 여자들과의 피할 수 없는 대결이 이성에서 어느 정도 기댈 곳을 찾는 관계였다. 하지만 디오티마는 그의 도덕 이면에 있는 더 은밀한 삶을 사로잡은 첫 번째 여자였고 그 때문에 그는 가끔 그녀를 거의 시샘하면서 바라보았다. 결국 그녀는 공무원 부인에 불과했고 최고로 멋있긴 했지만 그래도 권력만이 부여할 수 있는 바로 그 최고의 인간적 교양은 없었다. 그리고 그가 자신을 완전히 속박하려 했다면 미국 자본가나 영국 명문귀족의 딸은 골랐으리라. 아이 방의 매우 근원적인 차이, 잔인하도록 순진한 아이의 오만, 또는 보살핌을 잘 받은 아이가 처음으로 공립학교에 들어갈 때 갖는 공포가 그의 내면에서 모습을 보이는 순간들이 있었고, 그래서 점점 더 커져 가는 사랑의 상태는 위협적인 치욕으로 보였다. 그리고 이런 순간들에, 말라죽었다가 다시 살아난 정신만이 가질 수 있는 그런 얼음 같은 우월감으로 사업에 몰두하노라면 냉정하고 그 어떤 것으로도 더럽혀질 수 없는 돈의 이성은 사랑과 비교했을 때 비상하게도 깨끗한 권력으로 보였다.

하지만 이것은 감방에 갇힌 자가 어떻게 목숨을 걸고 자유를 지키지 못하고 빼앗길 수 있었는지 이해할 수 없는 시간이 왔다는 의미일 뿐이었다. 디오티마가 "세계사건들은 무엇인가요? *Un peu de bruit autour de notre âme* … !"[29]라고 말하면 그는 자신의 삶의 건물이 흔들리는 것을 느꼈으니까.

ㅡ 3권에서 계속

---

29 "우리 영혼을 둘러싼 소음 … !"이라는 뜻의 프랑스어이다.

지은이 · 옮긴이 소개

지은이_로베르트 무질 (Robert Musil, 1880~1942)

로베르트 무질은 오스트리아의 클라겐푸르트에서 태어났고, 작가로서는 이례적으로 군사학교와 공과대학을 거쳐 철학으로 박사학위를 받았다. 슈투트가르트 공대 재학 중 집필한 자전적 소설 《생도 퇴얼레스의 혼란》(1906)이 성공을 거두어 작가의 길로 들어선다. 5년간의 제1차 세계대전 참전 후 1920년대 초 《특성 없는 남자》 집필을 시작한다. 1930년 제1권, 1932년 제2권이 출간되지만 이후 경제적 어려움, 건강 악화, 1938년 나치의 오스트리아 병합, 망명 등으로 인해 소설의 마무리 작업은 진척을 보지 못하고 결국 1942년 작가가 망명지 스위스 제네바에서 뇌졸중으로 급작스레 사망함으로써 이 대작은 미완성으로 남는다. 무질은 데뷔작과 대표작 외에 단편집 《합일》(1911), 《세 여인》(1924)과 드라마 《몽상가들》(1921), 《빈첸츠와 중요한 남자들의 여자 친구》(1924)를 발표했으며, 그 외 신문이나 잡지에 기고한 많은 글들 가운데 일부는 이후 《생전 유고》(1935)라는 제목의 책으로 출간되었다.

옮긴이_신지영

서울대 독어독문학과를 졸업하고 독일 쾰른대에서 로베르트 무질의 《특성 없는 남자》에 관한 논문으로 박사학위를 받았다. 덕성여대를 거쳐 현재 고려대 독어독문학과 교수로 재직하고 있다. 저서로는 *Der 'bewußte Utopismus' im Mann ohne Eigenschaften von Robert Musil* (Königshausen & Neumann 2008), 번역서로는 《생전유고/어리석음에 대하여》(로베르트 무질 지음, 워크룸프레스 2015)가 있다.